MINGUOWUXIAXIAOSHUO
DIANCANGWENKU

民国武侠小说典藏文库
朱贞木卷

飞天神龙

炼魂谷

艳魔岛

朱贞木 著

中国文史出版社

朱贞木和他的武侠小说(代序)

上世纪三十年代至五十年代初是大陆武侠小说创作的一个黄金时期，名家辈出，佳作潮涌，领军人物就是学术界称为“北派五大家”的还珠楼主、白羽、王度庐、郑证因和朱贞木。朱贞木虽然敬陪末座，但他拥有一个响亮的头衔——“新派武侠小说之祖”！

朱贞木（1895—1955），中国现代武侠小说家、画家、篆刻家。本名朱桢元，字式颛，浙江绍兴人，出身官宦人家。自幼在家读私塾，喜爱诗赋和绘画，更喜爱文学。在绍兴读完中学后，考入浙江大学文学系，毕业后曾在上海求职并从事创作。1928 年经友人介绍，进入天津电话南局（位于今天津市和平区烟台道）做文书工作，后升任文书主任。1934 年将妻女接来天津，并定居于此。

1937 年“卢沟桥事变”爆发，华北沦陷，日本侵略军占领天津，朱贞木因家庭原因继续留在电话局。天津报界名宿吴云心先生曾回忆说，朱贞木因此在抗战胜利后被解职，曾在天津小白楼开过餐馆。此事属于误传。其实，朱贞木为人清高而自尊，不愿在日控电话局中长期做忍气吞声的工作，遂于1940 年自动离职，在家闲居，以绘画、篆刻自娱，偶尔也写点散文和诗。此时有出版社登门邀请他写武侠小说，于是他将 1934 年起在《天津平报》上连载的处女作《铁板铜琵录》续成长篇，易名《虎啸龙吟》出版，结果销路很好，于是他又陆续写下了《龙冈豹隐记》《蛮窟风云》《罗刹夫人》《飞天神龙》等十余部作品。

1949 年后，朱贞木尝试按照新的文艺观念进行创作，写了一些独幕话剧，而正在创作的武侠小说由于政策原因半途中辍。1955 年冬，朱贞木因哮喘病与心脏病并发，在天津市总医院去世，享年六十岁。

朱贞木在天津电话局供职期间，与还珠楼主李寿民同事。还珠楼主哲嗣李观鼎先生对笔者说，幼时在北京家中见到过来访的朱贞木，身材瘦削，双目有神。他记得父亲和朱贞木一聊就是一整天，说到激动处，互用手指比画，显见两人关系相当好。

朱贞木的武侠小说创作大约始于 1934 年 8 月，他在《天津平报》上开始连载处女作《铁板铜琵录》。张赣生先生认为是因见还珠楼主在《天风报》发表《蜀山剑侠传》一举成名，朱氏见猎心喜而作，以两人密切关系而论，确有此种可能。《铁板铜琵录》究竟连载多久、是否连载完毕暂时无法得知，或许有两年之久。大约在 1936 年 9 月，《天津平报》上又开始连载朱贞木的另一部武侠小说《马鹞子传》。“卢沟桥事变”爆发后，《天津平报》不肯附逆，自动停刊，该书也就停止连载。

1940 年 10 月天津大昌书局结集出版《铁板铜琵录》第一集，并自第二集起改名《虎啸龙吟》，并一直沿用至今。1942 年 11 月，天津合作出版社出版了《龙冈豹隐记》，该书的前面部分就是只连载年余的《马鹞子传》，可谓是在续写该书。不过《龙冈豹隐记》也并未写完，据作者自叙写到第五集就搁笔了，也没有提到原因，不过笔者所见现存最后一部是第六集。后来在书商和读者的要求下，朱贞木以该书未完结的后半部分加上手头已有资料，写成一部故事完整的《蛮窟风云》并出版。另外，1943 年 9 月的《369 画报》中提到他还有一部小说《碧血青林》，却一直未见出版，但是 1949 年前后出版的《闯王外传》序言中提及本书原名《碧血青磷》，或许就是此书。

抗战胜利后至五十年代初这段时间，武侠小说的出版迎来一个短暂的新高潮，朱贞木的小说出版了不少，如流传极广的《罗刹夫人》、《飞天神龙》《艳魔岛》《炼魂谷》三部曲、《龙冈女侠》、《七杀碑》、《塔儿冈》、

《阎王外传》、《郁金香》等，是日据沦陷期间的几倍，其中既有武侠小说，也有社会小说，还有历史小说，仅见之于广告未曾见诸出版的小说尚有数种。

根据手头搜集到的原刊本和相关资料，剔除同书异名者，从1934年至1951年，各种体裁的朱贞木小说一共出版了十九种，仅见广告未见出版者四种，具体内容可参阅本作品集后所附《朱贞木小说年表》。另外有一部《翼王传》乃是上海著名越剧编剧苏雪庵所作，他借朱贞木之名出版，朱贞木为此还写了一篇不短的序言。

朱贞木小说之所以受到读者欢迎，张赣生、叶洪生、徐斯年等专家学者对此早有精彩论述，笔者不打算再抄一遍，只根据个人的阅读体验，谈一谈朱贞木小说的特色。

看小说本身是一件轻松愉快的事，古人雪夜闭门读禁书，乃是读书人特有的一乐，其实用今天的话来说，就是消遣，武侠小说尤其适合做这样的消遣，而好看的故事则是消遣的核心。

朱贞木的小说构思精妙，叙述生动，引人入胜。如《蛮窟风云》，从沐天澜误饮金鳝血意外昏迷不醒开始，引出瞽目阎罗救人收徒、金翅鹏的出场以及被龙土司纳入麾下，而跟着红孩儿的出场，解释了瞽目阎罗的来历以及与飞天狐结怨的经过，又为后文狮王、飞天狐侵入沐王府，瞽目阎罗舍身血战等高潮部分做了铺垫。又如《庶人剑》，陕西山村中，一对拳师夫妇失踪多年突然归来，教徒自娱晚景。他们意外收了一个来历不明的上门徒弟，不久就遇到多年前的仇敌上门寻仇，老拳师怀疑这个徒弟，结果误中圈套，幸亏这个徒弟忠心为师门，救下了老拳师父子，而仇敌五虎旗之来，则源自老拳师夫妇二人当年离家，与师兄弟一起走镖，技震江湖时期。朱贞木以倒叙的笔法娓娓道来，他在平实流畅的叙事中，营造出一种氛围，创造出一种情趣。故事本身环环相扣，紧凑严密，令读者不知不觉陷入其中，欲罢不能。他的名作《七杀碑》，二十多年前笔者真是一口气从头读到尾的。邓友梅先生在《闲居琐记》中，记录了著名作家赵树理先生指着《七杀碑》对他说的话："……写法上有本事，识字的老百姓爱读，不识字的爱听。学学他们笔下的功夫……"由此可见朱贞木讲故事的水平有多高了。

若要把故事讲得"识字的老百姓爱读"，只有凭语言的功力了。朱贞木接受过私塾和学堂两种正式和非正式的长期教育，其学历在武侠小说作者中大概是绝无仅有的。他的青少年时代又是在富庶的浙江绍兴度过的，他肯定接触过当时的鸳鸯蝴蝶派小说、新文学书籍以及翻译的西方小说作品。他的武侠小说处女作《铁板铜琵录》遵守中国章回小说的传统，采用对仗的回目，在描绘风景时更是不自觉地经常使用赋体，轻松自如，毫不佶屈聱牙，可见其古典文学素养深厚。自第二部《龙冈豹隐记》开始，包括之后的所有作品，他却都摒弃传统章回，章节名称全部采用"血战""李紫霄与小虎儿""金翅鹏拆字起风波"等名词、词组或短句，长短不拘，新鲜灵活。这一革新更为二十世纪五十年代以降大部分香港、台湾武侠作家写作的滥觞。他在武侠小说中有时还使用当时流行的新名词如"观念""计划""意识"等，然而用得自然爽利，反映出了一些语言跟随时代而来的变化。

严家炎先生在《金庸小说论稿》中说："在小说语言上，金庸吸取新文学的某些长处，却又力避不少新文学作品语言的'恶性欧化'之弊。他扎根于本土传统文学中，较多承继了宋元以来传统白话文乃至浅近文言的特点，形成了一个新鲜活泼、干净利索、富有表现力、相当优美而又亲切自然的语言宝库。"这些评价用在朱贞木——金庸的浙江同乡前辈身上，同样十分贴切。

追求自由恋爱是"五四"以来各种文学体裁的共同主题，武侠小说自然没有落后于这股时代潮流。在《蛮窟风云》《罗刹夫人》《飞天神龙》等朱贞木小说中，主要男女人物积极主动地寻找、追求自己的爱情，尤其是女性人物，一反全凭媒妁之言的传统，大胆示爱对方，甚至还有私奔、野合的情节。朱贞木有时还通过小说人物之口，表达他对于"情"字的解读，可以说，所有这一切都间接反映了五四运动之后反封建传统、反道学的社会流行风气。其实，在朱贞木前后期的很多武侠作品中，女性主角的地位已经大大提高，也出现不少以女性为主人公的作品，如顾明道《荒江女侠》、王度庐《卧虎藏龙》等，即使在还珠楼主的《蜀山剑侠传》中，女剑仙、女剑客也扮演了主要角色。只是多数作家虽然突出了女性的自主与独立，突出她们的纵横江湖，但在描写男女爱情上着墨不多、不细致，而在这个方面，朱贞木就显得比较突出。

他把恋爱中男女的哭、笑、逗、闹等言语和肢体动作描写得栩栩如生，淋漓尽致，而对于堕入情网中男女间的对话，更是绘声绘色，就连男女之间的武功切磋，有时也“写得花枝招展，脉脉含情”，表现了有情男女之间那种若隐若现、欲拒还迎的情致与趣味。有时他则用热辣辣的语言展现女性对于爱的向往，比如《罗刹夫人》中的罗刹夫人，《七杀碑》中的三姑娘、毛红萼，《飞天神龙》中的李三姑等等，这一特点被后起的香港、台湾武侠名家如金庸、卧龙生、诸葛青云、司马翎等人继承并发扬光大，同时穷追男主人公的侠女达数人之多，叶洪生先生称之为“数女倒追男”模式。相比之下，以“侠情”特色名传后世的王度庐，笔下恋爱男女的表现反而显得含蓄、收敛和传统。

至于男主人公的表现，除了在房梁上刻下“英雄肝胆，儿女心肠”的杨展，多数没有女性角色那么生动而有活力，《罗刹夫人》中的沐天澜竟然一副小男人的娇样儿，喜欢拜倒在两位罗刹姐姐的石榴裙下，仿佛有些《红楼梦》中贾宝玉的某些味道。

说来有趣，被划入鸳鸯蝴蝶派的顾明道笔下没有这样娘娘腔的男主角，王度庐笔下有些优柔寡断的李慕白也仍是男子汉一个，其他如更早的平江不肖生、赵焕亭和同期的白羽、郑证因等人都不弹此调，因此武侠小说中“娇男型”男主人公大概可以算得上是朱贞木的首创了。

对于爱情的结局，虽然同时期的王度庐偏重悲剧，但朱贞木还是和大多数武侠作家一样，选择了喜剧。大团圆的喜剧结尾对读者的感染力自然不如悲剧来得深刻，但在剧烈变动的时世中，对于经常听说和目睹人间惨事而无能为力的一般读者来说，也多少算得上一点安慰，多少能保留一点对美好事物的向往与期待，多少能暂时得到些许快乐与心情的放松！

小说作者迎合一般读者的需要，本是无可厚非的，而朱贞木这么做，却并不是“为稻粱谋”的需要。1943 年 9 月出版的《369 画报》第 23 卷第 1 期刊登了《天津武侠小说作家朱贞木》一文，作者毅弘在文中写道：“朱贞木先生并不指着卖文吃饭，他不过是闲着没事，作一点解闷而已，在写武侠小说的作家中，朱贞木先生是一位杰出人才，独树一帜，另辟蹊径，所以将来的成功，殊不可限量。”

可见，朱贞木写武侠小说虽是为了解闷和消遣，却也不肯胡乱涂抹，而是要有真正的消遣价值！

他在处女作《铁板铜琵录》的序言中感慨小说的出版有量而乏质，原因则是社会不景气，认真作品没有销路，大家都要有口饭吃，于是就“卑之无甚高论”了。他又写道：“在下这篇东西，本来用语体记述了许多故老传闻、私乘秘记的异闻逸事，借以遣闷罢了。后来因为这许多异闻逸事确系同一时代的掌故，也没有人注意过，而且看见小说界的作品，风起云涌，好像作小说容易到万分，眨眨眼就出了数万言，不觉眼热心痒起来，重新把它整理一下，变成一篇不长不短、不新不旧的小说，究竟有没有违背时代的潮流，同那个小说界的金科玉律，也只好不去管他，俺行俺素了。”

朱贞木显然十分清楚小说的真正要求是什么，客观环境所限，走消遣的路子罢了。即便如此，他也并不是向壁虚构，胡乱编些故事应付读者，而是有所依据的。他这样认真地选择和使用材料，显然是有成绩的，他的第二部作品《龙冈豹隐记》序言中是这样说的：“前以旧作《虎啸龙吟》说部，灾及枣梨，颇承读者赞许，实深惭汗，且有致函下走：以前书仅只六集，微嫌短促，希望撰述续集为言。……稗官野史，无关宏旨，酒后茶余，聊资消遣。下走亦以撰述说部为消遣。以下走消遣之笔墨，转供读者之消遣，消遣之途不一，消遣之理相同。然真能达到读者消遣目的与否，则须视内容之故事是否新颖，文字之组织是否通畅为衡。以各种说部风起云涌之今日，而欲求一有消遣真价值之作，亦非易易。”

待到数年后的《罗刹夫人》出版时，他对武侠小说创作题材已经有了比较全面的认识和思考，他在该书附白中指出，武侠小说有两弊，一是过于神奇，流于荒诞不经；一是耽于江湖争斗，一味江湖仇杀。他希望《罗刹夫人》一书可以为读者换换口味。他也的确做到了，该书影响范围之大、时间之长是他根本想不到的。

朱贞木虽然屡屡强调自己写小说只是消遣，但他身处一个战乱频仍的大时代，又从家乡绍兴北迁天津，个人际遇的变化、人生的起伏都会多多少少在作品中有所流露。他的小说题材不少出自明末清初的笔记，为何选择在那样一个动荡的、变乱的时代发生的故事和人物，背后的含义是不言自明的。在《龙冈豹隐记》等书中，轻松和趣味之外，作者自身感受的某种无奈时有体现——身处乱世的人们，无论高人愚氓，何处可以求得安定的生活！

随着1949年1月天津的解放，这种对于时势的困惑与无奈就消失了。朱贞木在这年7月出版的《七杀碑》第二集结尾处写道：“烽烟未戢，南北邮阻，渴盼解放，当再振笔。”“解放”二字表明了他当时的政治态度，也表明了他对于新时代的期盼。于是，在全国解放后，朱贞木主动学习新的文艺理论，尽力掌握新的文艺观点，并尝试运用在新的武侠小说和历史小说创作中。《铁汉》就是他的一次努力：一个侠士挺身而出，牺牲自己，意欲拯救无辜百姓，免遭官军的蹂躏。在《庶人剑》的序言中，朱贞木已经认识到了个人英雄主义的狭隘与局限，认识到人民的力量的可贵，他写道：“‘老百姓的剑’是用钢铁一般的意志铸就的，无形的，锋利得无可比喻的，而演出的方式，不是斗鸡式的，是集合大众的意志，运用脑力体力，推动整个社会机构，而与障碍前进的恶势力做斗争的……”

可惜类似这样的努力并没有进一步开花结果，《庶人剑》刚刚写了三集就停刊了，预告的不少新作如《酒侠鲁颠》等似乎都未曾出版。自1951年6月起，所有武侠小说都不准出版。1956年文化部又颁布严肃处理反动、淫秽、荒诞图书的命令，并配发查禁图书目录，朱贞木的所有作品竟都赫然在列。其实，类似朱贞木这样努力学习、尝试运用新文艺观点创作武侠小说的还有还珠楼主、郑证因等武侠作家，他们的所有作品也一样榜上有名，一同被禁。此后三十年间，朱贞木的小说彻底消失，连朱贞木这个人也寂寂无闻至今。

朱贞木的武侠小说基本写成喜剧结局，可是他自己的写作生涯却以近乎悲剧收场，令人唏嘘不已。

上个世纪八十年代改革开放以后，武侠小说又重新出现在图书市场上，而且颇有声势，名家名作纷纷重现江湖，朱贞木的作品也出版了几种。时至今日，如《罗刹夫人》《七杀碑》等几部知名作品也再版过多次，只是因为出版人对于武侠小说仅仅停留在商业层面的认识上，因此版本混乱，存在这样那样的错误，影响了对朱贞木作品的研究。

中国文史出版社不惮花费巨大人力、物力、财力，出版“民国武侠小说典藏文库”系列丛书，为后世留下宝贵的研究资料，还中国武侠小说史上的知名作家一种本来面目，可谓功德无量！笔者作为该文库“朱贞木卷”原刊本提供者、编校者，于武侠小说资料的搜集与整理略有心得，承蒙社方信任，略谈一些关于朱贞木生平及其作品的粗浅看法，谬误不免，聊充序言耳！

顾　臻

2016年10月26日于琴雨箫风斋

2020年11月16日修订

目　录

飞天神龙

炼魂谷

艳魔岛

飞天神龙

第一回　崆峒武当之仇

自从逊清道光末年，洪杨在粤西金田起义以来，到处响应，不上几年，早已自粤北上，入两湖，侵皖豫，浙赣一带同时受了威胁。等到义旗东指石头，洪秀全入据金陵，不数年间，竟容容易易地建起了太平天国。

自天王洪秀全以下，如那时杨秀清、韦昌辉、石达开之流，都是非帝即王，不想创业未固，竟不思进取北上，反倒乐于偏安，那一种奢靡的享受和狂妄的举动，早将当初为民革命的精神，忘了个干干净净。人人都以聚敛搜刮为是，满不管人民当兵革之余，哪来余力供养你们这批宝贝？所以仅仅得了半壁山河，已经民怨沸腾，可说是内忧外患，不可终日，于是才使得那位学者式的满清领兵统帅曾国藩从容展布，数年间削平了太平天国。

本书要说的事，既非关于洪秀全等一班革命人物，也非叙述曾国藩等一批忠臣分子，乃是纯粹民间故事。这些故事，都出在几个极平凡的老百姓身上。唯其是平凡的人，才显得他们的所作所为是不平凡的。因为不平凡，作者才不惜费词，将他们写在后面。

在两湖交界的湖北监利县东南、湖南巴陵县东北的临湘县，地处大江东南岸、黄盖湖的西面。那地方东枕长江，南凭昆山山脉，左右有鸭关、城陵两矶，地势相当冲要。县城周围数十里方圆，也算自鄂入湘的第一个要口。

临湘县东北的鸭关矶是个小小的村镇，镇上住有一家土著，主人姓崔名永福，拥有良田数顷，乃是半耕半读人家，在村中也算小康之户。夫妇年均半百，生了两个儿子，长名仁龙，次名仁虎。仁龙自幼读了几年书，即弃读从耕，帮着老父料理农作；次子仁虎生得体力精壮，自幼好武，读书而外即喜耍枪弄棒。在那时虽然海禁已开，已有了枪炮，但是民间习武风尚依然讲求拳术兵刃。仁虎从小好武，一个劲磨着他父亲要求延师习武。崔永福觉得目前本省境内，表面上虽称安靖，实际稍微偏僻些的地方，免不了盗匪横行。为保护自己家产起见，也觉得仁虎习武倒也需要。于是便从巴陵方面请了一位武术教师来，供养在家，仁虎从此开始习武。

这位教师姓白名叫如玉，是一位落魄的武举，得过真传，绝非平常拳师可比。仁虎由这位白教师开蒙下手练习，根基甚好。那时仁虎年只十二三岁，也说得起是幼功。

光阴如箭，不觉过了六个整年，内外功都已有了根底。到了仁虎十八岁那年，白教师因路见不平，得罪了省里一位贵公子。不多几日，由省里行文到岳阳府，转饬临湘县，指传白如玉到案，轻轻地加了他一个“恃武横行乡里，鱼肉良民”的罪名，竟革了武举，枷号示众后，递解回到他贵州平越州余庆县的原籍。从此仁虎的武事，也就因为一时寻不到良师而中断了。可是仁虎秉性坚毅好学，白老师已然走了，他虽不能得到新的技术，对于已经有的功夫绝不荒疏，仍然每天练习。

在一个风雪漫天的凌晨，崔永福一家因田事休息，没甚工作，都在家中闭门取暖。唯有仁虎是一个练武的青年，他依旧在园场空地上来回地练习。一会儿练完了，正想闲走几步，便进屋去吃早饭，偶一抬头，园场中那棵老树秃枝上栖止的一群乌鸦，倏地一个个齐向墙外飞去。

仁虎心说：“这样寒天，鸟雀大半都冻得停在树上不想动弹，怎的这一群老鸦偏都向墙外飞呢？难道墙外还有什么好的鸟食吗？”

他毕竟还有些孩子气，一时动了好奇心，便悄不声地踅出大门，到底要看看墙外有些什么可以引动老鸦的物事。谁知跨出门口，向左右墙根一望，但见那条路上一望无垠，白茫茫一片，连地面的坎坷都看不出来，哪有什么奇异的物事！他正想走回，忽见那些老鸦似乎又从左墙角那边飞了回来，停在门外枯枝上，吱吱喳喳地乱噪。仁虎不由顺着左墙根走了过去，刚一转弯，便看见雪地中躺着一个死人呢。仁虎吓了一跳，也顾不得走近去细看，立即跑回家里禀告父亲。崔永福忙带了两名长工，奔到墙角边一看，原来是一个年轻的过路人，不知怎的会冻僵在雪里。崔永福用手在那人的胸口摸了一摸，觉得尚有微温，知道并不曾死透，命长工们取了一副木板来，将那青年抬到屋里暖室外面，先将他挪到榻上，然后再用姜汤、开水等物加以灌救，为的他受冻而僵，血脉已凝，不宜骤然近火，所以只好躺在不设火的屋内。

果然不到一顿饭时，青年渐渐苏醒过来，可是气力甚微，勉强睁开一双呆滞的眼睛，向四面望了一望，就知自己已经遇救，可是还没精神说话，重又将双目闭上，不住声地微哼，手足也有些发颤。崔永福知道此人已缓过气来，不过仍是畏寒，此刻该将他移到暖室里去了，便叫长工们将他抬到里屋榻上。又过了些时，果然那人的手足渐渐能够移动了。崔永福知他危险已过，忙取过一条棉被给他盖上。那人见崔永福殷勤救护，不由露出感激之色，只还说不出话来。

崔永福已知其意，用手止住了他，说道："先别客气，等你缓过气来，我们慢慢再谈。"

那人听了点点头，也就不再客气，只闭了眼养神。不一时，他竟由极度寒冷疲乏中，感到温暖舒适而呼呼地睡去。

被崔永福父子从雪中救活的那个青年，也是本书中相当重要的一个人物。

他姓志名纯，别号精一，原籍江西吉安府龙泉县，也是书香之后，更兼是一个世代武师。从志精一的高曾祖起，便是武当派的掌门人，直传到志精一的叔父手内，还掌着这一派宗风。志精一自幼即已深造，正所谓家学渊源。他是独子单传，并无兄弟，一个同胞妹妹，乳名真真，自幼随着兄长一同习武，虽然年轻力小，但是武当拳术原与少林不同，学习者本不需多大体力，只要功候到家，一样能抵敌制胜。志精一兄妹自幼便得真传，益发是真真天资聪敏，性情温柔，虽是一身好武艺，却是除了练功外，平时手不释卷。因此不但武功精熟，文字也颇有根底。志精一虽称不起饱学之士，但也能下笔千言，文辞晓畅。兄妹二人，异常友爱。闲居之日，二人畅论古今来多少志节之士和豪俊人物，常常加以月旦，互相砥砺，将来必要做一个顶天立地的人物。

志家住在龙泉县城西三十里的拐湖边上，那地方西倚华源山，东临拐湖水，北面便是永宁县界，确是一个依山傍水的风景所在。时当冬月，农事已毕，虽是木叶萧萧，倒也别饶情趣。遥望阡陌交错，妇孺往来，晚风过处，一阵阵歌声缭绕在夕阳影里，谁说不是太平村舍，悠闲景象？

志精一独自负手，徜徉于拐湖西岸的一带绿杨荫下，赏鉴那一幅平畴夕照的景色，蓦听得从身后噔噔噔地跑过一阵脚步声，分明是向自己这边奔来。

正要回过头去看个分明，听那脚步声来处发出惊促的呼声，喊道：“少东家，少东家，老东家请您快回家去，说有要紧话吩咐呢！”

志精一闻言微微一愣，心想：“好好儿的，又有什么大不了的事？这长工胡四也真有些拿鸡毛当令箭，轻事重报哩。”也不愿再问他别的，只点了点头，随着胡四向回家路上走来。

才走上十几步，猛听从自己家门尽北头的那条官道上，远远送过一阵急促的马蹄杂沓之声。忙抬头一看，远处正有一丛野树，似乎将马上人物刚刚遮住，所以只闻蹄声，不见人马。直到十余秒钟以后，才见从野树丛中跑出三匹快马来。因为志精一站的地方与那丛树林距离约有五六箭之地，马又快，一晃眼间，真看不清马背上驮的是何等人物，但是志精一内功深湛，目光自较常人不同，虽是又远又快，尚能看出马上人大多是赳赳武夫。因为这些马的去路，仿佛从自己家里出来的，不由心中一动，目送着这三匹马向东南那条田陇上飞驰而去，眨眨眼，早已没入南山脚下的丛林中去了。

志精一进入院内，见院里静悄悄并无人声，正待向屋内行去，倏地闪出一个人影，如同惊鸿一般，向自己这边走来，原来是他妹妹真真，在室内见精一进来，忙迎上来，向精一一努嘴，便踅向左首厢房内去。精一也就随了真真走进厢房。

真真劈头一句便道："你可知道我们家的祸事来了？"

精一惊问道："什么事这样大惊小怪的？"

真真匆忙间也不暇细说，只简答了一句道："方才叔父叫我去，匆匆地告诉我，说他少年时结下一路对头，已有二十年不明下落。今天陡然送个信来，说是要和我家算一笔二十年旧账。最可怪的，叔父这样的功夫，现又掌着武当嫡派宗门，从来对于任何一路武家也不放在心上。唯有今天的神情不对，仿佛来人的能耐远出叔父之上，果来寻仇，绝无幸免似的。看他老虽尚不至惊惧失措，但是显然已经中馁了，这真使我觉得奇怪。老人家方才命人到田间叫你回来，大约还有要紧话和你说呢。"

精一闻言，益发惊疑，也顾不得多说，忙偕同真真去到内室。进屋子益发使他惊奇。原来他叔父飞天神龙志道恒呆坐椅上，见他兄妹入室，只定着一双不宁静的眼睛，呆望着他兄妹。

精一见他叔父这种神色，和平常泰山崩前面色不变的神态大自不同，心中纳罕，口内不好问得，便含笑说道："刚才侄儿在田里闲步，听说叔叔有要紧事吩咐，忙即赶回，不知……"

才说到这一句，忽见飞天神龙倏地站起，分开左右手，一把握住了精一兄妹，半天说不出话来。精一正自奇怪，飞天神龙将眉心一皱，从一对虎眼中挂下两行热泪来，随即叹道："唉！事到今日，不能不把最后的话告诉你们了。"

说罢，将左右手松开，分向两边椅上一指，他兄妹依命坐下。

飞天神龙忽又站将起来，跨出室门，到了院内，向天空望了望，见夕阳西坠，院内那株大槐树上布满了紫金色的残照，似乎觉得时光还早，来得及诉说以往，便回到房内，坐下来，望着他兄妹说道："你兄妹自你父母去世，从怀抱中由我抚养到今天，已经整整十八年了。在这十八年中，你俩虽知道幼失怙恃，但是恐怕还不知道你们的父母是怎样去世的。这里面藏着十分沉痛悲愤的一段故事。事到今天，我自身难保，便不能不把此前因后果对你们说个透彻，将来你们可以知道自身的来历。”

原来飞天神龙兄弟二人，兄名德恒，弟名道恒。道恒习武；德恒习文，娶妻巴陵陈氏，夫妇伉俪情笃，结婚二年生下一子，便是精一。又过了三年，再生一女，便是真真。陈氏貌美性淑，唯好修饰，虽是生长乡村，也喜效法城市间时髦装束。德恒爱妻过甚，莫不从其所好。

有一年，县城庙会十分热闹，不但本县各乡村都来观光，便是邻县好事之人也都来此玩赏。德恒自然也偕了陈氏去逛庙会。不想在庙会中遇见一个轻薄子弟，倚势调笑陈氏。德恒生性耿直，和那调笑的少年扭打起来。谁知那少年竟是吉安府知府周伯仁的独子，名叫周小仁。当时倚仗人多势众，将志德恒打得遍体鳞伤。周小仁还乘乱，着实讨了些陈氏的便宜。等到旁人将志德恒夫妇送回，陈氏见丈夫奄奄一息，皆因自己而起，自己又在场受辱，一时心窄，竟在当夜三更悬梁自尽。德恒受辱之余，又痛娇妻轻生，不由五内俱裂。读书人毕竟有些书痴，等到伤势稍愈，独自个怀了一柄利刃，跑到吉安府知府门口守候。这位少知府大人出门时节，他打算上去行刺。不意自己手无缚鸡之力，全凭一腔愤气，如何能行？结果不但刺不了周小仁，反被人家制住，依照图刺官长的罪名，判了一个斩立决（前清刑律中死刑之一种）。

此时道恒并未在家，因为他是到处浪迹的人，家中更没法给他送信。直到他倦游还乡，可怜他的哥哥德恒早已处决，只剩下一双孤儿女由一个族嫂暂时留养。那时精一已有四岁，真真却才一岁。道恒向这位族中人一打听，才知道兄嫂被害实情，不由气得他毛髭尽裂。此时他虽尚未承袭掌门人，毕竟是个武当名家，何惧一个吉安府知府呢？他为报仇心切，仍将一双孤儿留养在那族人家内，单人匹马直奔吉安府而来。

若依志道恒的武艺，要取周伯仁全家性命，本是不难，只因周小仁虽出生宦门，却从小结交匪类，无恶不作，自己也爱弄枪棒，家中请的护院拳师和教拳的武师，鱼龙混杂，哪等人都有，还有许多犯了血案的江湖豪客，借着周家的门楣，来隐避他们的行藏。好糊涂的周伯仁，凡是爱子所喜的，一切不问，所以把个吉安府知府衙署变成了一班江洋大盗的逋逃薮。

此时志德恒已经处决，在周小仁心中本不值一谈，但是这一班豪客中不乏几个久走江湖的人，知道志德恒的胞弟飞天神龙正是武当派的能手，不免纷纷向周小仁献上殷勤，劝他必须提防一二，最好是做一个干净。

周小仁毕竟没有江湖阅历，也不知道武当派有多么厉害，闻言哈哈大笑，反驳道："咱们府里有这么些武师，还怕姓志的单拳独掌吗?"

那位进殷勤的朋友碰了一个橡皮钉子，也就不再开口，可是旁边有一个新近在江湖上犯了十四条人命的大盗，名叫飞叉豹子江一海的，听周小仁说话满不在意，知道这种财主秧子不知天高地厚，愚愎可笑，但自己既已托身在此，不便袖手旁观，便劝周小仁加意提防。周小仁倒真将江一海看成一个人物，居然还肯听话，即请飞叉豹子率领府内众人，分头巡夜防守。偏偏飞天神龙志道恒就在他们戒备声中，光临了吉安府。

周小仁带着一班狐群狗党，在花园中赏心亭上吃饱喝足以后，又带了几名打手周围巡查了一遍，这才躲到上房陪姨太太找乐子去。府里的一切都重托了飞叉豹子指挥督导。

飞叉豹子原是水路上巨寇，为人甚是精悍。他是崆峒派开山祖师瞿一鹤真人第七代门人，他的业师便是横行西北陕甘两省的独角兽赵甲叟。甲叟的师父是一鹤真人第五代门人大力黄能胡剑秋。这大力黄能可算是近年崆峒派中唯一能手，他的徒弟共有十人，依着天干甲乙丙丁等排名，所以独角兽名叫赵甲叟。他年轻时本名甲寿，直到五十开外，才自称甲叟。他的九个师弟便是水上飘风章乙山、神行罗丙南、神拳将王丁木、六指头陀戊空、红线娘江己兰、贪欢汉贾庚、镇关东季辛谱、常胜将军黄壬翁、红孩儿马癸伍等共是十人。

此十人在道光年间，可算是崆峒派最了不得的人物。仗着师门势派，大江南北、黄河两岸以及关外辽东、辽西，无处没有他师兄弟们的足迹。他们专和昆仑、武当两派作对。因为昆仑、武当两派规矩甚严，授徒极谨，不肯随便收徒，差不多的人虽有投门之念，却苦无门可入，因而都投奔了独角兽等师兄弟十人门下，无形中便造成了人多势众的情形。

飞叉豹子原非甲叟门人，也因闯荡江湖，结下许多冤孽仇恨，才起意投入甲叟门下。一来求他荫庇，二来借他威名，仍可横行。便是此番，他听说飞天神龙要来为兄报仇，自己明知不是人家对手，可是主人一力倚重，不能不将这副重担肩了下来。然而他是一个诡计多端的老江湖，最工心计，盘算自己一人万万敌不过这位武当名手，再看周府各名教师，更是不堪一击。他于是不动声色，偷偷地差了个死党马成龙，连夜投奔他师父赵甲叟，请他想个办法，或是派几个能手来助阵。赵甲叟溺爱心重，自己虽不便去帮助徒弟，却商请三师弟神行罗丙南和五师弟六指头陀戊空两位，随了马成龙，来到周府帮同守夜。飞叉豹子一看三、五两位师叔居然光降，自然欢喜，忙向周小仁面前介绍，并替这两位师叔大吹大擂，说得和天神下界一般。周小仁自然来者不拒，众人自也随口恭维。

若说这罗丙南和戊空也真非弱者。罗丙南善使一柄鬼头刀，生就的快腿，一日间能来去二三百里路程，故有神行的雅号。戊空惯用一柄六十斤的禅杖，还有九支连环飞龙镖，每发必中，必要时能一举连发三镖，确也猛势无比，而且虽列佛门，生性好杀，每次和人动手，必以多杀为快。这两人都是崆峒派的健将，一听对方是武当派，立时恨得咬牙，巴不得立刻将飞天神龙杀死，才觉面上生光。

罗丙南和戊空到周府的第三天晚上，这一批鼠窃狗盗正在酒足饭饱之后，海阔天空地瞎吹大气，又将罗、戊二人如众星捧月似的捧到了花园里特备下的客室以内，以便安歇。罗、戊二人上下手分居在三间客室内，等到众人退出，二人略谈几句，也就各自归寝。罗丙南刚刚解衣上床，尚未睡下，静夜中仿佛听到紧靠自己卧房的弄内咕噜噜一响，似有石子滚地的声息。罗丙南是老江湖，立即觉出这声息来得奇怪。当即不动声色，翻身自榻上跃起，重紧了一紧装束，在床头提起鬼头刀，噗的一声吹灭了窗前灯火，略一沉吟，轻轻拨开后窗，足尖一借劲，使了个燕子穿帘式，蹿出窗外。在他以为这样轻巧的手脚，定不至为人所觉，谁知双脚刚刚点地，蓦从斜刺里飞来一阵极劲掌风。自己原是刚刚落地，脚下还未站稳，又是出其不意，这一掌风着到身上，仿佛有一种极大的推动力量向自己猛撞过来，身不由主地斜撞出三五尺去，大吃一惊。

原来罗丙南久闯江湖，识得来人这一掌，正是武当派的独门武功“劈空掌”。自己功力如果稍浅，这一下怕不摔出几丈远去，况且尚未看见敌人究在何处，已经中了人家的劈空掌，凭这一掌的力量，恐怕自己还不是人家的对手呢。一面心下怙惙，一面向掌风来处细看。道时迟，那时快，早又见随着掌风闪过一条黑影，直奔自己，手中并无兵刃，只拧着一双肉拳，蹿到面前。自己还未及举刀，敌人的双掌早又到了胸前，那一份的快捷，真正少见。罗丙南见来势捷劲，哪敢怠慢，忙侧身避过掌风，随着一个倒错步，退出两尺来远，重又一拧手腕，刀把护住前胸，刀尖直指敌人的左肋刺去。这一手也是单刀中极见功候的招数，名曰“画龙点睛”。只见敌人略一拧身，侧面避过刀锋，倏地一抬腿，正踢在罗丙南寸关尺上，立即听到当啷一声，鬼头刀落地。敌人随着轻叱一声“去吧”，左手一扬，迎面门便是一劈空掌。

罗丙南也是久闯江湖、久经大敌的好手，何至今晚在两个照面之下，便鬼头刀脱手呢？说来有些令人不信。原来棋高一着，服手服脚，这句话一点不错。只因飞天神龙的拳法高明，又快又狠，容不得罗丙南喘息，便已见了高下。当时飞天神龙发出第一次劈空掌原是一个虚的，罗丙南却不曾识透，立即闪身躲避。哪知飞天神龙这一次使上了“连环步鸳鸯掌”。这一次劈空掌只管让你躲闪，可是一经躲过，方向也必然换过，发掌的人正好踏着连环步，随着对方换了方向，紧跟着就把右手一扬，第二次掌风发出，这一下刚刚打个正着。一掌当胸，距离又近，罗丙南已万万躲避不了，仿佛觉得自己胸口被一块大石头撞了一下，十分结实，震得他心肺俱摧，不由头目昏眩，“哎呀”一声，整个身躯直摔出两丈远去，竟被打闷在地下。

飞天神龙一心要找事主周小仁报仇，并不想多伤人。一见来者受伤倒地，正拟纵身上房，寻往内宅，不料斜刺里又飞来一条人影。星光下见来人执着一根长兵器，呼的一下，使了个泰山压顶的招数，照准飞天神龙头顶打下。飞天神龙一看来势极猛，知道是个劲敌，忙一纵身，斜蹿出三四尺远去。来者便是六指头陀戌空，飞天神龙却不认识他。

六指头陀的禅杖尚未收回，飞天神龙早又蹿到他的身旁。左手向他面门上虚晃一晃，随以右手骈三指直捣来人左肋。六指头陀退一步，让过敌人的点穴，翻左手腕，用禅杖柄拦腰直扫敌人中峰。飞天神龙喝声“来得好”，倏地一腾身，平地拔葱，离地足够五六尺，从脚底闪过禅杖，再从半空中使了个“凤凰单展翅”，右掌平立，一摔身“力劈泰山”，正砍在来人项背之间，其势既猛且捷。要知道，一连三个招数都在半空中悬身而发，如没有内家气功提住了全身重量，万万施展不及。

谁知六指头陀到底不弱，一见敌人如此功力，益发加了戒心，猛一挫身，躲过这一肉砍刀，随着一错步，用右手举禅杖向着空中敌人迎击上去。飞天神龙此时早已脚踏实地，正落在六指头陀的背后，可是面朝前，和敌人成了个背向。这就是飞天神龙不同凡响的地方！他借势落地后，并不掉转身去，只一拧身，扭转小半个身躯，立左足，起右足，用足跟向后用力踹去。六指头陀虽想回身，已万来不及，只听啪的一声，一腿正踹在和尚腰与胯骨间不硬不软的地方，不由得向前一磕，跌跌冲冲直撞出五六步远。

六指头陀手辣心毒，纵然挨了一脚，人也跌了出去，他居然急中生智，利用这一跌一扑之间，用敏捷手法将他的独门暗器“连环飞龙镖”操了三支在手中，假装倾跌之势，故意撞出丈来远近，陡地一拧腰，反身飞出一镖，直奔飞天神龙面门，接着第二镖也同时飞出，这支却奔了敌人心胸。彼时飞天神龙往后蹬腿，将和尚踹去之后，虽知和尚已经摔了出去，可是他是名手发招，与众不同，纵在极端胜利之时，也不肯大意，一面转身看他如何倾跌，一面正在计划第二步的行止，应该是攻是守。

正在此刹那间，忽觉和尚的一拧腰有些异样，心中立即明白他有诈。这一留神，果然看见空中有两点寒光，一上一下，直奔自己上三路而来。料他更有第三件暗器接踵而至，便把身躯往侧面跃出七八尺。当飞天神龙离开这条飞镖直线之时，也正是六指头陀第三支飞镖发出之时。飞天神龙这一纵身，飞镖失去目标，当然叮叮当当地先后掉在地上。飞天神龙却早已一个箭步，喝声“着!”凌空飞到和尚面前。他的来势既快，又是横着身体，伸直两手，无形中便将二人间的距离缩短。距离既短，时间当然更快，所以也就不容和尚躲闪与还招。飞天神龙的一只右手伸展二指，早已直点到和尚面门，只一翻手腕，便听和尚“哎呀”一声惨叫，一对眼珠早被飞天神龙剜了出来，血淋淋挂在眼眶边和鼻梁上。六指头陀觉得一阵奇疼，痛彻心肺，哪还支持得住，好似颓金山倒玉柱似的，向地上躺了下去。

当罗、戊二人轮流和飞天神龙交手之时，虽无兵刃接触之声，却免不了吆喝纵跳，早就惊动了全府的打手，由飞叉豹子率领着，准备明火围攻。及至罗、戊二人一经躺下，飞叉豹子知道今天事情要糟，可是不能不咬着牙上前硬拼。当飞天神龙将六指头陀双目剜了以后，正想奔向内院，但是一声呐喊，数十名打手明火执仗地从四面围将拢来。飞天神龙虽不惧怕这些人，但他的来意本为复仇，如今虽做倒了两名，可始终不曾找到真正的对头，空伤多人何用？心中打量：“不如先自回去，过一天悄悄地再来收拾这姓周的小子吧。”他定了主意，立即从平地蹿上高墙。那里虽早伏了一排弓弩手，但是飞天神龙行动太快，还来不及放箭，早被他一路纵跳，一阵风似的脱离了那座周府。

飞天神龙走后，飞叉豹子忙把罗、戊二人扶了起来，搀入屋内，一看戊空的面目，亚似开了大红染缸，有一个眼珠还兀自挂在眼眶外边。饶那戊空这样一条好汉，也疼得他满床打滚。最为难的是，这一对已经作废了的乌珠，既无法使它复归原位，又没这勇气把它拉下来。飞叉豹子看着发愁，没奈何，只好暂时随它挂着吧。回过脸去再看罗丙南，因为当胸受了擘空掌，内脏业已震伤。当他回过气来时，一口口不住吐出鲜血，不消一顿饭时，罗丙南已是面如黄蜡，气若游丝，奄奄一息，比戊空还要危险十倍。飞叉豹子眼看两位师叔不但吃了大亏，而且还是一个命在旦夕，一个成了残废，想想此事均从自己身上所起，如今不但闹得灰头土脸，而且还对不住师门呢！一面心中只管愁烦，还不得不打叠起精神，为两位师叔延医疗治。

且说飞天神龙一次不曾报得血仇，过了几天，凭他的能力，重入周府，手戮仇敌全家本是极容易的事，不过飞天神龙是武当正宗的侠义人物，不到万不得已，绝不肯多伤人命。他认为冤有头，债有主，虽说吉安府周知府伯仁教子不严，但罪恶究在周小仁一人身上，所以那晚重入周府，声色不动，悄悄地仅将周小仁夫妇斩首，显得这是一报还一报，两命抵两命，对于府内其余诸人，丝毫不曾伤损。飞天神龙虽然如此谨慎，但因前夜伤了罗、戊二人，无形中早与崆峒派结了一重新仇。尤其是赵甲叟的师父大力黄能胡剑秋，性情褊急，猜忌护短，门户之见甚深。等到罗丙南伤重身死，戊空头陀失去双目以后，胡剑秋、赵甲叟师徒二人闻讯大怒，将飞天神龙恨入骨髓，立誓要将他活拿到手，先让六指头陀活剥开膛，然后再与罗丙南祭灵。

可是他师徒虽想得十分如意，而事实竟不能实现，这是什么缘故呢？原来一则飞天神龙并非易与之辈，焉能手到擒来？二则胡剑秋的师父铁面佛黄刚，法名悟真禅师，是一位有道的高僧。他是崆峒派开山祖师辈下第四代门人，虽然派属崆峒，他却目光远大，心气和平，认为中国武道万流同源，原是一家，不应深存门户之见，彼此仇视。如果以这样浅薄的眼光去支持自己本门本派，不但本门本派不能长存，便是整个武术本身势必因互为仇敌而自相残杀，日趋没落。好容易费了二三十年，苦练出来一个不易多得的人才，往往因为一点细故，与别派意气相争，终至伤亡于片刻之间，或则落一个两败俱伤。所以悟真禅师严戒本门徒子徒孙，不和别派别宗互相仇杀。如果违了法旨，立即严加惩罚。果然本门受了别派无理欺凌，也应以正当方式通知那一派的掌门人，要求惩罚。

目前，悟真禅师便是崆峒派的掌门人，掌教虽极严明，为人却极和蔼，所以凡他门下，无论何等嚣张、桀骜之辈，也没一个不畏服他的，自胡剑秋以下都奉若神明。此番他的徒孙罗丙南和戊空二人，一个身死，一个伤残，赵甲叟即禀明了胡剑秋，转求悟真禅师替他报仇。禅师一闻此事，便详细追究根源。一经知道飞叉豹子为趋奉恶吏，虐害良民，才邀请罗、戊二人帮拳，致受了武当派名手的伤害。又知道周小仁倚仗父势，调戏妇人，屈杀平民。这种助纣为虐的举动，根本就是飞叉豹子一人的罪恶，怎能怨得为兄报仇的志道恒？老禅师闻讯之后，不但不许门徒辈再向武当派寻仇，而且命胡剑秋告诫赵甲叟：教徒不严，本身就应受罚，还敢逞着血气之勇，替孽徒张胆，要求报仇？如再胡闹，定将他师徒逐出师门。以后如有不轨行为，仍能随时教训他们。

胡剑秋也深知老禅师的性情，绝不容许报复，不过自己见解与师父不同，一听自己徒弟被武当派收拾了个一死一伤，早已切齿痛恨，也是急欲报仇。所以明知老禅师不易允许，还是找了钉子碰来，结果仍然白费。自己纵有同情徒弟们的心，但上有师父掌门人在，哪能不遵他的命令呢？当时也只好唯唯应命，退了出来，去劝赵甲叟和戊空一班门徒，叫他们暂忍目前：“要报此仇，只要三寸气在，等到老禅师百年之后，我们爱怎样办，就怎样办。难道凭你我师徒几人，合力围攻一个飞天神龙，真还怕他飞上天去不成吗？”因为这一种内在的阻力，所以飞天神龙虽与崆峒派结下深仇，事后十八年中竟平安无事。

十余年光景，德恒一双儿女均已由飞天神龙抚养成人，且还传授了一身武艺。此时飞天神龙已承袭了武当派的掌门人。不过他性喜恬静，不愿多收门人，除了自己侄儿精一和侄女真真外，只收了两个徒弟，一个名叫杨晋，一个名叫杨仁鹤。二人虽同是姓杨，却不是一家。二杨年岁都较精一为长，精一俱以师兄称之。杨晋在九年前即已艺满，出了师门。杨仁鹤也在四五年前学成回家。目前飞天神龙已是五十余岁，平时深居简出，不问外事，唯一的事务，就是传授精一兄妹的艺事而已，因此他家的日子过得很清闲。

这一日，飞天神龙正在家中，看大门的长工慌慌张张跑进来，对自己禀道："门外来了三位爷们，说是从西北一带前来拜会你老。我问他们的名姓，他说：'你就提十八年前掌擘神行罗丙南的那一段公案。要在今天和你们主人了断了断。'看他们神色不好，正等着你老去会他们呢。"

飞天神龙听完，一阵回忆，才想起当年以擘空掌击败黑夜敌人的一段事。但那时并未与敌人交谈，过后又并无人来寻仇，总以为被自己击败的是一个无名之辈，早将此事忘得干干净净。不料今天来人忽提此事，心中未免有些奇异，知道躲闪不了，便对长工一摆手道："好，你就请他们到客厅相见，说我随后即来。"

飞天神龙当时细一考虑，知道来者不善，善者不来，今日之会虽未必立动干戈，可也不得不防。想罢，匆匆回到内室，将一柄七节软钢鞭围在腰间，又挂上一只镖囊，然后取过一件紫缎开氅披在外面，才故作从容地踱到厅上。

一脚从屏后转出来，见厅中大椅上坐着两个大汉和一个女子。再一留神，两汉之中竟有一个是头陀模样，而且扬头闭目，似乎是个瞎子。飞天神龙一见这个瞎头陀，忽地灵机一动，仿佛记得十八年前那一晚，在周府和自己动手的第二个人，黑影中似乎也是个披发头陀，分明记得自己用点钢指法，将他的双目剜出，他就栽倒在地上了，今天这个瞎头陀莫非就是当年指下的败将？

他一面回忆，一面上前向三人施了一个见面礼，朗声说道："在下志道恒，不知三位驾临，幸恕接候来迟。"说着，重又抱着拳，大圆圈施了一礼，随着向前让坐。一时宾主坐定，长工献茶已毕，来客三人始终坐着一语不发，飞天神龙看了好生纳闷。

一时茶罢，仆从退出，这才见三人中的一位老者，含笑对飞天神龙柔声说道：“久仰武当嫡派掌门人飞天神龙志老英雄的威名，不胜欣羡，而且我这位师弟六指头陀，”说到这里，就指着那瞎和尚，接下去道，“他还真领教过老英雄的高手。那天你们交手时，还有我一个师弟神行罗丙南，竟在老英雄的劈空掌下丧生。这都是愚兄弟们学艺不精，怨不着别人。如今死的早已死了，不死的也成了残废，足见得老英雄当日的手段！我弟兄们对于老英雄这番教训，怎敢片刻忘怀？只因我们本身有一种阻碍，所以事隔十八年，今天才得瞻仰老英雄的风采。但是老英雄可要放明白了，这些年并非我弟兄怕事，实因有不得已的苦衷，所以迟至今日才得向老英雄台前领教。所喜老英雄依然健在，真是我弟兄们的万幸！我知道把话说明之后，老英雄定肯赐教的。”

别听这老者说得那么彬彬有礼，谦恭和易，在他的眉目之间，却仍掩不住他那一种奸狡狠毒的锋芒。飞天神龙是何等角色，早就明白他来意不善，但想自己那一夜虽结下大仇，还真不知和自己交手受伤的那二人，究系何等人物，一直认为是个闷葫芦，今天他们既寻上门来，倒要问问明白。

想罢，当即含笑答谢道：“老人家太谦了！老人家今日下顾，凡有所命，在下焉敢不遵？但是实不相瞒，十八年前大闹吉安府那一回事，当时在下找的只有血仇周小仁，也就是吉安府周伯仁之子。至于其他武道同人，在当时纵有相拚相搏的事实，在内心实不愿伤害。不过当时在下为急于脱身，以便寻找仇人起见，先打发了两个人，却真不知道这两位姓甚名谁，何派高人。此后又事隔多年，益发无从探听。纵然后悔，要向那两位跟前去谢罪，也是无法探听。今日天幸老人家光顾，又听方才高论，想必在座这位大师傅，也就是那晚与在下交手的其中一位。自古说得好，不打不相识，我志道恒最敬重的是江湖义气。过去之事彼此不明来历，只算误打误撞。在下深觉自己做事孟浪，只要老人家吩咐，认输服罪，在下无不遵从，还求老人家念在天下武术原出同门，无分彼此，将这件事揭过去，实是感激不尽！”

在飞天神龙以为，自己所讲的都是实情，双方不但原无仇隙，并连姓名、派别都不知道，当初原以为他俩是周府护院的镖师呢。自己又是武当派的掌门人，来客既是武道中人，自己已如此认错，还能一点情面都不给吗？谁知那老者等不得飞天神龙把话说完，当即冷笑一声道：“多承掌门人海量，不和我们这班无名之辈计较！怎奈被你擘空掌击伤脏腑、呕血而亡的师弟，难道白死了吗？”说这话时，不由把脸色一沉，益发显出阴险狠毒、胸有成竹的神态来。随又回过脸去，向着那个瞎头陀说道：“五师弟，你且把你我的来历和当夜被他伤害的情形，对他详详细细地说一遍，也好让他明白我们的来意。”

飞天神龙一见老者变脸，心中虽则十分气恼，但不肯形于颜色。

只见六指头陀听了老头的话，随即仰着一张老丑的黑脸，瞪着一双剜空了眼珠儿的白眼眶子，竟然一张一合地大声嚷道：“姓志的，我们往日无冤，近日无仇，你仗着你那几手毒辣招数，先将我师兄罗丙南打死，然后又将洒家的双目剜去，害得我成了残废。我们同师兄弟十人和我师父大力黄能胡剑秋，誓必报此深仇！怎奈我崆峒派掌教真人悟真老禅师不愿开罪你们武当派，坚不允许寻你报仇，硬生生将洒家和罗师兄的深仇压了十八年。现在老禅师蜕化仙去，由我师父大力黄能接掌崆峒本门武术，师徒十人在祖师面前焚香设誓，必要寻你报却前仇！但是明人不做暗事，绝不像你们武当派，专门鬼鬼祟祟地杀人于黑夜之间。所以今日约请了我大师兄独角兽赵甲叟和六师妹红线娘江已兰，特地前来访你，对你明讲一句，三日之内必来会你。如果是好汉，不要躲躲闪闪，又生诡计。明年此月此日，便是你飞天神龙周年忌日了。话已说完，我们也无暇久留。”他说到此处，回过脸来向赵甲叟和江已兰这一面说道：“咱们走吧。”

二人闻言，齐应了声“好”，但见赵甲叟、江已兰一齐站起，向飞天神龙略一抱拳，说道：“暂时告别，三日内领教。”一语甫毕，三人起身向厅外走去，也就不容得主人再说话。飞天神龙只好随在后面，将这三位瘟神直送到大门外面，眼看着三人跃上马背，风驰电掣而去。

飞天神龙等到他三人一走，便命长工将精一兄妹唤来，对他兄妹如此这般地一讲，他兄妹才了然自己父母的死因和叔父抚养的情形。虽说杀父的仇人周小仁早就被叔父手刃，血海冤仇已算是报了，但是如今崆峒派恃强向叔父寻仇，完全是因为叔父为自己的父母报仇，才留下这条祸根。如今他们找上门来，虽然叔父武艺精纯，不见得惧怕他们，但自己兄妹应当和叔父商讨出个应敌之策才是。

谁知对飞天神龙一提这话，飞天神龙颜色沮丧，长长地叹了口气道："孩子啊，你们别把事情看得太容易了！要知道大力黄能胡剑秋闻名江湖，已有二三十年，可算目前崆峒门下第一把好手。他现掌着本门武术，别的不提，就是他那十位门徒中如独角兽赵甲叟、红线娘江已兰、红孩儿马癸伍，这都是江湖上出名手辣心毒的人物，何况他还有其余六个同门。我们再强些，才只一家三口。你兄妹虽也有些功夫，怎能敌得积年的江湖朋友？但是事已至此，也就说不得了，只好听天由命。不过有一句话，你二人要紧紧记住。三天时间最快，一晃眼就到，到了那时，你兄妹最好不要和来人对面。只要前边一动手，你兄妹立即想法逃生，千万不可因想帮我而加入斗争，要知绝不是你兄妹所能挽回的局面。只要你们能逃出本村，那时我便无后顾之忧了。至于我的生死，倒还不一定难保，只要你二人得脱虎口，也省得我悬心。切记！切记！"

精一一听飞天神龙今天的话和平日大不相同，相随十八余年来，不曾见到他老人家说过这样丧气的话和那种颓丧的神气，知道叔父绝不是信口吓人，事态确已严重。只是要自己不顾他老人家，竟先逃命，这如何肯听？兄妹二人偷偷地一商量，觉得叔父为替自己父母报仇，才种下这样恶果。如今到了危急，自己兄妹如何能一走了之？况且以叔父之能，未见得会惧怕他们。兄妹商量停当，在这三天以内，一切准备妥帖，可是显得心神不定，异常紧张。转眼到了第三日，反倒整日地绝无朕兆。

那是一个仲冬上弦之夜，飞天神龙一家三口各自怀了一种不可告人的紧张心情，草草用过晚饭。飞天神龙虽还和平时一样镇定，但终席也不曾说话，精一兄妹自更不敢开口。转眼黄昏已逝，深夜将临，精一在腰中掖了一柄单刀，悄悄地走出庭中，仰望满天星斗，在微寒的夜风里一闪一闪地放着辉光；遥望隔在院墙前面围场中的几棵老树，秃着枝头在微风中轻轻摇摆；侧耳细听，四周寂静无声，真静得连一根针掉在地上，都可以听出声息来。

精一刚想回到屋里去，忽听远处传来一阵杂遝的马蹄声，但是听去甚远，模糊不清。精一心中一动，暗说：莫非那话儿来了吗？正要拍手招呼真真来同听，哪知尚未转身迈步，只见上房屋脊间倏地有条黑影一闪而过，其捷无比，真有些令人怀疑自己是眼花，正在犹疑不决的这一瞬间，只听内室后进喝了声“来得好!”正是他叔叔飞天神龙的声口。

精一知道事情已到生死关头，但恨自己还不曾发见敌人藏在哪里，正想进去唤真真出来一同寻贼，忽又听得一声娇叱，立见两条黑影直奔外院而去。他认得这是真真的声音，料想那一条黑影准是敌人，方要纵身跃起，追上前去，忽觉从斜刺里砍到一阵刀风，知道敌人已经近身，也就顾不得再追真真，立即一耸身避过。乘这一纵一闪的当儿，从腰间摘下单刀，这才看清面前站着一个大汉，手使一对铁叶莲花铲，全长三尺，头锐中粗，两面锋刃，俱作半个莲花瓣形。这也是一种奇异的兵刃，它的使法似在刀剑和三尖两刃刀之间，直可以刺，横可以砍，而且每一个莲花瓣都用纯钢制成，平常兵刃碰上去，一不留神，能被它绞去锋刃。

精一自是惯家，知道破他的招数。敌人正好撒开莲花铲，上中下三路直扫过来。精一年纪虽轻，已深得飞天神龙的真传。见敌人来势凶猛，一路躲闪腾挪，让过来势，看看敌人锐气稍挫，立即一紧手中刀，撤身进刀，向敌人面门剁去。这原是一个虚招，敌人见他身手矫捷，知道受过武当真传，不敢怠慢，忙举铲向上，一拧左手腕，想绞他的刀刃。谁知精一竟是虚晃，等莲花铲临近，倏地一收刀势，回身便走。敌人见他虚晃便走，以为他怯敌，随喝声“哪里走”，平递右手铲，跨左足，进右足，正赶到精一背后，对准了精一背上，这一铲真个又狠又快。精一略回身，只一提气，唰的一声从敌人头顶上纵回来，恰好反落在敌人背后，向外一斜身，稳住了落势，左手轻按右脉，右臂斜抱单刀，斜着右肩向敌人腰上一刺。眼看刀尖离着敌人后腰只剩得二三寸的距离，敌人也是从横里一纵身，闪过了这一刀，随即使个“大鹏展翅”，先起左铲，再起右铲，齐向精一拦腰砍来。他这一手颇是厉害，纵能躲过第一铲，也逃不了第二铲，正是使莲花铲中一手绝招。

精一却识得他的厉害，也懂得破这一手的招数。不慌不忙让过第一铲，猛将持刀的那只手使了个斜挂鞭，用足臂力把刀背近着铲锋，横面猛磕出去。只听咯噔一声，火星直迸，刀铲相碰。精一是存心磕他，其力甚猛，莲花铲直荡去。敌人不由一惊，忙退后一步，然后蓄势以待。精一见他门户已开，一个箭步蹿到敌人面前，正待进攻，忽觉从身后飞过一阵疾风，知道脑后受人袭击，立即一低项背，又一拧腰，横旋了出去，也就避过了这一击。一回头，看见又多了个小孩子似的人，面目、年龄黑夜不易辨认，只觉此人行动如风，比先一人更加了得。在此刹那之间，真不容精一稍加思虑，早如旋风般杀了过来。精一见他右手使一柄鬼头刀，左手倚一根拐子，两件兵器左右盘旋，真如风车儿一般快捷。精一不禁有些手忙脚乱，此时三个人丁字儿跑开，便拼起命来。

精一自问双拳难敌四手，静夜中又听到远远传来一阵吆喝喧嚷之声，惦记着真真和飞天神龙不知在哪里和人交手。正寻思脱身之计，见一条人影从墙外飞入，如小鸟般落在三人之间。定睛一看，正是真真，立时精神一振，忙打了个暗语，意思是叫真真跟着自己去找叔父，无须在此恋战。不料又从后面跳进两个大汉，大喊道：“志道恒已经受伤逃跑，师弟们不要放走这两个小杂种！”

精一兄妹一闻言，真个魂飞天外，正想跳出圈子一同逃走，却早被四个敌人围了个风雨不透，一时休想脱身。这四个敌人想是看出了便宜，大家想两个打一个，以备将他兄妹一齐拿获。他们一声暗号，红孩儿马癸伍和后来的镇关东季辛谱缠住了精一，常胜将军黄壬翁和贪欢汉贾庚却围住了真真。贾庚却是第一个遇见真真，在院后已绊了半日，此时一心想把真真擒到手中，他是别有歹念。于是主宾六人，就互相拼了死命。

贪欢汉使的一双八角精钢蒜头锤，真真却使的一柄古冶剑。这柄剑原是飞天神龙当年创业的兵器，功能削铁如泥。真真此时早已豁出性命，仗着这柄剑，心中正打主意。偏是黄、贾二人欺她力弱，更不防她有此利剑。真真看得清切，等待贾庚八角锤迎头压下之时，娇叱一声："来得好!"猛地用力往上一挥，剑锋过处，只听咯噔一声，一对钢锤齐脖子削成四节，接着滴溜溜将一对锤头摔出去有三四尺远，差点没有砸在黄壬翁脚上。贾庚大惊稍退，真真借了这时机，立刻向贾庚这边连人带剑裹了进去。贾庚手中只剩了两节锤柄子，如何能够迎敌？慌忙向旁边一闪。真真原是以进为退，打算脱身，见贾庚向旁闪避，正好腾出一条去路，立将柳腰一拧，双足一点，斜着身平地拔葱，纵出七八尺去，接着喊声："哥哥走吧!"说时迟，那时快，忙又一连几纵，身法灵巧，早已蹿上了一带花墙。究竟在自己家里，路径熟悉，只管向冷僻所在奔去。这里贾、黄二人哪肯轻舍，当即一前一后地追了下去。

再说精一和红孩儿马癸伍、常胜将军黄壬翁杀了半天，已感红孩儿十分厉害，后来真真一到，贾庚、季辛谱又加了进来。黄壬翁、贾庚双战真真，自己这里除红孩儿外，又加了季辛谱。季辛谱本是一名武官，后来投到大力黄能门下，重又习了一身惊人本领。他善使一杆烂银枪，因他本是长于马上功夫，所以始终惯用长兵器。这一来，却反使精一占了些便宜。因为单刀本是破长枪的兵刃，所以长枪遇到单刀，便要打个八折。无奈红孩儿的一刀一拐，神出鬼没，精一渐渐有些不济，忽见真真已走，心下越发慌乱。

正在这时，又听从后院中有人呼喝而出，口内直嚷"不要放走了小的"。话到人到，一阵风似的，又添了一个白发老翁，一下手便将一柄三尖两刃刀使了个风雨不透，直逼得精一连气都透不出来。

只听红孩儿笑喊道：“小子，还不扔下兵器，跪地投降！老爷爱你年轻轻人儿，已有如此功夫，开开恩，不妨收你为徒呀！”红孩儿又边打边向老翁说道：“大师兄尽管歇息去，这小子交给我了，还怕他跑上天吗？”

精一听了越发着慌。精一兄妹虽系家学渊源，自幼已得武当真传，但毕竟终年家居，从不曾闯过江湖，经验太浅。精一此时力战三雄，实已不能抵御，又加心念叔父、妹子，应付间偶一疏忽，竟中了红孩儿一拐子，正揍在右脚踝上，不由“哎呀”一声，几乎栽倒。真亏他功候不浅，立即将势就势，乘这一倒的机会，立刻就地使了个醉罗汉中“罗汉十八滚”的招式，一口气连滚带蹦，连人带刀，直向三人的空隙中卷了出去。一出圈子，立刻胆子一壮，陡地跃起身躯，从平地飞登墙头。正想翻出墙外，只听白发老翁笑喝一声“照打”，回头一看，看见寒星一点，直奔面门，连忙侧身避过，可是扑哧一声，左肩上早中了暗器。好在当时有些麻木，尚不十分疼痛，便一咬牙，仍然翻落墙外，不敢站住，一口气直向庄南树林中逃了进去，红孩儿和赵甲叟也就飞身追了下来。

第二回　两个神秘女子

飞天神龙在那一晚间，发见大批敌人前来袭击，自己虽仗着一身出奇的武功，但是他是久闯江湖，深知崆峒派老掌教悟真禅师和他徒弟大力黄能的本领的。悟真禅师身怀绝技，却从不出手，好在江湖上一闻大名，谁也不敢去以卵敌石。至于大力黄能，论到江湖上的辈分，恰与飞天神龙同辈，所以飞天神龙深知他是个棘手的人物。今晚他们既是师徒十人倾全力来斗，自己孤掌难鸣，已处于必败之势。虽有精一兄妹，毕竟年轻，哪能敌得住这一班江湖豪客？不过自己也是武当派的掌门人，为门户计，也不能示弱，所以决心与这班人拼个死活。他心中悬念的就是精一兄妹，不但不能帮着自己，反倒添了个累赘。及至敌人一到，分左右前后，一齐来攻，已觉无法再顾精一兄妹。大力黄能岂不知道飞天神龙的厉害，所以自己出马，专门应付飞天神龙。余下众门徒，除了前后搜索而外，都在一旁助阵，准备到必要时一齐群打飞天神龙，也好将他擒住报仇。

但任凭大力黄能厉害，一到对面屋上，飞天神龙早已觉出，立即灭灯相待。大力黄能也不肯做那鼠窃的行径，当时纵身下地，向屋内高声说道：“崆峒派掌门人胡剑秋在此候教，请武当派掌门人志老英雄出来赐招吧。”

一言未了，飞天神龙早就同风叶般蹿了出来。一看庭院正中站定大力黄能，黑影中看不真切服装、面貌，只觉得是一个中等身材的老者，面部无须，站在那里，正如渊渟岳峙一般，异常静穆，看去似乎未握兵刃，再看两边，雁翅式分站了六个武装汉子和一位妇女。

飞天神龙不慌不忙，向着大力黄能欠身抱拳答道："胡老英雄驾到，乞恕未及远迎。"

大力黄能也一抱拳，冷冷说道："我师徒来意，打量老英雄早已明白。在下身为人师，实难坐视门徒们任人宰割，故而亲到台前领教。"

飞天神龙正想诉说当年无意结仇的话，谁知大力黄能用手一摆，傲然止住道："事已到此，多言无益，就请发招吧。"

飞天神龙一见他那种倨傲的狂态，不由心中发火，冷笑道："很好！本身是主，不便占先，就请赐教吧。"

一语甫毕，大力黄能也不发言，只一个错步，倏地向后退去六尺。随着这一退，说得一声"请"，早已人到拳到，向飞天神龙当胸一掌劈来。飞天神龙识得他这一掌"独劈泰华"的功力，万万不能挨上一丝边儿，忙侧身避过，正想还招，不料大力黄能出手快捷，那第二手"云里擒龙"也就接连发出。这一手却是张开钢剪般的五指，倏地向飞天神龙左肩头抓来，飞天神龙又一矮身躲过这一爪。谁知大力黄能果然了得，他这一手"云里擒龙"向来是百发百中，从不容人闪躲的，因为他这一爪之后，紧接着还有第二招的缘故。此刻飞天神龙一矮身，以为已经躲过，却不料大力黄能喝声"着"，那钢爪般的五指，早就趁着敌人矮身之势，重新展开，仍望敌人的左肩直压下来。

飞天神龙识得他这一掌下压，名为"单掌压奇峰"，纯用内家气功，当之者不必被他掌指所触，只须够上掌风的力量，立即可以筋折骨糜，不由心内一惊。随着大力黄能的掌风向下压的当儿，飞天神龙矮着身躯，向斜刺里用力这一蹿，平着身体，和鸟儿似的飞到了掌风范围以外，不但旁观的赵甲叟这一干同门暗暗叫声"名不虚传"，便是大力黄能也自叹服，不愧名下无虚，随即喊出一个"好"字。在他这个好字尚未住口，飞天神龙早已怒发冲冠地猛扑过来，一摆左右手，双掌齐起，名为"双掌踏天门"，左掌高，右掌低，一齐向大力黄能的面部、胸部两处击到。大力黄能一闪身，一扭头，躲过了这一招，当即斜跨步，踏入敌人左侧，横击敌人腰肋之间。飞天神龙运用气功，将一股罡气全注入了左臂，随着来掌这一挥，只听啪的一声，二人臂腕相击，功力悉敌，竟发出如击败革的声音。

这一下，大力黄能知道飞天神龙的功候，绝非自己所能取胜，心一横，只好将江湖上不体面的群打使出来了。于是一边还招，一边回头向众门徒一递暗号，立见独角兽赵甲叟、水上飘风章乙山、神拳将王丁木、六指头陀戊空、红线娘江己兰、镇关东季辛谱六人，各掣手中兵刃，纷纷上前围攻。

飞天神龙一见他们这种以众凌寡的围攻举动，不由起了轻蔑之心，随即哈哈大笑道："来得好，这也显得你崆峒派的门风！"

一句话说得大力黄能脸上通红，但是箭在弦上，已是不得不发，而且自知如果不是群打，真未必能报得了前仇，没奈何只好装听不见，师徒七人倚恃众势，大家亮兵刃一拥而上。

可是飞天神龙和大力黄能一上手用的是拳脚，此刻众人一亮兵器，飞天神龙也不得不递兵器了。当即一撤身，跃出众围，低头背手从肩头拔出那柄"秋镡剑"。剑锋出鞘，迎着星光，光闪闪正如一泓秋水，耀人眼目；再一施展，但见光芒四射，亚似银蛇飞舞，随着飞天神龙的身法，兔起鹘落。七人的兵器虽然一齐奔起，却显得暗淡无光了。

大力黄能见他也亮了兵刃，一望而知是一口宝剑，忙递了一个暗号给众门徒，叫他们小心在意，自己一摆手中双戟，直向飞天神龙迎头击去。飞天神龙知道大力黄能的双戟非比等闲，他年轻时节生得白皙，又凭着一双短戟横行西北几省，人都称他为双戟赛温侯胡剑秋。吕布使的是长戟，所谓方天画戟；他却是一对短戟，故称为双戟赛温侯。当时胡、志二位掌门人一搭上手，直杀了个月黑无光。看看戟非剑敌，胡剑秋便大喝一声，众门徒一齐拥上，将飞天神龙困在垓心。飞天神龙毫不惧怯，将一柄秋镡剑施展开来，真和电光球一般，浑身上下找不出丝毫空隙，这七个人一时也奈何不了他。

大力黄能一面进攻，一面心中暗打主意。那六个门徒也知秋镡剑的厉害，处处留神，再也不敢去磕碰剑锋，所以飞天神龙打算乘机削去他们一二件兵刃，也颇困难。斗了半日，无非是一场混战。飞天神龙总不见精一兄妹出现，心中甚是惊疑，心下未免分了点神。大力黄能的双戟得了机会，便将左手戟荡开秋镡剑，右手戟直递到敌人前胸。飞天神龙见剑被格开，前胸门户洞开，四面六件兵器又都围得风雨不透，就使了个绝招，侧着身，一塌腰一低头，整个身躯几乎和地面贴到一处。就在此一刹那间，横扫手中剑，向着围攻的某一面下三路直扫过去。首当其冲的正是神拳将王丁木和红线娘江已兰二人，其次便是六指头陀戊空。

飞天神龙今天也是真急了，将三十余年的真功实力全使了出来。他从四十岁以后和人交手，从不肯下绝手杀伤人家，如此已经十余年了。今天的情形显然不同，七个人围攻一个，这七个人又都是和自己不相上下的人物，如再不施展绝技，无异是束手待毙，所以他不顾一切，才使出这一手"秋风扫落叶"的招数。

要说这手"秋风扫落叶"，在拳术中却分两种使法，一种用在拳击，一种用在兵刃。拳击中的扫法是用在腿上，兵刃中的扫法却借着兵器的力量，自然格外厉害。因为这一招使出去，总在被围的时候，所以用得得法，可以使敌人多数受伤。飞天神龙此时一挫身，荡开手中剑，向王、江及戊空等三人立处扫去。说时迟，那时快，其捷无比，竟不容人闪避，尤其那个六指头陀，双目已残，交手时全凭听觉，居然也能夹在一群人内，向敌人进招还招，功夫正自不弱，如今这一剑扫过来，却吃亏了在下三路，听觉上未免打了折扣，所以直到飞天神龙的剑风已经临近脚踝，他才觉着，忙想跃身趋避。飞天神龙已经拼了命的，何等快速，哪容你避得！只听剑锋过处，六指头陀"哎呀"一声，早是脚踝上中了一剑，立时栽倒地上，变成刖足的孙武子了。

剑锋指到的第二人便是王丁木。此人也是大力黄能门下一个健者，惯使一柄日月金锁连环铛。虽是长兵刃，却能临时将它折成两节，分左右手舞动。左手变成短柄的铛形兵器，除首端仍是一个月牙铛外，月牙下边两面尽是锯齿利刃，可以砍杀锯锉；右手是折下来的后半节，二器中间系以金环，环解，兵器立分。这后半节的前端是一截四五寸长的枪尖，也就是连成一器时插入前半节的销子，上有弹簧暗扣，要分折时，只须右手食指在柄上一按，弹簧一松，插销立可拔出。其全身纯系一根铁杆，不过在枪尖后部又生出两个相反斜伸的吴钩，向前的帮助枪尖作刺搏之用，向后的纯为钩扎之用。这是一件相当奇异的兵器，可长可短。它那钩扎、刺、砍、劈、绞、迎、送，如运用适宜，无不得心应手。

王丁木在此铛上花有二十年的功夫。他因为今夜多人围攻，长器转动不便，不如改用短铛和铁钩，将一铛分为二器，分执左右手，正和拨风似的向敌人攻去，骤见敌人一矮身，整个身躯贴伏在地，一时不解他使何招式，正想举左手铛向下砍去，不料敌人如一溜烟似的直向脚边滚来。第一个到了六指头陀跟前，分明听得头陀惨号一声，知道不好，自己想躲，已万来不及，忙垂右手钢钩向地面上一立，想挡住来剑，哪知咔嚓一声，钢钩齐根削断，剑锋早又横扫过来。忙不迭退步，又听唰的一响，自己腰间直垂下来的丝绦和大脚裤管一齐被剑划断，小腿迎面骨上好像针扎般的一阵刺疼，知道是剑风过处波及皮肉，不由暗说一句“好险”，他这一念之间，时间本极短促，敌人剑锋早又掉到左边的江已兰脚下。

幸而江已兰站得较远，先见六指头陀刖足而仆，再见王丁木的钢钩和丝绦都成了断尾之物，早就防备。敌人剑锋扫到，江已兰知道利剑不可力敌，怕折了自己兵器，也顾不得敌人逃走，只好一个箭步，让开重围的一角，一纵身，横跃出七八尺远，才算躲过这一剑。可是江已兰武功既比一班同门精纯，心思尤为诡谲，当耸身跃躲之际，立即打了一个坏主意。

她一经跃出圈子去，竟不再回来，反倒高声向大力黄能喊了声：“师父，此处无须多人，徒儿且到外面找一找两个小的去。”说完了一拧身，便跑出老远。

这里众人见她走了，敌我双方都不再去注意她的行动，唯有飞天神龙一闻她要找精一兄妹，不由心中多了一层顾虑，但是自己拨不开身去保护他们，也只好罢了。

这时，人群中除了受伤倒地的瞎和尚和退出战场的红线娘以外，尚有师徒五人。当时赵甲叟和章乙山已将六指头陀乘空抬出圈外，飞天神龙也无意再去伤害他们。因为七人中去了四人，一时形势大松，他一看时机不再，立刻向季辛谱面前飞剑直扫过去，逼得季辛谱连连倒退，三个人丁字式围阵中便露出一角空隙来。飞天神龙正想借势破围而出，不料赵、章二人处置好了六指头陀，重又杀将入来。他见时机迫切，未免心慌，忙向冲入来的赵甲叟虚劈一剑。赵甲叟刚一纵身避过，飞天神龙立即从这一个隙缝中，二次打算突围而出。

谁知刚刚跃出圈子，脚未站稳，忽从黑暗处飞来一物，正奔自己咽喉。因为万想不到在对面五人而外，凭空更会飞出暗器来，确是出乎意外，不但已躲不过去，就是用剑去挡，也来不及了，只得尽力一扭脖项，整个上身便横斜过来。当时虽然闪过咽喉，身体一侧，左肩向下，右肩向上，位置未免高了一些，就觉右肩窝内扑哧一声响，早已中了暗器，当时一阵剧痛，还不知道中的是什么东西。幸而功夫真好，虽中了暗器袭击，依然一纵身，平跳出两丈多远，随接着一路纵跳腾跃，立刻跳上花墙，顺了屋脊，一溜烟似的直奔后面竹园而去。

飞天神龙负伤败走，众人还想穷追，大力黄能第一个跳上屋脊，向四面一望，影影绰绰中，早已失去了飞天神龙的身影。大力黄能估量，连自己带众门徒的脚力，都未见得能追赶得上，便一摆手，止住了众人，说道："暂时不用穷追。俗话说君子报仇，十年不晚，反正他逃不出我的掌握中去。"随即一齐跳落在地。

此时，精一兄妹尚在前边和红孩儿等交手。赵甲叟算是这一次的事头，不便闲着，便和季辛谱一先一后又奔前院。那正是精一兄妹被困的当儿。直到赵甲叟一到，真真先自飞跑，精一又受伤逃走。红孩儿、赵甲叟虽不曾追上精一，却又放了一支乾坤弩，才回到原处。

结果师徒十人劳师动众，直捣志家，却连一个人也不曾擒住，休提报仇二字。但话虽如此，究竟飞天神龙安安静静的一个家庭，竟被他们搅了个四散，还不解恨，临行又放了一把火，将志家偌大家宅烧得片瓦不存。

当志精一逃出重围之后，已中了赵甲叟的一支金钱冷钢钻，打在肩头上。因为逃命要紧，也就不顾疼痛，依然越墙落荒而走。偏偏赵甲叟和红孩儿又追了下来，幸而二人路径不熟，精一却是自己家门口，什么冷僻道路，从小便钻来钻去，自然易于脱身。虽是这样，红孩儿心毒手狠，看了追赶不上，打量还在他的乾坤弩射程之内，便不管他中与不中，远望精一后影，给了他一弩。他这种药制乾坤弩是一排六寸上下的排弩，发时拨动机簧，射程比其他机器为远，且能一排连发五支。箭端喂有毒汁，虽非见血封喉，却能腐烂而死。今天距离太远，没有把握，本不应再发，红孩儿和精一斗了半天，仍被逃走，心中气他不过，所以发一支聊以泄愤。不想瞎发瞎中，偏又中在精一的小腿上，幸而射程已远，力量大差，精一又层层叠叠地打着麻布绑腿，所以一弩中的，仅仅夹在绑腿布之内，箭头竟未穿透，故未伤及皮肉，不然的话，精一这一只腿就成问题了。

当时精一虽中一箭，竟不曾觉得绑腿上夹了那支箭，直跑了一个更次，才又躲躲闪闪，从林间穿身而过，真不敢走大道，斗不过敌人人多势众。但等天明以后，心中念着叔父、妹子俱不知避往何处，不如暂伏草间，等到天亮，再作打算。

东方发白，旭日上升。志精一肩窝本已受伤，身伏草间，夜又寒冷，浑身被霜沾透，寒战不已，一步步踅出草间一看，知道离家已有三十余里，地名桃花村。他此刻急于要知道叔父、妹子的下落，归心如箭，立刻撕下一幅小衣裹住了肩上伤痕，也顾不得疲倦，立起来就走。好在邻村熟路，不消半天，早已走进村里，正向前走，忽见路旁转出一位老翁来，说道："来的不是志家小官人吗？"

精一站定一看，认识他是桥东头卖草药的黄老寿，当即站住了和他说话。只见老寿抖抖索索向精一问道："小官人敢是从县城里面来吗？怎么这时候反望家里跑？可知你家房屋失火，已成了一片白地了？"

精一一听，猛吃一惊，忙问道：“我叔父现在家里吗？”

黄老寿叹了口气道：“哪有你叔太爷的影儿？若说被火烧死，也该有个尸首呀。”

精一再也听不下去，回头便向家里奔去。待到临近，只见黑焰里兀自冒着余火，偌大一所屋宇竟烧得一间不剩，暗暗切齿骂了声：“好狠的贼徒，我不杀尽你们这批强寇，誓不为人！”可是心中只管发狠，却没法知道叔父和妹子的下落，而且昨晚虽说在家和贼人厮杀，万想不到一战之后，便成了有家难归。此时身上分文未带，又不愿向邻居村人们借贷，自己此后又往何处存身呢？他一个人闷闷地坐在旷野地上，只是发愣。

后来他决定了一个办法，便是以先找妹子再找叔父为第一要着，但妹子到哪里去了呢？他只有从几家至亲那里找去。但那家亲戚却住在湖南巴陵县，此去足有数百里路程，自己资斧断绝，怎样上路？又一想，大丈夫还怕饿死不成？于是，一路上就以变卖一身所有的衣服、零件作为盘费，开始他的旅程。到最后，竟至出卖那口单刀来求一饱。志精一在路上越走越没有钱，住不起客店，只好找个古庙甚至山洞、岩窟或是人家茅檐下过宿。时间既值隆冬，心中又是说不尽的愁愤忧念。精一虽不是大富大贵的人家，但也算得是娇生惯养的小康之户，焉能受此苦楚？而且一路行来，又走错了路。本来从萍乡到醴陵，入了湖南省境，最好是奔浏阳，再从大路奔长沙，经湘阴，直到巴陵。他偏贪走小路，反而向大冈、安山一带走了回头路，一转二转，山径难认，竟绕到莫阜山北，通城、蒲圻之间去，巴陵愈来愈远。

这一天朔风扑面，大雪飘空，整整下了一日一夜。所行都是荒野，那种凛冽的寒风和扑面的冰雪，让人连气都透不过来。精一早因长途饥寒劳瘁，积成疾病，仗着一身武功，尚能支持。这次在枯庙里殿角下躺了二十四小时，粒米滴水未曾沾唇，早已冻饿难忍，所有以前所受的风寒劳倦，便一齐待时而发，他自己还不知道。在庙里待了一昼夜，大雪越下越大，一座破庙大院子早已铺满了尺余厚的积雪。雪仍是下个不住，精一腹内早空，一想如此大雪，在这四无人烟的枯庙里，等到哪天才能出头？说不得，只好咬牙冲出庙门，冒寒向北走去。从清晨走到晚，勉勉强强走了十几里路，早已筋疲力尽，想要找个人家讨些水饭，可是望到前面，不但没有人家，只见白茫茫一片水光，原来竟跑到湘北的黄盖湖来了。

精一满心失望，心说：这一次真到了日暮途穷了！然而还想鼓起余勇，拼命地沿湖奔去。那水边的风雪，更别提多么凶猛，直吹得整个身躯摇摇欲倒。又勉强走了半日，眼见冻云四合，天将就暮，北风愈劲。精一咬紧牙关，运足内功，向前奔去。只想找到一家村舍，偏偏走到鸭关矶的北面来了。那地方背倚大江，只有几家渔户，这大雪天，谁也关上门不愿出来。精一行到此处，真是一丝余力都没有了，只觉一阵头晕心恶，站立不住，翻身栽倒在地，但心里还明白，心说：这样躺在江边上不是更糟吗？于是从深雪里向村里一步步地爬过去。

此时，正值繁星欲上，黄昏将近，江村边人迹更稀。他爬了半天，也不曾遇见一个人影。他爬一会儿，歇一会儿，一直爬到将近午夜。便是他这样慢慢地爬，也爬了十里八里的路，那种痛苦疲劳，也就可想而知。到后来，夜色愈深，气候愈寒，老天倒像真和他过不去似的，半夜里重又下起大雪来，一会儿，密密层层铺满了整个荒郊野地。精一想爬也爬不动了，到最后一阵昏迷，便活活地埋在深雪之中。

他的全身早已失了知觉，直到次晨崔仁虎在门前发现老鸦打磨，才将精一抬到宅内灌救过来，可是他的病势并非仅一时的冻馁，而是积久的忧劳、愤怒所致，虽经救活，却又足足病了一个多月才算痊愈。

那时，在鄂西荆州府荆门州和宜昌府三角地带，有一处名曰宜都的地方。地当长江上游，北倚凤凰山，南临渔洋河，是个险要地处。在渔洋河偏南有一个渔洋镇，镇上三五十户人家，多半以渔为生，生活虽然清苦，海阔天空的，倒也快活。

此时，镇上忽然来了一个二十余岁的女子，据她自称家世捕捞为业，住在湘南一带，因避徭役才到此间。老父、弱母一路上受不了苦楚，都已相继去世，只剩她一个人，飘流至此。一来打算避难，二来打算在此对付着捕一些水产物，以为生活。渔村人家多半老实怕事，虽然觉得她有些来历不明，但是看她那样美貌，又生得楚楚可怜，也就不去怀疑有别的情迹，况且天下的土地，天下人皆可占得，又哪有权力去干涉人家呢？所以大家也就习久为常了。这位女子自称姓李，大排行第十一，故而村人都称她一声“李十一姑”。至于她究竟有无丈夫，别人也就不便细问了。

光阴迅速，自从李十一姑来到渔洋以后，不觉已有一个多月。她虽说捕鱼为生，但是一班渔户们从不曾见她打过一次鱼，或是下过一次船，每日总是闭门寂坐，有时她家大门紧闭，终日不见她外出。有一天，有一个渔人经过李家门首，忽见双扉反扣，上面加上一柄铁锁，再向木窗里面张望，才觉得室内空无一人，以为李十一姑搬到别处了。她本非此地土著，搬走也是意中之事，渐渐淡忘了。

此时正当洪杨自粤入湘，闹得两湖间风声鹤唳的时候。鄂西境内虽还不曾见到太平天国的旗帜，可是长江下游各府县城池却早已纷纷弃守。宜都邻近那些地方，如松滋、江口、沈家店、童家铺、陈家冈以及郧城、孱陵等处地方官府，都先后发现了小股的太平军。同时地面上也常常发现土匪，甚至路劫的独脚强盗。那时的官兵见了长毛（彼时对太平军之称谓），平时连正眼都不敢瞧，只装着不见。等到奉命剿匪之时，自然一个个溜之大吉。所以不到三年，太平军早已占有中原数省，大有直捣龙庭之势。鄂西一带老百姓，因为官兵的贪污昏瞀，而且怕死，也有许多同情太平军的人，正是民心涣散。这时，却另有一个组织应运而生，名为红旗队，也就是太平军的一部分。听说首领是一个年轻美貌的女子，可是神出鬼没，从来不使人知道她的真姓名和真面貌。她的打扮是头裹紫红包巾，身穿大红密巧小袄，下身大红战裙，大红皮制铁叶凤头小蛮靴，外罩玄色斗篷，骑一匹纯黑健驴，驰骤如飞，来去无踪。那一带乡村人家的青年壮丁和小媳妇儿常常无故失踪，便有人说是让红旗队给绑架去了。那些大户人家，又时常大批失窃，被窃的金银财宝真不在少数，因而闹得鄂西一带鸡犬不宁。有人就说是那女子部下所做，但是毕竟没有证据。

童家铺西有一个东湖，倚山带水，风景秀美，又是个富庶之区，居民十家九家殷富。有一个姓殷的土著，本地首富，膝下只生一女，爱如掌珠。有一夜，被一个夜行人盗去了若干金帛财宝，立刻报官缉捕。官方当时便派人来踏勘，却查不出什么痕迹。因为本家的要求，就派了四名捕快守护院宅。

到了第二晚后半夜，护院的官人们正巡查完了前后院落，准备高卧，忽听屋面上娇声呼叱和刀剑击刺的声音。这些官人知道，又是那话儿来了，忙吆喝起来，仗着人多，明火执仗，向上房奔去。谁知一到后院，只见一前一后两条黑影，飞一般地向墙外蹿去。众人虚张声势地拿梯子，敲铜锣，预备捉那贼人。等到他们这里战战兢兢地爬上了屋顶，那两条黑影早去得无影无踪。大家一阵纷纷议论，有的说亲眼看见共来了五六个人；有的说不对，只有两个人；有的说不是一路来的，不然为什么听到上面有吆喝击扑之声呢？不言众人七嘴八舌，一无成就，忽见本宅有人出来，悄悄地告诉大家，说是差一点小姐出了错儿。

殷家小姐那天半夜里正在梦中，忽被一种声音惊醒，睁眼一看，面前站定一个大汉，背着灯光，也看不清面貌。他一手提着一柄明晃晃的刀，向殷小姐面门上一比，低声说道："快脱衣服，不要等我动手！"

可怜殷小姐一见这种来势，早吓得连动也不会动了，白瞪着眼哆嗦。那强盗见她害怕，躺在被内不动不喊，似乎想到她本已睡下，用不着再脱衣服，随即用手将殷小姐的被窝一掀。殷小姐立刻缩作一团，益发抖得厉害。那强盗笑了一声，将刀插在背上，伸出两只粗手，一把将殷小姐抱入怀中。殷小姐此刻才吓得哭了起来。强盗似乎也懂得轻怜蜜爱，就将殷小姐抱得紧紧的，口对口叫她不必害怕，然后解开她的上衣，伸进一只毛茸茸的粗手，在酥胸嫩乳间抚摸了个痛快。这时殷小姐已吓得半昏，那强盗却和疯了似的一阵乱扯，竟将殷小姐一条单裤扯了下来。灯光下，强盗看见殷小姐酥胸尽敞，玉体横陈，他那一双馋眼中真要冒出火来，竟将殷小姐平放在床沿上。

自己正要腾身而上，猛听一声呼叱，立从窗外飞进一物，正向强盗的背上打来。强盗倒也有些能耐，虽在兽性勃发之时，仍能顾到前后左右。他听窗外一声呼叱，立即有了准备。所以暗器飞入之时，他虽不及转身，怀中又抱着一个人，舍不得放手，所以只能一矮身躯，向殷小姐身上一扑，那宗暗器立即啪的一声钉在床中板壁上。强盗此时虽然万分舍不得这个活宝，可是也不能不要性命。他抬头一看，板壁上正钉着一支细而且长的钢镖，还不住地晃动，忙抛开了怀中人儿，一挪步纵到屋子角上，未及转身，早从窗外飞进一个黑影，灯光下仿佛像一只燕儿似的那样轻巧。强盗转过脸来，敌人的剑光早已当头劈下，只觉带着风声，异常劲捷。强盗也顾不得再看来人面目，更来不及拔取背插单刀，只好顺手举起身旁一只木椅，迎头一扫。虽已挡过那一剑，可是咔嚓一声，木椅早已劈成两半。强盗擒着手中半只木椅，喝声“照打”，一撒手，将木椅向敌人打了出去，乘敌人侧身一避的当儿，随即一个箭步蹿到窗口，又一俯身，蹿出窗外，才算离去绣房。

再说强盗好事临头，殊不知被人打破，如何不恨！竟忘了自己是做贼来的，他一登屋顶，不由恶狠狠地向房内喊道：“好小子，竟敢干预你家太爷的闲事，还不出来送死！”

那人救了殷小姐，本想看看她可曾受污，还未移步，就听屋上叫阵，不由想到自己目前的地位，也顾不得殷小姐如何，急忙也蹿出窗外，一耸身到了屋面，尚未站稳，觉着迎面刀风已到，当即一侧身，避过那一刀，一摆手中长剑，嗖嗖嗖一连几招，直向强盗下三路砍去。强盗真想不到来者是如此的高手，早已连跳带蹦，闹了个只能招架，不及还招了。也就是三五个来回，强盗早觉到不是人家对手，又一听下面人声嘈杂，大约已惊动护院的了，做贼心虚，忙虚砍一刀，回身就跑。

这里使剑的这位夜行客心中也正在担心，听下面人声鼎沸，心说道：不如乘着追贼，一前一后，一起溜了吧。于是也就赶了下来。出了殷家围墙外面，想此贼淫凶可恶，虽无暇除他，也叫他留个纪念，方才从床板上拔下的那支钢镖，所幸尚在左手握着，此时瞧得真切，一扬手发将出去，又快又准，强盗又是背面而驰，如何防得？噗的一声，正中在腿肚子上。那强盗正跑得好好的，忽然中了一镖，打得他一个寒噤，翻身栽倒地上。后面追者正要向前，只见强盗顾不得负伤，连跌带滚，往山坡下直滚下去。本打算再赶下去，又一想人已救了，镖也中了，也就随他去吧。于是走到山坡边向下一看，早已无影无踪，就回身止步，找了一个隐僻的所在，打算暂歇一会儿再走。

时候已近四更天气，冬夜凝寒，星光闪烁，冷彻天空。这位使长剑的夜行人找到了一方大可寻丈的岩石，石后一大丛野树杂草，像屏风似的挡住了北来的寒风。觉得此地尚可避风，就坐在岩石下面，又从背上解下了一束衣服，抖将开来，是件黑色披风，将它紧紧地裹在身上，预备度过了一夜再说。正自静静闭目坐地，忽听从东面远远地送来一阵嘚嘚的蹄声，心中一动，暗想："这样荒野，又在深夜，来者何人呢？"好在自己坐处甚为隐僻，从外面望进来是看不真切的，正好窥看究竟。待到蹄声渐渐临近，从树隙中望出去，原来是一个女子，首包紫巾，身披玄色斗篷，骑了一匹纯黑的健驴，只有四蹄一尾洁白如银。那驴儿走得不快，仿佛是在左近闲逛，绝不像在赶路。

正觉奇怪，不料那匹驴儿到了自己藏身的丛树前面，倏地站住，驴头对了树林长嘶了两声。驴背上这个女子，微笑着拍了拍驴儿的脖颈，低声说道："什么事大惊小怪的，不过有个把过路客人在这儿打盹儿罢了，犯得上这样吗？"说着，便一纵身跳下驴背，走了过来。

细看她下鞍和步履间，像是一个武功极有根底的人，不由心里怙惙，暗想："像这样娇滴滴的人儿，在如此深夜，跑到荒野地方，此女是怎么一个来历呢？"一面忖量，一面还以为自己藏身之所甚为隐僻，不至被她发见。哪知一念未了，女子袅袅婷婷，分花拂柳般地竟走进丛林之间。

夜行客才知道她已经发现自己所在，便沉不住气了，立即掣出长剑，倏地站起喝问道："来者何人?"

女子一听夜行客的语声，分明是个女子声口，不由略一迟疑，心想："原来是女扮男装呀!"便即恢复了常态，行所无事地走到跟前，含笑答道："干吗拿刀动杖的，谁还来打劫你不成吗?"

此时，二人相离甚近，夜行客觉得从女子朱唇中喷出一种芬芳馥郁之气，中人欲醉。星光下一看女子面貌，长眉入鬓，凤目含威，十分美艳，一颦一笑中，却处处含着秀媚，言语间尤觉意态甜蜜，面上肤色，在黑夜间虽没法看清，至少也是十分白皙细致，不由看得愣愣的，说不出话来。

女子更不怠慢，星光之下，凑到面前，仔细向夜行客脸上看了看，上前一步，一伸手握住了夜行客的一只左手，含笑说道："你我都是一样的，你跟我充的什么好汉?"说罢，咯咯地笑将起来。

夜行客听她说话，莺声呖呖，甚是悦耳动人，心想："尤奇的是我与她素不相识，黑夜之间，何能知我来历?"正自心中怀疑，又听女子笑道："请问你从何地来，到此地有什么要事，这样深夜间还在荒野里坐地?"

夜行客闻言，才知她并不认识自己，心上一块石头才得放下，但觉不好贸然启齿，只瞪着眼望着她，作声不得。

女子见了这种情形，扑哧一笑，拉了夜行客的手腕，口内说道："随我来吧，害不了你，放心吧。"说着，拉了就走。

夜行客看她似无恶意，也只得随了她走去。女子此刻一手挽了夜行客，一手牵着那匹黑驴，不再说话，只向丛莽深处走去。看她弯来转去，似乎非常熟稔。走约二三里远近，才远远望见前面有几粒灯光。女子说了句："我们走快些吧。"足下一紧，立时细撮莲步，如飘风一般行去。夜行客一看她的步法，已知她的飞行功夫，也就不甘示弱，步下一紧，立即展开夜行步法，连纵带蹿地跟踪上去。最可笑那匹黑驴，也跟着主人跑开了。

跑不到半里路，那黑驴仰首长空，一声嘶叫，便见离二人行处数十步远的灯光处所，影影绰绰地跑出三五个人来。这时女子和夜行客已走近灯光，原来是一带竹篱掩映，篱内露出数间茅屋，倚着撑天老树，横三竖四的，约有六七间模样，好像借着地势，陆续添盖的，故此参差不齐。

女子到了篱外，就有一个壮汉过来，接去黑驴，其余几个壮汉也都躬身迎候，见了女子，似甚敬畏。进了竹篱，女子向面前一个壮汉一使眼色，嘴里咕噜了一句，听不清说些什么，那壮汉却已如飞而去。女子回过头来，向夜行客笑说道："到了这里，不用客气，就跟自己家里一样。"说罢，像是很亲热地携了夜行客的手，匆匆走进后面一间较大的茅屋。

这间茅屋原分里外两间，外面一间地上铺满了七八个地铺，乱七八糟，非常污杂，一脚跨进里面这一间，原来中间还有个六尺见方的过道，屋内什么也没有，只有两个彪形大汉挺立在门口，手里握着一支高过人首的镖枪。如要向里走，非经过他们这一关不可。二大汉见了女子，立刻垂手躬身，其状至恭。女子连理也不理，仍拉了夜行客向里走去。

这次跨进门内，不由吃了一惊。原来这一间茅屋非但不像外面两间那样简陋，而且一色的锦帐织幔，陈设华丽。再看屋子的构造，外边虽是土墙，上面也盖着茅草，但是屋内粉垩丹铅，却极尽彩绘之能事；动用家具，虽不是那些红木紫檀，却也相当富丽精巧；再看正中一榻，锦罗绣茵，温软无比；屋角上一座半炉半鼎的铜器，配着一具雕花木座，约有三尺来高，炉内冒着一缕青烟，发出股幽静的艳香，熏得人似乎着体欲酥。

女子一进屋子，便让夜行客坐在一个锦墩上，跟着几名壮汉送进茗碗盥具等物。女子一挥手，这些人一齐退出。她轰的一声，将一扇既坚且厚的木门关上，然后笑向夜行客道："来来来，这里随便你喝茶洗脸，来吧，自己来吧，快把外衣脱下来吧。"说完，指点夜行客去盥漱。

夜行客到此，正如坠入五里雾中，闹得莫名其妙，但细看女子实无恶意，自己也未便坚持，当即微笑立起，将身上黑披风脱下，搭向椅背。

女子在灯下才看清来客的容态，见她一身黑色夜行衣裤，虽是男子打扮，却是短襟窄袖，十分伶俐，而且身材袅娜，面貌端丽，娴静中露出刚健之气，真是个数一数二的美貌少女，心里欢喜，忙又走近身来，柔声说道："快快盥漱完了，我们还要长谈，我还未请教尊姓大名呢。"

那少女见她说得诚恳，不由犀弧微露，嫣然答道：“承您抬爱，敢不遵命！容我少时奉告。”说完了，摘去了头上扎巾，露出了丫髻，挽起袖口，匆匆盥漱已毕，不觉头面轻松，风尘尽褪。

女子一面让坐，一面拍手向外面示意。不一时，两个壮汉捧了一对大盘进来，一盘酒肴，一盘蒸食点心，取出摆满一桌。女子再三相让，少女也吃了一些，二人便互问起身世姓名来。

这两个女子究竟是何人物呢？少女便是从江西龙泉县，被崆峒派大力黄能等师徒十人袭击逃出的志真真。她自从那晚败走以后，曾经偷偷回家一次，只是不但叔父、兄长形影不见，便是自己的家宅也烧了个片瓦不存。她一时走又不是，留又不是，没奈何无地存身。计算之下，只有先到湖南巴陵去找她的姨母。她所想去的地方，原是和精一不谋而合的，因为她也猜到，自己哥哥多半必是投奔巴陵的。她一路上昼行夜伏，以至走错了道儿，本心要上湖南，却走到湖北荆门州附近来了。她本没打算出远门，那晚当然不会多带银钱。到了此刻虽想上路，却没处弄盘费，心中一急，才想了个要不得的救急方法。

那天她行到沔阳和江陵这两个大码头，穿着男装，住下客店。到晚间夜深人静，就拣那高墙大院去偷了他们一次，来做路费。她虽习武功，却没经验，而且本不是志愿为贼，所以虽到这等大户，等到下手，仍是不敢多偷。偷了回来，自己真同做贼一样，后悔得不得了，立誓下次再也不干，可是她偷得太少，不到几天，偷来的钱早已花完，没奈何只好再来个二次。如此接二连三的，已经偷过三次。

那天到了宜都上游童家铺，那是个不甚大的镇市。真真原不想再做，但落了客店，一数身边的钱，却已不够吃饭，别提住店了。她不由焦急起来。在白天先到镇上踏勘了一次，看殷家屋子最大，偷得起，不在乎。起更以后，便又偷偷出了店房，直奔东湖边的殷家富户而来。不料一到内院，她便看见一个强盗要想强奸殷家小姐，她一时动了侠义心肠，将强盗赶走，已经惊动了本家护院诸人，自己也不便再偷，只好怏怏地回去，但身上无钱，其势真不敢回店。好在自己只有随身衣服，并无行李留店，不妨做一次漂账。不想藏在小山坡树林子里，偏会被人发现，这才无可不可地随了那女子，一同来到此地。

但是她毕竟是一个秀外慧中的女子，虽说自身已在离家甚远的湖北省内，她可知道崆峒派门徒甚多，而且甚杂，自己虽未见这女子动过手，但看她那种行动，确是一个江湖上的能手，自己如果说了实话，万一她竟是崆峒派的人，岂不又生事故？所以当时只说自己本是无母孤儿，被后母虐待，才逃了出来，因为父亲是一个拳师，所以自己从小也学了几手三脚猫的拳棒，真不值识者一笑哩。

女子闻言微笑道："您不用客气！看您所佩的这柄剑，也就知道您的能耐是怎样高明了。"

少女也笑道："您太夸奖了！这柄剑是我叔叔给我的，我却使不好。"

她一句话说顺了口，及至说出之后，后悔不迭。谁知那女子更不迟疑，立即眉心一挑，笑问道："令叔定是一位有名的武术前辈了，但不知大名怎么称呼？"说到此处，她又笑得花枝招展地道："我真荒唐，谈了半日，还不曾请教您的尊姓大名呢。"

少女闻言，支支吾吾地答道："我姓……姓陈。"说完了，就顿住了，说不下去。

那女子何等机灵，一见她这种吞吞吐吐的神气，早知她有难言之隐，也就不好再追问下去。可是女子一句话，也就提醒了真真，心想："我也应该请教请教人家才是道理呀！"当即笑问道："我也是够荒唐的，也忘了请教您了。"

女子却不甚介意这些闲话，凝眉想了一想，侃侃地说道："我姓李，单名一个琼字，排行第三，人都称我李三姑。"说着，又笑得花枝招展，媚态横生。

这时候面前酒菜摆了一桌。李三姑替真真斟上一杯酒，又不住箸地敬菜，显得十分殷勤。

正在这时，仿佛听到外屋有人问答之声。李三姑略一倾听，便拍掌呼唤。随着掌声，进来一个壮汉，李三姑问道："外面何人讲话？"

壮汉躬身回道："张三立回来了。"

李三姑听说，略一皱眉，便问道："他有什么事要见我吗？"

壮汉又道："听说他在童家铺露了面，并还吃了点亏呢。"

李三姑闻言，眉心一挑，微瞟了对坐的真真一眼，随又点头道："好，让他等着吧。"

壮汉闻言，躬身退出。李三姑重又向真真殷勤劝酒，真真却不会喝，只吃了些菜肴蒸点。

这时东方渐已发白，李三姑笑向真真道："夜间劳苦，陈家妹妹且在我这小地方休息一天。这里虽在乡间，床铺却还能对付着睡，请随我来吧。"说完了，也不等真真答复，一伸手揽住了真真的细腰，笑嘻嘻地向壁间一座门上推去。

推开壁门，真真心内不免惶惑起来。看这间屋里，和外间一样的华丽讲究，所用的物件器具也极精致。在屋子的左角，安了一张大木床。这种木床在南方称为全踏步，真真是认得的，它整整地占了半间屋子，简直是一座房间式的大床。上面砌着精细的雕花挂落，下面铺有五寸高的踏脚板，挂落里悬着绯色底子绣五彩花的绉纱帐幔，用一对银钩钩起，分列两边。二人一同跨上踏脚，走进帐幔，只觉一阵浓艳的香气直透鼻管。帐幔里面打横放一张梳头案，案上点着一只大蜡台，烛光正点得通明；对面角上放了张琴桌，上面真还横着一张膝琴，焚着一合盘香；桌前又配上一只琴凳，琴桌旁一边排列着两椅一几，都铺上锦靠锦垫。那一边紧靠着梳头案，却是一具枕柜，挨着枕柜才是一张五六尺见方的大木床。床前绡帐半启，正中悬着一个银制的聚宝盆，两旁也有一副银帐钩。木床横头放着一条朱红漆春凳，对面又排列一对黄杨木嵌象牙人物的小衣橱。木床脚横头安着一只细藤心小方杌子，窗前踏板上铺着软厚织绒地毯，四周壁上挂满了虎豹熊猴等皮褥。再看床上，上面搭着一条和床一般长的搁几；搁几上放着一对四方小明角灯，点得雪亮，正中安一座西洋自鸣钟。床上被褥衾枕，五色缤纷，褥面上铺了一张金丝猴长毛垫褥，真是没一样不讲究，不富丽。总之，和这所茅屋的外表太不相称了！

真真默默立在床前，正在心中盘算着离奇的美人和这离奇的茅屋。她住在这样荒僻的地方，又拥有这许多供差遣的壮汉，还有这样奢华不称的动用家具和装饰衾枕，真是令人猜不透，她究竟是何种人物？谁知她尽自出神，早被李三姑看出，拉着她的手柔声说道："你瞧着有点儿奇怪了吧？别嘀咕了，咱们都是女孩子，我还能冤你吗？放心住下吧，绝害不了你。"真真被她一语道破，觉得怪不好意思的，不禁微红了脸，抬头一笑。李三姑看了她那样可喜庞儿，倒是起心里爱她，便一一指点她何处是衣柜，何处是床柜，何处放着什么零碎，要用时随便承用，说罢，便道了一声晚安，兀自袅袅婷婷地退了出去。

真真一见她离室而去，又悄悄向屋的四面查看了一周，然后将披风搭在床栏杆上，解下佩剑，搁在床头，除下镖囊，放在床横头小杌子上。奔波一夜，十分困倦，只是不敢脱去衣裤和靴子，连衣卧倒床上，随手拉过一条棉被盖在身上。实在疲倦已极，不一会儿竟自呼呼睡去。

李三姑就是上文表过渔洋镇上忽隐忽现的那个李十一姑。她本是红旗队的一个首领，直隶于洪秀全之妹洪宣娇部下，是一个文武俱全的怪女人。手下率领着数百名悍匪，男多女少。她久想访求一位有武艺的女帮手，可是江湖上懂武术的女子不是没有，却多半是江湖卖技之流，哪有真实功夫？品性可取的更是少见。好容易今晚遇上了这样一个女子，虽还未见她的身手，但是凭着她那几步步法和到家时夜行的功夫，更有那一柄古冶剑，知道这一位却不是平凡之辈。但又看她稚气未除，江湖上的过节一些不懂，似乎又不是在外面久闯的人物，正摸不清她是什么来路，恰好部下张三立到来，悄悄一讲，才明白是怎么一回事。

真真睡不多时，早已入梦，睡得十分香甜。但她虽然疲倦，毕竟是一个得过武当真传的人，睡梦中也不易瞒过她。她正自香梦沉酣之际，猛觉身旁有一丝响动，立即惊醒，睁眼一看，见挂落上的帐幔无风自动，又一见床横头小杌子上那只镖囊虽还放着，似乎离了原位。心内一惊，忙伸手向枕边一摸，古冶剑却原封未动，立即手握着剑，一纵身自床上跃出幔外，真是疾似猿猴，轻如落叶一般。出幔见红日已照在南窗上面，心说：我觉得才一闭眼，怎会耽误这大时光？

她一看室内静悄悄，并无人影，蹑足走到外屋那扇门旁一看，门虽关着，却留了一条线缝，隐隐听到外屋似有低语之声。她双眼向门外望去，只见李三姑背着身子，坐在外屋一张虎皮椅上，面前站立一个大汉。真真定眼一看，吓了一跳，原来站的那人，正是童家铺强奸殷家小姐的强盗！心想："原来李三姑是一个女强盗呢，这倒不可不防。"再一看李三姑，举起两只手来，分左右握着自己镖囊内的两支钢镖，暗道："不好！我睡了一忽儿工夫，竟被她偷去两支钢镖。"

正忖度间，听李三姑喝问道："你看，这支镖是不是跟你腿上那支一样？"

一句话倒将真真提醒，才想到追赶此贼时，还打了他一镖。想必他拿着镖向李三姑报告来了，倒要听他怎样说法。谁想那张三立支支吾吾，竟说不出来。

李三姑一声冷笑，啪的一下，将左手那支钢镖扔在张三立跟前，喝声"去吧"，随后又补了一句："以后少出去现世，坏我的声名。"

那张三立一张黑脸涨得发紫，讷讷连声而退。不料那边张三立才转身过去开门的当儿，李三姑忽将右手一扬，张三立惨叫一声，后心正中早中一镖，当即栽倒在屋内。这一手真使真真出乎意外，不由自主地打了个寒噤，不觉惊呼出口。等到想着，早已露了形藏，同时李三姑也早已闻声跃起，一个箭步，蹿到屋子那一边，面望着门内，喝问："何人？"

真真一见事机已露，也只好挺剑跃出，应说："是我。"

李三姑一见是真真，不由扑哧笑了出来，当即缓步走到真真身边，轻轻用手挽住她那一只提剑的右手，低笑道："我道是谁呢？"

真真见她笑逐颜开，与方才举镖杀人时判若两人，心中不免有些奇怪，又一眼看到张三立中了一镖，竟已身死，尸身兀自直挺挺躺在屋内，猛想到李三姑那种杀人不眨眼的凶横，未免有些儿心悸。想不到一个如花似玉的美人儿，竟有这般辣手！一时想得发呆，只望着李三姑发愣。李三姑也明白她的意想，回身拍了一掌，立时有两个壮汉躬身而入。李三姑也不言语，只向着地上躺着的张三立尸身，用嘴一努，两名壮汉便奉命唯谨地将尸身抬了出去。

李三姑随手将门带上，若无其事地笑问道："您不是睡得很香吗，怎么一会儿又跑到这儿来了？"说着，将方才扔在地下的那支钢镖交还真真，接着说道，"我方才因要查问此事，才到您镖囊内借来的。"说完了，又笑得前仰后合地道："你昨晚上不是原想一镖把这个饭桶打死的吗？我替你办了，不是一样吗？"

真真想不到这女人如此美貌，又如此辣手，真不愧是个强盗头子呢！她和自己对面坐着，又说又笑，却说不定哪时一变脸，随时都可要了人的命呢！真真究属年轻，稚气未脱，心里害怕，也就形于颜色，怔怔地望着李三姑，一语不发。

李三姑仿佛明白她的意思，当即拉她坐了下来，说道："你怪我杀得不对吗？唉，这个东西太可恨了！方才他一回家，就报告我在童家铺打算做一笔买卖（意即劫掠财物），偏被个穿黑衣裤又瘦又小的人搅散，而且还打了他一镖，正中腿上。幸而跑得快，没被赶上。我一听他的话，再一琢磨昨晚的情形，多半他遇上了你，但是你并没和我说有童家铺的一回事。他不是还中了一镖吗？我心中一动，便偷偷在你镖囊中取了一支镖出来，给他看，这一比，果然一式一样。他一见我拿出这支镖来，知道我认识你，不由得慌了手脚。我见你之后，就断定你不是一个随便和人为难的人，多半他有大不对的地方，你才教训他呢。谁知我一盘问，他竟支支吾吾，说不出个所以然来。这小子有一个最该死的毛病，便是每逢作案，必要采花。我已经警告他多少次了，而且这次的买卖并非奉命而行，早就犯了规条。经我兜底一盘问，这小子始终说不出个争斗的缘由来，我才断定他又做了不可告人的亏心事，这才决计除了他，以儆效尤。你说，我办得不对吗？再说，究竟我猜得对不对，你到底为什么跟他动手的呀？”

真真一听，才知道她是有意警诫她的部下呢，这也就难怪了。这样想着，呆望着李三姑，竟忘记回答她的问题了。李三姑一笑，随即凑上前去，低声问道：“小姐不好意思说出口吗？”

真真被她装腔作势地一问，倒真有些说不出口来，只微笑道：“这种事还讲它干吗？反正您猜得一点不错，我也是路见不平。其实我和他并不认识，也都不相干。”

李三姑听完了，点点头道：“好，不枉你初出茅庐，便有如此侠义气概，真好。”

真真看她虽是杀人不眨眼，对于自己却十分亲热，并无诡谲之意，也就对李三姑发生了好感。真真本想即往巴陵进发，可是李三姑执意留她多住几天，并且答应到时派人直送她到巴陵地面。真真觉得主人情殷，情面难却，也只得住了下来。

时届隆冬，离着过年已是不多几日，虽在荒郊野地，茅舍之中，也一般地杀鸡宰猪，制备点心食物，预备年景。那一日已是腊月十九，真真又要上路，李三姑却对她说道：“你上回告诉我，要上巴陵城内太平弄王百凡家里，找你的哥哥志精一，要知你哥哥可并没曾到王家去。”

原来，此刻真真和李三姑朝夕相处，已成了闺中密友。自己身世，亦已对李三姑谈过。叔父何人，哥哥何人，也都告诉了李三姑。只不曾说出自己仇人是何派何人罢了。李三姑是久闯江湖的人物，哪有不知道飞天神龙之理！一听真真是飞天神龙的亲侄女，又是谪传，自然格外敬服，所以早派了手下，专程到巴陵王百凡家中，探听精一的下落。等到手下回来报告，说志精一并没到巴陵去，就连她叔父也不知下落。

真真闻言，想一家骨肉四散分离，连一点消息都没有，真觉柔肠寸断，欲哭无泪。幸有李三姑殷殷劝慰，劝她不必性急，凭了自己在江湖上的势力，定能探听得出她叔父、哥哥的消息来。又说目前已是年下，老远赶到巴陵，人地生疏，也不是事，不如在这里过了年，再想办法。真真也就无可奈何地住了下来。

第三回　壁虎崖遇艳

李三姑也是崆峒派悟真禅师之弟伏虎真人孙坚的一个最幼门人。孙坚早年原是世家子弟，因好武乐道，弃家习艺，遍访名师，投拜在铁杵仙胡斌门下。胡斌只收了悟真和孙坚两个徒弟。他们师兄弟虽真身列崆峒门墙，却都束身自爱，绝不肯随便胡来。孙坚共收了四个徒弟，长名伏虎郎君章天威，次名白云僧了凡，三名赛荷仙何竞秀，也是一个女门人，第四个便是李三姑，单名一个琼字，因她善发一种暗器，形如方椠，江湖上都称她神椠女郎李三姑。

白云僧和赛荷仙是一僧一尼，不问世事，早已遁迹深山，章天威已在前几年病死，所以孙坚门人，只有李三姑一人流落江湖，因感满族主华，汉家沦替，遂乘洪杨崛起之时，投身洪宣娇部下，任了红旗队的领袖，也算一个有志气、有作为的女子。不过红旗队许多部下，大半是乡间男、妇，难免有不少地痞和淫娃荡妇混迹其间。李三姑虽然武艺了得，终系女流，还不甚能够部勒群众。她也知道这些人常有轨外行动，管束虽严，还是压服不住这些人的野性。况且那时鄂西一带，尚未由太平天国占领，她的活动还是带着机密性的，因此对于部下，也就不敢过于严峻，免得急则生变。她自从得到真真以后，认为是唯一无二的好帮手，所以待她自是优礼，真以姊妹视之。真真一住已经半年，感她的恩义，也颇替她出了些力，二人竟成了莫逆的手帕交。

那时洪秀全尚未入据金陵，但是湖南全省几乎已经都在掌握。到了次年夏间，已经先后占了江西、安徽以及鄂东地面，只有湖南长沙、湘潭一带，因曾国藩练的团勇相当厉害，太平军一时不敢问鼎。

此时，有人献计，先从鄂东发出两支生力军，一支从鄂东南出汉水，直达洞庭湖；一支由江西的新昌、万载间，突破铁山界，直驱浏阳，进窥长沙，然后北指湘阴，二军会师于沅江之上。如此，湘中要隘俱入掌握了。太平军这个军略一经实施，鄂湘边界的守兵早又纷纷溃退，不数日间，湘边的崇阳、蒲圻、临湘、石首等处相继失陷，眼看巴陵也已动摇。太平军一经占了湘边，和鄂东部队早已取得联络，红旗队也可说是当时的一种第五纵队，所以它能深入民间。

自鄂境入临湘、石首的红旗队，便是由李三姑率领。至于东面蒲圻、崇阳方面的红旗队，却是由洪宣娇部下另一女将，名叫赛唐赛儿柳花娘率领。柳花娘原是卖解出身，生成一副追魂夺命的桃花眼，年纪二十八九岁，丰姿婀娜，性情风骚。最初她嫁给一个同行，因为行为浪漫，背地结了许多风流孽缘，她丈夫也管不了她。等到太平军起，以她的广交，自然认识许多太平军中的人物，便有人推荐她到洪宣娇部下当红旗队。洪宣娇正需要这种人，所以从此一步登天。所有昔日她的那些入幕之宾，原来曾在她的裙下，如今又都混进她的部下。她那一部红旗队，却比不得李三姑，分子复杂，良少莠多，所到之处，没有一地不去骚扰。最要不得的，部下壮年的男子到处抢掳年轻妇女，强奸拐带，无所不为；部下的年轻妇女，却又四处搜寻精壮男人去做面首，掳了去大家你争我夺，常常因而发生许多窝里反的事儿。柳花娘本人更不用说，正所谓面首三千，日夜轮流交替，还嫌不足，派了心腹四处搜寻年轻世家子弟或风流浪子，以至声名狼藉，部务废弛，和李三姑部下真有天渊之别。

李三姑的驻地，正是石首、临湘、巴陵一带。她们一到巴陵，因为真真的关系，当然先派兵保护太平弄王百凡家，真真才得见到她姨丈王百凡和姨母陈氏。

王百凡原是个孝廉公，也算当地一家士绅。当太平军陷城之日，本打算全家殉节，偏偏真真得信较早，向李三姑请了一支快速部队，单刀匹马，带了一百名部下，打着红旗队的旗号，直奔了王家。王百凡先吓了一跳，再一细认，原来是自己的姨甥女志真真。老夫妇俩便追问她的来历，她才把一切经过和自己特来单骑保护的意思说明。王百凡一听，真叫捏了鼻子喝酸酒，有话都说不出来。他想："好端端一个女孩子，竟会做了女长毛！莫非大清国的气运真个要玩儿完了吗？"

不言王百凡独自发了一会儿书呆子脾气，真真姨母陈氏，本来被丈夫死活逼着，等长毛一到，硬要跟着他一齐去死。偏偏这会子真真到了，带了一百多个长毛，竟说来保护自己夫妇，连王百凡也没法子尽忠了。自己一条命总算保住，她心眼儿里真把个甥女真真感激到五体投地。闲话休叙，他家自然要将这个长毛式的甥女留在家中，当活菩萨供养了。

王百凡一家既为红旗队所保护，巴陵城里自有一班趋炎附势的人物，跑来巴结王家，希望沾点光，也好连带着得些庇护。于是王百凡的大儿子王玉珂、次儿王玉珮在巴陵城内立刻煊赫起来。等到李三姑大队开到，便在王家打了公馆，自然和王百凡夫妇处得很好。此时王家在太平军势力之下，着实说得响，这两位年轻无知的少爷，也就更加轿马出入，耀武扬威。

柳花娘虽是率着本部人马，开入崇阳、蒲圻一带，可是那些地方，地处湘赣边境，纯是些乡村小镇。便是县城，也是不满千户的僻县。柳花娘深嫌那地方贫苦，第一件恨事就是找不到一个漂亮少年，还不如岳州、巴陵一带繁华，何况天下闻名的洞庭湖便在那里，因此她十分嫉妒李三姑。当时，她的部下献计，劝她少带些部队，游玩洞庭湖，到巴、岳一带观光，也好稍解烦闷。柳花娘甚以为然，立即带了四个心腹健男、四个贴身使女和八十名部队中的悍匪，一起赶到巴陵，也不去拜会李三姑。李三姑虽已得知柳花娘的举动，一则李三姑素来看不起她，二来她既不来拜会自己，落得装不知道。

柳花娘到了巴陵以后，第一件事便是游洞庭湖。要知道柳花娘并非风雅之士，所以借了游湖的用意，并不在湖山之胜，却是因为那地方四通八达，游客众多，无非想要在这里面猎取艳男，抢回去解她的饥渴，故而一到巴陵，立命车船伺候。

到了湖中，她乘着一只头号官船，上插一面特制的旗帜，是一幅一丈见方的大红绸巾，上面横绣着太平天国四个黑字。正中绣一个绿色大柳字，算是太平天国红旗队柳花娘的符号。在船头上铺一幅地毯，安一只太师椅，椅上铺一张老虎皮，椅前一只踏脚杌子。自己珠围翠绕，打扮得仙女一般，往椅上一坐。左边一个使女托着盥巾之属，右边一个捧着拂尘，后面两个使女擒着一双凤头掌扇，活像社赛中扮演的王母娘娘。柳花娘本来生得美艳，此刻一经这样做张做势，引得湖上多少游人伫足而观。船尾上又站满了几十名卫士，一个个面目狰狞，令人不敢逼视。本来红旗队的首领出来游湖，谁还敢正眼相看？早就躲得远远儿的。无如柳花娘志不在示威，而在炫色，一心想碰上几个可意的精壮男子，好弄回来解馋，所以每逢与游船并行的时节，隔船相望，如有几个少年，她便挤眉弄眼，故卖风情，引得人们莫名其妙。

论理，在这种兵荒马乱的当儿，纵有些旷达不羁的人，志在游山玩水，也绝无此闲情逸致，何况这又是红旗队魔头所乘的船舶。谁知偏有那样胆大麻木的人，居然敢到这样地方来调情猎艳，那不是别人，正是孝廉公王百凡的公子王玉珂、王玉珮贤昆仲二位和一个名叫贾宾的朋友。老远望见这位魔头的旗号，他们并不知柳花娘是另外一部分的红旗队，还以为是李三姑部下呢，心想："我们和你的上司是要好朋友，你在别人跟前耀武扬威，到了我王大少爷面前，怕不要你递手本（按：即清时属员谒长官时所用之名帖）吗？"他们原为自己出风头，居然吩咐船家直向大船撞去。直等到了大船边上，一眼看见柳花娘那种美艳的姿色和冶荡的风情，别人倒还罢了，唯有王玉珮年纪虽轻，向来是个好色不要命的浑小子，偏偏王玉珮本人也有个卖相，不但长得眉清目秀，而且体态亦颇雄健。因为他从小也好弄几手拳棒，他父亲老迈糊涂，向未管教儿子，所以什么花街柳巷、斗鸡走狗，都是他的本能。此刻一见柳花娘这等张致，料定她必是李三姑下面的一个头领，便老实不客气，直着眼珠向大船上瞅去。

柳花娘正在觅宝，一见小船上有如此人物，虽不能算人间少有，却也很可一玩，于是食指大动，益发流波频送，向他们表示欢迎。俗语说，男想女，隔重山；女想男，隔被单。试想一单之隔，还有什么问题？于是王氏弟兄连同贾宾容容易易地一齐都做了柳花娘入幕之宾。

王百凡忽然发见二子失踪，一经查询，才知道是让红旗队架了去的。一时急得抓耳搔腮。又一想，巴陵城里红旗队都是家中上客李三姑的部属，说句话也就可以脱离魔难了，苦在自己不便直说，便悄悄地告知陈氏，由陈氏对真真说了，再由真真去请求李三姑解救。

李三姑最初一听，不由气恼，心说：近来部下怎的如此胡闹？竟敢向我的居停开起玩笑来！一经查问，才知道是柳花娘干的事。李三姑便对真真说明，柳花娘并非归自己节制，本不便干涉此事，但她的地面是在蒲圻、崇阳，巴陵一带是我们的防区。她身为首领，擅入邻境，胡作非为，已是不合，何况又抢了我居停家里的人呢！此事不问，将何以统率全军？

但李三姑不愿因此使内部发生意见，她和真真商量了半天，才想出一个办法，由李三姑派人拿了名帖，到柳花娘公馆内，说李头领听说柳头领到了本管地界，特在行馆内做了酒筵，给柳头领洗尘，请柳头领务必赏光。

柳花娘本不知王玉珂等是何等人物，及至掳去以后，洞房之夜，枕上互诉衷情，三人为炫耀和壮胆起见，便将李三姑现在自己家内打公馆，以及与李三姑的关系说了一遍，更免不了夸大其词。殊不知柳花娘对李三姑早怀妒忌，一听三人之言，竟疑到他们也是李三姑的情哥儿，心想："这倒不错，阴错阳差，也可以出出这口鸟气，看她有什么脸来跟我要人!"这一来苦了他三人。每夜虽仍将他们带到柳花娘房内，挨个儿地尝尝这几个书生滋味，可是一到白天，反将他们严行看管起来，这也可说是王玉珂等自讨苦吃。

正在此时，李三姑的请柬偏又到了。柳花娘冷笑一声，暗暗骂道："这几根银样镴枪头本不值得怎样留恋，但是既是她的宝贝，倒偏要和她开个玩笑，看她能奈我何!"柳花娘以己之心，度人之腹。她满以为李三姑也和自己一样的浪漫，所以想来想去，想出一个恶毒主意。

原来柳花娘生有异禀，每夕不能虚度，而且每度更非三个以上的壮男轮流交替，事后才能闭目入梦。便是白日兴来，一样地随时召来面首，玩一个痛快。王玉珂等三人本是雏鸡一般的骨头架子，便是王玉珮比较差强人意，也难当柳花娘长久地咀嚼。数日以来，本已筋疲力尽，何况柳花娘为使李三姑难堪，又存了坏心。一算离请柬所定日期还有三天，便从即日起，除了自己以外，又选了九名冶荡健硕的婢女，命她们轮流和这三个倒霉鬼昼夜地纵淫，可不许将这三人弄死，仍是要活的。三天以后，要使他们个个只能躺着喘气，不能言语行动。吩咐已毕，当晚就将三个人带到自己房内，尽情淫乐。她以一敌三，本是家常便饭，可是这三位早已头晕目眩，天一亮只想休息休息，好好地睡上一天，以备晚间再来伺候柳花娘。哪知想得倒好，可惜不能由他们自主。

天刚亮，柳花娘横在床上，依然是眼含荡意，面带春情，对着三人笑嘻嘻地说道："宝贝儿哦，我真舍不得离开你们，大概你们也舍不得离开我吧?"

三个傻瓜还当她真个爱他们呢，当然顺水推舟地笑答道："谁说不是呢!"

柳花娘闻言一笑，立即说道："我有办法。"一言甫了，举起床头上一柄磬锤儿，在古磬上铛地击了一下，立见进来了九名粉面樱唇、苗条风韵的使婢，一齐躬身待命。柳花娘向她们一摆手，这九名母夜叉立刻一步抢到三人面前，嫣然含笑，凝着一对冶荡的目光，口内低声说了句："来吧。"便是三个人架了一个，如同猫捉耗子似的拥了出去。这里柳花娘一见，不由得放声大笑，心中觉得痛快之极。

到了李三姑请柳花娘宴会的那一天，李三姑和真真里外招呼，十分周到，为的想结好于她，使她不好意思拒绝自己的请求，便可将王家二子释放回来。谁知一直等到请柬订定的申刻过去好久，还是未见柳花娘到来。李三姑是个绝顶聪明的人，她一看情形不对，正要和真真商量应付的方法，忽听大门首一阵喧哗，她还以为柳花娘到了。二人立刻准备出迎，尚未举步，却见王家的老管家一步一跌地撞了进来。李三姑忙问何事，老管家光用手指着门外，却一句话都说不出来。李三姑和真真觉得诧异，一同站起，向房门外行去，猛一抬头，只见门外甬道中，拥着一大堆人，像是向里面走来，却是各人肩上挑着一副礼物似的。

李三姑忙问管家："这是谁送来的礼物？"

一语未了，猛见从前排走出一个壮汉，向李三姑紧走几步，到了面前，躬身唱喏道："奉了我家头领之命，送到崽子三口，说是请头领慢慢地受用。"说完了一转身，又一摆手，只见约有十余个壮汉，每四名抬着一只藤编的大箱，共是三只。看见那人摆手，一齐呐喊一声，放下藤箱，竖起扁担，站齐了，一齐向李三姑唱了一个肥喏，仍由为首的人领着，立即回身飞跑了出去。

李三姑一见这种情形，料有事故，只猜不出柳花娘送来的是什么礼物，为何不等回话，搁下便跑？她心中忐忑不宁。

还是真真比较镇静，轻轻拉了李三姑一把，低声说道："我们先看看送了些什么东西来。"

她边说，边和李三姑走到三只大藤箱旁边。还不曾来得及开箱，猛听得一种极微细的哼声出自箱中。真真、三姑一齐大惊，一看箱子并未封锁，忙伸手，一人一只，将藤盖揭开，定睛一看，不由二人吓得倒退了几步。

原来二人揭盖一瞧，每只箱内躺着一个快咽气的活死人，再一细看，李三姑开的箱内，躺着王玉珂；真真开的箱内，躺着个不知姓名的人（按：即贾宾）。真真一时性起，啪的一脚，将尚未揭开的那只藤箱踹出几尺远去，竟从里面滴溜溜地滚出一个人来，走近去一看，正是玉珂之弟玉珮。这三个人都是面如黄蜡，气若游丝，倒像正害大病的模样。真真等也不便查问，见老管家还站在旁边，立命他一面禀报主人，一面赶快扶着三人回房休息。老管家被人一语提醒，立即如飞而去。这里李三姑目睹此状，心中早已了然，便悄悄地拉着真真，回到房内，关上房门，二人同坐床上。

真真毕竟年轻，又是深闺淑女，哪里懂得此事，不由得悄问李三姑是怎么一回事。

李三姑闻言，立即柳眉挺立，杏眼含嗔，嘘了一口气道："这是柳花娘这贱婢常使的惯技，还提她做甚？这三人虽是令亲，或者自己不慎，本有可死之道，这都不值一谈。最可恼的，便是柳花娘必以小人之心，度君子之腹。因为我请她宴会，她怕我已知道她的秘密，并且她还错会了意，以为我也和她一样，拿这几个不成材的蠢物，还当了我的禁脔呢！所以她既妒且恨，才想出这种无聊的办法，好叫我心里难过，没想到根本与我不相干。不过她这种揣度，太也污蔑了我！此仇不报，我的恶气难消，所以我们现在要想一个报仇的方法。"

真真闻言，觉得她有些小题大做，因为凭着二人的能力，要报仇也不是什么难事，当即问道："柳花娘难道有什么特别武功，你我却不能近她的身吗？"

李三姑微一摇头道："哪有这种事？那太不算回事了。"

真真道："既如此，还有什么为难的？"

李三姑郑重说道："你难道忘了，常言说'投鼠忌器'。我和她同是洪姑姑部下，焉能随便仇杀？所以我想如果要办，必须另想主意了。换句话讲，就是得借着别人的名儿才成。"

再说临湘、石首等地既已失陷，大批的太平军便都从鄂东纷纷调入湘东。湖北的监利，湖南的临湘，江西的万载，都成了入湘的孔道。崔永福全家虽不住在县城，但是黄盖湖、鸭关矶等处，正是来往必经之路，所以虽在乡镇间，也是一夕数惊。幸亏那地方没有著名富户，官匪都不大注意，然而抢劫总是难免。

崔仁虎此刻已经拜了志精一为师，对于武当派中内家气功，已能运用自如。志精一却一百个不承认，只说：“你只能算我叔叔的门人，我们算是师兄弟而已。”话虽如此，志精一病愈之后，住在崔家已有半年。崔家虽是相待极厚，仁虎对他更是亲如手足，但是自己家破人亡，叔父、妹子始终不明存亡生死，怎不忧郁？他除去早晚教仁虎武事而外，便是闷坐发愁。但是半年来一筹莫展。早想上巴陵王百凡家去探听消息，先因大病未愈，继因时局紧张，行路困难，虽已托人带过一封信去问王百凡，却是消息沉沉。要知那时交通不便，信件往返在数百里内，也需半年才能到达，精一就吃了这个亏。

一到春末夏初，精一定要亲身上巴陵去一次。哪知就在此时，太平军自鄂入湘，势如破竹，看看已到了临湘，崔家胆小，再三留住不放。精一想了想，自己雪中死去，被人救活，算是救命恩人，半年来相待尤厚，今事急而去，也是不义，于是只得暂时打消了去巴陵的念头。入夏以后，太平军已占了整个湘东，更不能随便行走，只好终日躲在崔家。

那一天，正是立秋后金风初送，溽暑渐消，崔家因为黄盖湖东边羊楼地方，有一姓仇的长亲家中办喜事，兄弟二人必须有一个去祝贺。但是兵荒马乱，路上不好走，仁虎懂得武艺，上路自比仁龙方便。他本想由精一陪去，但又不放心家里，结果留下精一在家，仍由仁虎独自出发。这条路在平时本是常来常往的，如今时局不同，仁虎也加了小心，除了随身一个小包袱而外，腰间挂了柄单刀，手内握了根齐眉棍棒，在一个大早晨辞了父母，别了兄长，由精一送出十里之外，二人珍重而别。

此时，李三姑突然奉到上峰命她巡视所辖石首、临湘等地，不得久久逗留巴陵的谕令，心中十分奇怪，知道洪宣娇对自己素极契重，绝不会无故下此手谕。但是在她门下过，怎敢不低头？只好听她的，可是心中闷闷不乐。真真知她的心意，着实劝慰了她一番。李三姑此时也感到身世茫茫，空负了如花的美貌和一身的武艺，而且口内不言，心里打算，她细察太平天国诸王骄奢淫逸，互相猜忌，甚至结党残杀，同室操戈。虽已占有江汉、两广，可是并无雄图远略，也不想北指清廷，只求安坐江南，享受繁华岁月。各地老百姓都已看透了他们，也不像当初那样拥护。有的部队反而纵兵残杀，闹得民不聊生，反倒又使人民想念起清廷来。原来他们那种惨无人道、不顾民命的作风，真还赶不上清廷的腐败政治。李三姑本非庸俗女流，处此环境，大有欲拔不能自振的情况，教她如何不愁不虑呢！

那天，她择日巡视所辖各境，打算先到石首，后到临湘，更从羊楼，经药姑山、天马山、大云山，到了杨林，先由新坝、鹿角入石成山，再绕洞庭湖的寄山、层山、牛台，再到君山，然后回驻巴陵。

她本想带着真真同行，但又觉巴陵无人可托，所以将真真留在巴陵。所经之处都是些小县小镇，李三姑心绪不佳，一路又没什么可流连的地方，也就走马看花，匆匆而过。他们从临湘去羊楼的路上，正赶上大雨倾盆。秋潦时节，在江南原是时晴时雨。李三姑率领二百多名部下，因为不愿去惊扰民家，便传令在路旁一所古庙中暂时歇足。时正午过未初，大家便埋锅造饭，匆匆吃了一顿。

李三姑一个人闷坐在后面吕祖阁的北窗边看雨景。见庙后是一座高山，那庙正盖在山麓之南。看它山势峥嵘，延绵甚远，一眼竟望不尽。时正新秋，山上满布了一层郁郁葱葱的杉槐桧柏之属。雨中遥望，轻烟薄雾笼罩着碧树青山，仿佛在绿毯上铺了一层白纱，景象颇是不恶。她一边看，一边想，如此好山，虽说不上仙境，也足以心旷神怡，可惜人们没有如此清福去享受。她越看越觉得悠然神往，老天也仿佛知道她爱欣赏雨景，从巳初下起，一直下到酉尽，整整半日，方才住点。

转眼间天开一角，在灰白色的云层中，一瓣瓣的蓝蔚青天露了出来。斜阳返照在东边林木间，显着分外光亮。满山浓绿，在夕阳照不到的地方，却是一片乌油油的，益显滋润。抬头天际，此时一片片白云飞去，露出了整个青天，和方才云破天青，正成了个反比。齐楼沿树梢间的野鸟，向着斜阳吱吱喳喳地噪个不住，它们的生趣，看去比多难的人生要快活得多。回看东面山脊上，早有一钩新月，斜挂天空。此际夕阳暗淡，淡薄的瞑烟早从四面合将拢来，描成一幅秋山新霁的暮景。李三姑痴痴地望着窗外，正不知身在何处。

移时日落黄昏，从人早又升起晚炊来，准备吃夜饭。待到斜月上升，大家饭早用毕，本已打算休息，可是李三姑觉得月色甚明，夜行比白日还要有趣些，便吩咐连夜起程，赶到羊楼再行打尖。一声令下，二百余名健儿立即提了行装，纷纷上路。

这一带山脉，正是梧桐山与昆山之间，虽非崇山峻岭，却也乱山重叠。平时人迹罕到，夜行更是少见。他们仗着人多，一行出了古庙，向东南行去。刚到山口，李三姑在马上看见，入山口地方有一所颓败了的破泥房，除了半壁颓垣而外，只剩了一堆瓦砾。月光下，仿佛看见颓垣上贴着一张县里的告示。她无意中驱马近前，借着月光一看，才辨认出“因为山中近出金钱豹子大小数头，屡害行旅，除让当地猎户捕捉外，切盼行旅万勿单身过岭以及黑夜入山”等语。李三姑看完了，又望了望后面的年月日，已被风雨剥去，也不知是否日前张贴的。她略一沉吟，仗着人多胆壮，并未将它放在心上。

众人入了山口。初时道路倒还平坦，后来转过峰去，觉得越走越窄。他们因为人多，来时并未雇有向导。大家一阵瞎走，走到了一个三岔道口。李三姑望了半天，觉得靠左一条，榛莽遍地，简直望不出道路；靠右一条，虽也狭窄，到底还能辨出路径，于是命向右行。一干人奉命匆匆前进，也不知前面究通何处，好在人多胆壮，谈谈走走。经过一段路程，初时新月未移，尚能看出来路，走到近子时光，月影早已西斜，新秋夜静，四山风起，景象越发萧瑟。大家走得正热，阵阵凉风，倒也爽快。

走着走着，忽见从面前陡地立着一片巉岩巨石，静夜中黑巍巍的，有些怕人。此时，众部队早已先行，李三姑带了四名贴身侍婢和两个卫士在后压道，偏偏落后。众人刚刚转过岩去，李三姑在马上偶一回头，才看见在岩石下有一大洞，洞口虽是榛莽横披，在丛草当中却留着一条路径。最奇是那里的野草，都向左右两侧倒去，好像中央被什么东西压成一条甬道似的，这条甬道却直通到洞外。李三姑忽然灵机一动，暗叫“不好!”正想催马跑过洞口，赶向前面众人里面，说时迟，那时快，只见嘘哩哩一阵风起，霎时星月无光，只闻四山树木的震撼声和洞内发出的一种呜呜声，相互应答，令人听了毛骨悚然。

李三姑毕竟是个久经大敌的人，立即吩咐六个从人四下散开。自己一回手，拔出背插的双刀，正要一催坐下马，冲过洞去。谁知已来不及，只见黑影中，自洞内呼的一声蹿出一只硕大无朋的豹子来。李三姑心想："果然那话儿应了!”这时，六个从人已经过了洞口，单把个李三姑拦在这一边。李三姑一想自己还骑着牲口，如何斗得过豹子？想到这里，真是心快眼快，手快脚快，早就一耸身，跳下马背，狠命地在马屁股上踢了一脚。

那马惊痛之下，立即想越过洞去，可惜洞口早已守着一只豹子，那匹马一见，又想回头找路，豹子何等凶猛，猛一蹿，直向马头压下。可怜那匹马也吓晕了，一声长嘶，还想逃跑。豹子眼看着到口的美食，如何肯轻轻放弃？早就单爪力攫马项，另一只爪子也跟着一挥，正捣在马的眼鼻之间。那马惨嚎一声，还想夺命奔逃，豹子如何容得它挣扎，早就张开大嘴，没命地向马脖子上咬去；只要一被咬住，它是永远不肯松口的了。

李三姑虽然久经战斗，也不知见过多少凶恶之事，可是从未遇到这等景象。说也奇怪，李三姑一身好武功，不知怎的，此刻只会躲在树后，连大气都不敢出，睁着眼，看豹子连吞带嚼的，将这匹马啃去了大半只。

不料，豹子正趴在地上咬着一只马腿，吃得津津有味的时候，忽听呜呜两声，从洞中又蹿出一只较小的花豹来，一见洞外有此美食，当然不客气，也要分一杯羹了。第一只豹子一见同类要来抢它的独食，立刻咆哮起来，嘴里啃着那只马腿，唰的一声蹿到第二只身后，举爪便抓。第二只已是一口咬定马的后半截身躯，直想拉开去独享，一见第一只豹扑到，猛一摔脖子，将嘴里咬的马屁股直向那豹摔去，于是二豹反斗了起来。

李三姑见二豹争食，认为有机可逃，她便悄悄地溜过洞口，正想飞身越过二豹，早为一豹所见，立刻撇了对方，一回身，直向李三姑身后扑来。此刻，李三姑感到已是生死相搏的当儿，猛把精神一振，一歪身，躲过来势，猛翻右手，照准豹的脖子，横劈过来。但豹子与虎不同，它的身躯灵活，不但能后顾，而且还能侧避，李三姑这一刀竟砍了个空。还未容她转身，豹子早已扑到她的脚边，直向她腿上咬去。李三姑望上一纵身，足有一丈五六尺高，下面躲过了豹子的那一口，上面早就随手挽住一根树枝，将身体向空一荡，借着力，一挺细腰，先翻到杈上，两足一蜷，又蹿到树干上，早从百宝囊中取了一支金槊在手。

这金槊是仿了槊形制的一种暗器，它并无锐利的尖端，用时必须照着敌人三十六个穴道去打，只要打着穴道已足，不必破皮流血，但用的人必须深明内功、善于点穴的主儿，不是人人能用的。李三姑精于此道，是她师父伏虎真人的独门传授，所以她的外号人称神槊女郎。

此时，李三姑蜷在枝上，对准豹头，一抖手发了出去。这一槊虽是发得准确，刚刚打入了第一只豹子的左目，无奈那豹子的情性最为猛恶，纵然伤了一目，不足以煞其凶焰，反倒疼极怒极，暴跳如雷，似必欲得仇人而甘心。猛地从平地蹿向枝上，一伸前爪，早已搭住了李三姑栖身的旁边一根树干。这小树干哪禁得起豹子的大力？只听咔嚓一声，那根树干早被豹子折断，倒挂下来。

李三姑一见身旁树干被豹子扳断，转见就要扳着她栖身的树干，叫声不好，忙一纵身，重又向上面树枝上跃去。总算她手足灵便，逃过了这层危险，可是又听咔嚓一响，方才栖身的那一根树干，也被豹子折断了。她觉得躲在树叶深处，虽可暂避一时，终究危险，而且不能打发豹子上路。前面还有四名使婢、两名卫士，虽会武功，可哪里斗得过这个东西？不由骑在树上发起愁来。

她还不曾想到，豹子可不比老虎，它还能上树。此时那头瞎了左眼的豹子，一爪扳下两根树干来，一看人已不见，不由呜了两声，仰首一观，竟又被它发现了仇人还在树上，立即一步蹿到大树根边，起前爪，蹬后腿，不消几下，早见树叶细枝纷纷落下，那只庞大的身躯早已爬到了大干伸出的交叉点上。李三姑这才吓毛了，忙不迭想跳下树去，见第二只豹子抱住一块马骼骨啃了半天，兀自啃它不动，一赌气丢了马骨，正要回洞，猛抬头看见自己的同伴踞在树上，正对着一个人嗥呢。想必看得眼馋，也摇头摆尾地跑了过来。此刻如果再往下跳，无异是请它吃点心；不下去吧，那只瞎豹睁着独目，挂了满眼眶的血水，不住呜呜低吼，直向近身树枝上爬过来。所幸豹身过重，细枝、小干承载不住，所以它的进攻还不能十分快速。

李三姑正在惶急，只见树林后跳出两个人来，正是卫士周三和赵大福。二人各执一柄腰刀，见豹子瞎了眼，以为容易对付。赵大福一个箭步，跳上一根树干，对准豹头就是一刀。不料那豹正憋了一肚怨气，没法发泄，一见大福临近，立即一扭脖子，避过刀锋，举起左爪向大福头上就是一下。大福头一歪，正好一爪搭在肩上，豹爪子一紧，大福大叫一声，早已跌下树来。周三一见，吓得忙不迭拉了大福，往树林内跑去。幸而离那小豹尚远，瞎豹还在树上，因枝叶繁密，一时竟跳不下来，大福等才算保了两条性命。周三自知力弱，自然再不敢去捋虎须了，但是大福左肩不但衣服抓破，肩头上连皮带肉，也去了一大块，兀自血流不止。勉强走出岩后，仍由自己同伙扶着，避到一个山坳内，给他上药包扎。

原来李三姑虽命六个从人四下散开，他们当然不放心让李三姑一人殿后，走过那片山岩，回头不见李三姑。六人心中怀疑，一齐下了马，拴在树上，悄悄回到山岩这一边，想看个究竟。哪知早就听见豹声呜呜乱吼，从树林中远远望去，果然似有两豹跳跃，却看不见李三姑的人和马。周、赵二人一鼓勇气，就进了岩前树林，大福一眼看见一只豹子爬在树上，星光下看它满脸流血，欺它受伤，以为可打个落水狗，没想到只一下便跌下树来。

李三姑见大福受伤，幸由周三救了去，还恐他们为救自己，再来送死，只得高声向前面林内喊道："我自有方法脱身，你们千万别过来了！"

这句话刚说完，眼看树上和地上的两只豹子，都向自己呜呜怒吼，一步步走到临近。李三姑心想自己枉在江湖横行多年，不想今天要死在豹子口中。

正在此生死关头，忽然从西北方面送来一阵吆喝声和兽类奔驰声。此刻，不但李三姑闻之惊顾，便是两只豹子也都侧耳静听，仿佛正在侦探敌人来踪去迹。

说时迟，那时快，猛见又有一只花豹子从林深处蹿将出来，浑身黄黑斑纹，金黄的皮上绣着朵朵的乌绒圆花，异常悦目，可是豹脑门上像是带了伤痕，一条条鲜血直挂到豹颊上。后面紧跟一人，黑夜里也看不清面貌，只觉纵跳之间，异常矫健。

那人左手握着一柄单刀，右手提了一根棍棒，也不知是木是铁，看看赶上前豹，举右手啪的一棍，正打在豹子后胯骨。大约力量太大，那豹子一歪身，像似打伤了一只腿，奔势未免更慢。就在这一刹那间，那人一个箭步跨上豹背，撒了手中棍，一把揪住豹项上的皮，用力一按，豹子前身立刻趴下。那人立即跨左右足夹住豹颈，举手中刀向豹头上一阵乱劈，那豹子呜了两声，竟已动弹不了。原来豹嘴早已陷入土内，豹头早已劈开。

那人刚一放手，猛听背后一阵风声。其实他早已瞧见还有两只豹子呢，所以乘势向侧面一滚，避开了来势。那只扑他的豹子，不但扑了个空，反倒落在了那只死豹的身上，它也吃了一惊，立又随着那人落身之处扑到。那人不慌不忙，拾起地上那根棍棒，等到那豹扑到面前，竟不侧避，只看准了豹子的眉心里使劲这一棍。只听啪嗒两响，他手中那根棍子已剩了半截，豹头上早着了一下重的，大约脑壳虽未打裂，但也震得闷了过去，轰的一声，偌大一个兽躯竟跌翻在地。那人正想跃上前去，砍它两刀，猛听树上有人急喊了声："小心背后！"这一声倒是真吓了他一跳，因为万想不到，此时此地还会有人藏着呢。

原来，此刻瞎豹子早已蹿到那人身后，一只左爪已经搭到那人肩上。

那人知道避已不及，反倒退后一步，向豹腹下猛一缩身。因为豹爪是向里抓的，如果你向外或向前逃去，它只要爪尖一紧，绝难逃脱，唯有向它的爪心处反迎过去，它五爪在前，对于在后的，反不易抓住，此时那人反身向豹腹躲去，正为要躲过那万不及躲的一爪。

李三姑在树上看得真切，方才情不自禁地喊了句“小心背后”，此刻又几乎要脱口叫起好来。再看那人躲入豹腹之后，真和闪电那么快，立即丢下兵器，腾出两手，一把握住豹子的两只前脚，向下一拉，将头、背向上一拱，就听轰的一声，尘土飞扬，早将整个豹子从头顶上半抛半摔地掷出去五六丈远。还不等那瞎豹翻身，那人一伸手，抢起地上那口刀，一个纵步跳到瞎豹面前。那瞎豹被摔，乃是出其不意，不免有些头晕脑晕，行动稍觉迟缓，正腆着个白肚皮，还未翻过身来的时候，那人早已对准了豹肚软当，横七竖八地一阵劈砍，砍得瞎豹满地乱滚，也立刻了账。

在正当那人手掷瞎豹的当儿，树上的李三姑也激起勇气来了。回头一看，瞎豹虽已被他掮在背上，先前被他一棍打闷的小豹，此时已是醒转，蜷腿伸颈样子，正望着那人的后影，似要挺身再起。那人只顾对付瞎豹，自己此时如不出手，眼看小豹就要去扑那人。她为想救那人，一时勇气上来，便一个云里翻，看准了那小豹所在，翻了下去。足才点地，小豹已经翻身欲起。李三姑深怕豹身上皮糙肉厚，刀砍不进，就手握一对双刀，猛使了个双龙取水的招式，一对刀尖直插进小豹的双目中去。她一时忘情，只顾戳瞎小豹的眼睛，却没想到小豹纵瞎，仍能扑人。

果然小豹觉得双刀入目，痛彻心肺，大吼一声，不但不去躲避，反倒迎着李三姑怀中直捣过来。李三姑又是一惊，幸而她毕竟不是庸手，忙就地一滚，从豹足边直滚出一二丈远。终究豹子瞎了双目，只能乱蹦乱跳，没法寻人。李三姑亮子打瞎子，看得真切，跃到它的身后，一翻右手腕子，一柄刀早插入了小豹的肛门。豹力太大，这一扭身，李三姑单刀脱手，只剩了左手一柄，忙又摸出一只金槊，运用内功，将气力全运到右手上，一扬手，向小豹肚腹打去，早已深深没入腹内。小豹双目既瞎，屁股上插了一柄刀，腹内又中了金槊，本已难活。无如虎豹之毙，余威犹在。它一纵跳咆哮，屁股上的刀越滚越进，流血太多，渐渐地声嘶力竭，最后庞然倒地，真如玉山颓了一般，立刻倒毙。

那人此刻发现，有个女子也正在跟豹子拼命力斗呢。他知道豹已受伤，不久就会自死，落得省些气力，站着旁观。不一时三豹俱死，李三姑惊魂才定，忙上前谢过那人。那人见她虽是女流，确也身手矫健，力杀一豹，十分佩服。

二人在星光下一会面，李三姑不由暗暗纳罕，原来那人并不是什么猎户，也不是个田间粗汉，而竟是一个白皙少年。看他体力虽壮，并不见怎样魁梧，怎会有此惊人敌兽之力呢？心中想得久了，不由痴痴地望着那少年。

少年倒有些讪讪地，忙打岔道："您不是还有一柄刀砍入豹子肚内去了吗？我给您取出来吧。"说完了，跑到死豹身边，一看刀柄依然拖在尾巴下面，他便握住刀柄，用力拔出，豹腹内鲜血却直喷出五六尺远去。

少年正要递还那柄刀给李三姑，一眼又见树根下金光一闪，趋前一看，原来是一支小形槊子，细而且长，式样甚是精巧别致。他觉得暗器种类虽多，这件东西倒还是初见，看此物长约四寸，六角有棱，只一端有些尖头，却不锋利。他托在掌中暗想："此物如此钝法，怎样伤人呢？"一面想着，就送还李三姑。

李三姑谢了一声，伸手接过刀、槊二物，向少年笑道："我还不曾向您谢救命大恩呢。"

少年闻言，"哟"了一声，忙答道："您怎说这样的话，方才您不是也救了我吗？"

李三姑回眸一笑。

目光接处，少年觉得这位女子的眼神正和春星一般，照得自己眼睛发花，忙即眼观鼻，鼻观心，将心神一敛，脱口问道："请问您贵姓，在何地住家，怎会一个人半夜三更跑到这山里来的？"

李三姑见问，抿嘴一笑道："那么你怎么也会一个人半夜三更跑到这里来呢？"

少年见她神情飞越，反倒有些忸怩起来。李三姑似已觉得，忙又把话扯回来道："别尽在这儿闲聊了，咱们赶快离开这个是非之地，找个所在歇息歇息再说。"说完了，插上双刀，收起金槊，情不自禁地拉了少年手臂道："您随我来。"

此时二人偶一回顾，地上许多榛莽都被踏平，三只豹子横七竖八地躺在那里，夜风起处，吹得四山瑟瑟，十分萧杀。慢说李三姑，便是那少年回想方才情形，也不禁有些心悸，二人就忙着离开那座高岩。

李三姑偕了少年转过峰去，向前一望，空荡荡不见一个人影，用手掌拍了两下，才见从山道左右，上上下下一个个钻了出来。

这时少年不由心中一惊，暗想："此女何人，何以有这许多同伴？"

李三姑回头一看，见少年默然站着，心已明白，当即向他笑嘻嘻低声说道："你别胡猜乱想了，别看这么多人，不会给你吃下肚去。"说罢，目光触处，媚态横生。

那少年本不害怕，闻言之后，心想："我倒要看看你究是个什么来头。"见多人俱已从树林中、岩石下纷纷出现，似乎站齐了静听命令。

李三姑问道："大福怎么样？不碍事吧？"

有几人只应了声"还好"，李三姑点点头，吩咐急速前行，快找一个打尖的所在。众人哄呐一声，大队人马立即前进。这时，众人的服装、兵马已经跃入少年的眼里，这是一班什么人物，他早已恍然大悟，不过自己势单，不能不暂时同行。

李三姑叫大队里让出两匹马来，自己与少年便各骑一匹。四名侍婢的马紧随在后。两个卫士让出了马匹，就在李三姑和少年的马前跟着跑，活像个人马竞赛。不一时，东方已经发白，大家催马急行。一问路，才知昨夜走差了道，竟从山道中错过了羊楼地方，已进了天马、大云两山之间，但见万山重叠，竟无村舍，一直跑到近午，才到杨林边境。真已人困马乏，好容易找到一个村庄，前哨上便跑了进去，向人家要吃要喝的。李三姑一来纪律森严，二来不愿让少年看了不顺眼，忙命两个使婢传谕下去：不许妄动民间一物，必须客客气气地向他们商借一席之地，让我们歇歇腿，如敢违令的，立斩不赦。

这一批部队也有二百来人，村舍人家本就容纳不下。老百姓一看又是红旗队，更加敢怒不敢言，躲在屋里不敢出来。可是这一来，李三姑等一干人便无法打尖了。李三姑想了想，便就马前叫过一个最伶俐的使婢春兰，命她向村中暂借几间屋子歇腿，余人均在院内休息，不准强占民房，并请他们预备二百人的饭食，先付他们一百两银子的酒饭钱。说罢，命另一使婢就马鞍上打开行囊，取出银子，交与春兰而去。天下事钱能通神，村中人几曾见过这样好的红旗队？立刻凑合了几家人家，先腾出六间屋子来，请李三姑等入内，又七手八脚地烧水煮饭，忙了个屁滚尿流，这便是一百两银子的魔力。

李三姑一面让少年进屋，一面叫过一个总头目来，特意朗声吩咐他道："命你传令下去，如有故违军令，擅扰民间，或擅取一物者，就地正法。"说罢，众人一声呐喊，二百人全体立马躬身，真没有一点喧哗，李三姑才缓步进屋。少年见她那副威风凛凛的神气，和昨晚与自己嬉皮笑脸的样子，真天渊之别，不由暗暗纳罕，疑惑她在这里做戏呢。

闲文休叙，李三姑走进屋里一看，是一间两明一暗的茅草屋，外屋有桌椅等什物，内屋有两张床铺，倒也干干净净，便向少年笑说了声："请坐！"并道："今天只有由我做主人，你就不必客气了。"

少年也含笑坐下，一时使婢送进茶水来，她道了声"失陪"，便到里房洗脸洗手。一时事毕，重又走出外屋，立觉她容光焕发，十分精神。这才看清她是一个面貌美秀、聪明活泼的女子。

二人坐了下来，又见她含笑低声说道："我们同行半日半夜，还不曾请教过姓名。方才在那个地方，我真不愿多说话，如今可以细谈了吧？"说罢妙目微睐，十分妩媚，实足以迷阳城而惑下蔡。

少年见了，禁不住心旌悬悬，只勉强笑答道：“现在当然应该请教了。”说了这句话，微微咳了声，仿佛要想借此遮掩窘态似的。

李三姑抿嘴一笑，先说道：“我不必等您请教我，我先自己报名吧。我姓李名琼，无字，排行第三，人家都称呼我一声‘李三姑’。”说完了，瞪着一双澄如秋水的妙目，微张着一只樱口，似乎在等少年自己报名呢。

少年面上一红，笑道：“该我说了。”

他说了这句话，本已忍不住自己要笑，偏偏李三姑又扑哧一声笑了出来，更闹得少年欲言又止。

他强忍着笑容接说道：“在下姓崔名仁虎，临湘县人，今年……”他说到这里，自己觉得和说大书似的，未免有点玩笑了，忙立起身来笑着打岔道：“得了，得了，不用再报了，彼此都算知道了。”

李三姑闻言，也笑答道：“好，咱们算是知彼知己了，对吗？”说完了，又忍不住笑了起来，笑得那样荡人心魄。崔仁虎出世以来，敢说还是第一次见到这种媚笑。

崔仁虎自到羊楼亲戚家祝寿之后，本想多住几日，因那时羊楼、临湘、巴陵一带全已失陷，他怕家中上下人挂念，就辞了那家长亲，连夜赶回鸭关矶。不想走到梧桐山壁虎崖的后面，近来不知从何处跑来几只虎豹，时出伤人。本地面官府本已禁止单身过岭，仁虎仗着武艺精熟，年轻胆壮，才只身上道，有此遇合。仁虎今年十九岁，平时家居习武，半年来又从志精一学了许多武当派的本门功夫。仁虎资质既好，又肯用功，孜孜不倦，所以内外功均已达到上乘。

精一知仁虎前途无量，不敢耽误他，说什么也不肯自居师位，只说：“将来见了叔父飞天神龙，再拜他老人家为师，我俩只能说是师兄弟。”

仁虎无奈，只得允了，但事实上，精一却将自己所会的，以及自己知而不会的，连教带讲都给了仁虎。仁虎悟性最好，竟能闻一知十，一隅三反，所以进步极快，和半年前已是大不相同。此次力劈二豹，便是他发硎新试的第一声，竟把个李三姑看得如获至宝，从此她一点芳心，就牢系在仁虎身上。她为情所使，造成本身多少磨难痛苦。

李三姑是红旗队一个首领，如果要行为放荡，找十个八个面首以备纵欲，何地不可为？何人不可得？不过她是一个有品行、有志节的女子，绝不肯像柳花娘一样。她今年才二十二岁。自从十六岁闯荡江湖以来，至今足足六个年头。在这六年中，也不知遇见过多少奇人奇事，独独对于自己的对象，却始终认为从未见到一个可心可意的人儿。她虽率领着红旗队，但与别的红旗队不同，从不许部下抢劫奸杀，如有犯者，格杀勿论。本身更是守身如玉。所以太平军中的人都知道她，都不敢惹她。有几个太平天国的权贵和大将垂涎她的姿色，也曾碰过她很大的钉子，又因她为洪宣娇所赏拔，也就奈何她不得。

上次在巴陵，为了王百凡的二子被掳，无意中得罪了柳花娘，柳花娘就一心要陷害她。正好柳花娘有一个姓娄的旧日相知，目前得了洪宣娇的宠幸，她就叫那姓娄的在洪宣娇跟前，进了李三姑好些谗言，说李三姑目前异常跋扈，背地常骂洪宣娇不识人、不重用她，所以不肯服从命令，贪图安逸享受，常驻巴陵，不肯到别的苦地方去看看，以致部下到处扰民，怨声载道。洪宣娇虽不甚相信，但其言出自宠嬖之口，又在枕边一再絮聒，连激带劝，不由动了心，所以才下了一道手谕，命李三姑即日巡视石首、临湘各地，不准常驻巴陵。

李三姑怀了一腔怨愤上道，自然心绪不宁。一路上时时感怀身世，轸念时艰，十分不快。不料夜入壁虎崖，因杀豹遇见了崔仁虎，见他这样年轻，便怀了这般武艺，又救了自己性命，她不由生了爱慕之心。及至到了打尖之时，晤言一室，看仁虎英姿爽飒，体态谨严，英俊中寓着老成忠实，至于眉清目朗，面白唇红，美秀聪明，尤其余事，不禁一颗热得烫手的芳心，整个儿寄托在这位少年身上。那一缕柔情，万般蜜意，也完全倾注到仁虎的每一滴血液中去了。

至于仁虎，本是个好武仗侠的青年。说他年轻吧，也快到二十岁了，世故人情也都般般懂得；说他老练吧，终究尚未及冠，还不能算成人，而且家本村农，既未饱读诗书，亦复毫无阅历，所以一经遇到李三姑之后，又被李三姑爱上了，这件事他简直不知道应该怎样应付。因为他虽然入世未深，还未尝到过恋爱滋味，所以也不甚懂得对方是否在爱着自己，但最低限度也有些明白，李三姑是不讨厌他的。可是终究还是半大的孩子，有些混混沌沌，一片天真，不过懂得和李三姑有说有笑而已。在此种情形之下，一方面是如痴如醉，一方面却若即若离，虽说未能同心合意，究竟也还能深谈衷曲哩。

当天打尖已毕，李三姑等众人，本应再向杨林进发，仁虎则应走回羊楼，然后再回家去，但是李三姑却舍不得立刻离开仁虎，更不愿他立刻回到鸭关矶，只恨一时无话可以留他，看看时候已过申刻，一行人都已休息过来，尽等赶路。李三姑此时凝着秀眉，默默出了一会儿神，立时想出了个主意，命贴身使婢传令下去，就说昨晚力劈三豹，未免疲劳，大家又没得好睡，所以今晚暂在此间借宿一夜，明日早行。至于民家方面，仍和他们好好商量，能腾出几间草房便是几间，专备自己和贴身使婢以及仁虎几个人安息之处。其余人众，一律露宿，不准擅入民间，违者立斩。

使婢奉命而去，她便笑盈盈地向仁虎说道："我们昨夜未得好睡，今天暂且在此借住一夜，明天再走。你昨夜够累了，也该休息休息，等到明天再回府吧。"话说完，望着仁虎，秋水盈盈，似乎正等他的许可，辞色之间，十分恳挚而又关切。

仁虎究竟还是大孩子，听她说得那样委婉恳切，也就不好意思拒绝，便应道："好吧，不过我又得晚到家一天了。"

李三姑见仁虎竟自毫不犹疑地答应下来，喜得笑逐颜开，真从心眼里面高兴出来，立命使婢："快去吩咐行厨，晚间备些下酒的好菜，我们要痛痛快快吃喝一顿，但是不许到民家强取，先取二十两银子给他去办去。"

原来她随军本带有伙夫，以为一路备办饮食之用。仁虎见她忽然那样高兴，一会儿交代这样，一会儿吩咐那样，一会儿又亲手烹了一壶香茗来和自己对饮，喜滋滋、笑嘻嘻地又说又乐，活脱儿像人家里一个小媳妇，哪里会想到她是一个杀人不眨眼的女魔王、红旗队头领呢？心里觉得好笑，不由痴痴对着她傻看。

李三姑倒被他看得不好意思起来。此时，二人本是对坐在窗前，就顺手举起一条手帕来，向仁虎眼前一挥，接着笑道："喂，为什么老拿眼睛下死劲盯着人家？难道脸上有花朵儿不成？"

仁虎本是一时忘情，其实并无他意，此刻让她一问，反觉得忸怩起来，立刻红了脸，把头低下，答不出话来。

李三姑一见，心里又觉得怪不忍的，忙凑到他跟前，脸对脸地低声说道："小弟弟，快不要生气，跟你闹着玩的！"说完了，实在忍不住，想去握一握他的手，猛地自己心里责备自己道："李琼！你怎的这般没出息？他年纪虽小，无论如何，总是一个男人，怎能露出这般轻薄的神情，让他看轻呢？"想到这里，忙要将已经伸过去的一只手缩回来，可是已经来不及，只好借着势，一按自己的膝盖，倏地站了起来，回过脸去，假作观看窗外野景，站定了默然不语。

仁虎方才明明见她伸过一只手来，忽又见她倏地站起，正有些莫明其妙，抬头望了她的侧影，偷偷地端详她的举动。忽见她柳眉微蹙，娇叱了一声，回过脸去，向着房外只一拍手掌，随声进来两个使婢。

李三姑面含怒容，用手向窗外一指道："快将前面空场上那个戴笠帽的弟兄带下去。"

二使婢领命退出。这里，李三姑怒冲冲走到外屋，就有一个头目装束的大汉躬身而入。仁虎看了奇怪，轻轻地走到房门口，向外张望，正见李三姑对那头目说道："那人叫什么名字？"

头目躬身答道："叫周德，是本队一个下手伙夫。"

李三姑怒容未敛，向那头目说道："我已交下二十两银子，为什么他不到市上去买，要和那个乡下女人抢东西？"

那头目强赔着笑脸道："他才到咱们这儿还不满十天，还不大懂得规矩，下次就不敢这样了。"那意思是想替伙夫求情。

李三姑冷笑一声，朗声说道：“我的号令却不问他才来不才来，如果都要这样不听话，咱们还能带这么多人吗？”说罢，用手一挥道：“不用你多口，去吧。”

那头目知道人情求不下来，再一看李三姑站在那里兀然不动，柳眉直竖，凤眼含威，吓得忙躬身退出，执行命令去了。

此时仁虎才想到她方才立在窗前，大概偶然看见那个倒霉的伙夫，正和乡人抢件什么东西，恰好让这女魔头看见，所以要责罚那伙夫。想到此处，见李三姑余怒未息，还站在外屋，心中不由暗暗赞叹：“看她虽是女流，纪律如此严明，真真难得！试看他们到此半日，真是秋毫无犯。这是我亲眼目睹的事，莫说长毛没有好人，像她这样的带兵官，真比我们官家的大老爷们高出不知多少倍呢。”仁虎对于李三姑也不由生了敬爱之心。

使婢春兰忽从内屋里间踅将出来，悄悄地向仁虎恳求，意思是求仁虎向李三姑讲个人情，也救了那人一条性命。

仁虎诧异问道：“我以为打他几十军棍就算了，难道还真个要命不成？”

春兰把舌头一伸，低声说道：“好，我们这一位的命令是说着玩的吗？哪有那样便宜的事！您如不肯讲情，一会儿就得砍在这大门口，人头还要示众呢。”

仁虎听罢吃了一惊，心说，好厉害的魔头！略一沉吟，便点头道：“好，我一定尽力去求。”说完了，回头一看，李三姑在外屋尚自正襟危坐。仁虎回想方才对自己那种温存款曲的意思，和目前这种杀气腾腾的神气，怕不像是两个人？他边想边到了外屋。

李三姑看见仁虎走出房来，不知怎的，满腔怒气竟会归于无何有之乡，忙站起笑迎道：“我带的人这么不争气，真让您见笑了！”

仁虎也笑笑道：“我真想不到您的军令如此严明，真真钦佩之至！”

李三姑闻言，不由抿嘴一笑，悄声说道：“别来挖苦我们了。”

仁虎正色道：“谁挖苦你？老实说，我们的官兵和你比起来，真是一个天一个地呢。”

李三姑闻言，忽地眉心一皱，叹了一声道：“因为这样，才能有我们的立足地。如果我们也是这样胡闹，岂不是以暴易暴，又何必多此一举呢?”

仁虎听她这两句话讲得十分中肯，心下暗暗称奇，忙笑向她道：“我不是和您谈大道理来的。”说完了，撑着一张笑脸，对李三姑望着，似乎意有未尽的神气。

李三姑何等机警，眼珠略一转动，便猜透了一半，当即假作不知地问道：“那么你又找我来谈什么呢?”

一句话单刀直入地问了出来，仁虎反倒愣住，期期艾艾地答道：“对了，正要和您来谈点小事。就是方才您在窗前瞧见的那档子事。”说完了，望着李三姑的脸，且看她神色如何。

谁知李三姑笑着一扭脖子，说道：“你管这些闲事干什么?”

仁虎觉得她对于自己的话，至少不会给钉子碰，也就大胆接着说道：“我看那个伙夫也还不是什么大恶的人。虽说处令不能不严，但也不必多杀人。我不敢替他求情，盼望你能够赏我一个小面子，饶了他一条命，重重地打他几十棍子，也就完了。”一边说，一边留神李三姑的神色。

见她扑哧一笑，低声自语道：“我就猜准了你为此事而来。”

仁虎也笑道：“对了，我就为此事而来。”

李三姑口内不言，心里盘算：如果允了他的人情吧，恐怕坏了自己素来令出如山的一贯作风；不允他的人情吧，别说怕他心里不高兴，他脸上也下不来。凭良心说，自己也有些不肯不听他的话。

她这样默默出神之际，忽见内屋人影一晃，喝问：“什么人在探头探脑?”

只见使婢春兰慌忙应声而出道：“是婢子在此伺候头领呢。”

李三姑一听她当着仁虎口称头领，也不知为了什么，心里非常不痛快。忽一转念，立即明白仁虎的求情，定是受这婢子之请，又一想，她既有此请求，已经多少瞧出自己对仁虎的一番意思，这倒对她不可过于严峻。想到此处，随即收了怒色，随口问道："方才那个抢东西的小子在哪里呢？"

春兰乘机应道："还候着令呢。"

李三姑眼珠一转，又向仁虎脸上一瞟，一双嘴角微微向上一翘，面上露出一种娇笑调皮的模样，意思是说："我为你才这样办的呢。"然后向春兰一挥手道："叫杨头目进来。"

春兰闻言，一面躬身领命，一面向仁虎瞟了一眼，知道自己的策略已经生效，立即出去先告诉了杨头目。

杨头目自是欢喜，却不敢露在脸上，还是一本正经地走进来，躬身问道："头领有何吩咐？"

李三姑正色说道："伙夫周德违我号令，本应斩首示众。念是新来，不明营规，先责二百军棍，以观后效，去吧。"杨头领应命退去。

仁虎见李三姑准了人情，面上有光，心中高兴，着实恭维了她一阵。

李三姑却淡淡地笑道："倒看你不出，这点年纪居然懂得敷衍人，哄人的手段倒是顶不错的啊！"

仁虎被她说破，觉得不好意思，便讪讪地笑道："我几时哄过你来？"

李三姑见他不安的情状，不知怎的，心中又怪不忍的，也便笑说道："得了，咱们别为了不相干的事儿尽斗口了。来，里边来，一会儿咱们痛痛快快地喝两盅儿好不好？"边说边让仁虎进入里屋。

此时，已是夕阳将尽，黄昏渐临。二人同倚在后窗边，望着田野间。只见暮色苍茫，暝烟四合，平畴茅屋，远树青山，都沉浸在淡烟薄雾中，左右人家正在预备晚饭，远近炊烟四起，随着晚风吹卷开来，别有一种清幽之趣。

仁虎本是乡村子弟，这些景象，在他是司空见惯，不会往心上去的。唯有李三姑，连年奔波各城各镇，整日里带着这一群人马，闹得乌烟瘴气，眼看太平军中各当道人物，一个个醉生梦死，暮气日深，哪里还有当初倡义时那种气象？自己虽一女流，抛弃了舒适的家乡，谢绝了儿女的情怀，投身此中，原不为求富贵。无奈看着当前这种败亡之兆，不由得心灰意懒，所以时常独怀忧愤，无可告诉。不想无意中偏遇到仁虎这样一个人，又和他凭窗共眺如此清幽景色，不免勾起了儿女的情怀。慨念着身世的漂泊，竟默默无言地依在仁虎肩膀，觉得缥缥缈缈，不知身在何处。

仁虎正自指西画东，滔滔不绝地讲着，讲了半天，觉得身旁的李三姑毫不搭理，颇为奇异，略一回顾，见她呆瞪一双妙目，正瞅着近树处一对宿鸟倏地飞来，倏地飞去，奇的是来去不过三五尺路，飞翔时总是追随不舍。这一只飞过去，那一只也跟过去；那一只飞回来，这一只也跟回来。

仁虎天真烂漫地说道："你瞧！这两只鸟儿准是一对吧？它们俩总飞在一起呢。"

李三姑闻言，心有所触，回眸一笑，淡淡地问道："总在一起就是一对吗？"

仁虎胸无城府，信口答道："那是自然，要不是一对，为什么肯在一起呢？"

李三姑见他老说一对一对，心里也说不出是喜欢还是懊恼，不由得娇嗔满面，一扭脖子，喝道："别讨厌啦！"

一句话闹得仁虎莫名其妙，只睁着一双奕奕有神的俊目，望住了她，半晌说不出话来。

李三姑也有些觉得他的窘态，哈的一声又笑了出来，痴痴地向仁虎叹了一口气道："你说它们总在一起，便是一对儿，你不信一会儿就得你东我西，不定在哪儿遇上别的鸟儿，又应当跟别的鸟儿飞在一起了。"她说完这几句话，仿佛也不愿再看窗外风景，径自转身，走到一边默默地坐着去了。

仁虎心中似乎也起了一种感觉。这种感觉，是为仁虎那种天真豪迈的性情中所未曾前有的。他此刻仍是独倚窗前，然而，他却并不曾再去看风景，只在做一种最近的回忆。他记得昨天想要从羊楼连夜赶回鸭关矶，他记得昨夜陡然遇见豹子，他记得昨夜骤然发见藏在树上的她，他记得她曾经力劈一头豹子才保住自己的生命，他记得她那种娇弱的身躯竟会那样的勇健，他记得她在星光之下对于自己那种亲切感谢的神情，他记得她对于部下那种威严和严明的纪律，他记得她方才对于自己讨情时的那种情态，他记得她对于自己处处都是笑容，他记得她方才那种忽忧忽喜的脸色和变幻莫测的心情，他记得她曾经劝他明天回家，他记得她似乎不愿意听到“总在一起便是一对儿”那句无关紧要的话。他还记得她还有许许多多难以形容和难以回忆的神态、言语、笑容等等。哎呀！仁虎想得有些迷糊了。在他们二人默然相对之时，天色渐渐地昏暗，屋子里外也同时一片漆黑。

第四回　女头领之色情狂

柳花娘自从将王百凡二子和贾宾等装了藤箱送回李三姑以后，自以为出了一口气，可是还不甘心，又设法向洪宣娇面前进了一篇谗言，才算无意识地把李三姑从巴陵赶到石首、临湘等地，去瞎跑一阵。事实上，非但于李三姑丝毫无损，反引起了许多曲折的下文。同时，柳花娘自己乘着李三姑不在巴陵，尽情地在巴陵胡闹了多日，还觉得不甚称心。听人说临湘县有一黄盖湖，是当初三国时吴将黄盖的家乡，那边风景美秀，人物整齐，大可一游。她闻言甚喜，立刻带了几十名党徒，一窝蜂地赶到临湘县城。

临湘县知县洪景福早已在县城失陷时投降了太平军。太平军将领说他是识时务者为俊杰，便仍命他继任下去。这一来，正称了洪景福的心愿，他原是为保全他的知县才投降的。此刻，柳花娘一到，他虽知管辖本境的红旗队是李三姑，但是他想，反正都是太平天国的重要人物，自己犯不上得罪柳花娘。及至见了柳花娘，觉得十分放荡和气，并不像李三姑那样凛然不可犯，又听她自己说是洪宣娇部下唯一红人，不由又起了谄谀之心，竟自加倍巴结起来。

他知道柳花娘与李三姑不同，完全是一个淫荡不堪的女贼。要讨好的方法，莫过于替她找几个可意的面首。却也亏他整整想了一晚上，才想出一个方法来。到了次日，就和各乡各镇地保、里正，将本乡镇居民中青年俊雅的少年姓名，一列开单，呈报候传。这一道公文下去，各乡镇真还不知为了什么，立刻照办。名单一到，洪景福就按图索骥，命地保、里正拣最漂亮的小伙子，挑选十二名送到柳花娘公馆，一面又偷偷地送了个信给柳花娘，让她心中欢喜。果然，柳花娘大为高兴，先送了洪景福一件厚礼作为酬报，专等洪景福所送的人情到来，尽情快乐。

偏偏地保、里正到了各乡镇，把这事一宣布，那些老实乡民果然不敢违抗，可是其中却恼了一户人家，就是鸭关矶的崔家。要知崔永福和崔仁龙父子原也不敢支吾，但求里正设法开脱。那里正却对永福说道："这是上头的吩咐，没法支吾！好在你有两个儿子，大的乡下人，在家帮你种庄稼，不必去了；你小儿子仁虎不是平日喜爱结交江湖人物吗？就让他顶这名儿吧。再说，这是个升官发财再好不过的道儿，你儿子把那位柳头领伺候高了兴，要什么不成？"

崔永福是老实人，早已忧郁得说不出话来，只有作揖打拱。偏偏这时候从外面进来两个少年，前面一个是崔仁虎，后面一个是志精一。里正一看，不由笑逐颜开，站起说道："这不来了两个吗？正好，你们庄里就叫这两人去吧。"

仁虎、精一一问情由，不由心头火发，但是也知道家门人多，得罪不起这班狗官，也就忍住了气，细问了一遍。恰好仁虎此时正从杨林那一路和李三姑分别回家，他不由心中暗暗盘算：李三姑也是一个红旗队领袖，看她那样仁智兼备，真胜过地方上一班贪官污吏万倍。这个柳花娘想必也是三姑一流人物，不过有一点可疑，便是三姑所到之处秋毫无犯，柳花娘怎的要拉起了壮丁来呢？因此便问那里正。

里正笑道："这倒不是人家要拉壮丁，都是我们这位宝贝太爷，太平军大军压境，既不敢抵敌，又舍不得弃官逃走，索性郊迎跪接，做了顺民，居然还保住了他的前程。这一回听说来的柳头领，是天王御妹洪姑姑的宠幸部将。他为走门子起见，才想出这个法儿，打算在壮丁里挑选十二名漂亮小伙去伺候柳头领，暗含着还要陪伴陪伴。这是跟陪王伴驾一样的好差使，咱们乡下人赶上这档子事儿，正还不易呢！"

仁虎一听，越发断定这是自己人不争气，与来者无干。他毕竟年轻，阅历太浅，知其一不知其二。眼见李三姑那样军令森严，那样正直无私，个人又那样温柔美丽，毫无一丝长毛头子的习气，对自己又那样委婉多情，临别之时，还是那样依依难舍。他便认为柳花娘就是打个对折，也还不至于是个不讲理的女长毛，所以，他竟想亲身一试，同时他想："如果姓柳的不是好人，我也可以替全村的人出这口鸟气。"

他打了如意算盘，便向着里正笑嘻嘻地说道："好，我跟你们去还不成吗?"

他这句话一出口，除了里正、地保正中下怀，自然点头道好，其余旁边站的崔永福、崔仁龙父子和志精一，都吓了一跳。精一虽知仁虎近遇红旗队李三姑，回来十分夸赞，说得津津有味，但精一到底比仁虎又有些经验。此刻，仁虎慨然应募，定是拿柳花娘又当作李三姑了，当即在他身后轻轻地扯了扯他的衣服。

谁知里正眼毒，早已看见，当即向着精一发话道："你别拉拉扯扯！烂泥菩萨过江，自身难保，你本身还须顶个名儿，应应卯呢，别招呼人家了。"

精一剑眉一紧，正待发话，崔永福毕竟老成持重，知道这不是斗狠的时候，忙赔着笑脸说道："我们这位志师父，诸位都知道他来时的情形，到了舍下，就是一场大病，差一点没有送了命，此刻离他病起才几个月。您不信，看他脸上的气色还不是黄皮寡瘦的？就挑了去也不会中，怕上头反要憎怪你们二位办事不到，连这样的病鬼也给弄来凑数了。您说，我说话有理吗?"

崔永福这套话，原是一时情急，想为精一开脱，没想到自己一说，精一果然幸免，可是同时却给自己儿子仁虎格外扣了个结实，任凭说了多少好话，里正们非把仁虎的名儿送上去不可。同时仁虎也极愿亲身一试，所以他本人既不反对，旁人阻拦也就不生效力。里正等临走，叫他三天内在镇上齐集投县，说罢自去。

崔永福夫妇觉得把儿子送入虎口，哪还有生还的希望？招得他父亲愁眉不展，他母亲哭哭啼啼。仁虎反倒安慰母亲，说他自己一身武艺，还怕这些人吗？好便好，不好，只逃一条命还不成吗？再说自己此去，无非要见识见识那个姓柳的，并非真个一去不回，不必愁苦。这里精一也在旁劝慰二老不必担心，仁虎自己保全自己，绝无差误。二老方始稍抑愁怀。一时精一与仁虎到了书房内，精一便劝他此去小心谨慎，不可大意，要知长毛里面正有不少了不起的人物呢。

仁虎一心以为柳花娘和李三姑均是一流人物，满不把众人的话放在心上，只说："师兄不必叮嘱，我也只去三两天，看清楚了，自然就回家的。"

精一知道一时也劝不过来，好在仁虎一身武功，已足自卫，便道："既是你志已决，我也不必强劝。这么办吧，你先去，我过一两天来看你。如有机会，我们就一齐回家，你看如何？"

仁虎此去，本无久留之心，自然同意。

转眼间已到了齐集县衙的日子。仁虎暗藏了兵刃暗器，辞别家人，仍由精一送到县城内。眼看他进了县衙，精一才回转鸭关矶。一路上便打着主意，想过两天夜探柳花娘公馆，再作道理。

不提精一回转崔家。再说一干被送的壮丁，由知县洪景福点过了名，共是一十二名青年，立刻派人送到柳花娘公馆。他本人便算尽了他拍马的责任。仁虎随着十一名同伴，到了柳花娘的公馆。这里原是本县某富户的一所别墅，房舍甚广。柳花娘带的人上上下下近将百口，住在里面，竟还绰有余裕。仁虎等十二名被送到之时，柳花娘去逛黄盖湖未回。直等到柳花娘回家，已是将近黄昏。

仁虎在门房内望出去，见有四五十匹高头大马，前呼后拥，捧进一个浓妆艳抹的女子来。灯光人影中，也看不清那女人的体态面貌，只见她骑着赤炭似的一匹马，进了仪门，在厅前下马，早被一班男女侍从拥了进去。一会儿听得传呼摆饭，便由许多从人大盘小碗地从厨房里向上房端去，如穿梭一般，往来不绝。

这顿饭至少也吃了一个时辰，那时谯楼早已起了更鼓，仁虎等人缩在小房内，一直无人过问。直到二更过去，忽听屋外有人传呼县里来人，那时县里派来的地保和差役们好像得到大赦似的，都钻了出去。不一时，由地保领进一个头扎红巾，身穿戏班里绣花开氅的长毛头子来。

那人一进门，便向众人望了一眼，随即点了点人数，向地保大声说道："人都收下，没你的事了，回去吧。"

地保巴不得这一句脱了自己干系，立即笑逐颜开，一阵乱拱乱拜，带着衙里来人一齐走去。

地保走后，长毛头子向屋外喊了一声，也听不出他喊的是什么。随声就进来两人，长毛头子用手向众人一挥，说道："你先带他们洗个澡，换换衣服去。"

那两人也是和戏班里一样，穿得五颜六色，十分可笑，闻言向着仁虎等人说了声："你们随我来。"先自走出。

这里众人虽都惊疑不定，也不敢不跟这二人走去。走到一个院里，屋里又迎出一个伙夫模样的老头子。那两人又将众人交给伙夫，由伙夫带着众人，分别送进四间暖室内，看室内设着几个澡盆和几张大榻，澡盆内正是热气腾腾。

伙夫便说道："你们洗得干干净净的，好等上边传唤。"

一句话说出口来，众人一个个吓得面无人色，仿佛让他们洗干净了，就要准备去剥皮宰割似的。

仁虎看了好笑，伙夫见大伙儿这样害怕，反倒笑了起来道："好啊，我说你们这群小伙儿真是不开眼！这种好事儿，也就是这个年头儿才碰得上。像我这个岁数，想也想不到。你们活人胎子长得是样儿，才有这份儿造化，怎么反倒害起怕来？大不了让你们多出点子汗，还能要了你们的命吗？得了，别哆嗦了，干脆快洗吧。"

仁虎听他这一篇浑话，真忍不住要笑。

伙夫边说边向外走，轰的一声将房门带上，屋里只剩了仁虎和另外两个村男。这两人背着仁虎，像是低声商量了几句，才战战兢兢地脱去衣裤，竟洗了起来。

仁虎一看除澡盆而外，木榻上还堆放着三套衣裤，那材料、花样全是戏台上穿的东西，心中看了益发好笑，他想："我不过来见识见识这女魔头，还真个洗什么澡？何不换上一身戏装，和她开个玩笑再走呢？"

想罢，心中得意，立即走到榻前，将长衫脱下，只拣了一件五彩绣花的褶子，罩在贴身夜行衣裤外面。再看那两人，真个大洗特洗起来，觉得他们又是可笑又是可怜，立即开了门，一闪身走出房外。

伙夫正坐在椅上，一见仁虎踅出，向他笑道："还是你年纪小，心眼儿活。这有什么可怕的？给她伺候舒服了，嘿，要什么都成，天上月儿摘下来当皮球踢着玩也成呀。"

仁虎不愿和他多讲，只笑问道："她现时在哪里，你能带我先去见见她吗？"

伙夫听了，不由瞪着一双怪眼问道："她？她是谁？"

仁虎一笑说道："不是这儿的头子柳花娘吗？"

伙夫吓得跳了起来，随即喝道："你这小子不打算活了吧？什么柳花杨花的胡说！再说，连我也够不上见她的面儿，快老实点儿等传吧。"

仁虎闻言，一时倒也无话可说，只好等着。

不一时，那几个村男俱自暖室内走出，各人都穿一身戏装，真是怪模怪样，十分可笑。伙夫此时才高声叫大家站齐了，不要乱动，自己走向屋外而去。不多时领了方才那个长毛头子进来。他腆胸叠肚，耀武扬威地向众人点了人数，又从身旁取出一张名单，一个个唱着名字，点了一通，点完说了声："随我来。"转身带了仁虎等直奔上房而来。

这所房可真不算小，转弯抹角，经过好几重院落，走到一座垂花门外，刚刚站住，从门内又转出两名壮汉来。仁虎看这两人面貌白皙，眉目险狡，身材雄健，服装奇异。

先前那个长毛头子见了二人，立刻双手送过那张名单，躬身报告道："县里送到十二名壮丁，这是名单，各人都已收拾干净，在此伺候。"

两人接了名单，即回身向内去了。少时，传呼十二名壮丁。此时长毛头子躬身退去，然后由两人带着仁虎等跨进垂花门，经过一层高大院落，站在廊下。灯光下，见廊子两边站了十几名武装女子。仁虎偷眼向上房望去，一色的透明玻璃长窗，正中珠帘拂地，窗内灯烛辉煌，隐隐绰绰有许多少年男女在内奔走执役，却看不出哪一个是柳花娘。

正在察看，又听一声传呼，屋内有个娇滴滴的声音喝道："外面壮丁站齐了，听候点名传见。"

外边两人轰雷也似应了一声，立命仁虎等分两排站齐了，专等传见。

这里刚刚站齐，房内又有女子喊道："外面壮丁，听候点名。"言罢，随即高呼某人某人。于是这十二名俎上之肉，就在这传点式下一个个地走入屋内。

点到第六名正是崔仁虎。仁虎虽是胆大，但是慑于柳花娘这般势派，又怕自己露了马脚，未免也有些心惊，耳听喊到"崔仁虎"三字，立即勇气一提，朗声应了个"在"字，乘着屋内人将珠帘一起的当儿，飘风也似跨进了房门。他一足踏入屋内，立时眼前一亮。屋中明晃晃灯烛辉耀，真如白昼一般。一抬头，见正中一个宝座上坐着一位珠光宝气、花团锦簇的美人儿，他料定这便是柳花娘。

此时，仁虎与柳花娘尚有十余步的距离，灯光下自然看不真切她的面貌，但是无论如何，总是一个极美丽的人物，这是可以断言的。仁虎在此一刹那间，不由得想起李三姑来。当他正自神驰物外的当儿，未免直着眼，呆望着上面的那个柳花娘，不言不动。

柳花娘随着唱名，一连看见进来五个男人，一个个都是蠢头土脸，虽然年轻，哪里配允自己的面首？她正自烦恼，忽觉珠帘起处，闪进一个美少年来，穿着一件花蝴蝶似的褶子，居中一站，不但丰神俊秀，而且看他进门的步履行止，分明的一个有武功的孩子。好一个眼毒的柳花娘，真不愧为久闯江湖的女贼，她简直一眼就看到底了。

此刻，见仁虎不言不动，站在当地，和方才那种行动，真有动如脱兔、静如处子之妙。柳花娘正从眼里看出火来，立即一摆手，命那女侍暂停唱名，传命崔仁虎向前。阶上下的众侍女们都明白，这一个小子被头领看中意了，当即向仁虎传命向前。仁虎闻言，从容不迫地向那女子宝座前走近了三五步。

此时二人距离更近，彼此看得更是真切。柳花娘半睁着一对桃花眼，水汪汪、笑眯眯地望着仁虎，见他窄肩削背，猿臂蜂腰，十分矫健伶俐；一张红白相间的俏面庞儿，配着漆黑的眸子，越显得面如满月，目点春星，顾盼之间，自有一种英武俊逸之态，令人爱极。仁虎临近宝座，一看柳花娘果然甚是美艳，只是柳眉带煞，俏目含威，一任如何妩媚娇丽，仍掩不住她那一腔淫凶之气。

此时，他又不禁想到了李三姑，觉得李三姑的美丽温婉，和她竟大不相同。柳花娘看仁虎见了自己这种势派，并不惊慌；见了自己这般美色，也漠然不动，不由有些纳罕，但认定他不过是个乡村小儿，也就不再往别的上面去想，一心只想将仁虎带到密室，今宵将如何享受那一段风流况味！她眼珠一转，立命紧贴身旁一个女侍先将仁虎带往密室，然后再草草地点看余下的六名。她满拟再找出一两个和仁虎差不多的角儿，今晚也好长枕大被，做一次联床的无遮大会，谁知进来的全是村汉，竟没得一个可心的，至多也就是在万分无聊的当儿，拿他们当一回机器，杀杀火气罢了。她心里一别扭，也不想再看了，立命将这十一名拨在人事头目室内，随时听候传唤。

仁虎被那个女侍江桃送到密室。一路上，那个江桃先假公济私地一手掌着风灯，一手却握住了仁虎一只手臂，和仁虎挨挨蹭蹭地一路搭讪，问他哪里人氏？姓什么叫什么？家里还有些什么人？又问他娶过亲没有？说话时节，故意卖弄风骚，扭扭捏捏，十分轻狂。仁虎偶然对她面上看了看，倒也眉清目朗，风韵嫣然；一颦一笑间，皓齿尽呈，桃腮融透，十二分的春意，都上了她的眼角眉梢。可惜仁虎还是个十足的童子，又素习武功，哪里懂得这些，白辜负了江桃一片苦心。可笑江桃估量柳花娘还在前边点名挑选，一时不会进来，所以起了邪心，打算在这片刻时光，将仁虎引入自己室内，抢她一个头彩。殊不知仁虎心如铁石，哪能让她称心？

这时，二人走到一条极长的胡同里。那地方已是靠近柳花娘的住房，头目等无故不得擅入，所以冷清清一个人都没有。江桃走到此处，借着和仁虎攀谈，却站住不走。仁虎正觉得她语声微颤，有些奇怪，灯光下忽见她一手持灯，一手将仁虎推到墙边。

历来江桃是柳花娘手下一个最得宠的女侍，颇懂得几手拳脚，臂力甚强。她满以为乡间村儿，还不是手到擒来？竟想乘着四下无人，就在这黑黝黝的所在，和仁虎先来一次真个销魂，以解馋渴。万不料仁虎胸有成竹，见她将自己推向壁间，竟也随她摆布，一动不动地倚墙而立。

江桃哪知其意，立时春情撩乱，将手中灯向地上一放，回身同饿虎扑食似的一圈双臂，紧紧搂住仁虎，将一张樱桃小口吻到仁虎腮上。那时江桃神志早被欲焰所迷，半开着眼，迷迷糊糊地望着仁虎那张俏面庞儿，浑身早已酥麻。然而她无论如何，总是个女子，如要她自己动手，未免还有些做不出，只是自己将整个娇躯软绵绵地紧贴在仁虎怀中，怎的不见仁虎有一点动静？心里直觉奇怪，这个小孩子难道还不解人事吗？无奈此时江桃早已欲焰腾腾，浑身如雪狮子向火一般，快要融化，也顾不得羞耻。她一面娇喘吁吁，一面柳腰乱扭，紧靠了仁虎直揉直蹭，一双眼半开半闭，微张樱口，浅吐丁香。刚刚往仁虎两唇中塞进去，猛觉得怀中抱的这个人儿浑身仿佛和棉花般软将起来，虽仍紧抱自己怀中，竟有些空若无物起来，下身拼命地挤过去，也和靠在棉花堆上一般。

她心中正自奇怪，同时整个身躯也似无可凭借，正在摇摇欲坠的当儿，陡觉所抱的这个肉体，仿佛像气泡似的向外猛力一弹，将自己整个儿弹了出去，轰的一下，自己背脊直撞到对面墙砖上，撞得生疼，连声“哎哟”，已把她的迷梦惊醒。正想过来看看仁虎究竟怎么一回事，忽听胡同口外似有人语之声，她猛地一惊，生怕自己情形被柳花娘看破，那就性命完结！这一惊可就将她方才那一片欲仙欲死的春情驱除得干干净净，忙不迭提起地上风灯，拉了仁虎，一语不发，急匆匆跑向柳花娘密室而去。

柳花娘勉强点完了这十二名壮丁，觉得除了姓崔的以外，简直一个也看不入眼，心里焦躁，益发迫不及待地想回到密室，去拿姓崔的来杀火气。因此匆匆点完，立即吩咐回到密室。方才江桃在胡同里听到的语声，正是柳花娘和一班从人进来的时候。等到柳花娘到了密室，江桃和仁虎也就是先一步走到。当然江桃还未及退去，柳花娘已经到了。

柳花娘一见江桃还在室内，计算时间，不由动了疑心。原来依照规矩，女侍们奉命将所预备的男子送到密室以后，应当立即退出，只留那男的一人在室，永不许女侍们陪着，这也是防微杜渐之意。但今晚江桃虽并未和仁虎同留密室之内，却因在胡同内起了半天腻，发了一阵迷，路上自然耽搁久了。偏偏柳花娘因看不中余人，又惦记着仁虎，所以进来得甚快。这一来成了一边快，一边慢，致使柳花娘都到了密室，江桃还不曾退去，岂不可疑？

江桃的风流性格早为柳花娘所知，她的床上功夫并不亚于柳花娘。柳花娘有时高了兴，也曾命她与自己共敌一人，所以柳花娘颇知江桃所好。今天这个活宝（指仁虎而言），柳花娘尚未和他说过一句体己话儿，如果已被江桃举箸先尝，这却使柳花娘太也难堪，所以柳花娘一进门来，江桃早已花容失色，因为她此刻早虑到今天要吃冤枉账了。

可是柳花娘愈见她神色慌张，愈加疑忌，当即喝问道：“你怎的这大工夫还在这里？”

一句话问得江桃张口结舌，立即跪倒地上磕头，半晌才说出一句：“奴婢等也是刚到。”

柳花娘一听，认为她是耍赖，冷笑一声说道：“怎么？从外面走到这儿要费这大的时间吗？你真能扯谎啊！”说着，便向两边的侍从一努嘴，立即过来两个大脚壮妇，一把将江桃从地上拖起。

江桃明白柳花娘怀疑自己和仁虎已经先骗了她，所以要杀以泄愤，立刻吓得大哭起来，直叫冤枉。

柳花娘见状益发大怒，连连冷笑，并喝道："快拉下去砍了，我看不惯这种撒娇撒痴的样儿!"

那两名壮妇闻言，一人握住江桃一只手臂，用力往外拉。江桃却没命地赖在地下，不肯出去，口内不住地大叫"冤枉呀""饶命呀"。

正如此相持的时候，仁虎一步上前，将两名壮妇的手臂轻轻一格，那两妇"呀"了一声，一个趔趄，退出去好几步。柳花娘一见，心中又好笑又好气，暗想，这小子被贱婢迷昏心了，竟不知死活地想替她撑腰呢，正要喝住仁虎，却见仁虎笑容可掬地向自己道："你拉她出去干什么？是不是要杀掉她?"

柳花娘见仁虎问得那样稚气，一时倒不由好笑起来，便笑答道："不错，她犯了我的令，我要杀了她，你打算怎么样?"

问时面上虽还强带笑容，可是眉目间仍掩不住她那一种淫凶之态。

仁虎此时，不由又想到李三姑的为人和谈吐间的温柔和蔼，心里自然起了一种反感，只是面上丝毫不露，仍是笑嘻嘻地问道："犯了你的令？是不是你以为她在这屋里陪着我呢?"

柳花娘虽则天不怕，地不怕，但是当着许多侍从，忽然被仁虎问出这么一句话来，倒真觉得有些怪不得劲的。因为这是一种可以意会而不便言传的话，尽管侍从们知道有这个规矩，而且谁也不敢犯这规矩，但是却从无一人肯明说出来的。此刻仁虎脱口而出，满不在乎，反将个柳花娘问住，一时竟应不出声来。

仁虎也不等她回话，登时哈哈大笑道："我告诉你吧，我们的的确确刚到这里，她方才直喊冤枉，倒实在是冤枉她了。我犯不上替她圆谎，我说的是实话，你不要错怪她，放她走吧。"

江桃此刻跪在地上，听见心上人替自己分辩，心里那一份感激、喜欢、高兴，真是难以形容，不由仰着头，睁着一双泪眼望着仁虎，竟至看得忘形。柳花娘见仁虎的神态言语，如此俊爽明快，颇似实情，心中不由得一动，又回想自己进来之时，江桃虽有慌张之色，仁虎却泰然稳坐，十分安详，不像个刚做过那事儿的神气，或者江桃所说是实，也未可知，何不卖个人情给这小子？也好见得我爱他。

想到此处，本想赦了江桃，偏偏一抬头，见江桃一双泪眼直盯在仁虎脸上，那一种爱极的神色，如何瞒得过柳花娘的一对眼睛呢？猛然一股酸劲从心上直冒起来，暗暗骂声："好大胆贱人！我还没有尝到味儿，你倒先拔了头儿去！看他这股傻劲儿，说不定这小子还是个童男子呢，那真给她占了个大便宜去了，这还能容她吗？"

她杀心再起以后，便不顾仁虎的说话，只淡淡地笑了笑，向仁虎说道："我信你的话。得，别提这档子事了，咱们上里屋去吧，来！"她边说，边用手挽住仁虎的左臂，半挨半倚，向里屋行去。正当转身之际，她偷偷地对着身边一个心腹侍婢，诨名叫"赤炼蛇"的挤了一挤眼睛，一面仍挽着仁虎，一面口内嘘哩嘘哩的，望着"赤炼蛇"吹着山歌儿，若无其事的，二人一路向里去了。

这里"赤炼蛇"既看见柳花娘对自己使眼色，又听她嘘哩嘘哩地吹出歌儿来，便领会得是叫自己背了仁虎，去结果江桃。因为柳花娘每想杀人，便要在口内嘘哩嘘哩吹着山歌，可说这已是她一种杀人前的习惯。

仁虎跟着柳花娘进入里屋，柳花娘让他落座，对他十分殷勤。仁虎却是存心来见识见识这位魔头，看看究竟也和李三姑是否一样。哪知这一见识，立时就分出高低来了。柳花娘素来自视甚高，对于任何人也不讲礼节，何况仁虎等人正是县里送来伺候她的人，至多也不过和随从、侍者相同罢了。但是柳花娘何等眼毒，她一见仁虎的面，总觉得这个姓崔的小子有些蹊跷，一举一动都透着特别，尤其见了自己这样的势派，竟一点也不害怕，老是从容不迫的，随便得很；再看他的行动步履之间，确似练过功的。方才替江桃讨情的时节，不是只一抬手，那两个壮妇就磕冲出去了吗？所以柳花娘心里总有些嘀咕，对于仁虎竟不敢轻视，几乎以客礼待他。

一到里屋，便命人献上清茶细点，自己也陪着他慢慢细谈，想试探他的来历。谁知仁虎心不在焉，一面随口敷衍，一面细看这间密室，是一连五间套在一起。外边两间，便是方才拷问江桃的地方；里面三间，又隔为外二内一，成了两明一暗。此刻他俩所坐，是外两间明的，四壁满糊粉红色暗花江绸，上下四周还镶上韦陀金的边儿；前后窗帘、门帘都是一色锦缎，绣着杨柳、燕子、桃花、流水四样花彩，暗寓着柳花二字之意。此外动用家具、古玩摆饰，以及一切器皿用具，不是金银制成，便是细瓷古玉，真是富丽到了极处！虽然如此，有许多物件安排得不是地方，总显得十分伧俗。

柳花娘见仁虎周围看了又看，还当他乡下孩子没见过世面，便含笑问道："你看我这间屋子不错吧？"仁虎闻言，只微笑了笑，什么话也不曾说。柳花娘见他不语，还以为他目不暇接，看得眼花缭乱，竟辨不出好坏来了，倒也不去怪他。

忽然，外面谯楼传到三鼓。柳花娘媚眼横波，向仁虎一转，接着缓缓地伸了一个媚腰，又微张樱口，打了一个呵欠，带着媚笑，向仁虎低声道："怎么样，你也困了吧？来，咱们上里屋去。"说着站起身来，便去握住仁虎一只手，正要向里屋行去。仁虎忽听离屋不远的地方，有人叫了一声"冤枉呀"，接着似有扭打啼哭之声，渐渐走远。他心里明白，就是方才那个侍婢江桃的声音。这才知道柳花娘生性残忍妒忌，方才虽已假意应允不究，实际还是不能饶恕，打量那侍婢难保活命。

仁虎心中忖量，便回眼去看柳花娘，见她已是面带春色，目含荡意，频频催促自己上里屋去，其余的事和窗外呼声，她似乎满不在意。仁虎此时不由得又回想到李三姑身上。那天她要杀姓周的伙夫，原为的是强抢民物，违了军令。后来经自己一说情，便即赦了。如今柳花娘责罚的动机就不正当，可说完全是猜疑妒杀，本难服人，又经自己说明实情，表面应允，背里仍是非杀不可。对下既不能立威，对人更不能守信，如跟李三姑一比，邪正立见，真是不可同日而语。何况她这种骄奢淫逸，俨然女长毛的派头，自然更不配和李三姑并比。

仁虎越看柳花娘，也就越想李三姑，越想到李三姑的许多可敬可爱之处，也就越觉得柳花娘的种种可厌可恨之处。可笑柳花娘色欲蒙蔽，哪里会看得出仁虎的意思来？还是一个劲地拉着仁虎往里屋走。仁虎本待不耐烦起来，既而一想："方才那丫头江桃，被我用内家气功，先柔后刚，戏耍了她一次，如今倒要看看这个贱人如何张致，少不得也要好好地戏耍她一下。"想着，就要顺着腿儿跟了她进去。

柳花娘一高兴，不由春情荡漾起来，来不及走到里屋床边，就向仁虎来了个饿虎扑食，一把将他紧搂怀中。正好仁虎身旁有一短榻，她一面搂住仁虎，一面歪身倒在榻上。可是仁虎不能那样听话，将身体站得笔直，柳花娘竟没法子抱了他一同躺下。

她也是色迷了心窍，还是瞧不出仁虎的力量，遂笑道："你这野小子八成在家里种田吧？要不哪来这硬的劲头儿呢？"

仁虎也不说破，只报以微笑。

柳花娘灯影下望着仁虎白里透红的脸蛋儿，一点芳心，只觉得扑扑地直跳到嗓子里，便用香腮熨贴在仁虎的脸上，腻声问道："我问问你！"

仁虎瞧她好笑，愣愣地问道："你问我什么？"

柳花娘柔声道："你近过女人没有？是童男子吗？"说着，便有些不老实起来。

仁虎心里一急，立刻将身体向后一闪，无意中急出一句话来道："没近过女人，怎么样？"

柳花娘抿嘴一笑道："我不信，像你这样漂亮，只怕女人不曾瞧见你，瞧见了准得爱你。"

仁虎听她如此恭维，不由要笑，便随口道："那倒不然，瞧见我的女人多了，可是人家不见得都像你一样。"

柳花娘又腻声道："你没良心，我爱你反不好吗？"

仁虎更不加思考地信口说道："你不信，我见过的女人，还跟你一样的人物，一样的地位，也一样的漂亮。"

仁虎这句话可说动了柳花娘的心了。她一听，这个女人又是谁呢？她眼珠一转，忙问道："你几时见过那个女人的？"

仁虎仍是大剌剌地说道："就是前几天呀。"

柳花娘一闻此言，立即将仁虎推在身旁，笑问道："你最近见过这个女人，我知道她，我认识她。"

仁虎也不明她有何用意，便也随口问道："也许你认识，你说给我听听，她叫什么名字？"

柳花娘在鼻子里冷笑一声道："她吗？哼，她就叫李三姑，对吗？"

仁虎真想不到一语被她猜中，自然有些儿愣愣的，既而一想，她们都是红旗队，听说都属于洪宣娇部下，自然认识，这也不足为奇，也就毫未放在心上。

可是柳花娘从此刻起，就和方才情形不同了。她冷冷地向仁虎说道："难怪呢，我说你一个乡下人，怎么到了我这个地方，居然从从容容，满不在乎，又有这一股劲头，闹了半天，原来你是李家的探子呀！"

仁虎一听，不由大笑起来，说道："我也不想当长毛，为什么做探子？"

柳花娘此时可就犯了疑了，她认为：李三姑也许为了上次王家二子的那一回事，故意叫她的部下来刺探我的。又一看仁虎的一切，实在不像是个干这个的，又实在爱仁虎长得漂亮勇健，真舍不得把他怎么样。

仁虎见她欲言不言的那种神态，也没有十分了解她是为了什么。他一看时候不早，心想："这位柳花娘也见识过了，我还真个留在这里停眠整宿不成么？但是我应当怎样走法，才不露痕迹呢？"他一面暗暗打主意，一面随口跟她敷衍。

可是柳花娘此刻对于仁虎，却不由得留上一份神，既而一想："就算是李三姑派来的人，既到了我的掌握之中，我也落得受用了再说，何况未必。”又一想：“这是县里派人到各乡村去选来的，姓李的怎能和县里勾通了，派个探子来刺探我呢？大概姓李的到临湘来时，他和姓李的有过交情。”

她想到这里，自以为猜对了，暗道：“不错啊，这临湘县一带，原是姓李的管辖的地方呀！”她越想越对，更认定了仁虎是李三姑的爱人儿。要说她这种观念，可不算十分不对，李三姑确也深爱仁虎，不过和柳花娘的所谓爱人不同罢了。至于仁虎对于李三姑，也不过从敬重她的为人之中，有一种深刻的好印象而已，原谈不到爱她。仁虎此种情形，便连李三姑自己都不十分明白，何况柳花娘呢？如今柳花娘认定仁虎是李三姑的情人，真所谓是见仁见智的看法。

柳花娘原抱的是快乐主义，不管你是探子也好，不是探子也好，反正送到口边的肥肉，哪舍得不吃？就是给李三姑知道，又怕她何来？何况我还生怕她不知道，正可借了这位宝贝儿的嘴去传给她听，让她气个半死也是好的。她越想越得意，立时把心一横，一心只想和仁虎真个销魂，便紧紧一把将仁虎搂在怀中，下面两腿向仁虎下身轻轻一夹，仁虎整个儿身体都已在她怀抱之中。

仁虎本想和方才对付江桃一样，耍她一耍。既而一想：“她可比不得江桃，万一识破我的功夫，加了提防，虽不怕她，今晚上怕要走不成了。”此时仁虎一心想得机逃走，所以一动不动，驯如绵羊，任她摆布。这一来，可真把柳花娘的欲火引到了万丈高峰，眯着色眼，咬着嘴唇，把仁虎抱得死紧，可又不好意思去扯他的小衣，更不好意思自己先脱衣裤，但是事情已到了紧要关头，忍是无法再忍，将一张俏脸庞儿挨着仁虎的面部，和揉面似的揉擦个不住。

仁虎约略瞟了她一眼，但见她星眼微睁，桃腮红透，颊边两朵红云，直透到眼圈儿下边。挨着她的面孔时，觉得沸烫，微闻鼻息咻咻，十分气促。仁虎还真没见过这种景象，所以一点经验都没有，依然赖在她怀里。她又舍不得推开他，又无法就这样忍耐下去，好半晌，她嘤咛一声，两手紧搂着仁虎，好好儿地仰面跌倒在榻上。仁虎不曾留神，一下就压在她的身上。柳花娘满以为，这一来他总当动手了！谁知仁虎竟如没事人似的，闭了眼睛，躺在她身上装傻。

柳花娘真已迫不及待，可是心中奇怪，暗想："这小子是真不懂人事，还是装着玩儿呢？"又一想他既跟李三姑在一起混过，不也是一样吗？这个样儿，李三姑能饶过他吗？一时胡思乱想，不知怎么好。但是这样一个热烘烘的异性肉体压在身上，自己虽则阅人多矣，到这时实已万万沉不住气了。

她猛地把心一横，自己对自己说："管他呢，到这个时候，有什么不好意思的！"心上一转到这个念头，立刻伸出右手，直插到仁虎衣裆之中。她简直要去扯仁虎的小衣，加以强制行动。

柳花娘伸手去扯仁虎的小衣，仁虎到此已不容再装傻蛋，立即将小肚子向里一缩，脚尖在地上一点，腰一拱，下身立即和柳花娘的肉体离开。柳花娘一手掏了个空，只剩一只手搂住仁虎。仁虎便乘此时将上身一歪，滚落一边，随即跳下地来，只剩了个柳花娘扒脚扒手地仰天躺着。仁虎哈哈一笑，走了开去。柳花娘一团欲火，竟变作了一腔怒火，一离身坐起来，柳眉倒竖，厉声喝道："好小子，敢戏弄我？"

仁虎见她眉挺目张，立现一副穷凶极恶的杀相，不由暗暗点头，立刻又想到了李三姑的温柔和蔼，但是此刻如果和她认真较量，自己绝占不了便宜，自然仍是虚与委蛇，以便俟机而逸。仁虎想着，便走到柳花娘身边，坐了下来，笑问道："您为什么这么大的气？我是跟您闹着玩儿呢。因为我最怕蹭痒痒，方才一下正让您掐在……"他说到这里，故意停住了，望着柳花娘，似乎求她饶恕一般。

柳花娘原是个最淫贱的女人，本来见了仁虎浑身早酥了半边，方才是逗急了她，一时恼羞成怒。要知这种女人，在尚未和你发生关系以前，任你如何凌辱她，她也舍不得杀了你，等到她一玩腻了，可就说不定要你的好看。所以此刻的仁虎，在她心目中依然是宗宝贝，何况又见仁虎已经屈服，便也得篷便收，扑哧一声笑了出来，斜飞媚眼，向着仁虎一撇嘴道：“谁听你这个油嘴滑舌!”刚说到这一句话，谯楼上已远远地送来四更更鼓。

柳花娘似乎立刻倦眼蒙眬，又伸了个懒腰，对仁虎笑说道：“时候真不早了，你在这儿等等，我去后面洗把脸，换件衣服就来，咱们也真该睡了。”说完了，便和蝴蝶儿一般，翩然跑进了后面浴室中去。在刚刚跨进门内时，重又回过头来，对仁虎飞了一个媚眼，探着上半身，低声嘱咐道：“别着急，我一会儿就来陪你。”说完这一句，立即翻身入内，轰的一声将一扇小门关上。

仁虎一见她径自离了自己，走入后屋，单留自己一人在此，不是天赐的机会么？此刻，仁虎还是穿着那件戏台上的大褶子。他灵机一动，更不怠慢，一甩手脱了褶子，立刻露出全身黑色衣裤，便轻轻地扑到窗口，侧耳一听，外面声息全无。忙用手拔去窗上销子，轻轻推开半扇窗户，探头向外一看，星光已沉，全院漆黑，似乎所有的人都已睡静。他又回头看了看方才关上的那扇门，似乎向她点头道别之后，心说：此时不走，还待何时？立即使了个“飞燕穿帘”的招式，两脚在地上一点，平着身纵出窗外，再向对屋一丛树荫内蹿去。蹿进树荫以后，又侧耳听了听屋内屋外，仍无丝毫声息，就急匆匆展开夜行步法，一路穿墙踏屋而去。片刻工夫早已到了公馆的围墙以外，他略略嘘了一口气，翻身落下后墙，直向僻静街巷奔去。

临湘县也算是他的本乡本土，自小常来常往，对于道路甚为熟悉，又是夜深人静，谁都在被窝里睡舒服觉，所以一路毫无阻碍，直到城门口。他绕到僻静处，飞身越城而出。一经出城，自然更觉平安无事，不过归家心急，一步也不肯停留，等到了家门，早已天亮多时。

柳花娘自从那夜走失了崔仁虎以后，宛如到口的馒头又被人抢去一般，心中又是气愤，又是舍不得。她认为这是县里给办的差，如今虽已逃跑，这小子此地有家，只须向县里要人，不怕他飞上天去。她想得停当，随即派人到县衙去，把崔仁虎偷跑的事情告诉了知县，务必请他立刻派人下乡，将崔仁虎捉回来。如果他不肯回来，或是藏了起来，要他的父母做抵押。可笑这位县太爷，为了拍马屁却拍出麻烦来了，没奈何只好遵命办理。到了仁虎逃回的第二天，鸭关矶的地保、里正重到崔家要人。

再说仁虎那天早晨逃回家里，先和志精一见了面，精一当然赞成他这种办法。只是精一想到人是县里保送，你今逃跑，狗官难免要派地保追到家里来，主张仁虎暂时到羊楼姓仇的亲戚家中，躲避一时再说。如果他们找不到本人，也许就算了。仁虎对于精一的话，自是听从。当时二人一同来见崔永福，将这事经过和精一的意思都说了一遍，永福也以为然。于是仁虎竟没敢耽搁，又避到羊楼去了。

果然仁虎走后，次日一大早，地保等人就到崔家来查问仁虎下落。崔永福当时故作不知，只说仁虎自那天入城以后，并未回家。地保原是本乡人，不便过于为难，也就回县复命。偏偏这位县太爷洪景福畏惧柳花娘，又想讨好。一闻仁虎未回，立刻重又派了地保、里正和多名公差，将崔永福和仁龙父子二人抓来，说是押交仁虎归案。一面又将办理经过报告了柳花娘。

谁知柳花娘深爱仁虎，唯恐他一去不归，听说抓了他的父兄来，正中心意。立刻谢了知县，并要求将崔永福父子寄押在自己公馆里，为的是希望仁虎闻讯自投。县官自然唯命是从，从此崔氏父子便被禁在柳花娘公馆。

柳花娘真是一个恶辣不堪的女人！她认为仁虎非常狡猾，单把他父兄押在公馆，怕他还不甘就范，她竟叫部下用刑，拷打崔永福父子，又故意张扬出去，使仁虎知道父兄在此受罪。那时不怕他不出面求告。

果然此事早被志精一知道，十分愁闷。想自己落魄中途，不是崔家解救，早已冻饿而死，作为异乡孤鬼，自己与仁虎又有师友之谊，半年来又承他们以家人、父子相待，如今他家遭此逆事，凭着自己能力，也应设法救他父子出来。他一面计划，一面悄悄将崔仁虎的母亲迁避到西村，那是崔家另一门姓缪的亲戚家中，又将崔家值钱的细软物件以及金银等等，全都搬出，交与仁虎之母。事毕，他便赶到羊楼仇姓家中去找仁虎，共商搭救之策。

仁虎一闻父兄被捕，事由己起，不由愤怒中增加了惶恐，忙向精一请教如何解救。精一认为，只有由自己和仁虎二人仗着本领，夜探柳花娘公馆，得机将永福父子救出。事不宜迟，决定明晚就往临湘下手。得手以后，再将永福父子也送到西村，然后再一同避往巴陵王百凡家中。仁虎自然依计而行。

到了次日晌午，二人正在准备日晡以前，出发入城，以便夜间下手。忽见仇家的老长工进来回道："外面来了一位崔府管家，说有紧要事面禀崔二官人。"

仁虎忙叫进来。原来是老长工崔喜，便问："你来何事?"

崔喜皱着眉说道："自从志师父陪同老夫人去往西村缪家，只过一日，忽然有四个长毛，骑了快马，背着矛子大刀，来敲门问姓，说是巴陵来的，指名要找崔二官人和一位姓志的教师。告诉他崔二官人因为本身出了事，早已不在本村，他们先还不信。后来我真急了，就告诉他们：'连老东家和大官人都让临湘县逮去了，志老师也不在此，谁还骗你不成？不信你们自己上里面找去。'那四个人倒也听话，别看背着刀矛，一点也不凶狠，临走只说：'我们原是从巴陵奉了李三姑李头领之命而来，既是主人都不在家，我们就回去复命便了。'他们说完了，骑着马一阵风似的都走了。我想长毛总不会有好人的，心里害怕，特为赶来禀告二官人一声。万一之时，你也好做个准备。"

仁虎听说，知是李三姑差来的人，与柳花娘并不相干，稍觉放心，而精一心中却甚为纳闷，自以为与李三姑素不相识，就算上次仁虎向她提起过自己，她也没有找自己的必要，真是令人捉摸不透，便回问仁虎，可知李三姑问到自己之意，仁虎也是说不出个所以然来，也只得暂时丢开。

此时，长工崔喜兀自站在旁边，仁虎便对他说道："这些长毛倒不是坏人，不必惊慌，二三日内，我们设法救出老东家和大官人后，自会通知你们。你先回去吧。”

不言老长工答应自去，这里二人等到日晡时候，结束停当，直奔县城。到达城内时，已经黄昏月上，一轮秋月十分皎洁。志精一和仁虎却躲在进城不远、离市尚遥的一所枯庙里。原来，临湘县城一面临着黄盖湖，一面却倚着昆山通过来的一些小山脉，县南门的城墙多半还筑在这些小山上面。所以近城墙那些房屋，也多半造在小山坡上，或是山坡下面。这所庙宇，也正修建在一个较高的山坡上，遥望城垣，反在下边。

精一、仁虎进庙以后，四面查看了一下，见殿宇虽未倒塌，大半荒废。第一层大殿前面院落中的青石板，倒已有大半被人掘了去，长了半阶的荒草。跨进大殿，佛像剥落，墙垣和屋顶上已开了好几处天窗，从外透进月光。走进第二层院落里，也是一片荒凉，后殿连门窗都不全了。又见后面还有些破壁颓垣，也懒得再看，重又回到前殿，坐在拜垫之上，打开干粮，先吃了个半饱，然后踱到殿外院落中间。

抬头一看，那时正是七月中旬，虽然月儿方自东升，尚未到达中天，却已照得清辉万里，耀人眼目。对望之下，须眉毕呈。再向墙外一望，原来这地方正在小山腰上，右边是雉堞嵯峨，左边是平湖一碧。城内人家屋宇，似乎都在这庙的殿陛之下，月光下看得更是清楚。

精一望着仁虎，低声说道：“真是不巧！偏偏遇上如此好的月色，景色虽佳，却于行事不便呢。”

仁虎听了，一时答不出来，心下也真嘀咕，过了一会儿说道：“好在那个柳花娘光会恣意淫乐，并没有真实本领。她手下那些小毛贼，我想更没什么了不起的人在内。我虽不知底细，那天也略见一斑，倒是将父亲、哥哥救出以后，带着一路行走，恐有些不便呢。”

说话间，忽从远处送来一声更鼓，数了数，县城里正起二更。精一正待和仁虎说早些准备，猛见从雉堞缺口望到近城的一所房舍屋脊上，似乎有一条黑影，飞快地越过了重重屋脊，向东而去，离着精一等站的庙宇，估量着不到半里之遥。今夜月光皎洁，远望去也尚真切。此人未戴帽子，也未扎包巾，一颗光秃秃的脑袋，看去倒像是个和尚。看他的身法步法，十分矫健灵快，并不是个平凡之辈。精一对此甚是注意，忙问仁虎，可知临湘城内外，有没有好武功的和尚？仁虎答称，自幼并未听说。

精一想了想，对仁虎说道："并非我过于悬揣，临湘自从失陷以后，四方发匪，来者甚杂，已经大非昔比。我想此人与发匪必有关系，但临湘小县，失陷迄今，并未见发匪派何重兵留守。听说这一带留驻的只有红旗队，此人必与红旗队有关。"

仁虎听到此处，似乎顿感兴奋，笑向精一说道："你提到这一带归红旗队驻守一事，我倒想起一件事来。上次我与李三姑相遇，她曾告诉过我，说是西从石首，北自临湘，南到巴陵及洞庭湖四周一带，都归她管辖，所以她也常要在这三处地方往来巡视。我当时并未十分注意。如今一想，如果她所说非虚，我们还怕什么？但不知这个柳花娘是不是她的部下？还是她的上司？真弄不清楚！不过二人我都见过，看她们的势派，好像柳花娘比她大得多，一应起居仆从，真有点王府的派头呢。"

精一听了，便问："李三姑到过临湘没有？"

仁虎道："她说那天正是从临湘县来，原要到羊楼去的，走错了路，这才跑到梧桐山、天马山一带去了。"

精一觉得问不出头绪，便和仁虎暂时坐在殿内，打算等到夜静再去下手。二人躲在殿内商量下手方法，直等到时交三鼓，又待了一会儿，才由仁虎领道，一路向柳花娘公馆而来。

县城虽小，只是公馆偏在城的东北。他二人从南门来，差不多要越过全城。此时虽已夜深人静，但因月色正明，易被人见，所以遮遮掩掩，十分迟慢，好多时才到柳花娘公馆。仁虎向精一打了个招呼，拔出背上单刀，精一却提了一柄宝剑，一先一后，越墙而进。仁虎那夜自内逃出，处处留心，所以此刻依稀间还能认识柳花娘的那间密室。

可是他一个劲地往里走，精一觉得不对，便叫住他问道："你上哪里去?”

仁虎愣愣地说道:“到后面的密室去。”

精一不禁失笑道:“你找她干什么?我们是来救人的呀!”

一句话提醒了仁虎,连连自骂该死!当即想转身向外走来,可是永福父子究竟押在何处,在这一大片房屋中,却到哪里去找?不由又为难起来。

精一低声说道:“我们且到外面查看一下。”说完,精一在前,仁虎随后,重又翻了出来。但此刻已交四更,里外睡静,真连个隔壁信儿都没处去偷听。瞧了瞧,除了天上明月而外,哪一间屋子都是漆黑。

二人正在为难,忽听就在自己藏身的房廊下,有一阵开门声和拖着鞋走道儿的踢跶声。精一忙将仁虎一拉,同时向屋脊一伏身。此时月落西廊,他们却正在东房脊上站着,方才开门走道的那个人,虽在他们脚下,可是能从对面墙上看到他们的身影。

这也是事有凑巧,出来那个人名叫黄鼠狼杨浪,现在柳花娘部下当一名小头目。此人虽无甚出奇本领,却是一名多年的积贼。江湖上的一切他都解得,又兼生性机灵诡诈,所以职位虽低,却颇得柳花娘信用。他方才从睡梦中直逼得肚子胀疼,一睁眼,立刻翻身爬下床来,开了门,便打算在廊下先撒一泡尿。他是从漆黑的屋里走来,门外月光照耀,眼前一亮,目中自然分外清楚。当他开门之时,尚未跨出门外,偶一抬头,就见对面廊壁上,有一对人影倏地一闪,向下一矮,便看不见了。他略一琢磨,便明白自己站着的屋脊上准有了夜行人。

好个黄鼠狼!不动声色,依旧撒他的尿,撒完了仍旧走进屋去。一进屋内,他却立即从后窗爬了出去,转弯抹角,他一直就奔了那座桂花厅。

厅内住了一位贵客,人称飞刀僧净空大师,又称无敌禅师。此人原是长江一带的大盗,借名出家,仍是做那杀人越货的买卖。太平军起,收罗江湖豪客,此人也投在杨秀清门下,后经杨荐与洪宣娇。洪宣娇赏识他的飞刀,赠了他一个徽号,便是无敌禅师,从此在太平军中威名大振。洪宣娇又派他在各红旗队中巡视监督，俨然成了红旗队指导人物。这几天，他本应巡视到崇阳、通城、义宁一带，但因他和柳花娘的私交甚密，闻听柳花娘现在临湘，也就假公济私地跑到临湘来快活几天。他今晚刚从崇阳一路赶到，方才仁虎在枯庙坐守时所见的那个光头黑影，正是他来访柳花娘。

他刚从柳花娘的密室里和她畅叙而出，回到桂花厅，尚未安歇，那黄鼠狼就匆匆地溜了进来。一见面，来不及寒暄，便将屋上有人的话说了一遍。又凑到净空耳边说道："听说上回由县里送了来逃走的那个姓崔的壮丁，还是李三姑的人呢。柳头领怕他是故意窥探，所以将他父兄押在公馆内。今晚这两个来人，说不定又是三姑派来的呢。"

飞刀僧原知道柳花娘和李三姑有过节儿，一闻此言，立即将搭在床栏上的暗器囊向臂上一套，回手又操起一柄朴刀，问道："在什么地方？你带路。"

黄鼠狼忙应道："您随我来。"

二人便一前一后，向精一藏身那一带房屋后面走来。二人尚未走到目的地，飞刀僧似乎已有所见。也来不及向黄鼠狼打招呼，立即一声呼叱，如同电光般地飞身上了围墙。

黄鼠狼正低着头往前走，忽听后面飞刀僧的呼声。刚想回过去看个明白，哪知突从花丛中伸出一只手来，向他肋下一点，黄鼠狼立觉一阵酸软，翻身栽倒。他这里刚一着地，恍惚中已听见飞刀僧的叱骂声自屋面发出，可是时间很快，自己早已一阵迷糊，人事不省。

飞刀僧跃上墙头，正迎住了仁虎。一个朴刀，一个单刀，就在屋面交上了手。此时精一正想制伏了黄鼠狼，好问明他永福父子被囚之处。不料仁虎在上面不曾稳住身子，被飞刀僧看见追上，二人就动上了手。精一心中一急，暗想今日之来，并非为和人交手，让他一露，别说今天成不了功，以后还难办呢。但是事已至此，没法挽回，心想不如早早脱身，再作计较。于是不再去理黄鼠狼，自己也就飞身上屋，直奔飞刀僧脑后，平伸一剑，向他背上刺去。

好个飞刀僧，不慌不忙，一刀荡开了仁虎的单刀，顺着势一挫身子，跟着一个大转身，一面躲过背后一剑，一面转了向，立翻右手腕，将朴刀向精一拦腰扫过来。精一一剑刺空，早将宝剑掣回，正好飞刀僧朴刀已到腰间。精一使了个“孤鹤渡寒塘”的招式，悬空横飞到前面的屋面上，一来避过刀锋，二来打算速走。当即随退随向仁虎发了个暗号，叫他快走。

哪知仁虎斗上火来，竟不肯听他的话，紧手中刀，上中下三路，一口气向飞刀僧扫了过去。飞刀僧心内暗惊，来人好快的手法！但是他久经大敌，何惧一个初出茅庐的仁虎？就连跃带跳，一阵闪避，让过了仁虎的单刀。等到仁虎来势稍竭，他却使了个“大鹏展翅”，右足独拧，蜷左腿，借着平分两膀之力，右手朴刀就向仁虎肩背砍下。仁虎方向左一闪步，让过了那一刀，不料飞刀僧使的乃是连环八步回龙刀。他要的是敌人向左闪步，他那砍下的刀早从下面向上一撩，同时转向大跨步，刀锋仍复自下而上，重向仁虎当头砍下。差不多的人只能闪过第一刀，却闪不过第二刀。

这一招原是从长兵器的回马刀中变化来的，当仁虎向左闪步之时，那边的精一却识得飞刀僧这一手，忙招呼仁虎留神敌人回身变换刀法。话未说完，好个飞刀僧，真如蝴蝶翻飞似的那么轻快，第二刀早向仁虎头顶落下。仁虎一听精一招呼，正自心惊，猛见飞刀僧变了步法，还算他不弱，索性再往左更进一步。果然，仁虎一步刚刚跨到，飞刀僧的第二刀早已迎头砍下。幸而仁虎已经跨出那一下的刀锋，不曾上当。精一暗暗叫声：“好险！”

飞刀僧二刀砍空，仁虎哪还容他再进，早就持刀分心便刺。飞刀僧喝声“来得好”，右手格开仁虎单刀，左手一扬，又喝声“着”，只见寒光一道，直奔仁虎面门。仁虎认为他是暗器，只微微把头偏了一偏，想避过那一手。精一在旁看得真切，认得正是飞刀！知他厉害，恐仁虎有失，自己重又反身跳回那座屋顶。

这飞刀制法不同，它的刀背和锋刃两面厚薄轻重，极不平匀。练的时候，利用这不平匀的重量，另用手法，发出刀去，能使飞刀以弧形路线飞出击敌，所以它在半途中竟会改变方向，它的厉害处也正在此，因为敌人只向一个方向躲，万料不到它会转了弯。

此刻，精一见飞刀去势较一般暗器为缓，当初曾听叔父飞天神龙说过此物厉害，所以此刻一见就想了起来，忙一个箭步蹿上去，用剑尖向刀上一撩。那刀正要转弯，被这一撩，虽然撩开，它却并不向精一撩去的方向往旁边落，反倒向剑锋顺流而下，这一来，险些没剁着精一持剑之手。幸而精一功夫精纯，心气不浮，一见刀头下转，立又将手一缩。只听当啷一声响，刀落屋面，总算避过了这一刀。

但是当精一在这边破飞刀的时候，飞刀僧将第二把飞刀早已发出。这和尚一手能连飞三把、连发三手，共是九把，任你头等好汉，如果自己没练过此刀，便没法去破它。精一虽已撩去一把，简直谈不到破它。这第二柄刀却向仁虎中三路飞来。说来神奇，这一切的解法，既不能向旁躲闪，也不能挫腰躲避，因为它到中途一转方向，不是向横里转，便是向下直泻，全看发刀时的手指如何捏法。偏偏仁虎瞎打瞎撞，他忽然平地拔葱，一下腾起五六尺高，算是又避过那一刀。因为这一刀正是向下直泻的，也正是预备敌人挫腰躲避的。可是等到仁虎腾空之后，势必双足落地。正在刚刚着地时节，第三柄飞刀早已对着他立足的地方飞了过来。仁虎这时别说躲闪，便连看也不曾看清，只觉得左足迎面骨上和针扎似的碰了一下，不由“哎呀”一声，还想挣扎，哪里能够，早已立不住脚，一歪身，直从屋面上骨碌碌滚到下面院子里。

精一见仁虎受伤栽倒，大吃一惊，还想去救。哪知飞刀僧早有准备，知道仁虎中刀，绝难逃走，便想再擒精一，于是他虚张声势地一边向精一近上来，一边大喊道：“下面把这小子捆结实了，等洒家擒住此贼，一同处理。”

他这一喊，精一认为下面已有准备，原想下去救走仁虎，却被这句话吓住了。此刻，他一面敌住飞刀僧，一面找出路。毕竟精一精细，觉得孤身在此，占不了便宜，不肯做孤注一掷之举，不如回去再说，想罢，他一咬牙，以进为退，施展出他本门绝招“白鹤三梳翎”的招数，左手骈二指，右手持宝剑，左右大开门，斜身飞纵，向着敌人前后左右一路砍刺劈点，两臂同时发挥力量。这一来，飞刀僧便相形见绌，稍微向后退了几步，露出一点空隙。精一也不开口，蓦地一个“怒蛟出洞”，向对面三丈来远近的花墙，平空纵了出去。飞刀僧一见敌人轻功如此高妙，不由心内一惊。身形略一停滞，精一早又连蹿带蹦，出了公馆。精一一咬牙，加紧足下功夫，真和飞一般地逃出了城去。

飞刀僧本想追下去，一来已经捉住一人，二来照敌人这等功夫，自己追上去也不见得定占便宜，还不如先看看捉住这一个吧。他就一纵身跳落院中。果然离院子不远的门洞口躺着一人，正是方才中刀的那一个少年。原来，和尚的飞刀原分有毒、无毒两种，此番他使的乃是有毒的一种，不过，这种毒还不是见血封喉的那么霸道，仅仅中刀之后，昏迷不醒，如果不予医治，也须经过七天才至不救。飞刀僧先在地上找齐了三柄飞刀，然后慢腾腾地走到仁虎跟前，也用不着捆绑，一提仁虎的腰带，将他提到自己屋里，才找一根粗绳，给他来了个五花大绑，放在床脚后地上。此时自己也觉得困了，向床上一仰，兀自呼呼睡去。

可笑公馆里这班小长毛儿，睡得那么沉，屋顶上三人斗了半天，飞刀僧又大呼小叫的，竟都不曾听见，知道这档事儿的，也只有黄鼠狼一人，此时又被精一点了哑穴，瞪着眼讲不出话来。直到次晨，有一个花匠看见他躺在花丛里，睁着大眼，不像醒着，又不像睡着，问他是怎么回事，他又一句话也不说，倒像中了邪似的，立刻去报告头目。

大家来一看，有几个在江湖上混过的人，知他被高手点了哑穴，只没法解救。一会儿闹到柳花娘耳内，命人抬进去一看，可不是吗？柳花娘先将他解救过来，然后问他被何人所点。黄鼠狼才将昨晚的事说了一遍。可是以后的事，他可说不上来了。

柳花娘一听，心中奇怪：“既有此事，怎的到这时飞刀僧还不来告诉我?”于是忙命人去请飞刀僧。原来飞刀僧正睡得香甜呢，一听柳花娘呼唤，忙不迭翻身坐起，往床脚后一看，仁虎依然昏迷不醒。飞刀僧自以为这次刚到公馆，便替柳花娘捉了一个飞贼，据说还是李三姑派来的奸细，柳花娘得知此事，正不知如何高兴感谢呢！于是穿好衣服，兴兴头头地提了仁虎，向上房走去。

一到大厅上，柳花娘已等得不耐烦了，正要问他夜来之事，见他手中提了一个人，走到面前，飞刀僧大模大样的，才将仁虎往地上一扔，柳花娘随着他的手，留神看去，不由惊得跳了起来！可不是前天跑了的崔仁虎吗？又往他浑身上下一看，只见仁虎双目紧闭，面色青黄，周身夜行衣裤，只是左裤腿上扎破了一个小窟窿，还汩汩地望外冒着鲜血，知他中了飞刀，忙回头向飞刀僧问道：“你用的有毒的还是无毒的?”

飞刀僧见她并不夸赞，单问有毒无毒，心中未免不快，懒懒地答道：“倒是有点儿毒。”

谁知，他阴不搭地说了这一句，柳花娘立时花容变色，忙向左右侍婢一努嘴，立即过来两名，将仁虎抬了进去。飞刀僧一见，还摸不着头脑，忽见柳花娘向他淡然一笑说道：“快取出解药来，快！快！唉，怎么把他给打伤了?”

飞刀僧一听，这才想到昨晚黄鼠狼曾对自己说过，姓崔的少年逃失那档事，心中想道：“原来正是她心上人儿！他妈的，倒成了我的不是了。”心里说不出的别扭，当了人又不好嚷，看来不解救是不行的，便懒懒地从身边摸出一个小瓶儿来，又要过一个小银勺儿，撮了些药在里面，冷冷地交给柳花娘。

好在柳花娘知道怎样敷药，不过自己却没有这种灵药，不得不向他要药罢了。此时接药到手，喜滋滋地向飞刀僧一笑，也顾不得再问昨晚之事，立即带了两名贴身侍婢，匆匆到后面给仁虎上药去了。

暂不提柳花娘如何医治崔仁虎，先说李三姑派去的头目，到了崔家，探知崔家最近出了事故，崔家人多避往亲戚家去等情，匆匆地回报李三姑。李三姑闻报，自然心中挂念，决定请真真留守巴陵，自己带了两名侍婢、六名头目，当日骑了牲口，忙向临湘县鸭关矶奔去。

毕竟李三姑如何搭救崔家父子，如何与柳花娘争夺崔仁虎，柳花娘如何陷害李三姑，以及志精一兄妹相逢，武当掌门人飞天神龙被擒等紧张场面，请看续编的《炼魂谷》。

注：本书1949年3月第一版，元昌印书馆出版发行。

炼 魂 谷

第一回　柳花娘的空欢喜

上文《飞天神龙》集内，说到崔仁虎、志精一同往柳花娘公馆营救崔永福父子时，仁虎误中飞刀被擒，精一不及援救，匆匆逃出柳花娘公馆。一路上别提多么难受。回到羊楼，因鸭关矶较近，便一口气跑回崔家。

时天将黎明，乡间路上行人甚少，精一放开脚步一阵狂奔，刚进崔家后村，寂静中忽听迎面远远地传来一阵马蹄声，这当然不是追赶自己的，但心中颇觉奇怪，不由放缓了脚步，想看来者是些什么人。忖量间，见从一带树林旁，如飞跑出七八匹快马来，越来越近，朦胧晓色中看去，当头一匹马上，坐着一个红巾包头的长毛，紧跟着的第二匹却是一头黑驴儿，驴背上驮了一个紫绢裹头、肩披黑色斗篷的女子，里面露出一身大红紧身袄裤，足蹬一双绿皮凤头小蛮靴，后边又是一连串五匹大马。精一一见这位女子，心有所触，也顾不得再看后面，便在路边立定。

那女子也早已望见道旁站立一个男子，一身黑色紧身衣裤，倒提一柄宝剑，削肩窄背，一望便晓得是个夜行人。她不由放缓了手中辔头，一双俏眼紧盯着精一全身，走到临近，似有欲语的神气。精一忽然灵机一动，想起仁虎所说的那个李三姑来，但又不敢冒昧相唤，直着眼想招呼，又不敢招呼。

那女子眼珠一转，向前后的长毛喝了一句“等等”，当即向精一含笑问道：“借问一声，从此处到崔仁虎家怎么走？”

要知这女子正是李三姑，前面领路的长毛，便是前天到崔家去打听崔仁虎的那个人。到崔家路程，他们早已认识，何以此刻李三姑又向精一问起路程来呢？这正是她怀疑精一这身服装，和在这般时候提剑独行的情形甚为可疑，因不见仁虎在一起，心中愈发要问，但骤然以此相询，万一不是崔家人，岂不冒失？所以以问路为由。

精一闻言，自然猜到她便不是李三姑，也应是李三姑派来的，忙欠身笑答道："尊驾何人？在下便是崔家的友人。"

李三姑一听，早已猜着便是仁虎所说的那一个姓志的拳师，忙也笑着答道："我姓李，闻得崔家出了些事故，放心不下，特地赶来探听个明白。崔仁虎崔二官人呢？"

精一忽然长叹一声说道："您是李……李头领吗？且先请到崔家再细谈吧，因为目前又出了别的变故了。"

李三姑一闻此言，既不见仁虎，又看精一神色沮丧，她是何等聪明的人，心中立刻明白了一半，自然急于要知道下文，忙应道："好，就请您带路吧。"说着早已跃下驴背。

那六个长毛里面，却有两个武健少女，这批男女一齐都下了马。李三姑将驴绳扔给了一个少女，自己和精一并肩走了三五步，便低声问道："志老师，仁虎究竟现在哪里，又出了什么变故？"

精一听她叫自己志老师，心中颇为奇怪。既而一想，定是仁虎替自己先报了名，当即欠身道了句"不敢"，随又接道："听说您先已派人到崔家去过，彼时仁虎与我正避往羊楼。因柳花娘定要仁虎回去，所以将他父兄押在公馆，以为交换，这一节大约您已知道。"

李三姑点头道："这些都已知道，我就为此事而来。只是您方才所说又生变故，究是什么变故？仁虎是否还在羊楼？莫非他的老父有什么凶险？"

精一闻言又说道："崔老太爷虽尚未救出，倒还没甚变故。只是昨晚我和仁虎夜入柳花娘公馆，竟遇上一个紫脸和尚，动起手来，不料那和尚十分了得，用飞刀将仁虎弟打下房去，竟被他们活捉了去。"

他二人本是边说边走，精一讲到此处，李三姑倏地立定，瞪着晶莹夺目的双眼，望住精一，好半天说不出话来，一会儿才问道：“您刚才是不是正从柳花娘那边出来?”

精一觉得自己逃跑，把朋友丢了，实在愧恨非常，忙又连连叹息道：“谁说不是呢？我正惭愧极了。”

李三姑倒也并未去安慰他，只淡淡地说道：“这个贼秃便是柳花娘的……”她说到这里，便不再往下讲，只变了话锋道：“他叫飞刀僧，共有九柄飞刀，果也有些厉害，但仁虎何至为他所擒呢!”

她说着，仿佛非常惋惜，此后只是一路默然，不作一声。到了崔家，志精一叫开大门，请众人入内。李三姑命四名头目跟着崔家长工到外面歇息，自己带了两名女婢走入内堂，便问崔母。精一告诉她，老夫人也避到东村去了。李三姑听了，摇头叹息道：“想不到在我辖境内，竟容贱婢如此张狂，闹得良民不能安居，我真抱愧!”

精一见李三姑讲这两句话时，柳眉剑立，银牙暗错，十分愤恨。

一时用人送上茶点，李三姑也无心去用，草草盥漱了一回，重又请精一商量搭救崔家父子之策。

李三姑沉吟了一会儿，才向精一说道：“柳花娘虽然武艺出众，但在我手里也讨不了便宜去。飞刀僧那几手我也知道，都不算什么大事。如今最难的就在我自己不能露面，因为我们总算是一家，各有境地，就是她在我界内胡闹，理应禀明洪姑姑处置，不能自相攻杀，所以我的意思，必须请我一位姐妹到此，我只能在暗中相助。”

精一此时早是黔驴技穷，自然唯命是从，忙答道：“只要您认为怎么合适，在下无不遵命。”

李三姑回头叫过一名女婢道：“命魏头目飞马回到公馆，请二姑姑带了随身的兵器和我的百宝乾坤袋，立刻赶来，今天日落以前务必要赶到。快去!”

那女婢奉命而去。

李三姑又与精一商量了一会儿入门动手，何人救人，何人对敌的准备，忽又皱眉道："飞刀僧所用飞刀有有毒、无毒二种，仁虎所受的，不知是哪一种？如是有毒的，还真有些不好办呢。"既而，她忽自言自语道："我想这贱婢绝舍不得害了他的命，就是中了毒刀，她也会解救的。"

精一冷眼旁观，李三姑自闻仁虎被擒，面上显然十分焦念，这一日间，看她简直茶饭无心，总是痴痴地坐在那里，呆望着窗外，时时盼望所请的二姑姑到来；精一也不知道这位二姑姑是哪一个，大概也是个女长毛儿。

天到申酉之间，李三姑不时派人到官道上去探看二姑姑来了没有，直到落日衔山，才听到庄门外一阵人马喧声，只见一个长毛头目跑进来报说，二姑姑到了。李三姑听说，倏地站起，向室外迎去。此时精一本在自己的房内一人闷坐，听到外面人声，疑惑是所请的女长毛二姑姑到了，正想自己总算是半个主人，也应出去招待，就走出房来。

这时，一干人等早已进入李三姑住的那间屋内。精一因她们都是女流，自己不便贸然进去，所以只在院子里站着。李三姑与来的二姑姑尚未说得几句话，从窗中一眼望见精一站在院里，当即向旁边的女婢说道："快请志老师来，就说二姑姑到了，请来相见。"

这里精一见女婢来请，便恭恭敬敬走进内屋，正要向李三姑说话，猛一抬头，只见眼前站定一位少女，头裹蓝色素巾，上身穿一件淡青湖绉小紧身，插着小朵儿红花，腰系芙蓉色丝绦，下面洒腿淡青罗裤，外披一件大氅，入屋未久，尽顾说话，尚未脱去。精一与她这一对面，不由"呀"的一声，倒退一步，两眼直盯在这位二姑姑身上。说也可笑，那位二姑姑乍见走进一个少年，一身便服，容色惨淡。一经细看，二人不约而同地叫出一声"奇怪"。李三姑正想替二人介绍，忽见二人仿佛对面看傻了似的，心中大为奇诧，正想开口，只听二姑姑"哇"地哭出声来，同时向前一把抱住崔家的志老师，放声大哭。此刻，志老师也泪流满面，抚着这位二姑姑的背，凄然无语。

李三姑一问原因，原来真真兄妹，别后半年，杳无音信，此刻无意相逢，不禁悲从中来。精一居长，真真行二，所以李三姑的部下都称真真为二姑姑。李三姑也称呼惯了，她此番并未与精一说二姑姑是何等样人，而且她虽从仁虎口中得知志精一和崔家的关系，却也不曾记住精一的姓名。李三姑回巴陵后，更不曾对真真提起。上次派人寻找仁虎，因为仁虎上有父母，深怕自己的地位直接找他，易招一班村人猜疑，所以她想了个说辞，只说找姓志的老师，实是想请志老师出来，替自己和仁虎撮合。这是李三姑的一片苦心，却万没料到志老师便是自己好姊妹的哥哥。

此时，李三姑明白了这层关系，心中反倒高兴起来。一来是替他们兄妹团聚快活，二来是自己日后有此路可以利用。李三姑当即劝住了真真道："我真想不到有这巧的事！这可是大喜，可惜今日没有这个心情，等到崔家老少平安回家以后，我定要替你两位庆贺一下。"

真真兄妹忙称谢不迭。二人又各自诉说别后之情。精一知道李三姑看待真真情同姊妹，忙又向她道谢。真真又悄悄问起叔父飞天神龙，精一连连摇头，低声答道："自从那晚饭后一见，直到今天也不知下落。便是那夜和贼人交手时，也始终没有见着他老人家的面。"

真真不由又伤心起来。他三人谈了一会儿往事，天色已渐渐断黑。

李三姑等当日商定，由精一去救崔永福父子，李三姑去救仁虎。如有人拦阻，由真真和带来的魏贞本、姜城两个头目敌住，免得耽误了救人。

真真无意中向她笑说道："您要是救人，不愿让柳花娘知道，不妨改装一下，您不是常干的吗？"

李三姑闻言，低了头不作声，真真不知她何意，也就不再往下说。原来，李三姑不愿与柳花娘对面，她何尝不想到改装？但她的真意还是在火速救出仁虎，免得久留虎口。李三姑想，如果自己一迎敌，势必将救仁虎这一事留与别人，实在觉得不放心，所以叫真真等应敌。此刻被真真一提改装，她又恐真真年轻经验浅，有些怯阵，敌不住柳花娘和飞刀僧，所以默默地盘算了一会儿，才决定依从真真改装的话，和真真换了一个职司，就是由真真去救仁虎，自己去应敌。因为她觉得救人容易，应敌较难。

一时大家约定，草草用了些食物，李三姑即从百宝乾坤袋内取出全副改装之物，躲到内屋，穿着整齐，不但身上改了男装，就连一张俏脸庞儿，也化装成了一个三十多岁、豹头环眼的汉子，只不过个子矮小些而已。

她扮完了，走到外面。精一见了一怔，李三姑不由哈哈大笑起来。精一听她笑声，这才想起，他心中暗暗佩服，便是这一手也就不易了。一时又想到仁虎时常称赞她性情良善，纪律严明，所到之处秋毫无犯，不由暗暗心折。精一心说，此女真不愧为巾帼丈夫，可惜走错了路。

不言精一自忖，再说真真和魏、姜等俱已准备停当，一行共是五人。李三姑一看时光已近酉末戌初，便吩咐其余人等仍都等候在此，自己同了志精一等四人先后掩出后门。此时，月光皎洁，他们深恐被人撞见生疑，幸而乡村夜间少人行，五人才得放开脚步，向临湘县城跑去。不到一个时辰，已到城下。精一带了众人拣个僻静处，一齐飞身上了城楼，遮遮掩掩地绕到无人之处，才从马道下城，仍由精一引路，向柳花娘公馆而来。

柳花娘自从将仁虎失而复得，自是高兴，只可惜不知趣的飞刀僧伤了仁虎的小腿。虽非致命之伤，但刀尖喂毒，柳花娘忙不迭向飞刀僧要了解药，将仁虎如宝贝似的抬回房去，亲手为他上药包裹去了，把一个飞刀僧气得连话都说不出来，心中愤恨，暗骂声："好娼妇，见了小白脸儿就连命都不要了！"他又回想昨夜自己初来时，和柳花娘在密室中卿卿我我，何尝不恩爱缠绵，闹得和尚昏头奋脑，还来不及休息，又被黄鼠狼招呼了去，打了半夜，好容易才将这个小子打倒，谁想竟是替自己找了个对头来！飞刀僧想到这些，不由站起来一跺脚，自言自语道："不把这个小子毁了，真不是人揍的！"说罢，恨恨地回桂花厅而去。这一天，他发誓也不上柳花娘那边去。

柳花娘给仁虎上完了药，守在旁边，茶饭无心，一步也不舍得走开他。直到近午，仁虎才慢慢回醒过来，睁眼一看，自己躺在一间花团锦簇的暖室里，旁边坐着柳花娘，笑眯眯地望着自己。他偶一回忆昨夜之事，立即明白自己被捉住，重又陷入柳花娘的掌握。他想到父兄不曾救出，反又饶上了自己，更不知精一如何，心中愤怒，本想跳将起来，可是飞刀的毒性虽解，体力未复，刚斜坐起半个身体，一阵头晕，重又倒下。

柳花娘见了，忙不迭地用手按住道："你腿上的伤口未收，毒还未尽，千万动不得。"她说此话时，倒也一脸的恳挚之色，并且当即从炉上端过一盏似茶非茶的东西来，说道："这是上好的人参汤，你先喝几口，可望复元得快些。"说罢，端着那盏子等在旁边。

仁虎本待不理，又一想，不复元焉能逃走？不如先喝下去，也可早些脱离。仁虎便想欠身来饮，柳花娘没等他动弹，早用一手挽住仁虎脖颈，一手执着盏子，送到他唇边，让他浅浅地一口一口呷下去。一盏呷尽，将他轻轻放下，又向他嫣然一笑，低声说道："你歇着吧，别胡思乱想的。"仁虎懒得理她，只闭目而睡。柳花娘真有耐性，居然守在旁边，让他安息，一句话也不说，一点声息也没有。

仁虎本打算想一个脱身之策，不料毒去神安，竟自渐渐地睡着了。一觉醒来，虽然精神大振，暗暗试了试体力，还是坐不起身来。看看窗外，似乎已是夕阳挂树。屋里除了柳花娘外，正有几名侍婢在点灯上烛。不一时，灯烛辉煌，里外通明。柳花娘见仁虎醒了，一屁股坐到榻上来，一扭腰，斜倚在仁虎枕边，脸对脸地说道："你放心吧，你的老爷子和你大哥都已请到我公馆里来了。现在顶好的，正用晚饭呢。我已经吩咐县里，明天一清早先送他两位回家去。你就放心住在这儿吧！等养好了刀伤，我也就送你回家。好弟弟，姊姊真疼你，别和你姊姊当冤家啦。"说完，笑眯眯地望着仁虎，真有些爱不忍释。她又似忍无可忍地低下头去，在仁虎颊上吻了一下，仁虎恨不得立刻给她来一下重的！柳花娘见他仍是面有不愉之色，也只得一笑走开。

那日饭后更起，众侍婢伺候盥漱，预备柳花娘安息。柳花娘一挥手，命她们退去，自己袅袅婷婷将衾枕拾将过来，对着仁虎嫣然一笑，竟将衾枕向仁虎身边一放，俯下身去笑说道："好弟弟，你姊姊陪你谈谈心！"

仁虎看她那种不堪的神情，心中实在有气，所恨力不从心，没法推开她，只好闭上眼装睡。

也不知过了多少时候，仁虎迷迷糊糊的，觉得一阵窸窣之声，身边躺下一个温软的身体，同时，鼻孔中闻到一阵奇烈的香气，入鼻沁心，立即有些心神荡漾，把持不住。他正想睁眼看个分明，忽觉唇边碰上来温暖芬芳的一块软肉，紧紧贴住，猛一睁眼，灯光下，柳花娘含笑覆在自己身上！再往下面一看，几乎吓得直跳起来。原来柳花娘外衣早已脱去，上身光着，两只藕一般的玉臂，裸着一对圆而且润的肩头。当胸挂一只大红绣花肚兜，肚兜里隐隐地高耸着一对乳峰，却随着柳花娘的转动而颤颤抖抖，叫人看了已是惊心动魄。再往下面一看，可了不得！只见白馥馥一个圆而且小的肚皮，和下面赤条条两条大腿，竟一览无遗，两腿跨在仁虎腰腹左右，正做了个骑马势。仁虎生平何曾见过这等形景？不由吓得手足冰凉，不知所措。柳花娘觉得有趣，双手圈住仁虎脖颈，一面咯咯地笑个不住。仁虎没法，只有给她个不睬不理。柳花娘似乎情急，将柳腰扭了几扭，一个又肥又软的大臀在仁虎腿胯间揉擦了几下，嘤咛一声，竟向仁虎身上直压下去。

二人正在这生死相搏的关头，只听窗外一声娇叱："好不知羞耻的娼妇，还不出来受死！"语声未了，随着室内灯光微微一闪，早就由窗隙中飞进一件暗器，对准了柳花娘的上身打来。

好一个柳花娘，果然十分了得！她虽在这样春情荡漾、欲仙欲死的紧要关头，一闻有警，依然能一丝不乱。随着窗外这一声叱骂，她立即撒手松开怀中的崔仁虎，使了个浪里翻身的招数，赤身向床外这一滚，早已避过了暗器，滚落在床前地上。

柳花娘本想跃窗而出，猛觉自己已是一个裸体美人，究不能见人，噗的一声吹灭了室中灯火，一点脚蹿到隔室，她草草地套上一条裤子，披上一件紧身，然后从容不迫地再掩到床后，打算去取兵器和镖囊。不料，昏暗中，她看见外房一个女人的黑影，正到床前，似要打算背出仁虎去，又好像还在迟疑。柳花娘一见，真个心头火起，心想，这准是李三姑这娼妇来抢夺情人，心中恨极，在黑暗中抄起一柄单刀，一个箭步蹿到外房，冷不防向那黑影就是一刀。那黑影本不至于挨这一下，只因她对于怎样救出仁虎，还在犹疑，便分了神。直等刀风临近，她才觉得，要躲已是万来不及。黑影中，只见她和蝴蝶儿似的一个跟斗向地上摔去，跟着这一摔，右手举宝剑，就地向上一撩，剑光起处，正砸在柳花娘的刀上，只听呛啷啷一声响亮，单刀早被削成两片。柳花娘这一惊，立即一隐身，又躲入密室后面，另找兵刃去了。

再说进来的人正是真真，虽负了救出仁虎的使命，但方才伏窗而窥，早见到柳花娘那种形状，不堪入目。真真虽然怒不可遏，及到房内，对了仁虎毕竟有些尴尬，况且看仁虎重伤尚难行动，势非背负不可。她与仁虎尚未见过一面，陌陌生生，如何肯去背他？深悔当时没让李三姑来救。如再去喊李三姑来背吧，时机瞬息即逝，势不可能。因此进退为难，她竟犹疑起来。

柳花娘利用她的分神，黑暗中想找便宜，谁想单刀被古冶剑撩去半截，不得不躲到后房另找兵器，偏偏一时再也找不到，又来不及点灯，心中又怕仁虎被人抢走，越着急越摸不到兵刃。柳花娘还算机灵，她想："我应当把公馆里上下人等都招呼起来，给她个团团围困，还怕她飞上天吗？"因此，她便先开了后窗，放开嗓子大喊："快来擒贼！"

柳花娘这一喊，果然外面惊起了公馆内上下人等，屋里却惊醒了真真，一想再顾嫌疑，今晚就要白费气力了。她一咬牙，便凑到床前低问道："崔二官人可能行动？"

一句话吓了仁虎一跳，因为他觉得是一个陌生女子，是谁叫她来救自己的呢？但是闻言之下，仍想起身逃走。哪知刚一坐起，哼了一声，重又躺下。真真一见，知道非背不可，也不敢再耽搁，一手将仁虎扶起，自己背向了床，两腿微弯，端了个坐马势，低声道："请你用手搂住我的肩膀。"

仁虎此时逃命要紧，咬着牙，挣扎着爬到真真背上，没法子，两手只一合，抱住了来人肩头，便已无力再动。真真早就备好一幅白布，反手抖开，将它兜住仁虎的腰臀，白布围到胸前，牢牢打上一个结儿，然后立直身躯，试了试步，不但并不竭蹶，而且行动自如。真幸亏柳花娘始终不曾找到兵器，所以这大半晌竟无一个人来打扰，这才由得他二人从从容容地逃了出去。

在柳花娘找到兵刃以后，真真早已背负仁虎，破窗腾身而出。窗外不远本有魏头目接应，原意准备替真真换下仁虎，由魏头目背了先走。崔永福那边由精一和姜头目背走，剩下真真和李三姑二人断后。谁知千算万算，不如老天一算！真真跃出窗外，早见黑影中，魏头目已和一个和尚对上了手。真真背着人，万难再去加入，只得偷偷地避着人声与灯光，逃出公馆。还亏她轻功到家，纵跳快疾，不易被人看破，居然得脱虎口。

试想一个未满二十岁的少女，背着个壮硕的男子蹿墙越屋，奔走数里之遥，已是万分不易，到了城下，早已娇喘吁吁，汗流不止。真真自觉万难再走，为图省力，悄悄地由马道上绕出城去，拣了个僻静的树林，暂时休息。不料刚从背上放下仁虎，只听来路上一声吆喝，飞也似的追下一人。还不容真真看清面貌，手中一对铁锏早像雨点似的向真真头上打下。真真心里一急，也就拼命迎了上去。

柳花娘开窗高喊“拿贼”之后，一定神，果然找到一对双刀，立即飞身出房。黑影中向床上一望，早已凤去台空。柳花娘连连顿足，痛恨万分，一看窗户洞开，想必尚未走远，只有追赶。于是柳花娘一咬牙，纵身出屋。向前一望，只见自己部下三五成群，举着火把，在那里瞎嚷，敌人却一个不见，心中火起，立即命众人四下分头抄拿。

说话间，似闻远远有呼喝之声。柳花娘循声赶去，才知声在墙外，忙又越过花墙。这是公馆内一座花园，夜晚无人入内。柳花娘从墙上向下一看，只见东边草坪上有两个人正在厮杀。一个正是飞刀僧，那一人瘦小身材，穿着夜行衣裤，手舞一根软兵器，行动如飞，异常矫健。她再一看，旁边地上还躺着一个人，月光下一时看不清是敌是我。

柳花娘一声娇叱道：“飞刀大师不必着忙，我来帮你擒贼!”一语未毕，柳花娘早已飞身到了两人之间，斜刺里摆双刀，向那瘦小的敌人下三路直卷进去，其势既猛且疾。

谁知敌人毫不在意，纵跳飞跃之间，应付自如。

这里，飞刀僧本觉得自己战不下敌人，柳花娘一到，心中一喜，气力大增，立即一紧手中朴刀，向敌人迎面砍去。敌人侧身避过一刀，未及回手，柳花娘的双刀早又一上一下，分两路横扫到了腰腿间。敌人陡使了个平地拔葱，一跃七八尺高，越过了二人背后，说时迟，那时快，大撒手抡起手中软鞭，呼的一声，向飞刀僧后背砸去。

飞刀僧不及回头，闻声就知这一下力逾千斤，忙不迭一伏身，那一鞭便如飞龙般，唰的声从和尚脊梁上飞了过去，只差着两寸就砸上了。柳花娘一见，也吃了一惊。乘她这一分神，敌人的软鞭又从上而下，快要扫到了她的脚踝上。柳花娘忙不迭纵身一跳，让过这一鞭。不料她双足刚刚落地，软鞭倏地又荡了回来。这一来一往，快而且劲，两膀膂力如没有数百斤劲头儿，真休想舞得那么自如！

柳花娘一见，可真急了，这一急，竟把她幼年跑马解的玩意儿抖了出来。她一个云里翻的筋斗，从鞭光里翻了出去。那敌人以为这一鞭一定打个正着，及见柳花娘竟糊里糊涂翻了开去——虽然躲过一鞭，毕竟不值内家一笑，这算是偶然侥幸——不由忘了形，哈哈一笑说道："好个卖解的招数！"一句话出口，柳花娘竟觉得耳音甚熟，分明是李三姑的语声，不过眼前明明是个男子，不免有些狐疑。

这敌人呢，一时大意，吐出口音，悔之不及，从此闷头毒打，再不开口了。这敌人是谁？正是改装的李三姑。此时，飞刀僧、柳花娘双战李三姑不下。李三姑本早想脱身，只因方才魏头目和飞刀僧交手，魏头目自然抵敌不过，慢慢退到花园里面，飞刀僧就用刀将他打倒。此时魏头目已受伤倒地，自己恰好赶到，和飞刀僧打上。她明知仁虎等已离虎口，自己也以走为上策，无奈魏头目躺在地下，自己匀不出时间去救走他，不得不战败飞刀僧，再救走魏头目。偏偏又来了个柳花娘，两打一，李三姑虽不惧怯，但是要想救回魏头目，却更觉为难。

她正一面交手，一面计划。只见飞刀僧忽将朴刀交入左手，李三姑立即知道他要放飞刀，却故作不知，等他发来。飞刀僧左手一递手中刀，李三姑纵身避过。就在这个空间，只见飞刀僧右手一扬，三点寒光，分上中下三路飞来。李三姑见他第一手便是三刀，知他自知已临大敌，否则尚不肯轻易出手。表面上满不在意，实际上愈加小心，望着飞刀，身临切近，陡地一挫身，整个身躯几乎贴到地面，于是上中两路飞刀都已落空，只有下路飞刀，正好要中在身上。可是李三姑挫身之势，原系向右偏出，跟着这一偏，左手持鞭把，右手握鞭腰，和摔流星似的摔出去，那鞭头上的钢尖儿正好横砸在从对面下路飞来的那柄刀上，只听铛的一声，接着又是当啷啷刀落石上，算是让过了第一手。

飞刀僧果然厉害，绝不让李三姑站起身来。他右手一扬，第二次三柄飞刀早又脱手而出。飞刀僧这一次却是两刀在前，一刀在后。前两刀平砍敌人前胸，后一刀却是由斜刺里飞来，它是准备敌人躲闪前两刀而闪避时，第三刀正好碰上。偏偏李三姑却识得他的伎俩，陡地一个平地拔葱，身体向上跃去一丈余高，先避过了前二刀，然后在空中一蜷双腿，斜挥手中鞭，铛的一声，又将第三刀从斜刺里击落在地。

李三姑刚刚从上面落下地面来，飞刀僧的第三手却又飞到。他是练就的专门手法，绝不容敌人有喘息的时间。偏遇李三姑满不在乎，一见他第三次发刀，知道这是他最厉害的一手，双足尚未落地，早有准备。当李三姑一鞭将后一刀扫去时，早已望见对面飞刀僧又一撒手，立刻三点寒光分左中右三路直奔自己，比先前两手又快又急。左路的刀先到，如果你向右闪，虽躲过第一刀，却正好碰上由右路飞来的第二刀。最难躲的是第三刀，因为它虽向中路而来，并非走的直线，发出时看去像是必向旁飞，到了切近，却会陡地转了方向，这因刀尾上配有一个小轮子，发刀时便用指法，使那轮子吃着风力，竟能左右上下，随心所欲。李三姑当第一刀自左来时，并不闪避，只一挥手中鞭将刀拨落，身体端立未动，所以第二刀便毫无目标地从她右边过去，落在地上，李三姑连正眼也不曾去看它。这第三刀滴溜溜从正中飞来，李三姑仍是端立不动，看它有什么变动。哪知这柄刀离敌人五六尺的地方，忽然向上直立起来。李三姑正自奇怪，不料刀头向前一指，斜飞起来，从直径三四尺、高度七八尺距离的上空，呼的一声直临李三姑头顶砍下。因它是个落势，所以比前进更速。李三姑吓了一跳，也来不及闪避，只有一跺脚斜飞出去三五尺，虽然也躲过这刀，可是她的紫色头巾后面飘下来那一幅绸子，早被飞刀削去了一片。

李三姑一见飞刀并未能伤自己，胆子一壮，立刻又舞开了软鞭，直向他二人扫去。本来柳花娘早想得机会下李三姑的手。因飞刀厉害，连自己也不敢上前，怕的是误碰误撞撞上了。飞刀僧和柳花娘见飞刀不能伤她，都有些急了，自然一齐围攻起来。此时，早已惊动了全公馆的人们，大家明火执仗，都来凑热闹。李三姑虽然不把这些人放在心上，但是敌众我寡，究不是事。只为不愿将魏头目一人丢下，所以恋战，此刻一看实在没法救回魏头目，精一、真真又皆不见踪影儿，大概都已得手而走，自己也只好连连向柳花娘紧挥几鞭，以图脱身。

柳花娘见鞭势太猛，纵身躲过。就乘这一点空隙，李三姑毕竟是一等能手，立即虚撤招，一个“飞燕穿云”，并不借着任何力量，平空向二丈来高的墙上跃了上去。她回头见飞刀僧追到墙下，正要望上蹿，李三姑哪容得他上来？喝声“着”，一摔软鞭，照着下面砸了下去。这一手打人是假，脱身是真，乘着飞刀僧侧身躲避之时，早已翻出墙外，足下一使劲，嗖嗖嗖，真如弩箭离弦般，早向黑暗街市中跑去，不到几句话的工夫，早就去得无影无踪。

飞刀僧和柳花娘二人追了一阵，连敌人影儿也瞧不见，也知道敌人身法太快，凭自己也难赶，只好回到公馆，派人到县里报警，请县里在城门口加紧防范，但是等到这样耽搁下来，真真和精一等早就各人带了崔家父子三人逃出城去了。

原来精一和李三姑等一行人入了公馆，自己带了姜头目去救永福父子。可是崔永福父子究在何处寄押，一时不易得知。精一等好容易在僻静所在逮住一个更夫。二人问明之后，将更夫绑了，丢在乱柴堆里，然后找到他父子囚身的屋外，一看只是两间平房，门外立着一个小长毛，挎着腰刀，捧着矛子，正在打盹，算是在那里守卫，门却反锁着。

精一一见这种局面，心中大喜，悄悄掩到那个小长毛身后，骈二指在他肋间点了一下活哑穴，那人扑地便倒。原来人的哑穴有死活之分，死哑穴不经解救，到了相当时候便自身死；活哑穴虽不经解救，到了一定时辰，也会自己醒转，不过周身疲软，一时不能行动而已。精一点倒守卫以后，拧去门锁，命姜头目在屋外巡风，自己纵身入屋，屋内父子二人一见精一进来，黑影中互一招呼，听了听，外面寂静无声，当即带了他父子，悄悄走出房门，和姜头目一齐偷偷掩掩地绕到后门墙边。精一插上宝剑，一手提着崔永福，飞身上墙，又叫姜头目提了仁龙，也翻到墙外，一看仍是静悄悄，并无一人，心想今天倒也顺利，只是崔永福年迈，又受了些惊恐，未免打熬不住，哪里还能急走？仁龙虽还是个少年，但走得太慢，精一怕误了事，便将永福背在背上，索性又命姜头目背了仁龙，向城门跑去。到了城边，众人四面一看，并不见真真和李三姑等在此接应。他四人也不敢再等，赶紧地从僻静处翻出城去，躲在一个官道旁的矮树林子里，静静地等着真真等回来。

约莫过了小半时辰，精一猛听东面树林后似有吆喝声和兵器击碰声，心中怀疑，忙叫姜头目护着永福父子，自己悄悄赶到东面树林边。精一一看，果见真真和一个长毛正在动手。看长毛身手步法，虽甚矫健，真真似还不至敌他不住，但此刻觉得真真剑法有些散乱，仿佛将已力竭，立时明白真真必因背着仁虎奔跑乏力所致。

精一忙低叱一声，提剑飞身扑去，叫声："真妹不必害怕，我来了。"精一立时运用开了武当本门乾坤八步剑法，嗖嗖嗖一连六七剑，向那长毛砍刺劈剁，直杀得长毛手忙脚乱。他倒也见机，狂吼一声，用力一挥那对铁锏，将精一剑身挡开，回身就跑。真真正在气力不足之时，见精一赶到，立时增了勇气。长毛回头一跑，她也没顾得考虑，娇叱一声“哪里走”，立刻飞步追了下去。精一要止住她，都来不及出口，他二人一前一后，早就跑出老远。

那长毛却沿着城墙马道跑了上去，真真追得起劲，也一紧步下，立即赶去。精一不放心，正在放开步追上之时，猛见二人都已上了马道，那长毛在一个转弯地方，向真真来处只一扬手，就知他已发出暗器，忙高叫“当心暗器”。他一个“器”字还未出口，早见真真一个倒栽筋斗，直从马道上翻下城去，再看长毛早已不顾命地逃向城门内而去。精一也不顾追贼，忙赶到马道下一看，见真真正坐在地上，握着一只腿直哼，一口古冶剑早已扔出老远。

精一叫声“好险”，过去拾起古冶剑，忙走到真真跟前，问道：“怎么样？还不碍事吧？”再一看她伤在小腿，并不甚重。原来急忙中，中了长毛一铁镖。这个长毛名叫混江龙吕杰，也是柳花娘手下一名头目。他那晚闻声惊起，远见真真背了一人急走，他就跟了下来。可是他腿底下慢些，直到真真出城后才赶上来。混江龙这铁镖非常笨重，不易打中人，一打中了倒是真不轻。因真真力疲之后，又经一场急斗，本已心浮气粗，又见哥哥一到，心里一阵高兴，直追下去，竟不曾防他发暗器，要在平时，真也打她不着。

幸而真真两腿上裹了一双李三姑送的牛皮软包腿。那物用药制过，看去又薄又轻，却是又滑又韧，所以暗器不易扎入，原是专防暗器袭击下身的东西。不过，此番敌我距离太近，那镖又长又大，力量太足，居然一下贯穿皮包腿，镖尖伤及皮肉。真真正跑得起劲，猛听哥哥喊一声“当心！”又见那贼一扬左手，心内先自吃惊。飞镖一下打中，腿上一疼，又跑在马道上，所以立身不住，直翻了下来。真真这一翻，一半被镖打下来，也有一半是自己存心借势翻下来的。

真真见哥哥此刻站在身旁，贼人已然逃走，胆也大了，索性坐在地上，慢慢地拔下铁镖。她打开包腿一看，小腿迎面骨旁，中了一个钱眼大的伤口。精一早从钱袋内取出刀伤药，给她敷上，包扎好了。

正在起立，精一猛见从那边城垛子上翻落一条黑影，闪眼即逝，异常迅速，喊声“不好”，忙拉起真真，说了声：“你回去守着仁虎，我去瞧瞧就来。”说罢迎着黑影落处，急奔而去。

真真起立以后，觉得尚能行走，就匆匆跛着足，回到树林边一看——记得方才明明将仁虎放在一棵大树下边坐着的，此刻树下竟自空空如也——仁虎早就不知去向！真真这一急，把腿上的创痛都给忘了，但这大一片城郊，又往哪里去找？她正自站在林边出神，猛听林子后面扑哧的一下，似有笑声，不由立刻回向笑声来处凝神细察，但见正是一片密密的树林，也望不出声从何来。自己腿上带伤，林子又太也猛恶，真不敢再冒第二次险了。

真真正在心神不定的当儿，远远听到精一叫着自己名儿，忙应声迎去。才一举步，只见从林子里发出一件黄澄澄的暗器，直射自己，但是飞得极慢，仿佛小孩子抛皮球似的，向自己面门悠悠荡荡而来。因它来得极慢，当然不用躲避，一伸手就将那东西接住，一看，不由略一惊奇，立即大悟，随向林中喊道：“我当是谁呢！得啦，别开玩笑了，出来吧。”

一言未了，早从林内闪出一条人影，正是乔装的李三姑。原来真真手里接过的暗器，正是李三姑特有的五行神槊。前文早已表过，它是依照五行生克，专一分打人身三十六个穴道的一件神怪暗器。真真知道只有她一人能用，到了别人手内，纵能发出那神槊，也并不锐利，竟不能伤人的。如今一见此物，知道她有心开玩笑，所以喊了起来。

当李三姑出了公馆，飞身出城，正是真真中镖之时。精一看见城垛的黑影便是她。她一出城，就见仁虎坐在那棵树下，远望见真真踽踽走来，她觉得奇怪。因为仁虎已经背出，她心中说不出的那种高兴，见真真走来，忽然犯起顽皮来，竟来不及和仁虎说话，便一伸手将仁虎挟在臂下，倏地隐入树林，所以真真来时，便不见了仁虎。

再说仁虎此时虽已知觉全复，依然四肢软瘫，任人摆布。他陡见一个瘦小的中年汉子，全身夜行装束，走到身旁，一语不发，一把将自己挟起，进了树林，便将自己轻轻地倚在一株大树下靠着，本想叫唤，一想四顾无人，叫也没有用，如果高声喊叫，惊动了柳花娘的追人，更是不妙，所以一声不响，且看那汉子如何。他正自留心观察汉子的举动，仿佛见林外人影一闪。月光下，认识她是今晚从柳花娘公馆中救出自己，方才又和一个长毛动手，奋身追赶的那个陌生女子。又见女子像是看见自己走失，不胜惊诧的神情，还自言自语地说道："奇怪，他又跑到哪里去了呢?"知道她必为寻己而来。说也奇怪，自己虽从不认识她是谁，如今却拿她当亲人一样看待，立即想向林外喊出"我在这里，快来救我"的话。不料还未出口，早被身旁汉子一手扪住自己的嘴，一手向他自己脸上一抹，立刻随手拉下一个人皮面套。

这一来，早把个仁虎吓得喊不出口来。原来面前站的并不是什么中年汉子，竟是那个千娇百媚的李三姑。李三姑见仁虎已知道自己前来救他，随向他嫣然一笑，又用手一摇，向他示意不要高声，转身便向林边掩去，始而故发笑声，既而发出神桀，和真真开这个玩笑。

真真和李三姑二人一见面，李三姑就握紧了真真的手，说道："我的好妹妹，今天你真辛苦了！我到家跟你磕头道谢吧。"说完了，一眼看见真真走路有些拐脚，忙问道："怎么样了，挂了彩了吗?"她无意中用上了切口。原来江湖上和部队里都以受伤为挂彩。真真便将方才情形说了一遍。恰好精一又已赶到，忙问仁虎现在何处。

李三姑带了二人，同进树林。精一一见了仁虎，忙问他伤势如何，仁虎匆匆说了一遍，心中只惦着这位救命恩人，忙悄悄向精一问道："这位姑娘想必是李三姑的姊妹吧?"

精一还未及回答，不想李三姑对于仁虎的举动，十分留心，一闻仁虎问及真真，忙笑道："倒不是我的姊妹，正是你志老师的令妹志真真志二姑娘呢!"

真真听她和说大书报姓名似的尽闹贫嘴，却白了她一眼，低声说道：

"你这是高兴……"她说出口来，觉得自己的话颇有语病，尤不宜出诸己口，在微窘之下，假作观看林外，就要向外走去。

此时，精一却向仁虎说道："不错，正是舍妹。我只顾问你的伤势，倒忘了介绍。"说着，便回头想叫真真过来拜见。

真真刚走到林边，李三姑心中高兴，忙又一阵风似的跑到真真背后，一把拉住她的手，连连说道："来来来，你哥哥正替你引见呢，你怎么跑了?"边说边拉了真真回来。

当时精一替两方一引见，仁虎负伤，只好向真真抱拳致谢。真真未及答言，回了一福，立即避开。可笑她方才背着仁虎跑了一大截路，一点也不腼腆，此刻回想在公馆窗外望见柳花娘的那种形状，以及入房后背着仁虎逃跑的情景，不知怎的，反倒不好意思起来，恨不能躲得远远的。真真随着一行人走在路上，连个正眼都不敢向仁虎去看。

闲文收起。当时又由精一背了仁虎，李三姑、真真随在后面，走到永福父子藏身之处。会齐了大家一商量，认为不能回家，只能暂避西村。李三姑命姜头目速到崔家去吩咐，头目、使婢立刻也投西村，不可耽搁。李三姑分派已毕，目送姜头目向鸭关矶去讫，然后带了崔氏父子、精一兄妹同奔西村。

第二回　毒弩一点红

飞天神龙自从那一夜间被崆峒派大力黄能师徒十人围攻，败走以后，他打量此辈未能擒获自己，绝不甘心，定有放火烧房之举，所以次日并未回家。又知他师徒耳目众多，胡剑秋手黑心毒，一击不中，必生二计，并不以为自己当晚脱身，便可无事，所以从此昼行夜伏，从未露面。

飞天神龙为人机智。他早料定此番绝敌不过来者，早已备下万一之计，便是在那晚交手之前，早在身畔放了二三十两碎银子，以备万一之需。果然败走以后，意欲离乡远避，还不至断绝资斧。他在五天之后，黑夜里悄悄回到村里，打算看看情形究竟如何。不料房舍已烧为白地，并且在村子口外，设了哨探，随时探听飞天神龙是否回村，足见他们一计不成，尚有二计。幸而飞天神龙武功精纯，身形飞快，哨探不曾察觉，但如果逗留过久，难免被其发现，寡不敌众，不如且自退走。

从此，飞天神龙就变成无家可归。他此刻心上最惦记的就是精一兄妹，苦在无法打听，继而一想，好在他二人已是一身武功，虽少些经验，究竟不至吃甚大亏，事到如今，没奈何也只得由他，索性离了吉安府，姑往建昌府南丰县找一客店，暂时住将下来。他要慢慢考虑，自己应当到哪里去最为妥当。自己虽是武当派的掌门人，但是性喜恬静，又知收徒不易，所以除去教了精一兄妹一身本领外，其余只有两个门人，便是杨晋、杨仁鹤二人，前文亦已表过。这二人本身也还收了不少徒弟，因隔了一代，自己也不甚清楚，但想到自己此次所遭，绝不是召集门徒所能解决，细细考虑一回，觉得要想解决此事，只有去找师弟闹海神蛟邱乙揆和独臂金刚胜超二人商量。

邱乙揆是福建建宁府南平县人，胜超是浙江金华府义乌县人。邱乙揆原是南平一个富户，以往飞天神龙也到南平访过几次。此次来访，二人见面之后，未及稍叙阔别之情，先已提到复仇之事。

邱乙揆向志道恒说道："大力黄能现掌着崆峒本门，门下徒子徒孙何虑百数，我们武当却远不如他人众。虽说你我不至惧他，总以小心为是。小弟之意，我与师兄先访胜老弟商量以后，还许再去嵩山叩见师叔祖云溪上人罗老祖师，求他老人家指示此仇是否能报，这样办比较妥当，不知师兄以为如何?"

飞天神龙素知这位师弟足智多谋，不但武功独到，更是长于水底功夫。他能入水数十丈，伏底三昼夜，不言不动，故有闹海神蛟之誉。更仗着武当内功，三日不食不饮不眠，毫不饥渴疲倦，即此一端，也就无人能比。至于胜超，别号北海，世居义乌山乡，家本务农，不脱乡农本色，勇猛豪爽，尤具侠肠。少年时曾在辽东一带，匹马单鞭，保过暗镖，被仇家埋伏，数十名好手围攻他一人，左臂中了毒弩，经医疗治，毒已太深，竟割去左臂，才保得一命，故有独臂金刚的雅号，从此不欲再冒大险，只是闭门习武，不问外事，后来又经人引入武当派掌门人萍江一鹤志清照的门下。这志清照就是志道恒的伯父。志清照爱他性直志坚，毫无虚饰，十分器重，因此他得了萍江一鹤许多不传之秘，便是侄儿志道恒也未得传授的，就如"一苇渡江""单掌摄魂"和"观音足"等奇特武功。

当时志、邱二人商妥以后，邱乙揆因老弟兄别久重逢，很自不易，坚留飞天神龙在南平盘桓数日。好在这不是忙在一时的事，所以飞天神龙也不便固却。匆匆十日过去，二人正要一同起身赴浙，偏偏邱乙揆老母患起病来，一时不敢远离。飞天神龙自也劝他暂留，由自己先访胜超，在胜家等候。邱乙揆俟母病稍愈，再行随后赶来，会齐了同赴嵩山。

邱乙揆便道："既是如此，小弟只好暂时失陪！好在家慈并非重症，不过略欠违和。有十天八天的工夫，准能大愈。那时小弟自当提前去浙，免得兄等久候。”

飞天神龙自是称谢。

次日一早，飞天神龙别了邱乙揆，独自上路。离了南平，经由建安，直奔浦城。由浦城出浦峰溪，经浮盖山，越二十八都，就奔了仙霞岭。这仙霞岭是闽浙交界的一个紧要关口，地势险隘，真有一夫当关，万军莫入之势。飞天神龙自离建安，因贪看山色，所以沿着建安以北的杨梅岭、翠峦、北峦、青潭、西峰、白云、北斗冈、云峰诸山，迤逦慢慢地行去。那地方也是关北峰峦佳处。时正早春，闽中气候温和，一眼望去，翠黛横空，白云飞絮，风景异常清旷。

有一天，春雨初霁，气候稍寒，满山绿茸茸的一片新碧，正是浦城南面的云峰山麓，峰峦起伏，直伸到浦城地界。飞天神龙就在浦城落了客店，一打听，从浦城入浙，只需越过浦峰溪，经过二十八都，就是入浙的关隘仙霞岭。飞天神龙又向店伙问了些路径风俗，就早早安歇。

次晨，晓色迷蒙中，算清店账，背了行囊和随身兵刃，步出店门，向北行去。一路上晓风扑面，清气袭人。出了浦城，村舍渐渐稀少起来。约行十余里，见前面一带清溪碍路，远望去，从上头流下来，曲曲折折，似乎经过许多峰峦。那一泓清泉，纷纷沸沸，异常清冽，面积最广的地方，也有二丈余宽，聚着大小成堆的山石，上面还长着许多野树。泉流至此，由潴洼里分流出几脉细泉，白石流沙，都从林石间潺潺向下游流去，曲涧萦回，自饶雅趣。飞天神龙看着点头赞赏，心想，怪不得人说闽中山水清奇，便是这小小溪山，已足引人入胜，一望溪南半里以外，横着一座独木桥，平畴野渡，真有些个画意。

飞天神龙贪看风景，不由脚下放慢了，缓缓行去。将要行近小桥，便闻得一阵清香，冷芳扑鼻，令人神志一爽。到了桥头，向去路上一看，远远露出一带矮树林子，枝头上满堆了红苞绿萼，晨旭中映成一片耀目的花光，原来是极大一片梅林。飞天神龙真想不到这条路上有如许好景，不由游兴大发，忙走近梅林一看，近观更比远望不同，冷森森的一片幽香，顺了人的呼吸，一阵阵沁入心脾。那一种恬适美妙的意境，真是耐人寻味，无语形容。走进林子里面，看这大片梅花正在怒放，弥望清花照眼，足有五七亩方圆，真不愧一个香雪海。

飞天神龙徘徊花下，不忍远去，便拣了一方青毛石，坐在林下，静静地玩赏。此时晨曦初上，照得四面一带梅林，花光闪闪，发出阵阵暖香。不少的野鸟儿，曳着长尾，不住飞翔于香光日影之间，花香鸟语，啁啾成韵，上下飞鸣，好不自在。飞天神龙瞧着这些鸟儿那等悠闲，心中兀自钦羡，觉得人生碌碌，哪里及得这些雀儿自由自在！

他正自沉吟观赏，见林子后面似有一个人影，正在探头探脑。飞天神龙心中有事，自然格外留心。正想上前看个明白，忽见那人一手提了一个竹篮，一手握着一个竹柄的长钩，向那边山脚下缓缓走去。看他穿着一身蓝色布棉袄裤，戴了一顶破毡帽，远远的虽认不清面貌，看装束确是一个乡村间人，也就不曾将他放在心上，在林下兀自坐了一回，终为赶路要紧，就站了起来，慢慢地离了梅林，向着前面山脚下走去。

前面是虎头山和师山，山势虽不十分险峻，却也连绵不断，一望无际。飞天神龙直走到午后申牌时分，这一带并无人家，也没法打尖。他只在路上草草用了些干粮充饥，待过了师山，经过南湾，将到深坑地方，已将落日衔山，晚风四起，还是找不到村舍。

飞天神龙因早晨贪看梅花，耽误了行程，所以一时赶不到仙霞镇，竟无处投宿。他虽一身武艺，不畏风露强暴，但是孤身作客，能找到村舍人家，毕竟总是投宿的好。于是足下一紧，向仙霞关大道奔去。

哪知在仙霞关和二十八都之南，有一个地名叫深坑，是个僻处浙闽交界的山坑，并无人家，前后左右都是一片崇山深谷，虽离官道不远，因地处两省交界，常为萑苻出没之处，他们利用那些深邃的幽谷孤岩，作寄身之所。

飞天神龙走到日落西山，远望山脊边一轮红日，早已暗沉沉地向山后隐将下去，回看东边林间，却涌出一轮黄澄澄的月亮来，心中暗忖：“转眼就到黄昏，看去山势依然绵延不绝，一时还到不了仙霞镇，说不得今夜只好在山中找一个地方歇足，明日再走。”要知此种环境，如令常人遇上，当然觉得害怕。飞天神龙身怀绝技，久闯江湖，什么惊险场面都见过，仅仅这些山野夜色，自然不会放在心上，何况闽北一带，他向未走过，并不知道这一条路上的危险，所以他此时一意想找一个地方安心过宿，并未想到其他意外之事。

他东看看，西望望，好容易在一条岭脊的荫处，望见有一所破庙。从岭上翻下去，还有半里来路，就在暮色苍茫中跑上了岭脊，依稀辨出一条极窄的樵径，曲曲折折，走了下去。一到下面，发现原来是一个深壑，只见四面的山岭，巍巍然都高踞在这壑的上面，因此将壑底像木桶般地围成一个深坑。本来天色已晚，一到壑底光线越发黑暗，而且壑底深草没胫，杂树丛生，似乎久无人迹，细一辨认，杂草间似有许多兽类蹄迹，不用说这竟是一个野兽出没的所在。在粤闽等地山行，除了遇兽，还须谨防毒蛇。福建山中，几乎遍地都是蛇虫，幸而此时未过惊蛰，气候尚寒，蛇虫都还蛰伏未出，否则就是毒蛇一项，也就叫人防不胜防。

再说飞天神龙在昏暗间，向那所破庙走去，到了庙前一看，只剩得半壁颓垣，早已没了庙门，一座破败的大殿，赤裸裸地矗立在昏黄夜色之间，殿前残砖碎石堆了一地，兀自从砖石缝里长出长长的野草，尽在夜风中摇摇摆摆。惊鼯野兔一见人影，唰唰地向杂草中乱藏乱躲。飞天神龙一概不去理它，又望殿上走去，见殿上正面门窗早已全无，只剩凉亭般一座屋顶，进殿一看，黑影中模模糊糊，也看不清塑的什么神像，黑黝黝一座神龛已塌了半边，偏偏还分垂着两幅又黄又黑的神幔，却是一长一短，斜拖在龛前，神案虽在，只剩了两条桌腿，倚在神龛上，四面一望，东墙前面上半截早就塌了，只剩一个斜形的缺口，从墙外透进夜光来。再看屋顶上，也露着一个大窟窿，倒像开了天窗，使得殿内无灯自明。

飞天神龙一看殿上连个拜垫都没有，只好收拾了一把乱草，在神案前地砖上扫了扫尘土，便一歪身，倚了神案的一条桌腿，坐在地上。正想从怀中取出些干粮来吃，猛听殿后似有窸窣之声，心内狐疑，忙将干粮藏起，起身提着宝剑，向后殿走去。一看后面果然还有一层院落，荒凉更甚前殿，而且后殿房屋完全倒塌，只剩西配殿一间整房，一门两窗竟自完好。飞天神龙练就的目光，虽在黑夜，也能一样辨别五色。他一看西配殿那一间未倒的屋子，似乎比较完整，心想此屋倒能住得，正想走进看看，一眼看到门上扣着一把锁，立即心内一惊，知道这是一间现有人住的屋子，便悄悄掩到窗外向内探看，见屋内仿佛并无床铺，只有木榻一具，破桌一张，屋角还有一只破椅，桌上却摆了许多书籍和一些笔墨，但无灯火。

飞天神龙心下狐疑，暗忖如此荒山绝径，除了盗寇匪人而外，谁愿在这里住家呢？且看屋外更无炊厨之具，也不像个住家的，心里一注意这间屋子，就忘了方才闻声追视的本意。停了一会儿，才想起方才前殿所闻窸窣之声，究自何来？是否此屋主人回来呢？一面想着，一面又在内院察勘了一遍，也不过和前边一样荒芜而已，倒还没有什么异样，就慢慢走回前殿，仍坐原处，正一伸手拿起方才未曾动用的干粮口袋，只见口袋下多了一张纸条，心里一怔，立刻取在手内，殿中虽是昏黑，借着屋顶星光，还看得出上面有字。飞天神龙心中大惊，握了纸条，借着月光向纸上一看，影影绰绰认出是“今晚留神”四个字，又一细看，似乎墨汁犹润，像是刚写的一般。

这一下，真把个久闯江湖的飞天神龙看得发愣，心说此人暗地送信，自是好意，但是以自己的能耐，却让别人将字条送到自己口袋里来，还不曾知道，此人的能耐，又比自己如何呢？他所嘱咐的“今晚留神”，究令我留哪一方面的神呢？莫非荒山多兽，叫我防备兽袭？又一想不对，如为防兽，正好露面直讲，何必暗递消息。又想到，递消息的人究是何人？是否是后殿所住之人？还是后殿住着匪人，所以才叫我留神？那么此人又藏身何处，在何时送来消息？又想他嘱咐留神，莫非仇家崆峒派已经派下人来跟踪至此么？

飞天神龙此时一手捏了纸条，正自默忖前后形迹。忽听从殿后唰唰飞过一阵鸟声，直到庙前，接着就听庙前墙外野树上噼噼噗噗的，似有宿鸟惊飞觅宿之声。飞天神龙立刻心里加了警戒，知道左近必有多人走来，以至惊起宿鸟。纸条所示“今晚留神”，正是这个意思，此时更不怠慢，立即走到前院，四面查看，静悄悄毫无朕兆，重又回到殿内，仍倚坐在神案之前，一面安心吃着干粮，一面细细地揣测今晚之遇，暗自提防。

寂静中，时间过去得格外迟缓。看看月到中天，满屋里透进月光，照得甚为明亮。飞天神龙饱餐以后，也就不再移动，就在神案前半坐半倚地靠着休息，闭目养神。仿佛刚闭上眼，正有些蒙眬之际，忽闻院内似有簌簌草动之声。飞天神龙因为得了字条的警告，格外留神，一听得响动，立刻睁眼向殿外望去，似有两条人影在院中一晃，当即翻身起坐，唰的一声抽出秋镡剑，却仍蹲伏龛边暗处，观察动静。

就在这时，前院人影竟不再现，正自疑怪，忽觉自己隐身的神龛旁陡然飞过一阵刀风，既劲且疾，直从肩背上下来。飞天神龙一声断喝，立凭手中剑向身后扫去，接着一转身换了方向，脸朝着神龛望去。黑影中，见一人浑身纯黑衣裤，手持一对虎头双钩，晶莹夺目，身法更如猴猿一般，十分矫疾，纵跳时一点声息都无，果是一个能手。

飞天神龙那一剑扫去时，此人一纵身，早又闪到飞天神龙身后，一起左手钩，向敌人面门一晃，跟着急递右手钩，直向敌人前胸扎去，其势极快，饶是飞天神龙那等身手，也不敢怠慢，忙横摆手中剑，想去削断他的右钩。那人知道这是一柄利剑，不能硬磕，立即撤回右手钩，使了个“拨草寻蛇”招数，用左手钩向敌人下三路一卷，只听嚓的一声，飞天神龙双足腾起，虽然躲过那一钩，却是所垂玄色万寿花纹丝绦，竟被钩去半尺有余。飞天神龙惊怒之余，心想自己半生闯荡，纵遇强敌，从未伤及毫发，今天虽不曾被敌砍中，但衣带竟为所毁，认为一生奇耻，立时动怒，一紧手中宝剑，向着敌人嗖嗖嗖一连三五剑，真如拨风掣电一般，只击得来人只有招架的份儿。

来人忽然开口喝起彩来道：“名下无虚，果然是武当嫡派乾坤八步剑法，好本领!”他一边乱喊，一边还招，虽不至手忙脚乱，但也无暇还击。

可是因他这一喊，仿佛其余隐身左右的敌人，也被他招呼了出来，一个个跃身而出。只见从殿外跳进二人，一人持单刀，一人持钩镰枪，一长一短，一齐奔飞天神龙而来。飞天神龙一摆手中长剑，拨风也似正敌住三人。忽又从后殿跃出两个身材短瘦的人来，一声不响。第一个平递着一柄短剑，向飞天神龙胸口刺到；第二个跳到飞天神龙身后，一摆手中双锏，窥定隙处，向飞天神龙腰脚两处，一上一下，分左右扫来。此时飞天神龙也真豁出去了，一柄剑敌住五人，长短七件兵器，兀自从容应付，进退闪避，一丝不乱，便是这几个敌人，也不禁心里赞叹。

飞天神龙杀了半日，到底还是不明白，敌人因何在此荒山穷谷间苦苦相逼，又不愿向这些人去问，事实上刀枪并举，真是喘息的工夫都不容得到，哪还有这些工夫去问这些话，也只好瞎打瞎撞罢了。不过自己忖量，平生素无深仇大恨之人，这回多半又是崆峒派的仇人，但细看今晚出现的人物，似乎大力黄能以下诸人，一个未到，真是令人莫测究竟。他一面打着，一面想着，被五个人团团围住，苦不能脱身，心下暗忖，不打发一两个上路，绝走不了。主意拿定，抖擞精神，留心机会。

此时，一对虎头钩上下翻飞，直奔自己而来。飞天神龙一剑荡开虎头钩，正要回手刺去，恰好那柄钩镰枪正戳到腿边，飞天神龙猛一蹲身，并不躲避，却用左手一捞，立将钩镰枪握在手中，向怀里一带，右手宝剑顺势向枪杆上斜削上去。那个使枪敌人，见兵器被人捏住，心内正自一惊，剑锋早已削到手上，“哎呀”一声，忙不迭缩手，左手五指早已被剑削去，右手自然也握不住了，一个大撒手，枪与人离。

飞天神龙倒捏枪杆，就趁这呼吸之顷，力摔左手，将钩镰枪杆向众敌人使了个“秋风扫落叶”，呼的一下，只听啪啪两声，因为这一招实在出其不意，立刻扫中了两个敌人的腰腿。那两人虽还不至重伤身死，但是飞天神龙却是将气力全运到左手上才摔出去的，其势极猛，其力自大。一个用双锏的和一个使单刀的敌人，各人挨了一下重的，使单刀的被打腰部，受伤虽重，还不至跌倒，只倒退了两步；那用双锏的却被扫到脚骨，“哎呀”一声立刻倒下地去。

飞天神龙就趁此时机，一个平地拔葱，斜着身体，从殿内直飞到院中。正喜脱身而出，打算向方才进壑那条曲径逃去，还未容他起步，早从他身后打来两点寒光，直奔飞天神龙两腿。飞天神龙眼望着前面，做梦也想不到殿外还有埋伏，只听扑哧一声，左腿肚上早中了一只毒弩。立时浑身打了一个冷战，还想飞身而起，不想就在此时，一阵迷惘，便自栽倒在地上。

再说殿内五人，三人已经受伤，只剩了持短剑与用虎头钩的两个。飞天神龙飞身出殿，他们知道他逃不出去，所以竟不追出，直到飞天神龙受伤倒地，才一齐跃出，来打死老虎。

正想上前一人给他一刀，忽听屋面上有人止住道：“且慢，这是要活口的。”

众人听说，就一齐住手，屋面上人也跳下地来，指挥众人将飞天神龙上了绑。此时，除了被飞天神龙削去手指和打伤腰部的二人以外，其余一人腿骨受伤，此刻尚能挣扎，和未受伤的二人一齐动手，将飞天神龙手脚倒扎，捆了个结实。此时从屋面跳下二人，一人身材短小，和小孩儿一般，也就是暗放毒弩的人；另一个人却是一个老者，仿佛是一个首领，众人都听他指挥。他找了一根木棍，穿在飞天神龙手足之间，命众人抬猪似的扛了起来，又带三个受伤的同伴跟在后面，一同向西面谷里走去。

这一所深壑本是入谷口的一座盆地，从外面山路上往下来，只能看见岭脊后面有一所深壑，壑底还有这所破庙，可看不出里面更有通谷的道路。所以飞天神龙一到岭脊上，只看见壑底，却看不见另有谷口。此刻，一行人抬着飞天神龙从破庙后殿瓦砖堆中翻过后墙，又从一处荆棘林内钻了进去，转过丛树，才看见另有一个小小山坡，向下斜倾，一行人顺了这条斜径，一步步向下走去。他们走出二三百步远近，仿佛两边的岩石挡住去路，实际这一大方岩石当中，却有一条二尺余宽的石隙，刚能通过一人。这条石隙竟有数十步深浅，倒像一条窄胡同似的，因此站在岩石外面，上有榛莽掩护，真看不出这里还能入谷，夜间更不必说，便找也找不着。通过石隙，才见一个石洞似的缺口，高三尺，宽仅尺余。爬进缺口，才是谷口，再向前进，尽是整块的岩石，大小重叠，倒像八阵图似的，堆成许多左右逢迎的大石堆，高约丈余。这一带曲曲折折的，更不易进入，要转过十余处石堆，才有一方宽长相等，约有三十余亩的平地，这就是谷底，四面围着七八丈、十余丈不等的岩石，将谷底围成一个大坑。最奇的是，岩石上和地面上都是一棵树都不长，成了一方秃地。据说“深坑”的地名，便是指的这方谷底。若干年前，乃是一个盗薮，一路进来，那些重叠的石堆，也就是当初的堡垒。

这一干人迤逦行来，将飞天神龙抬入谷底，当然是预有布置的。此时飞天神龙因中了毒弩，早就昏昏沉沉，任人播弄，枉自一身绝技，竟至毫无抵抗能力。

闹海神蛟邱乙揆于母病愈后，心中惦记着飞天神龙浙行之约，就在十天之后收拾了简便行装，携带了随身武器，匆匆上道。他和胜超因邻省相距不远，平时常相往来，每到年终，还有礼尚往来，所以这条路上，邱乙揆却是走过几次，不像飞天神龙会错过宿头。

几天的行程，也就到了浙东义乌境内。胜超住的地方名叫胜家坞，全坞百余户都姓胜。邱乙揆到了胜家门上，投进名帖，不一会儿胜超出迎。二人见面，握手道故，胜超就将他请到客厅内。邱乙揆满以为飞天神龙必然在座，四面一看，并无志道恒的影子，胜超也竟不提到他只字。

邱乙揆坐了下来，忍不住开口便问飞天神龙。谁知胜超闻言，十分惊异，瞪着一双虎眼嚷道：“志大师哥吗？他没有来呀，倒有好几年没见面了。”

这一句不打紧，直把闹海神蛟愣在椅上，口中连称怪事。胜超是性急的人，不由追问缘由，才知道志道恒近遭崆峒派仇人暗算，闹得家破人亡，原与邱乙揆约定，先到义乌来访自己，专等邱乙揆母病痊愈再来此间，三人会齐了商量办法，还须上嵩山拜求师叔祖云溪上人做主呢。约定至今，已有十余日，飞天神龙竟未来此，不但邱乙揆觉得出乎意外，胜超也连称奇怪。二人瞎猜一阵，究竟猜不出是何缘故，更不知飞天神龙现在何处，是因另有别事逗留呢，还是又入了仇人的掌握呢？

胜超对邱乙揆说道："志大师哥身怀绝技，人又精细，不比我这个老粗。我想不至为敌所算，也许另被别事缠住了，一时走不脱身，也未可知。二师哥既到寒舍，不妨在此多住几天，索性静候大师哥到来再说。"

邱乙揆口中唯唯答应，心中却认为定有别情，因他与飞天神龙已经计较再三，知道飞天神龙意在速行，更无他事足以使其中途留恋，但事已如此，更无别法，也只有耐着性在胜家等几天再看吧。

一眨眼，老弟兄二人已等过了十天，连飞天神龙的影儿也不曾看见。此时，邱乙揆已十九料定，这位师兄准在半道上出了岔儿，忙和胜超商议寻找的方法。但是，想他从自己家乡南平县到浙省义乌县，这一条道也有几百里路程，他在什么地方出的岔，又是被什么人截住，真连一点影儿也不知道，又上哪里去寻访呢？而且以飞天神龙的本领而论，差不多的人哪能坏了他的事儿，即使路上遇到什么凶险，他也足能防御，何至于十余日来，仍是音信杳然？莫非半路上又遇到崆峒派仇人吗？

二人又商量了几天，仍商量不出一个眉目来，最后还是邱乙揆想到，从南平入浙，必须经过仙霞岭。他知道在闽北边境，离仙霞岭不远的地方，有一个二十八都，是一个险隘山径，虽说不上里面的详细地形，可也有些知道那里有好几处深山穷谷，向来不大好走，莫非飞天神龙在那一带失了风？

他想起了这个可疑的地方，便对胜超一说。

胜超道："既是这样，我们也只好瞎碰瞎撞，姑且到那里查访一下再说。"

邱乙揆闻言，正自心中估量，如此荒谷穷山，到哪里去察访，忽然灵机一动，想起一件事来，忙对胜超说道："胜老弟，你可还记得在两年前我路过仙霞岭，夜宿木城关的那回事吗?"

胜超仿佛想不起来，便摇头道："我已不甚记得，二师哥提那事做甚?"

邱乙揆叹道："老弟，你忘了，那一年我经过二十八都时，被一伙仇家骗入木城关的一回事，你……"

胜超忽地将手一拍，高声道："想起来了！但那是后来听一班徒儿们传给我听的，以后咱们哥儿见面，也没曾细谈这件事，我还真不知道内容如何。"

邱乙揆意在和胜超商量搭救飞天神龙，找出一条适当的路子来，便不得不将几年前那档子事情重叙一回。

邱乙揆不但武功得有真传，而且更长于水性。他家家道殷富，原是经营药材的一个巨商，自己备有大船数只，专一往来川广，收买药材。长江一带，更是他们必由之路。那时两湖两广，早有长毛军的踪迹，当地的土匪和江湖豪客，也就趁此机会，浑水摸鱼，常常在长江流域偏僻码头，或是半路上趁火打劫。邱乙揆为保护自己的船只货物起见，每年就带了几名壮健的伙计，或来或去，随船护航，习以为常。

偏偏有一年冬季，将近年底，邱家船只正从川里载了满船药材，又在宜昌、荆门、武汉一带顺便收账，以备回家过年。他一行水程是到九江为止。从九江起岸，便奔都昌，经鄱阳，再由兴安，奔上饶、广丰等地，斜经闽浙边界的仙霞岭，南下直达浦城，然后才到南平家乡。这原是他们历来的行程，都是如此。这次因年关在即，太平军在湘赣边界颇为伸展，同时又是遍地萑苻，邱乙揆为求安全计，从九江起岸后，多雇了十余辆大车，一路紧赶紧走，想在十二月二十三送灶前赶到家里。邱乙揆在这条道上走了多次，从未出什么事故，因而胆也大了，况且自恃武艺，也真不把那些毛贼放在心上。

那一天，大众离了上饶，到达广丰，那地方倒也是一个往来要隘。大家宿了一夜。次晨，离了广丰，由水路奔了二渡关。那正是二十八都与浮盖山之间，是闽浙赣三省交界之处，所有匪人往往都在这一带下手。邱乙揆在船中，远远望见前面山影横空，寂无村舍，又值冬令，木叶尽脱，北风撼树，呼呼作响，气象越发萧索。

不多时，二渡关的水路已经行尽，众人纷纷又将车辆、行李运到岸上，打发船资，向二渡关岸道进发。其时已在下午申、酉之间，在这条路上并无人家，没法打尖，过了二渡关，才有人家可以借宿。邱乙揆已走过多次，素常倒还平安，不过如今是残年将尽，未免担了一份心，忙吩咐众人加紧赶路，至少要在日落赶到关上。

哪知冬日苦短，走了不大一会儿，天色渐渐晚将下来。虽然人多胆壮，毕竟山行不比平地，人人都有些战兢兢的。这时偏偏有一个雇来的夫子，向邱乙揆建议说道："这条路的不安靖，只在二十八都一带，别处都很太平。我们最好是不奔二渡关，却从山道小路中翻过岭去，够奔封禁山东南上的铜塘，便可直奔木城关，不必再绕过浙江的仙霞岭了。"

邱乙揆一听，此言甚是有理，却不知从二渡关山后小道翻到封禁山那边去，连一条羊肠曲径都找不出来，而且那种僻径是否安全，也正是一个疑问。二十八都和木城关都是一般成问题的区域，木城关不见得比二十八都治安要好些。但是，邱乙揆当时只求平安回家，也不暇仔细考虑，便容纳了此人的建议，命大家从乱山中折向南行，去寻找小路，以便翻到隔岭的封禁山去。

其时，已是日影衔山，一望四山杂沓，竟找不出一些路径。好不容易才发现，从一座高岭翻过去，那里有条樵径，但是路虽觅得，那些车辆却成了问题，不得已，由几个人共挽一辆，帮着牲口从山道中慢慢拉出去，那就要费大了事了，自然足下也更慢将下来。

邱乙揆到此时，才知道上了那一个人的当！可是如果再翻回二渡关去，岂不更费周折吗？没得说，只好咬着牙向前赶去。只赶到戌末亥初，时当冬月下弦，一路漆黑，别提多么难走。时时怪石迎人，朔风刺面，益发令人毛发悚然。幸而人多胆壮，大众提起精神来向前跑去，只望一步就到了木城关。

要说这木城关，原只是一座木栅，高高地耸立在山腰上。早年间原设有卡子，也有守护的官兵，后来闽浙交通大道改在了仙霞岭，这地方无形中便已废弃，也就不再派兵把守，年深月久，此地益发荒僻。今天，邱乙揆带了如许人车经过此地，还真是近来少见之事。

他们这一行人到了亥子之交，昏暗中望见山脊上有一团黑影。有人说是到了木城关了。大家紧行几步，又走了半里多山道，果然爬到了关上。邱乙揆一看，是一座高约二丈五六尺，阔有一丈三四尺的木栅子。正中大栅门，左右各有小栅门一扇。中间大栅门早已不见，两边小栅门却七零八落地掩在山墙上，一望而知，是多年没人过问的了。过了木栅，已算过了关界。走进栅门约有十余步的路旁，却有一排将倒塌的房屋，这便是当初卡子上官兵驻扎之处。离屋不远，还有个颓败凉亭，亭内壁上嵌一神龛，龛内塑着一尊金甲赤面之神，早已尘网密布，彩色剥落。邱乙揆一见此屋，不由大喜，忙招呼大众不必前行。

时候已到半夜，大家早走得筋疲力尽，好容易在这荒山中发现这样一所房屋，不管它如何颓败，总可以暂息劳倦，无不欢天喜地。大家匆匆忙忙将车辆停在屋外，牲口卸下辔头，拴在树上，人都进入屋内，只派两名赶车的守夜，看着车辆和牲口。邱乙揆等进屋一看，本是三间房，早成了一大间敞庭，真所谓家徒四壁。因为除去墙壁，连一扇门窗也看不见。屋内的颓败，更是难以形容。邱乙揆和几名管事人却搬了几方砖石进来，权当椅子，坐在屋角上休息。别看屋子那么破烂，究竟又有墙壁，又有房顶，比较屋外大道上要暖和得多。

邱乙揆走了一个整天，也觉得非常疲倦。众人还都在打开干粮口袋，预备吃饱了睡觉，他却早已倚在壁间，倦眼蒙眬，即将入梦。大家吃饱了肚子，也感到格外疲乏，便在屋内横七竖八地就地躺下，不到一刻时，一天的劳倦，全从这片时中得到了舒适的报酬，一个个呼噜呼噜地放胆大睡，霎时从岑寂的荒山中，立刻起了一阵鼾呼酣睡之声。

邱乙揆疲乏了一整天，好容易得到如此饱暖境遇之后，倚在墙角上，闭目静坐，也不禁精神模糊起来。邱乙揆虽然是在眯盹儿中，究竟一颗心还是惦记在那些车辆、货物上，刚闭上眼，似梦非梦的，仿佛看见方才凉亭上塑的那尊金甲神，手里握了一柄钢鞭，仅仅向自己这群人马车辆上拂了一拂，自己一大群人早已跌跌撞撞，纷纷倒下地去。金甲神哈哈大笑，又将钢鞭一指，只听轰轰之声，连响不绝，自己的车辆货物，仿佛一闪眼的工夫，早被金甲神摄走。

邱乙揆梦中一惊，忙要上前拦阻，却就在这一惊的当儿，立刻醒来，睁眼一看，一屋子的人依然睡在地上，呼吸间忽然闻到一阵浓烈的气味。忙道一声“不好!”立即闭上呼吸，从身上取出两粒药来，向鼻孔一塞。原来，邱乙揆一睁眼，就闻到一股“五鼓鸡鸣返魂香”的气息，知道中了江湖上的道儿。他用上解药，正要起身，忽然听到远远有一阵牲口的嘶声和隐隐有许多人蹄的喧声，忙不迭回手取过身畔的长剑，只喊了一句：“外面有警，你们大家快起来!”早已纵身而起，从地上睡着的人们身上跃出屋去。不言邱乙揆催促大众起身，大众竟如充耳未闻一般，连一个动的都没有，真令邱乙揆又是奇怪，又是愤怒。

再说邱乙揆到了屋外一看，原停在屋外的那些车辆牲口，竟连个影儿都没有了，这一来真惊得他目瞪口呆，一句话也说不出来。他偶一回头，星光下见那个凉亭之下，似有一堆黑影，蠕蠕而动。邱乙揆一个箭步，纵到跟前一看，原来正是先前看守车辆的那两个夫子，早被捆作一团。邱乙揆忙将塞在他俩口内的棉花取出，然后用剑割断绳索，那两个夫子才慢慢地舒了舒手脚，站将起来。

经邱乙揆盘问，原来这两个夫子也略懂些拳脚，邱乙揆派他们看守前半夜，二人就守在屋外，专待后半夜人来接替。没想到天到四更，后半夜替人未至，忽从身后跃过四个黑色短装之人。他们还不及叫喊，早是两个人伺候一个，将二人口内塞了物件，然后四马倒扎蹄，捆好了向道边一丢。此时，就看见还有十多个人一齐从山后绕将出来，纷纷将车马货物，悄悄地全数由屋后小路上拉走，离着邱乙揆出屋时，也只有一会儿工夫。

邱乙揆闻言，又想立即追贼，又想回屋去招呼众人，又因众人内也有三四个壮年伙计，懂得武艺，平时并由自己传授过一点，就想进屋喊他们出来，一同追贼。但最奇怪的，方才自己惊醒出屋之时，即已高呼众人起来抓贼，何以这长时间，屋里竟还声息俱无，难道还是一个人不曾醒吗？

邱乙揆想到此处，陡一颤抖，连叫不好。他已想起，方才初醒之时，仿佛闻到屋内有一种闷香气息，莫非这一大堆人竟都中了贼人的五鼓鸡鸣返魂香了吗？他忙不迭三脚两步回到屋里，命两个守夜掌起亮来，向屋内众人一看，立时将他脸都气黄了。原来这一干人果然中了闷香，一个个昏昏沉沉，兀自睡着不醒。这一下，任你闹海神蛟有通天的本领，也断难丢下这许多同伴不救，先去追赶贼人。可是这一来，邱乙揆的货物车马，总算是闪失了个十成十了。

此时，邱乙揆立命守夜从行装中拿些水壶来，挨个儿用凉水慢慢地泼醒。这一耽误，时间可就大了。一会儿天也亮了，人也醒了，可是受毒新苏，大都软弱无力，一时还不能起身。邱乙揆忽然想到昨日建议翻山走木城关的那个夫子，一经查点，偏偏少了此人。此人正是在广丰起岸时在当地新雇的一名脚夫，谁料他竟是盗党的眼线，后悔却已无及。

邱乙揆吃了这次大亏，回到南平，闷闷地过了个年，正想四下访寻这路贼人的踪迹，忽然有一天半夜睡醒，他在帐内偶一抬头，仿佛窗前有一团光亮一闪。近日心中因有了警戒，所以立即翻身自帐中跃出一看，窗前并无丝毫痕迹，仅仅在窗销子上插了半幅花笺，心下大疑，立刻点上灯火，一看笺上写着两行小字，是："木城之役，出于误会。经愚疏解，彼方愿意如数退还。倘能推爱勿究，可于三日后三更时移玉浦峰溪北。俾还璧归来，前愆可解。愚为顾全双方，免启嫌衅，厕身调停，非好事也。峦峪想安，晤希致候。"一笔行楷，娟秀刚劲。他一望便知出自妇女之手，下面却署着一个“静”字。

邱乙揆看了这一张笺子，当然想的这是一位善意的高明人，为两家解怨，但不知这个“静”是个何等人，何以要为自己和贼人来化解此事。看上面有“峦峪想安，晤希致候”八个字，知与自己师门有关，因峦峪乃嵩岳云溪上人师叔祖罗老禅师修行之地，来人特意表明与师门相识，这正是疏解的一番本意。最奇怪的，以自己的武功，此人夜入卧房，自己丝毫不能觉察，细察窗口，又无丝毫痕迹，而字条却端端正正放在销子上，凭这一手能耐，自己就应折服。

邱乙揆望了花笺，细细揣摹，见她自称一个“愚”字，对于峦峪的云溪上人，但称致候，这都显出她的辈分高出自己，足见是一位前辈女英雄。要知此人来历，非到嵩山叩询师叔祖云溪上人不可。莫说师叔祖时常云游在外，便是她约我三日后即往浮盖山下取货，也万来不及先到嵩山去叩询。没奈何只得抱了个闷葫芦，等到次日便带了十名伙友，先期去往浦城守候。

邱乙揆知道此番前往赴约，绝不至双方动武，索性不带兵器，表示大方，所带的十人，虽是他平日训练最优的几个好手，也吩咐不许携带兵刃。他们一行十一个人，匆匆吃了午饭，在日晡后从浦城向北出发，行至日落西山，已将到浦峰溪。时值新正上元节后，月光未上，星辉初明，稀微的月光中望见溪流曲折，界坡在一片暗沉沉的绿绮青黛之间。少时月光东吐，银虹似的一条溪水，亮晶晶横出众人面前。邱乙揆叫众人向溪南小桥行去，渡过浦峰溪，见有一片十亩来宽广的梅林（按：即上文飞天神龙独坐赏梅之处），此时尚都含萼未放，虽未吐出芬芳，但静夜之间，一片清气，也足令人神往。

大家越过梅林，林隙中漏下一缕缕的月光，照得疏影横斜，甚是清晰。邱乙揆见溪北似将行尽，举目望去，前面却是静荡荡的一座山脊，什么也不曾见到。他又一想：“花笺上叫我三更到此，想必时候还早。”就叫众人不必向前，大家就在梅林之北一片山坳内坐等。

等来等去，等到月上中天，依然绝无朕兆，心里不由焦急起来，依着留字人的说法，绝不至言而无信。素知这一流高手人物，也从来不肯失信，不妨再耐着性子等她。谁知等来等去，直等到残月横斜，晓风四起，还是不见一个人影，更不用提到什么原物归来。邱乙揆心头怒火，不由燃到了眉头，看看一会儿便要天亮，分明没了指望，只得吩咐众人暂时回转浦城再说。

邱乙揆强捺住一腔怒火，领着众人仍由那带梅林中，向南走了回来，不料刚刚转到梅林南面，众人忽然发出一阵惊奇的呼声。邱乙揆忙望前一看，只见梅林外面，一排列着十余辆大车，车前套着牲口，车上载着货物，端端正正，停在那里，再一看，谁说不是自己那晚木城关丢了的东西呢？

此时邱乙揆心中，正是说不出是喜是怒，是惊是奇，站在车前呆立了一会儿子，想到自己一身武艺，曾受武当真传，竟不知道敌人在什么时候，用什么手段将这些笨重之物送回来的？自己这些人虽说候在梅林之北，但是林隙中不能一点儿都看不见，即使看不见吧，敌人拉着这么多笨重车辆和牲口，彼此相隔也不过半里之遥，静夜中还有个听不出一些声息的吗？邱乙揆想着想着，觉得敌人能耐实在太高，这一位做调人的老前辈，看来还真是爱护自己，不但不让自己栽跟头，还给自己这么大面子，正是她一片苦心孤诣哩。

邱乙揆一时明白过来，正要指挥众人拉了车辆，向来路浦城回去，忽听从空中呼的一声劲响，接着又是啪的一声，一辆车把上却已中了一支短箭。邱乙揆立即先向短箭的来路望去，只见三百步外那一片梅林，静荡荡的，毫无些动静，便连树枝儿也不曾见有一些摇摆，这条路原是自己方才的来路，敌人送还车辆却在前面，怎的此时又从后面发来此箭？心中越发不解，随即抢到车前，将那支短箭从把上拔了下来，见箭尾穿着一张字条儿，也来不及取下来，忙就着手中一看，上面写道：“完璧归赵，敬希验收。”下面并没有署名，也不知就是前晚送信的那一位，还是另有一人？

还是就是木城关盗物的敌人？细看笔迹，却与前晚的花笺不同，看来另是一人，随手连箭带字条向身傍掖起，仍指挥众人拉了原车，一同回到浦城。

从此邱乙揆不但不愿再去探听那些人的来路，就连这件事都不愿向人再提，每年虽也仍往川广黔滇等地采办药品，但只派几个年老懂事的伙计悄悄地采办了些儿，便附在航船上载回家来，绝不肯再去大张旗鼓，自己也绝不再去押送。

过了一年，他因别事去到嵩山拜谒云溪上人，顺便问起这位署名“静”字的异人来。云溪上人闻言甚为注意，立刻追问起根源来，邱乙揆便将前事详述了一遍，上人才点头说道：“这是她念在武当派与她们的交谊，出面疏解，其意甚好，于你们大为有益。此后如再遇到这位异人，就替我寄声致意便了。”

邱乙揆仍想探一探此人的来历，哪知上人早又将双目闭上，默不作答，知是不愿说明，也就不敢再问。

这件事在邱乙揆心中始终是个疑问，不过知道连上人都不愿多讲，自己益发不敢大意，所以两年来，对于任何人也不曾提起这档事和这个人，但是曾经共事的伙计人数甚多，哪有不向外称奇道怪的？所以渐渐也就传入胜超耳内。此番因飞天神龙自闽入浙，必经仙霞岭一带，至今失约不至，想到这条道上的人物厉害，才对胜超又将旧事重提。

飞天神龙至今音信杳然，在邱、胜二人看来，不外两种原因，第一是在仙霞岭木城关和二十八都那一带出了岔儿；第二是遇到了崆峒派仇人，寡不敌众，为人所算。他们商量了一天，也商量不出一个好方法来。最困难的就是，飞天神龙虽说是在自南平到义乌这条道上失踪，但是这样漫漫长路，跨着两省，究竟他在哪一个地方出的毛病，丝毫没法查考，致使邱、胜二人一时无从着手访查。他二人愁眉相对，一无办法。后来邱乙揆认为实在想不出办法来，只好和胜超同往嵩山峦峪，叩求云溪上人指示。

邱、胜二人决定自浙经苏，过皖入豫，到嵩山拜求云溪上人，这条路程，却有水旱两路走法。水路是由义乌先到金华府，再到兰溪县，然后由富春江乘船向钱塘江进发，再由杭州内河通到苏州；旱路是由义乌经诸暨到萧山县，渡钱塘江入杭城。邱、胜二人为专程晋谒，没打算在路上察访，又贪图水路舒适快速，所以打算走富春江这条道。

那日他们过了金华府城，进入兰溪县境。兰溪为金华府城第一大县，倒也富贾辐辏，热闹非常。二人到了兰溪，落店后当即招呼柜房，明日要一只中号篷船，自备伙食，去往杭州省城。柜上答应，自去备办不提。

这里邱、胜二人共住一间客房，要了些酒菜，又买了一斤煮熟的金华火腿，这是兰溪著名土产。二人便对饮起来，一时又谈到飞天神龙失踪一事。胜超是一个豪迈不拘的人物，三杯酒入了肚，不由勾起一腔牢骚，一举起他那只仅存的右臂，在桌面上轰的一声拍了一下，口内嚷道："你我弟兄闯荡江湖几十年，从来不曾做过鬼鬼祟祟的事儿。大丈夫既有一身本领，什么事都应光明正大，千万不可效法鼠窃狗盗之行，枉负了一副好身手。便如师兄对我说前二年在木城关被盗之事，当时分明使的是江湖上最要不得的五鼓鸡鸣返魂香，才将师兄的货物盗走。试想，如果来人是一个人物，何至于使这种人所不屑的东西来取胜呢？"

邱乙揆是当初身临其境的人，又十分佩服那一位留字送信、署名"静"字的老前辈，而且性情也比胜超沉静多智，所以当时听胜超一嚷，虽说是在自己屋里，究竟客店中鱼龙混杂，焉见得不是隔垣有耳，庶几有人？因此默然不答，端起一杯酒来，一仰脖子，喝了个干杯，正想将杯儿向胜超面前一照，偶一抬头，见自己房内北窗外，似有一个人影儿一晃。邱乙揆心中虽知道旅店中客人甚多，不甚介意，但似乎又想到屋子是坐北朝南的，南窗外正是院落，往来的客人伙计正多，并不足奇，这北窗外是在屋子后面，莫非屋后面还有后院和客房吗？

邱乙揆为人精细，想到立即站起，假作观看景物，向北窗外面望去，才知这是一所最后的屋子，屋后虽还有余地，却是一座空院，连一间房屋也没有，空荡荡的，长了满院乱草，后面一带七八尺高的土墙，已是十分剥落。邱乙揆向空院中留神细看，竟连一个人影儿也不见，心下便有几分嘀咕，一眼见胜超面上红红的，大约酒已饮到了六七分醉，还是肆无忌惮，发挥他的宏论。

邱乙揆正想打断他的话头，他的话锋忽又转到了那位好意调停、署名“静”字的老前辈身上，接着唉了声道：“师兄，我虽不曾见过那位老前辈，但是我对她的举动，也有个批评。她替你们在中间调停，果是番好意，毕竟应该露出本来面目，不应该这样藏头露尾，终究算不得光明磊落。她还说和师叔祖有交情，我看未必。不是你问过师叔祖，师叔祖不愿意提起她吗？我想此人大概也不是一个端人哩。”

邱乙揆自从方才发现北窗人影以后，心里早就怀疑，此刻听胜超的酒话越来越多，心里越发不安，忙打岔道：“胜老弟不必发牢骚了，我们明天还要赶路，今天少饮一盏吧。”说完，连连向他使了几个眼色。

偏偏胜超多喝了两盅，越发意兴勃勃，听邱乙揆拦住他的话头，竟把醉眼一瞪，说道：“怎么样？你嫌我说得不对吗？”

邱乙揆瞧了好笑，忙敷衍他道：“哪里的话，实情既要赶路，还是少喝一杯，我们用饭吧。”说完了，也不再等胜超答话，便一迭连声催着店伙装饭来。

胜超觉得话不投机，也就低头吃饭，闷闷的不再开口，邱乙揆看了好笑。

二人饭罢，伙计沏上茶来，又喝了一壶清茶。胜超酒足饭饱，倚在床上，不一时竟已呼呼睡去。

县衙前送来谯楼二鼓，小城中市面收得比较早，这般时候，早已全院都黑，偶然有几个迟睡的客房内，还有些灯光。邱乙揆见胜超兀自鼾呼未醒，也不去唤他，自己向周围的门窗板壁上查看了一回，又借着小便，溜到后院，黑暗中看了看，觉得全店静悄悄的，一无异状，也就放了胆子，回房睡觉。

再说胜超酒足饭饱，自然格外睡得好觉。睡到半夜，正在香梦沉酣之际，忽觉自己仿佛坐着摇篮一般，整个身躯直在空中晃荡。起先倒晃得很有味儿，时候一久，觉得晃得头晕眼花，有些不大得劲，嘴里直喊着别摇啦，别摇啦，可是身不由己地越摇越凶起来，恍惚中一睁眼，才知道正在做梦，不由得好笑。

谁知道梦是醒了，自己睡的那张床，竟还在摇摇晃晃，这一下真将个独臂金刚诧异得什么似的。忽然，他心中起了一个警觉，立即将身从床上跃起，要想下床看个究竟，哪知一经跃起，方才摇摇晃晃的那张床，立刻稳如泰山，因在临睡前早已熄灯灭火，乍一醒转，只觉满屋漆黑。他满想看一看到底怎会如此摇动，却是一点也看不出。

他正自焦怒，打算从床头打亮火石，先看个明白，还未及动手，忽觉窗前有一阵凉风直透进来，心想，方才临睡时明明见邱师兄关窗的，怎的此刻会有凉风吹入？一念未已，又闻窗下似乎哧的一声冷笑。胜超毕竟是一个好武艺的人，当此疑神疑鬼的当儿，既听到这一笑声，便猜到屋里已有人进来，更不怠慢，立刻一回手，从枕下抽出他纵横半世的那根鹿角银棱豹尾鞭，直向冷风来处扑了过去，哪知扑到窗前，用手一探，虽然窗户半开，却连一个人影儿也没有。

胜超早又纵身跳出窗外。这扇窗也就是方才邱乙揆见到人影一晃的那扇北窗。胜超刚刚跳出了窗外，一抬头便见一颗似灯非灯、似星非星的火光正在前面二丈多距离的地上滚来滚去。胜超心中纳闷，也不管这是什么东西，一紧步下，就追了下去。那里本是一座空园，前文已经表过，胜超直着眼追去，偏偏那一点火光，非常灵快，胜超老赶它不上，一晃眼已到墙边，只见火光向墙头上腾起，立即飞出了墙去。

胜超大为奇怪，一跺脚追到墙下，正也要向墙上纵去，不知怎的，两脚刚刚离地，仿佛被人在脚踝上用力蹬了一下，出其不意，脚上一不带劲，差点没有摔倒，幸是自己功夫深湛，足下有根，立即稳住身躯，两足一摔，重又纵落在地上。他心中大为奇怪，向四面望了望，除去空园中一片荒草以外，更无他物，益发觉得今晚上的事儿有些奇异，本待追出墙去，这一耽搁，火光早就不见。自己想了想，没有办法，又想到方才匆忙离房，还没知会邱乙揆，不如先回去和他讨论一下再说，想着仍又走回北窗下，跳入房内，放下单鞭，摸出火石，打着了火，将灯点上，然后擎着灯想对邱乙揆去诉说方才的奇异，不料走到床边一看，邱乙揆床上空空如也，只剩了一堆衾枕，并无人影，又看衾枕凌乱，似乎是睡下后又起来似的。

胜超一手持灯，立在床前，不由看得发呆。心想自己出窗之时，不知邱师兄是否已经离室他去，还是自己出房之后，为追踪自己才又出去的呢？他料想是自己出窗之时，有了声息，将他惊醒，才又跟了出去，但自己并未离去这座空园，且已走回房来，师兄也该回房才对；怎的我已回房老半天了，他还不曾回来呢？胜超越想越怪，呆头呆脑地对着那张床傻看，不知怎样才好。

忽听见身后又是哧地笑了一声，胜超大惊，立即一个大翻身，转过脸来。他原想看看谁躲着发笑，不想转得太快，用力太猛，迎着风，一下就将手中灯火弄熄，要看也看不清了。当时就急得他大声咆哮起来，哪知在他咆哮声中，那笑声越发清晰，听去就在窗前左右，但胜超一点也看不出是谁在作弄自己，越发火上加油，登时开口大骂道："什么活鬼，见不了人面，偏来寻你胜爷爷的开心！是好的，赶紧滚出来比画几手，才算有种！这样躲躲藏藏算什么东西，再不滚出来，我就不客气了，连你们的祖宗八代也要骂上了！"

一句话不曾说完，忽见眼前一亮，接着噗的一声，自己脸上就中了一下，觉得又凉又湿，打在脸上，冷冰冰地顺着下巴颏儿直往脖颈子上流下去，忙不迭向后一退步，用手去擦摸，又是吧唧一声响，早已掉在地上，原来是一大块冰雪，还带些儿烂泥。这一下，气得胜超暴跳如雷，立刻开口大骂。谁知骂了半天，一些反响也没有，自己心里也着实嘀咕，知道今晚上必有能人前来与自己作对，只是想不出是怎么一个来由，又不见邱乙揆的踪影，心里越发怀疑。他也是一个久经大敌的能手，今晚这一个遭遇，虽不至于害怕，却也觉得十分奇怪，一面心里琢磨，一面慢慢地回到床边，嘴里还是骂骂咧咧地咕哝个不住，人却往床边上坐将下去。

不料刚刚坐下，只觉屁股底下一晃动，因是出其不意，屁股早就坐下，立觉从短裆里冒进一阵凉气，屁股上早已湿透，真将个杀人不眨眼的胜超吓得跳了起来，这一起身，便听呼噜一声响，随即听到流水之声，原来，不知何人竟在床沿上摆了满满的一盆水，胜超一屁股正坐在水盆里，腿底下一软，心里一唬，站了起来，水盆也早已侧翻在床上，立刻从床沿上顺了床脚滴滴答答地正流水呢。

胜超恨极，正要祖宗三代地痛骂，立见一人影儿向窗口跳出去，望去身形矮小，活像是个孩子，哪里还容他逃走，立即一声断喝，提着单鞭也向窗外追了出去。偏偏那人影身法飞快，胜超才跳出窗外，那个影子早已跑到后院，似乎向墙角边一隐，立时不见。胜超追到墙下，四面一看，不见人影，盛怒之下，立即飞身过墙，才一过墙，似乎见那人影就在前面胡同口，口里一声吆喝，向胡同口赶去。

正举步间，忽听邱乙揆正叫唤自己，回头一看，原来邱乙揆在四五十步以外的地方，正向自己这边走来。胜超这一喜，也顾不得再追人影儿，忙迎着邱乙揆问道："师兄半夜三更，你上哪里去了？"

邱乙揆伸手拉住胜超那只臂膀，低声答道："咱们回屋里说去。"边说边拉着他走到墙下，二人一同跳进墙内。

邱乙揆忍不住问道："师弟，你手持兵刃，在追赶谁呢？莫非有人找到门上来吗？"

胜超闻言，"唉"了一声，直摇头不说话。邱乙揆见他神色十分愤怒，却又带着些颓丧，正测不透何意，二人已到北窗外面，悄悄地一齐跳进房内。邱乙揆打明火石，点上油灯，还不及讲话，一眼就看见胜超床上的被褥，汪起了一泓浊水，地上也湿了一大摊，忙问这是怎么一回事。

胜超又"唉"了一声，锁着眉头说道："别提了，先听听您的，您好端端地在屋里睡觉，怎么会从外面望回里跑呢？"

邱乙揆向胜超一摆手，悄悄地说出下面一番经过来。

第三回　炼魂谷的银光

当天晚饭后，邱、胜二人各自上床安寝。胜超多喝了几盅，一倒头早已呼呼睡去，邱乙揆一则心念飞天神龙，二则惦记着方才北窗外面那个人影究竟是何人物？究是好意还是恶意？心里一有事，一时自然睡不着，自己极力镇定，才渐渐安帖，闭上了眼强自安静。

过了些时，正有些迷迷糊糊、似睡非睡的当儿，邱乙揆忽觉床前蚊帐微一闪动，立即睁眼看去，恰好床头地上蹲着一个身形瘦小的人影。邱乙揆的身法何等灵快，早从床上跃起，就在此转眼之间，那人影并不后缩，却低低地向自己说了一句："我师父请您去，快随我来吧。"话刚说完，早自床前跃向窗口，真像一道烟似的飞出窗去。

邱乙揆听得清楚，又见来影破窗而出，也立刻跟着飞出，追踪而去，越过后面空园，一前一后，像流星似的又飞出墙去，到了墙外，前面影子跑得真快，眨眨眼早已越过几条僻静街道，向一条沿河的树林内钻了进去。邱乙揆也跟着他，跳进林子里一看，见百余步外，星光下有一座小庙，那黑影却已不知去向，心中估量他跳进庙内，也未可知，跑到庙前一看，双扉紧闭，用手推了推，却是从内闩着没法开门，正想越墙而入，忽听庙后转角处一声咳嗽，又转出一个人影，向着邱乙揆这边走来。

邱乙揆一看，来者是一位老尼，身临切近，见老尼白发童颜，慈眉善目，满嘴牙齿似已全落，抿着一张口，向自己笑嘻嘻的。邱乙揆乍一见面，还以为庙内老尼不过是适逢其会地在此时走出来，又看她身上穿一件茶青色的海青，外罩一件玄色长坎肩，腰间系一条米黄色丝绸，右手握一柄拂尘，慢吞吞地走到面前，才缓缓说道："来的敢是邱壮士？"

邱乙揆见她称呼自己，才知这老尼便是为自己而来，忙站着躬身道："不敢，请教老师太的法号？"

老尼微微一笑，说道："贫尼那年曾到南平造府报信，想必壮士总还记得吧？"

邱乙揆一闻此言，才知她就是当年半夜留书，署名"静"字的那位老前辈，忙不迭连声应诺道："原来是老前辈！弟子久仰清辉，无缘拜识，今日真是侥幸。"说完重又见礼。

老尼微笑道："我与令师叔祖云溪上人，虽是多年未见，却因师门的渊源，当时互相关顾，便是前次那事，也是为此。"

邱乙揆闻言，正要申谢，老尼似乎已知道，忙拦住道："现在不是谈闲话的时候，今晚有屈壮士到此，就因为了武当掌门人令师兄志道恒的那一回事。"

邱乙揆听到老尼姑忽然提到飞天神龙，登时心内大喜，忙问道："志师兄与弟子约定在浙江义乌胜家坞会面，不料至今二十余日，志师兄既未到胜家坞去，也不曾与弟子见面。弟子一时竟无处去探问他的下落，万般无奈，这才约了师弟胜超，意愿同往嵩山叩求师叔祖指示，万一志师兄遇了意外，也好设法营救。既是老前辈就为此事而来，想必知道志师兄的下落，万求指示地点。弟子纵拼万死，也要和他见上一面。"

老尼闭了眼，静静地听邱乙揆说完了一席话，猛一睁眼，两道精光从她那一对老眼中直射出来，真如两点春星似的耀人眼目。邱乙揆懂得这是内功深湛到了绝顶地步的人，才能由双目中透露出如此精力弥满的神光来，不由肃然起敬。可是只一刹那间，老尼双目早又半开半闭地睁着，依旧光芒尽敛，向自己说道："令师兄志道恒因迷道误入深坑，夜留三官殿，被崆峒派大力黄能踩下眼线，当夜即被敌围攻，中了'一点红毒弩'，并劫往炼魂谷底，要报昔日之仇。幸是先已被白衣秀士孔老前辈得知，知是老友云溪上人的门下，又嫌胡剑秋敢在他的近旁胡作非为，立时伸了手，救出令师兄。如今令师兄虽已脱离敌人之手，不过中毒甚深，正在休养，但可虑者，是大力黄能不但武艺惊人，而且门徒甚众，到处皆是，只要他号令一经传出，说不定在什么地方都会被他们所害，就是二位到此，大力黄能也未见得不有所闻，以后还要格外留意才好。尤其你那同伴姓胜的性情浮躁，出言不慎，武家大忌，要劝他多加小心，免给仇家所乘。”

邱乙揆闻言，知道今晚胜超发牢骚的那些话，已被老尼听去，心中甚是惶恐，忙替他谢罪，又问志道恒现在何处，以便即往寻找。

谁知老尼闻言，略一沉吟，便正色道：“并非贫尼不肯奉告，因白衣秀士心性乖僻，令师兄在他荫庇之下，他是否愿意生人前去打搅，实不敢说，所以暂时不便奉告。好在如果白衣秀士愿意你们前去，前途定会接应你们，不然，你就问明了地点，去了也找不到的。”

邱乙揆还想恳求指示，老尼似乎有嫌烦的样子，立即答道：“今夕之事，都已奉告，言尽于此，后会有期，请吧。”说罢一伸手，似乎叫邱乙揆乘早转身回去。邱乙揆无奈，只得拜谢了老尼的指点，转身向去路上走回，走到转角上，再回过脸向身后看去，庙门前早已人影都无。

邱乙揆虽然没问出飞天神龙的所在，却知他已离危地，这还算是不幸中的大幸，又想那位白衣秀士，不知又是何人？正自边想边走，一抬头看见胜超独手提鞭，站在当道，东张西望，这才上前喊了他，同回店中，说明了路遇老尼之事。胜超听了个大概，也将自己在房中被人戏弄之事说了一遍，口里还是一个劲地骂骂咧咧。

邱乙揆将前后事一想，知道那个戏耍胜超的人定是老尼的徒儿，也就是来领自己去见老尼的那一个人。看他那种身法，自己和胜超都是望尘莫及，不由生了畏心。胜超追赶的那一点火光，也许就是江湖上使的鬼火，可笑胜超盛怒之下，竟会想不到，此时也不便说破，免他惭愧，便力劝胜超道：“你我闯荡江湖，虽有几十年的经验，但是能人甚多，便是志大师兄那样有超人本领，尚且两次被困，如不遇救，正是不堪设想，师弟此后千万随处留心，不可大意。”

胜超本也不是庸手，不过生性豪迈粗鲁，不大思前想后，昨晚又多喝了酒，才随口发了几句牢骚，不想竟吃了些说不出的苦来，心中自也震惊，便点头称是。二人本待稍憩，一来离着天亮不远，二来胜超床上被褥已被水浸湿，没法再睡，邱乙揆便陪他坐下谈心，现在既已知道飞天神龙的下落，是否要前往嵩山，还是回到义乌静候飞天神龙伤愈自来。

这时，胜超忽然说道：“方才师兄不是说那老尼姑曾有‘白衣秀士如愿你们前去，前途定会接应’的一句吗?”

邱乙揆道：“不错。”

胜超道：“她既有此言，可见我们还是前进的是。”

邱乙揆道：“话是不错，但志师兄如今究在何处养伤？我们向哪条路去才对呢?”

胜超又道：“老尼不是说‘志师兄误入深坑’，又说‘白衣秀士却嫌大力黄能敢在他的近旁胡作非为’那些话吗？想必那个白衣秀士一定住在深坑附近，他既将志师兄救出，我们正好先找白衣秀士的住处，自然就能找着志师兄了。”

一句话提醒了邱乙揆，到了次日，二人便改变途程，将从兰溪向北去杭州府的水程，改了向南去衢州府的水程，穿过龙游、江山一带，再奔回仙霞岭。

深坑在仙霞岭的二十八都之南，木城关与南湾之北，已入闽省境内，紧邻着浙江处州府的白岩山、泉山、孝义山一带山脉，重峦叠嶂，气候阴森，林木蓊翳，泉流湍激，于旷寂之中，还带些萧森肃杀之气。白衣秀士性喜岑寂，越是人迹不到，或是毒蛇猛兽出没之地，他却越爱在那些地方结茅寂居。深坑地方本是重山叠水，并非穷山恶水，偏因人迹难到，日久便为大部兽类所据。深坑虽处万山之中，却有一股泉水，那是一脉非常难能可贵的名泉。那脉泉源并非来自一处，它是从处州龙泉县东面的大溪、北面的贵溪和西面的锦川，三路水环绕龙泉以后，西出泉山，才迤逦注入深坑，土名曰独水。后人因那地方荒僻人稀，又多蛇兽，就读别了，呼为“毒水”，所以深坑、毒水，正是这一带的一个险恶所在。

偏偏这位白衣秀士，别具嗜痂之癖，移居在此深坑、毒水之间。他居于此，并非仅仅喜爱山水，却自有他一种用意，因他近正淬炼一口宝剑，素知独水乃汇合金沙、银沙、铁沙三种流泉而成，用以铸剑，实为可遇而不可求之物，所以白衣秀士悄悄地到了深坑内双木岚的地方，本想自结茅屋，后因缺乏材料，筑成太也费事，而且坑里古有一座三官庙，近虽殿宇倒塌，后院却还有一间完整的屋子，尚能居住，他就因陋就简地在那庙内住了下来。

好在白衣秀士除却随身衣服而外，只有秃笔一支、书籍数卷，另外还有五寸来长、二寸来宽的皮盒子一只，外罩蓝布套子，此外更无别物，虽居深山，亦不惧盗窃。他移居深坑双木岚以后，每日黎明寅初二刻之时，必到山后独水泉深处汲取新泉一桶，这桶泉水就是当作淬砺剑锋之用。他铸剑之处，又在双木岚左方一石洞内，洞口有大石叠砌，除非白衣秀士，别人无法将大石移开，所以洞内无法进入。

白衣秀士在此借山铸剑，已将数月。有一夜，月色通明，照得满山雪亮。白衣秀士东向盘膝，静坐在一座危崖壁间，正自面对月光，双目微睁，两唇半启，自丹田中行使吐纳之法。此时万山寂静，又兼心中一片空明，自然格外清静。静到极处，便有一丝风息，也都能听得甚真。此时，忽从岩下送上一阵轻微的语声来。白衣秀士起初并不在意，不过觉得自到深坑数月，连白天都从未见过一人，何况深夜之间，何来语声？正在心中略一动念，似觉语声渐近崖下，也是合当有事，白衣秀士素不爱管闲事，偏那天偶然动念，就侧耳听他讲些什么。

只听一人说道：“我已得到了确信，今晚上在浦城过宿，明天一早就从浦峰溪向这里来，到时再派人跟着，看他还是奔二十八都那一路，还是奔这条路上来。如能奔这条路来，那是天从人愿，我们要省事得多，因为二十八都多少还有些人家。”

接着又听另一人答道："既是这样，我今晚就得给师父送信去，也叫他们好有个准备。因为照你所讲，他走哪条道还不一定，必须两边守着才好，听说这个小子还真不好对付呢。"

前一人闻言笑道："敢情人家是什么人物，要是好对付，也当不了武当派的掌门人啊。"

白衣秀士听闻其言，已猜到必是对付人的秘事，及至听到最后一刻，不由心中一惊，知道近年武当掌门人乃云溪的徒孙，自己虽不曾见过，倒是深知此人是当年萍江一鹤志清照之侄，名字却已忘了，似乎还记得江湖上都称他飞天神龙，并且此人武功独到，人品端正，究与何人结仇？这二人又是奉谁的差遣呢？

想到这里，倒要看看这两个鬼祟人物。但二人藏身的岩洞，正在白衣秀士所坐崖壁之下。这两个地方一上一下，乃是一条直线，又有七八丈高低的距离，在平常人自然没法去看。白衣秀士却从身边摸出一面圆镜，将此镜一分，仿佛盒子一样，一端已开启，另一端却有个盒盖儿相连，顿时就成了一面一来一往的两照镜，镜旁还有一个对尺度的螺丝。白衣秀士一面将镜子对着前面照去，一面用手指捻动螺丝；然后运用二目神光，向映在自己目前那面镜里去观察二人面貌。

要知深夜之间，难有月光，距离在数丈之外，光线焉能清晰？全仗白衣秀士内功精到极点，所以视觉与常人不同。他一经运用目力，不但深夜间能辨别五色，就是在黑暗中寻找针线般的细物，也不是难事。此刻一经从镜中看见二人的形貌，早就看出是两个不安分的人。二人各穿一身黑色夜行衣裤，背后各插一柄单刀，身材高大，面貌凶恶，并坐在一棵大树之下，听口音像似陕甘一带人物。白衣秀士心中又是一动，他们既能与武当掌门人结下深仇，绝不是一般江湖人物。又听二人的语音，分明是从西北而来，莫非竟是崆峒派的余孽吗？自己只知崆峒能手，目前尚有大力黄能胡剑秋，不知二人所说师父，又是何人？不言白衣秀士独自悬揣，二人早又站起身来，相约由其中一人派人踩跟，随时通讯，另一人回去报告。言罢，一同出了山口。

次日薄暮，白衣秀士隐身在三岔道口，果见一个单身汉子背了行囊，提了宝剑，缓缓行来。他走到三岔路口，略一观望，竟向深坑行来。白衣秀士料他必是飞天神龙，正要悄悄随他进坑，忽见离那汉子百余步远的一座浅坡上，鹤行鹭伏地走过一个短衣人来。他并不去盯住飞天神龙，却远远地从另一条山脊上爬过岭去，白衣秀士知道那条岭虽无道路，却与去深坑的那条道是并列着的，此人必是先由小路抄过飞天神龙前面，以便报告同党。

白衣秀士一心要见识见识飞天神龙的武功，此时先不伸手，准备静以观变，直到飞天神龙进了三官庙，已经身入樊笼，白衣秀士也发现，果是崆峒派大力黄能门下诸强所做。这些人纷纷埋伏在三官庙的附近、四周，准备到时围攻。白衣秀士独踞在昨夜坐的那所危崖上，那地方太高太险，别人也攀不上去，所以他居高临下，这些人的动作都被他一览无遗。

白衣秀士向三官庙左右数了一数，觉得崆峒派来的人竟有十五六名之多，对这种以众凌寡的作风，心中大是愤怒，立即匆匆写了一张字条，乘着飞天神龙在后院窥探自己住的那间屋子之时，悄悄飞入前殿，将字条压在他干粮口袋之下，然后隐身退去。直到飞天神龙腿中毒弩被擒以后，众人将他押解入谷。这一座荒秃的谷，就是“炼魂谷”。

在若干年前，炼魂谷原被一伙强盗所踞。因它的地势如此曲折隐蔽，外人不易发现，所以在此很做了些罪恶之事。便这“炼魂谷”三字，也是因盗贼盘踞时，不少行旅受害，就连左近的鸟兽生物，也都受尽这一班恶魔的残杀，一班人形容那地方凶恶，就如同炼魂的地狱那样悲惨黑暗，所以叫作“炼魂谷”。如今，崆峒派门徒日广，因他门下爱好仇杀，行为残忍，上辈又多护短自私，纵容门下，无恶不作，崆峒派一面虽为各正派所不满，一面却门墙愈加混杂，一班江湖巨盗与其他邪僻之徒，也都请列门墙，以求庇护。大力黄能又是一个自私阴险的人物，也知自从悟真老禅师圆寂以后，各方对崆峒派诸多不满，树敌渐多，越想广收门徒，多树羽翼，以多为胜，来抵抗各派。因此，不用说他自己的徒弟收了不少门徒，就是那些徒子徒孙，也都各自广招匪类，什么不良分子，都被包罗万象，还自诩崆峒派势力大增呢。

此时，更有几个以前在炼魂谷的分子，投身崆峒门下，便将这块秘密的罪恶之地，贡献给了大力黄能师徒。大力黄能派赵甲叟等人查勘过谷中形势，认为是个万全之地，只是太嫌穷僻，平时当然用它不着。大力黄能就派了两个生长闽浙边境的门徒，常在谷内往来看守，遇有用着这块地方时，再来利用。

偏偏这次大力黄能听说飞天神龙从此经过，立即派了十余名徒子徒孙，先往谷中布置，一面又由赵甲叟在各人的徒弟中选出几名能手，埋伏在深坑三官庙内外，到时和飞天神龙动手，大力黄能却命了赵甲叟等藏在离庙较远的山口上，四下分散，为的先不跟飞天神龙照面，免得被他看破是哪路仇家。等到一经动手，他便带了几名徒子徒孙，先退入炼魂谷中，静候擒住飞天神龙，送来炼魂谷处死。所以在三官庙和飞天神龙交手的那几个人，除了使虎头钩的贼人乃大力黄能关门徒弟神钩吕冲霄外，其余四人都是大力黄能的徒孙，后文自有交代。

飞天神龙一钩镰枪打倒三个敌人，飞身出殿之时，却是红孩儿马癸伍事先隐身殿脊上观战，他一见飞天神龙击倒三人，已经突围而出，立即一抖手，从暗处发出他的乾坤弩，不过这种弩箭分有毒、无毒、最毒三种，有毒的只要不过七天，还能解救；唯有最毒的名为“一点红”，只要一经见血，毒素立即传播全身，故曰“一点红”。这毒除了发毒弩人自配解药以外，极难医治，而且行毒极速，中箭一昼夜后即无药可救。飞天神龙虽是武功绝顶，万不料在殿外还有暗算，又是从后发来，又在下三路，听觉上也打了对折，所以一箭中腿肚子上，虽非要害，却因太毒，所以一经入内，立刻昏迷倒地，于是，他们就容容易易地将一个武当掌门人擒住。

白衣秀士对于他们这些诡计，本未注意，只觉得多人围攻一人，有背江湖规矩，局外人暗放冷箭，尤为不齿。他顿时心中一怒，就想出手，又一想，现在先要看看他们将飞天神龙如何处置，倒不忙现在教训他们，一念之下，重又隐身石崖，作壁上观。

果然，飞天神龙倒地之后，立刻由庙内庙外，山前山后，纷纷跳出十几名大汉，一个个手执兵刃，一阵嘈杂，便将飞天神龙捆扎停当，由两个壮汉用一根木棍，将飞天神龙抬在肩上，一行人前呼后拥地直奔后山而去。白衣秀士见此情形，便猜到他们准又是奔炼魂谷的，也就从崖间飘身而下，悄悄地随在这班人的后面，跟定他们迤逦北行，走入谷底。谷内并无草木，白衣秀士隐身在一堆叠成的石塔后面，目睹这些人将飞天神龙抬到谷的西北面，在一座倚崖的小洞门首放下，这些人只有一人钻进小洞去，余人都在洞外守候。一会儿，由洞内先钻出方才进去的那人，随后就有一个中等身材、便装打扮的削面老人走了出来。此人之后，又一连跟出五名大汉，分两边站在此人身后。众人见了此人，也都呐喊一声，一齐躬身肃立。白衣秀士心想，此人这等势派，莫非便是大力黄能胡剑秋吗？

白衣秀士正在揣测，只见此人走到飞天神龙跟前看了一看，面上立时露出阴险得意的笑容，他回过脸来，似在吩咐左右站着的人，那边距离白衣秀士藏身处约有数十步远近，除了大声讲话，便听不见说些什么，看意思必是处置俘虏的办法。白衣秀士别的倒不在心上，只注意飞天神龙腿上的伤痕。据他的眼力看去，就凭飞天神龙的武功，如中了平常的暗器，断不至如此昏迷，任人摆布，这定是一种喂毒的暗器，可惜自己不曾近身，没法看出，但既是喂毒暗器，必须赶早救治，否则过了时间，怕要难办。白衣秀士一面心内暗想营救飞天神龙的方法，一面注意那些人的举动，见此人用手向身后那五个大汉指指点点，似在吩咐什么，五个大汉点头答应，立即向前一挥手，命人将飞天神龙抬进洞内。余人都渐渐四散，只有此人和那五个大汉，另外有一个老者带着一个妇人和一个小孩似的男子，一同走进洞内去了。

白衣秀士瞧了个够，见众寇已散，自己究应如何下手，略一沉吟，立时有了主意。他一看四面无人，便从藏身处轻身提纵出去，先纵到另一座石礅后面，然后又这样连纵了两三次，那地方已离洞口甚远，这才自身旁取出一个蓝布包的皮夹，揭开皮夹，立从里面射出一道银光来。白衣秀士将它托在右掌，凝神吐气，运用玄功，提气向上一拔，两足平地一蹬，立时身剑合一。皮夹内四寸来长的一柄小剑，早就腾空而去，同时白衣秀士全身也早随剑而起，又急又快，但见银光一闪，人已离谷底，向南面崖上飞去，又是几度纵身，早已到了三官庙后。

要问白衣秀士变的什么戏法儿，竟能腾空而飞呢？这却并非戏法，实是剑客们身剑合一、御气凌空的功行，再加上一路又远又快的飞跃，同时并奏，所以能连接不断，飞行到很远和很高的地方。此类纵跳的功夫，自与武术家的轻身术又不相同。从来小说家描写剑仙剑客，不是白光一道，便是青光一闪，其人早已到达千里之外，美其名曰“遁光”。这可真是齐东野语，因为这是一种不可能的事，也就近于神话了。

此时，白衣秀士凭剑御气，到了三官庙后，悄悄地先集了一束干柴枯草，然后回到庙内后院，在自己屋内，找出一包硫磺粉子，揣在身上，又取了个火种，到外面提了那束枯柴，重又御剑飞行，回到炼魂谷四周危崖上，一看谷底仍是静悄悄不见一人。此时天色将近黎明，崖上依稀已露晓色，谷底却仍黑暗，当人在数十步外，还一些也看不明白。

白衣秀士蹑足走到石洞对面的危崖上，拣了一个适当所在，先将身上硫磺粉子取出，撒在那一带的岩石上，然后将一束枯柴散放在石上，用火种将枯柴点着了，立即飞身跃到谷底洞旁石后，将身隐住。洞门内本有一人守着，此时忽听对山似有“呼呼”之声，猛一抬头，见山崖上正冒火焰，他立即喊了起来，便惊动了洞内之人，众人一齐跑出洞外观看。

原来洞内之人，正是大力黄能胡剑秋和他的一群门徒。门徒十人中除了罗丙南与戊空一死一残外，其余八人都随了胡剑秋齐在洞内，想法摆布飞天神龙。本来中了一点红毒弩之人，自中伤直到咽气，始终是昏迷不醒的，如一整夜不加解救，便昏迷到十二个时辰上立即死去。但大力黄能等为要使飞天神龙知道自身被擒，而且还想加以羞辱，然后再活祭罗丙南之灵，所以不能让他昏迷不醒，自将飞天神龙抬进洞内以后，立由红孩儿马癸伍身边取出解药，使他苏醒。

可是这一点红的作用非常难受，倒不如任他昏迷，如果一经醒转，别看那一点伤口，毒入血内，能使你浑身如针扎一般的痛苦，所以飞天神龙一经醒转，只疼得他冷汗直流，饶你是那样深的武功，也熬不住药力的折磨。飞天神龙睁眼一看，果然面前站着的还是大力黄能等一班师徒，心中方才了然，仍是中了他们的圈套。他此刻虽已痛苦万分，究竟是一个铁铮铮的汉子，咬紧牙关，一声不哼。

大力黄能走到他面前，一声冷笑说道："姓志的，今日被擒，还有何说?"

飞天神龙连正眼都不去瞧他，只是闭目而卧，一语不发。

大力黄能见他那种傲然不屑的神情，心中大怒，正暗自打算，想使些让他活受罪的招儿出来，忽听洞门口一声火起，未免一惊，不由得丢了飞天神龙，向洞外走出。这里众门徒也自奇怪，当然都跟了出来。大力黄能一看对面崖顶上，火势熊熊，十分猛烈，附近虽无树木，但那些岩石都是石灰质地，硫磺在上面着起火来，岩石粉也自燃烧甚烈，在黑夜间望着红火，自然是满山一片火光，好不威猛。大力黄能也是忙中有失，当时鬼精灵似的一念想到，此山素无人居，又无树木，怎会好端端着起火来，分明有人放火。他一来深怕自己一行人深居谷底，上面岩石着火，万一火势蔓延，燃烧大发了，向下面崩塌下来，岂不要葬身火山之内？二来算准是放火，倒要看看什么人有如此大胆。

他念头起处，立即向旁边的徒弟们叫了声："徒儿，准是有人放火，洞内且留二人看守，余人随我到上面拿贼。"

一句话出口，这些门徒，自恃武艺不错，也想拿住放火敌人，好与飞天神龙一齐结果，何况自己这里人多势众，又有师父在场，就是天塌下来也接得住，还怕什么？立即异口同声应了一声。匆促间，只让常胜将军黄壬翁和红孩儿马癸伍二人看守飞天神龙，其余师徒七人均纷纷跑出洞外。

大力黄能立即分派众人分三面上山，不可一路，自己独向迎面一路，飞身上崖。要知谷中四面，俱是无藤无木、光滑滑的一片立壁，一时不易爬上，还仗着众人功夫了得，才纷纷地连蹿带扳，手足并用，只从比较低处上去，竟将七八丈高的危崖爬尽，立登崖顶。师徒几人四面一看，见火势并不如方才从下向上看的那么猛恶，且因崖上林木也不甚密，火势不但无法蔓延，且已渐渐熄灭。大力黄能和赵甲叟师徒毕竟老奸巨猾，见此情形，立即悟到正是敌人调虎离山之计，口说一声“不好!”接着同赵甲叟对看了一眼。

赵甲叟忙对其余的师兄弟说道：“众位师弟，火势并无大碍，我们还是赶紧回洞，别忘了那个仇人。”

一句话说完了，师徒们早又匆匆跳下谷来，一齐向石洞奔回。此时，其余诸人悉听胡、赵两人的指示，他们尚未觉得火势起得蹊跷，唯有胡剑秋、赵甲叟二人心中十分怙惙，但又仗着曾留红孩儿和常胜将军在洞内，飞天神龙又已伤重不能行动，大概不至逃走。大力黄能心中正在一面自己安慰自己，一面急匆匆回洞，朦胧晓色中，猛见洞口外三五步的地上，躺着一个人。胡剑秋一眼望见，不由大吃一惊，也顾不得再看地下躺着何人，立即一个箭步，抢进洞去。他四面一看，哪里还有飞天神龙的影儿?再一留神，方才飞天神龙躺着的那张榻后地上，还躺了一个人，竟是常胜将军黄壬翁。大力黄能立命众人查看他的生死，原来是被人点中哑穴，忙不迭地将他解救过来。他后面跟着的水上飘风章乙山和神拳将王丁木二人，却将洞外躺着的那个人也抬了进来。大力黄能一看，正是自己最得意的徒儿红孩儿马癸伍，见他当胸一道伤痕，虽不甚长大，却是深入肺腑，早已气绝身死。诸人都还看不出是被何物所伤，只有大力黄能是识货的，知是中了飞剑。他心下不由十分惊惧，暗说怎会跑出个剑客来了?

在众门徒面前，大力黄能还不肯失了自己威风，故作镇定地叹道：“想不到中了敌人调虎离山之计！仇人逃走，不在话下，反倒伤了两个爱徒，真是哪里说起!”说罢连连顿足，十分颓丧。

他一面命黄壬翁好好休息，一面令众人将红孩儿尸身暂停在石榻之上，天明后再设法运出谷，说不得只好在三官庙上给他棺殓了。

众人见红孩儿死得太惨，俱都咬牙切齿，痛恨飞天神龙，真是仇上加仇。他们一个个都赶过来探问黄壬翁的经过，黄壬翁喘吁吁地长叹了一声，随即将自己被伤与红孩儿被杀的事，说了一个大概。

原来，白衣秀士在对山放火以后，立即隐身在石洞旁边，不多时即见大力黄能和几个大汉一齐四散，纷纷向崖壁上爬去。白衣秀士真是将时间抓得紧紧的，一刻也不肯放松，立即飞跃到洞口，使了个“倦鸟归巢”的招式，侧着身躯跃进洞去，虽不知洞内是否留人看守，可他是何等人物，焉有不加防备之理，所以一面入洞，他就一面施展剑光掩护全身，正如一团银光，直滚进去。

黄壬翁、马癸伍二人见了奇异，尚不及还手，黄壬翁站在前面，早被白衣秀士从剑光中探出半身，平伸二指，向他肋下一点，黄壬翁连个“呀”字都未喊出，早就目瞪口呆，栽倒在地。红孩儿见银光近处，黄壬翁倒地，他虽不曾看清是怎样栽倒的，但知道不好。红孩儿本领原比一班师兄弟高明，艺高胆大，一时竟不管好歹，立刻向着银光一抖乾坤弩，发出一支喂毒药弩一点红。他以为这么近的射程，还能避得过吗？万不料铮的一声，毒弩被银光弹出老远，接着那团银光并不理睬自己，却直向躺在榻上的仇人飞天神龙身上滚去。红孩儿只觉眼前一亮，说时迟，那时快，银光一闪之际，立刻又向洞口滚去。此时，他回望榻上，早已空空如也，那银光简直将仇人裹走了。红孩儿这一急还当了得，立即大喝一声“哪里走”，飞身扑去。那团银光已滚出洞外，红孩儿哪里肯舍，右手一紧鬼头刀，左手一摆拐子，连人带刀，早扑到银光上面，哪知刀锋尚未触及银光，早从银光里闪出一条白影，直飞前胸，要想躲避，哪里来得及，红孩儿只觉心窝内一凉，立即翻身倒地，连“哎呀”也来不及喊出口，早已中了白衣秀士的飞剑。黄壬翁那时虽看得清楚，却说不出话来。

大力黄能师徒闻悉之后，心中未免惊惧。别人不提，单说大力黄能胡剑秋自己本人，虽是武艺精纯，却万万不是剑客之敌。这又是哪里跑出这样一个人来跟自己捣乱呢？尤其是费尽心力，才好不容易将飞天神龙逮住，如今又给救走，怕的此后即使我不犯人，人将犯我，究应如何对付这个剑客？自己力量不够，必须要找人帮忙。他想来想去，被他想出两条路子：第一条路，先找师叔伏虎真人孙坚，不过孙坚性情虽和乃师悟真禅师不同，但也一样地不肯多管闲事，怕不肯给自己撑腰；第二条路，却太远些，乃是南海艳魔岛大南洲洲主白了翁。此翁因修炼武功，遁迹海南，擅长剑术，门徒甚多。他平时虽然深居简出，但过若干年也要到中原走上一遭。大力黄能与他相识，还在十余年前，由师父悟真禅师带领着，去赴白了翁所邀集的“南天武会”，见过一面。自己颇蒙白了翁青睐，但此后却是久未通讯。此番事急而投，白了翁或能慨助一臂之力，也未可知。大力黄能闷闷地忖度事态，心想近亲不如远邻，如求师叔伏虎真人，十八九要被碰回来，不如亲去艳魔岛叩求白了翁，倒许能有利于己。

主意既定，大力黄能便吩咐赵甲叟等说道：“炼魂谷既被剑客所悉，此乃是非之地，不可久留。我自到南海访友，多则月余，少则兼旬必归。你们赶紧将十徒红孩儿装殓好了，速离此地，回转陕西府候我。暂时毋庸再找仇人，千万记住，不可违背我的嘱咐！”

众徒自是谨遵不悖。大力黄能也不愿目睹红孩儿一棺附身，就立即起程向南海艳魔岛大南洲而去。

大力黄能走后，赵甲叟和众师弟装殓完了红孩儿的尸身，偏偏大家报仇心切，虽不敢不遵大力黄能的吩咐，但是总想凭了自己师兄弟们的能力，先将飞天神龙的去处找着。如能邀天之幸，在师父尚未回来之时，已将飞天神龙杀了，岂非又报了大仇，又显得师兄弟们的能耐！他们想得如意，便在中途决定了暂不回陕，且在仙霞镇上找一客店住了下来，商量打听飞天神龙的下落。

红线娘江己兰心思较细，她开口向众人说道：“我昨晚在三官庙埋伏之时，见庙内屋宇虽已倒塌，独有后院一间配殿，孤零零的尚自完整，而且门上有锁。那时正在黑夜，不知众位师兄弟也看到否?”

众人闻言，有几人说不曾留神，有几人说似乎看见，只当时匆忙中顾不得细看便了。江已兰便接连说道：“既是看见便好。我想门上加锁，定是有人住着。那样荒山野庙，竟敢住在里面，绝非等闲之辈。我看要找仇人，这倒是一条线索。”

赵甲叟闻言，首先赞成道：“毕竟江师妹心细，好在此间离三官庙不远，我们今晚就再回深坑，到三官庙去探看一番。万一飞天神龙就在那里，岂不是唾手而得吗?”

大家本无高明见解，其中即以赵甲叟的老奸巨猾、江已兰的诡谲精明为这些人之冠，此时见二人所言甚为近理，自然随声附和。除了黄壬翁精力尚未复元，仍留在店中外，其余六人，便在当天日晡就奔回深坑三官庙。

赵甲叟等一行人在黄昏时候到达目的地，觉得六人齐入庙内，怕被对方觉察，只由赵甲叟、江已兰二人前往侦探，余人都四散在庙外山野间，以为应援。赵甲叟在前，江已兰在后，一齐进了三官庙前院内。二人侧耳细听，觉得后院寂静无声，就悄悄地掩入前殿，转过神龛，向后院张望，果见西配殿那一间屋内，露出一点灯光。赵甲叟向后面的江已兰一比手势，二人立即跃入后院，在草丛中蛇行而进，到了配殿窗下，赵甲叟在前，矮着半截身体，见纸窗破碎，尽是窟窿，心想这倒方便，不用捅破窗户纸就能望到屋里，他却忘了，留着这许多大小纸窟窿，你能向里偷瞧人家，人家也能向外瞧见你呀。

赵甲叟用单眼凑到窟窿上，见屋里背窗坐着一人，却看不见面貌。那人手内似正拿着一件东西观看，同时却听他自言自语道：“好毒的一点红。”赵甲叟心内立刻一惊，接着又听那人说道：“这样偷偷摸摸，好不难受！既来了，也不好意思不招待一下，叫他们留个纪念吧。”

赵甲叟正听得毛骨悚然，打算后退。哪知一语甫毕，见那人转过脸来，左手略举，哧的一声，立从窗户破纸窟窿内射出一道亮光，向自己头上直照过来，猛觉噗的一下，仿佛头巾上吃了一下重的，立刻头皮一凉，暗叫不好，一面拉了江已兰就向前殿逃来，一面伸手去摸头巾。虽然头巾依然戴着，却已削去半截，再一摸，头顶上毛剌剌的，似已削去了一片头发，心内怀疑方才那道光或许就是飞剑，幸而自己命大，略高了些儿，居然保住了头颅。

此时二人早已逃出庙外，回看身后毫无动静，似乎并未追来。江已兰便悄悄向赵甲叟说道："师兄看见屋里的情形没有？"

赵甲叟答道："只看见坐着一个人，一会儿他就举手放光了，别的什么也不曾看清。"

江已兰道："我倒约略看了看屋内情形，似乎除了那人之外，并无别人，我看仇人并不在此。"

赵甲叟闻言，想了一想，便悄悄对江已兰道："我们先找到几位师弟们再商量吧。"

二人又向坑外走了一段，打量离三官庙已经远了，然后向四面递了一个呼哨，才见章乙山等四人慢慢地走拢过来。六人聚到一处，赵、江二人就将方才所见所遇说了一遍。众人月光下见赵甲叟头巾已碎，顶上辫发正中削去一块，只剩了脑后一根灰白色的小辫子。他头顶上光溜溜的，仿佛成了个秃头，可是四圈余发犹在。最奇是虽被削去顶发，且剃得那么干净，却一些也不曾伤了头皮，真和剑上长着眼睛似的。

众人中以神拳将王丁木性情较为和善，心思也较为缜密。他细细一看，便对大家说道："报仇大事，我们当然不容置诸脑后，但是我看敌人这种剑客，绝非你我武术家所能抵抗。他今晚虽发了一剑，但仅仅削去赵师兄的头发，丝毫不曾伤及头皮，一来足见此人的功力，已到了要如何便如何的境界，你我绝非其敌；二来他尚无杀害之意，不过是给你一个警告，我们还应该量力而行，适可而止。何况师父本不让我们自动寻仇，原命我们回陕，静候他老人家回来，那时自有办法，不知众位以为如何?"

众人中多半是随声附和的，只有赵甲叟自恃武艺比众人高明，又生性险恶，素来睚眦必报。此番夜探三官庙，也是他的主张，偏偏一剑被人削去了头发，他也自知不是人家敌手，心中也自发怯，听了王丁木之言，正好收篷，便答道："谁说不是呢！师父本也叫我们先回西边，等他老人家回来再说，既是王师弟如此说法，我们弟兄不如暂且先回老家，众位意下如何?"

众人见了剑客，本都有些害怕，赵甲叟如此主张，自然无不同意，于是大家又连夜走回仙霞岭，正所谓有兴而来，无光而归哩。

再说邱乙揆、胜超自从听了那位署名"静"字的老尼嘱咐之后，便将自南往北的行程，改作了自北到南的行程，由兰溪经龙游转到江山，向仙霞岭那条道上走来。要问那位行踪诡秘的老尼究系何人，本书虽已将她的事迹，用暗写、明写两种笔法写过一番，但是尚未说出她的姓名来历，看下去未免眉目不清，所以乘此约略来补叙一笔。

这老尼的年龄，人家已经不甚能记得清楚。她原是安徽省城一位大家穆姓之女，生有异禀，夙具慧根，幼名青芷。少年时父母钟爱，当男儿一样地教育，不但文学优长，且喜习经典，深通禅理，果然在十七岁上，就被一位峨眉山老尼引去峨眉山学佛。父母自然舍不得，但这是前身缘法，岂是儿女之爱所能阻止得住?

不过穆青芷十分孝顺，在此情况下，虽不得不远离父母，但恐重伤亲心，所以力求峨眉老尼，准其带发修行，年时归省一次，必待父母百年以后，才能完全剃发为尼。峨眉老尼念其一片孝心，允了她的请求，穆青芷才拜别父母，随师而去。

青芷剃度以后，法名静修。这峨眉老尼不但道业高深，而且精于剑术。静修随师四十年，早已身剑合一，来去无踪，专一奉了师命，出山积修外功，也不知做了多少锄强扶弱，劫富济贫的事情。这位静修伺候师父峨眉老尼圆寂以后，一意继承师业，立志行侠，春来秋去，正不知经过了多少年。因她来去无踪，江湖上都不甚知她的姓名，但是一辈清修的高士和剑客们，却多半与静修有个交往，飞天神龙等的师叔祖云溪上人，便是一个志同道合的老友，同道中都称她峨眉幼师。静修在六十岁后曾先后收了两个门徒，长者也是一位妙龄少女，名鲍珠英，业已出山行道；次者年纪十二，是一幼童，乳名阿巧。因她是本书中一个重要人物，所以作者不惜费词，将她的出身多讲几句。

邱、胜二人依着静修的话，重又赶回仙霞岭，希望在中途探出飞天神龙的消息。又因静修说过飞天神龙误入深坑，在三官庙遇伏，又说被敌人困住在炼魂谷，所以二人一心要想上深坑去访查一下，然后再探炼魂谷。但是深坑地名，人人皆知，自易寻访，炼魂谷却不是一般人所知的地名，而且邱、胜二人到达深坑之时，已在飞天神龙被困三官庙的二十余日以后，因此二人到了深坑，但见一片荒山，朔风凛冽，衰草迷离，什么影踪也见不到。二人好容易找到了三官庙，但见一带颓败的墙垣，东缺一个大口子，西倒塌了一大片，大殿敞露在路旁，既无庙门，又没有窗户。二人进去一看，神龛里面漆黑，也看不出是塑的什么神像，更断不定这所破房，是否就是三官庙。二人见头层院里一目了然，便越过大殿，想看看后院如何。

这时天色还在申酉之间，冬日苦短，那一天气候又甚阴寒，殿内暗沉沉的，便看不甚清。等到了后院，殿宇已倾，没了遮蔽，光线较强，不觉眼前一亮。二人一同走入后院，在荒败的垣壁中，也发现了白衣秀士所住的那间配殿，觉得此屋甚整，莫非有人居住？他们意在探询，就走到那屋窗下，一看门虽关着，却是虚掩。邱乙揆较胜超谨慎，尚在犹疑，胜超却早已推开殿门，跨进殿去。邱乙揆想拦也已不及，既而一想，荒屋无人，便进去看看无妨，也许能看出些有关志师兄的痕迹来，他一边想，一边也就跟着胜超走入配殿。

进屋一看，原来是三间殿屋，塌了两间，只剩此一椽敞屋，也不过聊避风雨。屋内一榻而外，更是什么也没有，满地上还有好些碎字纸和扫集的尘土，倒像是原有人家住过，刚刚搬走似的。二人察看了一周，觉得毫无所得，仍是胜超在前，邱乙揆在后，刚刚跨出屋门，只听一声断喝，突从殿前、殿后一面各来了一人。前殿的人紫面长身，浓眉暴眼，颏下无须，却是煞青的一部胡须桩子，年纪约在三四十岁，蓝布包头，上身穿一件紫花布棉袄，腰缠青布汗巾，正中打了个又长又大的蝴蝶扣儿，下配一条毛蓝布绑腿叉裤，足蹬百层的布鞋，着一双白布袜子，裤脚外露出一截袜筒。像是个外路来的乡间人，那雄赳赳的态度，又有些像跑草台班唱戏的戏子气派；后殿山坡上下来的那人，虽然矫健，却一望可知是六七十岁的老翁，中等身材，一张淡黄的削骨脸，骨多肉少，有着一副奕奕有神的眼珠，虽然鼻挺口方，却是塌肩缩背，穿一身土黄色绸子衣裤，外罩一件旧蓝绸皮袍，腰系一根玄色丝带，皮袍敞着胸口，斜搭着半幅大襟，戴着一顶鼻烟色毛帽，穿着一双黑布快靴。

邱、胜二人闻声尚未答话之间，后殿那个老者，早已一步上前，向二人细一端详，含笑问道："请问二位到此是访友，还是投宿?"

邱乙揆正在斟酌着如何应付之时，不料胜超冒冒失失地早就发话道："我们是来找朋友的，要你来查问什么?"

老者闻言，略一考虑，仍是笑答道："找朋友？不知令友叫何名字?"

邱乙揆见二人来得奇巧，本不愿对他们说实话，偏偏胜超抢在前头，尚未容邱乙揆开口，他又立刻答道："你管得着吗？告诉你也算不得什么，我的朋友便是飞天……"

邱乙揆听他竟要直说出来，不由得急了，立刻用臂肘在胜超腰上使劲碰了一下，然后抢上一步笑答道："我们有一个姓黄的朋友，外号人称冲天鸽子。三个人一齐入山打猎，因路径不熟，遂致走散，所以在这一路找一找，想也不至走远，天色晚了，我们还得过岭找去，怕耽误了更不好办。"说罢，连连向那二人点头，道声少陪，立即拉了胜超就走，走出数十步远近，假作东张西望，斜着目光，回过去偷看二人，见他们兀自站在远处，望定了自己二人，一语不发，忙又假作找路，这边瞧瞧，那边看看，就向谷口来路上走了出来。

直待转过两个山坡，回望离后面已远，邱乙揆才埋怨胜超道："老弟怎么还是这样实心眼？这样荒山野地，你我人地两生，敌人四面设下埋伏，志大哥那等武功，尚且被算计。二人说不定就是敌人派在这里卧底的，怎可对他实说出来？幸而我改口得快，要不然真有些麻烦呢。”

胜超此时也觉自己太也实心眼儿，刚才一见面，简直毫未想到说不得实话。不过话又说回来，究竟是否真如邱乙揆所料，究无佐证，说了实话，也不见得定会闹出什么事来，胜超心里暗想，口里却不愿说出，只默默不语。邱乙揆见他不语，怕他脸上下不来，心里不痛快，便想拿话和他解释，岂知话未出口，就听半空中嗖的一声，从身左山坡上面发出一宗暗器来。

天色虽则已渐昏暗，究竟还有日光，二人又都是一等功夫，如何能让它打中？当时二人同时一纵身，一个偏左，一个偏右，两下一分，那件暗器早已唰的声越过二人身旁，坠落在前面二三十步的山道上。邱乙揆向暗器来处一望，只见草丛中有一个穿草绿色裤、外罩玄色大袄的少妇，昂然立在岩石上，目视二人不瞬。

邱乙揆此时心中，已多半明白这些人定与崆峒派有关，自己二人所处境地十分危险，正在思忖脱身之策，偏偏胜超又忍耐不住，立刻骂了起来，用手指着少妇喝道：“好个混账妇道，天下人走天下路，你怎的在太爷跟前撒起野来？还当你太爷没见过这般玩意儿吗？”邱乙揆一听，正自着急，想劝他不要睬她，赶快出山要紧。

谁知那妇人虽未还口，却从道左又飞跑出一个大汉来，口内喝道：“何处狂徒，敢到此地来窥探！快说实话，要不就休想出这深坑。”说罢一摆手中长刀，向邱、胜二人奔来。

邱乙揆知道自己势孤，好在尚未十分露出马脚，敌人虽有些猜疑，却还拿不准是飞天神龙一路，知道敌人有备，只希望混出深坑再作道理。偏是胜超大吼一声，从肋下抽出单鞭，唰的声向来人头顶砸下。来人一纵身避开单鞭，使了个“乳燕还巢”的招式，一个箭步，人又回到胜超左边，平送长刀，直向他肋下刺来。邱乙揆还想化解的当儿，那个少妇抽出双股雌雄剑，也从杂草中飞身直向邱乙揆而来，到得他临近，双剑陡地一落，分左右归到前胸，合了个双抱月的招式，脚下一个箭步，双臂平分，剑锋直刺邱乙揆乳肋之间，此名“双出水”，十分迅速。

邱乙揆见来势甚疾，知是劲敌，没法子躲避，忙一个倒纵身，向后退出七八步，少妇双剑立即刺空。就在此刹那间，邱乙揆不慌不忙，只一抖，便从长袍下抽出一柄八宝倭铜剑来，正好少妇二次蹿到眼前，邱乙揆早已怀中抱月，抱定剑身，看敌人已到临近，够上了尺寸，闪电般将倭铜剑展开，从左到右，先使了个大圈转，一收剑势，唰的声平着剑身向少妇分心就刺。

一个来势既疾，一个去势又准，两下碰个正着，眼看敌人就要挨着剑端，少妇却也不弱，一见剑锋已到胸前，忙将左足立定，右足向后一转，同时一扭柳腰，整个身躯真比蝴蝶儿还要轻快，倏地一闪，早向剑的右方旋了开去，顺着旋转之势，并不停步，滴溜溜转到邱乙揆右边，双股剑早已横扫到他腰间。

邱乙揆喝声“来得好”，跨右足，退左足，微仰半身，让过来剑，一拧身改了方向，手中剑从下起上，剑端直立，再起右足，左足独立金鸡，将功力运到右臂，一个泰山压顶的招式，直立了剑，顺了右臂，向少妇肩背直劈下去。

这一边，胜超和那大汉斗在一起。别看大汉身材魁梧，却是身体灵活，行动如飞。胜超暗暗称奇，手底下越发一下也不肯放松。大汉一柄长刀，直如风卷一般地杀过来。胜超性情虽暴躁，武功却是炉火纯青，一见大汉长刀向自己下三路扫来，忙稳住身形，展开了那支豹尾鞭，格架遮拦，只听得叮当磕碰，一片声响过处，刀鞭相触，火星乱迸。等到来势稍竭，胜超立紧手中鞭，使了个“拨草寻蛇”的招数，向大汉裆里挑去。大汉方欲腾身躲避，胜超早收了手势，单鞭自下而起，呼的一声，一条银蛇似的，自空中直压下来，正要碰到大汉头顶。大汉见来势猛，忙向左一纵身，虽是躲过一鞭，胜超用力太大，一鞭砸空，收煞不住，鞭头直落地上，轰的一声，尘土飞起多高。大汉乘他一鞭砸空，人向前扑之时，右臂大长刀一挥，正好向胜超背上砍个正着。胜超一见刀光从旁影里直落肩背，时机太促，也不再躲闪，只顺了前扑之势，平拖右足，半跪左足，向后一拧身，右臂运用功力，那鞭从地面向上斜甩起来，一鞭荡去，正磕在刀上，锴的一声，火星直迸。

两人各自一个纵步跳出开去，各查看了一下，鞭、刀尚未磕伤，正要再交第二手，只听从三官庙那方面跑来二人，高喊道："徒儿们不要放走这两个崽子，这正是仇人飞天神龙一路的羽党。"

一句话不打紧，邱、胜二人立时心内一惊，果然是对头到了，再一看说话的人，正是方才在后殿向自己盘问行藏的那一个老者，立刻怀疑此人就是大力黄能胡剑秋，但到此刻已不得不拼，立时互相招呼一声，向敌人悉力攻去，能逃出谷口再说。

哪知老者重又喝道："徒儿们暂且下来，看我与柳师叔擒此二贼。"话说出口，早已和方才后殿所见的紫脸汉子一同飞身到了邱、胜二人之前。

要知此二人究竟是谁？老者正是大力黄能，紫脸汉子却是南海艳魔岛大南洲白了翁门人紫煞神柳桑。他乃是大力黄能亲自向大南洲白了翁处求救借来。白了翁两个徒弟，一个精于拳技，名叫紫煞神柳桑；另一个长于剑术，名叫飞燕胡曾，详情后文再表。

单说大力黄能引了柳桑、胡曾一同回到中原，本想先回陕西，只因急于报仇，就一面用本门"神驿传声"的方法，每到一处即命当地本派门下之人，辗转传递消息到陕西延安府甘泉县石门山，立命赵甲叟、章乙山、贾庚、江己兰四人连夜赶来仙霞岭炼魂谷，一面却陪了胡、柳二人，不分昼夜奔回浙边仙霞岭，专为在仙霞岭四周访查飞天神龙和那不知姓名的剑客。到此三日，赵甲叟等四人也从西北赶到。大力黄能令徒儿们拜见柳、胡之后，他师徒七人立即分头在仙霞岭四周深山中寻找仇人隐身之处，找了两天还不曾找出眉目来。大力黄能因听赵甲叟提起上次夜探三官庙后殿，被人削去顶发头巾之事，认为这个剑客一定还在三官庙一带，所以每日带了这六个人和走马灯似的，只在山的前后左右打转，冀有所遇。

这天巧与邱、胜二人相遇，本不知道是什么来头。偏偏胜超鲁莽，开口说出飞天两字，虽被邱乙揆饰词改为冲天鸽子，大力黄能就犯上猜疑了，故意命江已兰、章乙山二人寻事，好和来人交手，以便看出是哪一派的人物。及至一交上手，大力黄能躲在暗处，早就看出正是武当嫡派，而且二人身手不凡，竟与飞天神龙伯仲之间，立即断定必是飞天神龙一党，一声断喝，便和紫煞神柳桑二人各找一个交手。

若论到邱、胜二人武功，虽不能胜过胡剑秋和柳桑，但也不至必败，不过此刻彼众我寡，显然已被困重围，心里未免有此惊慌。紫煞神一伸手解下一条百节软钢鞭，嘣的一声向胜超面前飞到。大力黄能却是赤手向邱乙揆一抱拳，倏地展开他那本门中九九八十一下蝴蝶手，看去翩翩飞舞，似乎和摆空架式的花拳绣腿一样，实际正是本门第一种难练的功夫，非得内功到了登峰造极之境，才能运用自如。

邱乙揆虽不会这一手，却认识此拳，别看他是赤手空拳，也不敢怠慢，当即也施展出本门剑术，才敌住了大力黄能。这一场恶斗，四人各显身手，毕竟大力黄能等棋高一着，邱、胜二人不幸又落在崆峒派之手。

第四回　四角恋爱

崔仁虎一家父子四口，全都避居西村一位姓钱的亲戚家中。同时志精一兄妹和李三姑三人，以及李三姑所带的两名侍婢、四员头目，除了魏贞本因被飞刀僧扎伤擒去外，其余五个人也都到了西村钱家。不过钱姓是个乡村农户、经济人家，忽然来了一门亲戚，倒还能对付着招待，偏又加上李三姑等主从六人和精一兄妹，竟平添了十二口口粮，乡间人如何受得了？李三姑精细，早就想到，不等人家开口，立命侍婢从行囊中取出一封一百两的银锭子，交与崔家老夫妇，请他们转送钱家，作为一干人的伙食费，用完了随时说话，绝不叫他们为难。崔家还要替人家客气，李三姑哪里肯收回，从此，这些人的用度，全由李三姑开支。最可笑的是，长毛拿出钱养活老百姓，这也算是天地间一件奇闻了。

不言李三姑等暂时借居西村，掉过笔锋，再说柳花娘当夜被人劫走活宝崔仁虎，自己与飞刀僧合力与敌人拼了一阵，还是让人家从从容容地逃了回去。这还不算，一会儿子又有人来报告，崔仁虎的父亲崔永福和长子崔仁龙也被人劫走，还将守卫用哑穴法点倒在花丛里。

柳花娘闻报，心里说不出的气恼，没处发泄，一伸手抓起桌上一把江西五彩细瓷茶壶，啪的一下，摔在地上，立时粉碎。

旁边坐的飞刀僧心里也十分别扭，他明白柳花娘是舍不得被自己用飞刀擒住的那个小白脸，未免有些酸溜溜的，心说："如今你的心上人仍旧被人劫走了，你还是摸不着，何苦来!"他心里如此想法，口里却不肯露出来，见她烦恼，就假作安慰，实是讥讽地向她说道：“别难受了，人也跑了，还气什么？这大的湖南地面，难道除了这个小子，真找不出第二个来了吗？”

飞刀僧一句话说到柳花娘心里，一来毕竟有些不好意思，二来也怕和尚吃醋絮聒，便假作不经意的神气说道：“谁稀罕这么一个脓包！我是在纳闷，这么一个乡下孩子，哪来这么些好手助阵呢？真是怪极了。”

飞刀僧一听，慢吞吞地笑道：“这不是极容易的事？昨晚我不是打躺下一个人吗？把这个小子叫上来一问，不就明白了吗？”一句话提醒了柳花娘，忙不迭叫人把昨夜逮住的人带上来。

不一时，见两个头目押着一个大汉，走到跟前。他两手被反绑着，足下一瘸一拐的，似已受伤，这正是和尚昨晚给了他一飞刀的缘故，总算我佛慈悲，用的乃是无毒飞刀，所以魏贞本尚无大碍。柳花娘一见魏贞本一头长发，裹着黑色包头，一身黑衣裤，虽看不透是哪种人物，但见他长发不剃，心中疑怪，心说，怎的跑出个自己人来了？边想边看一回，随喝问道：“你姓甚名谁？是崔家什么人？何以竟敢夜入公馆，劫走人犯？同党还有几人？现在藏匿何地？快说实话。”

两边头目听柳花娘问完，早又一声吆喝，命他快说。这种吆喝，名为“堂威”，这是为要表示问话人的无上威严，这些腿子才有此同声吆喝，有时也真能发生吓人的效用。可是此刻遇到魏贞本，竟一些儿也没把这几声吆喝放在心上，依然行所无事地站着，一语不发。

柳花娘见此人气概不同，心中怀疑，便改了面色，和声问道：“究竟你们是哪里来的？”

此时魏贞本见柳花娘面色转和，却错会了意，以为柳花娘已经看出他的头发和服装，知道是自己一家人了。他对于李三姑不愿和柳花娘对面的意思，表面上是知道的，内容里其实并不了解。他以为李三姑和柳花娘原是一家，不过在事先不愿让柳花娘知道。此刻人也救了，事也过了，为求自己得以早早放回，自然对柳花娘说明为是。岂知大谬不然，所以今后李、柳二人发生不可消解的冤仇，闹得风波万丈，也正误在魏贞本此刻的一句话。此时魏贞本见问，便向柳花娘重又躬身施礼，口称头领。柳花娘一愣，正要追问，又听魏贞本高声答道："部下乃红旗队第一队李总头领标下带领第五大队头目魏贞本。"

他这一报官衔不打紧，不由柳花娘猛然想起一件事情来。原来昨晚柳花娘和李三姑交手之时，李三姑在无意中曾喊过一句："好个卖解的招数!"当时柳花娘闻声似极稔熟，苦于一时间想她不起。此刻魏贞本不打自招，柳花娘立即明白他是李三姑部下，心里顿时起了一阵异常妒忌的毒念，暗说姓崔的果然又是她的宝贝！一念未毕，反倒放和了面色，诱着魏贞本笑道："原来你是李头领所差!"说完了又故意唉了一声道："李头领怎不跟我来明说呢？昨晚她想必也来了。"

魏贞本哪知柳花娘的奸狡，见她自从自己报名以后，面色大和，知道绝无大碍，就一老一实地说了个一字不遗，只有救出崔家三人以后投奔西村一节，他却不知道，所以不曾提起。柳花娘此时已断定李三姑二次与自己争夺面首，心中真是又忌又恨，偏又敌她不过，当时面上不露，心里却在盘算，这姓魏的小子，绝不能让他生还李部！于是倏地一变脸，命部下将魏贞本加上脚镣、手铐，押在黑房，专候后命。倒闹得魏贞本稀里糊涂，不由发了牛性，大嚷起来，却嫌迟了，立被众人押了下去。

柳花娘问明了魏贞本以后，心中说不出的气愤怨毒，闷闷的连晚饭都不想吃，把一个飞刀和尚撇在旁边，好不懊丧。自己觉得柳花娘一心都在那小子身上，连自己都不瞅不睬，和尚失恋之余，自然也自无精打采，回到桂花厅睡觉去了。这里柳花娘一人默坐房内，一心要报夺美之仇。常言说最毒妇人心，居然给她想出了个恶毒主意，她要害李三姑身败名裂，这是后话。

此时仍要说到西村这班人的情况。崔仁虎自被飞刀砍伤，那本是喂毒飞刀，幸亏柳花娘立向飞刀僧要了解药，给他敷上。她是别具私心，因盼仁虎早一刻痊愈，便可早一刻和他真个销魂，所以那一日又一黄昏的短短时间中，仁虎经柳花娘疗治兼施，毒性早已化解，只是体力未复，神志疲惫而已。及至大伙回到西村，又经李三姑取出好些名贵的散毒提神药，给仁虎服用，自然比在柳花娘那边，又是不同，不消几天工夫，仁虎早已恢复了原来健康的体魄。

崔仁虎一家避到西村之时，李三姑惦念着巴陵境内，不得不暂先带了两个头目回到汛地。在这里留下两名侍婢，名义上伺候真真，实际上却为服侍仁虎养伤。另一名头目，却是留此听候差遣。李三姑布置已毕，匆匆别了众人，自己回巴陵。临行与真真约定五日必返。

自她去后，仁虎每日伏在内宅养伤，除了和精一闲谈而外，也和真真日常在一处言笑。他自从那晚被真真救出以后，起初并不知此女是谁，在生死呼吸之间，也无暇考虑别事，心里只衔了一种简单的感激而已。及至回到西村，仁虎时时与真真晤言一室之内，觉得她不但秀外慧中，而且特具一种娴熟秀逸之气，与李三姑的豪迈俊爽、明快伶俐，又是不同。正因为她是自己至敬至爱的师友志精一的妹妹，又是闻名宇内的大侠飞天神龙的侄女，尤其在营救自己之时，以如此盈盈弱质，竟能背负壮男，飞越重房叠屋，奔跑十余里路程，也真难为了她，也真十分佩服她，毕竟是家学渊源，名下无虚，所以在此一幕惊险场面之后，仁虎对于真真，在感激救命大恩之外，本已发生了十二分的敬爱之心。在这短短的疗养时期内，又与真真朝夕相晤，言谈之顷，益发觉得这位侠义的小姐，毕竟与长毛式的李三姑不同，更不必提到淫娃柳花娘。

仁虎本系一个练武的孩子，对于儿女情怀，从未萦诸心上。自从他遇见李三姑之后，才知道女子自有女子的一种长处，尤其是一个年轻貌美的女子，身怀高艺，居然领着一部分男子，指挥如意，号令严明，一直没有越轨的行动，就算在今日士大夫之间，这也尚不易见，李三姑能做到如此，真是一件极难得的事。至于她对于自己的一片深情，因她从未露骨表示，所以仁虎实还不甚懂得。有时虽也觉得李三姑的妩媚动人，但转念间，总觉得这是一个杀人不眨眼的女魔头，自己是一个平常老百姓家的子弟，与她的阶层间，不啻相去万里，故而只有对之敬服赞佩，却根本尚无一丝儿情苗。

独有对于这位志真真，第一件令仁虎心里不易磨灭的事，就是她曾经冒了万难，将自己从贼人手掌中营救出来。第二件，她正是自己平生唯一知己的亲妹子。自己爱屋及乌之意，对于她也就跟对别的女人不同。第三件，真真那一种贞静幽娴的处女美，自更非饱历风尘的李三姑所能并比。有了这三种因素，仁虎对于志真真不禁渐渐又变了一种爱恋之心。他偏不想想，如果没有李三姑的念兹在兹，真真怎会去救他？那几天李三姑已回巴陵，仁虎精神恢复，体力未健，每日只在家里和精一兄妹谈文论武，与真真更是投契。

再说真真呢，她是一片纯洁天真的处女心情，对于仁虎本也同对他哥哥精一一样恭敬，不过所不同的印象，就是自己去救仁虎时，在窗外见到的那一幕。在她的本心，那时她本不愿再进房营救，但是一来知道事关重大，万不能因为自己避嫌，致使功败垂成；二来受了李三姑所托，应承了这个艰巨困难的使命，到了如此关头，焉能不顾一切，拂袖而去？这才硬了头皮，给了柳花娘一镖，先将她吓跑，然后才将人救出。如今事已过去多日，不知怎的，真真每与仁虎相对之际，一经想到这一点上，仿佛在自己与仁虎间，立刻起了一层不纯洁的帷障，自己便不敢再坐在仁虎对面，仿佛她那时在窗外那种又羞又怒的心情，立能被仁虎看透似的。

除此种印象以外，真真仿佛有些明白，李三姑对于仁虎是非常关切的；她又仿佛知道，仁虎和李三姑相识在先，他们两人间是有一种高于一切的情感存在的。这是她从李三姑平日背后对于仁虎的论调，和李三姑急于营救仁虎那两件事中看出来的，所以她当着李三姑时，总不甚愿意和仁虎十分接近的。然而，这几天偏偏李三姑回巴陵了，哥哥精一总是陪着仁虎，自己因为哥哥的缘故，所以总跟仁虎在一起。她再看仁虎对于自己，好像有些异样。怎样一个异样，自己又说不出来，又不好去对哥哥讲。每到晚上临睡之时，躺在床上想想，明天无论如何，不想再到前边去了，只在自己房内坐着吧。可是到了明天，不由已地又跑到哥哥那边，依然和仁虎等又说又笑的了。她又时时在盼李三姑回西村来，但有的时候，似乎又不愿她立刻回西村来。这种矛盾的心理，连自己也不明白是怎么一回事。

转眼间，五天的期限已到，李三姑已从巴陵回到西村。她问起魏贞本头目有无消息和对方对于仁虎父子逃走后有无举动这两件事，众人都说并无举动，也无消息。她又打听柳花娘已否回转她自己的地方，才知她并未离开临湘，依然耀武扬威在县里住着呢。李三姑听到这种消息，心下十分狐疑。她是一个心细而有见解的人，料定柳花娘对于仁虎的事，绝不甘心，又知魏贞本被擒，至今未释，不但自己行藏必从此人身上败露，料柳花娘必有下文，倒不能不谨慎防备。

她去巴陵五六天，心里着实惦记仁虎的伤势。回到西村，第一件事便是问仁虎的伤势。李三姑见他精神已经复元，心中也自欢喜。不过此次与仁虎相逢，不比在羊楼路上那时节，左右并无一人，自由自在。如今却是连他父母兄长，还有精一兄妹多人在旁，自己多少要避些怀疑。更见仁虎对己，神情寞落，与前不同，冷眼看他似对真真十分情热，心中感到异常空虚。

一个清晨，闲坐无事，李三姑信步走到后面竹园内去，本是毫无目的。乡间人家本无花园足以赏玩，只有竹园既可饲着鸡鸭等家禽，更可随时吃笋，因此南方人家竹园，也是一种生产。李三姑还是初次观光，走进园门一看，绿沉沉一片，照眼皆碧。那些竹子都有手臂粗细，高可二三丈，新篁碧绿，衬着一片蔚蓝的天空，青天上又浮了几缕白云。在这种环境里，翠竹青天，白云红日，相映交辉，自然流露出一种天然美丽的色彩和恬静幽雅的风味。竹林下边有一条窄窄的草径，傍着一带曲折的浅溪，渐渐伸入林内。

李三姑觉得，这一点小园林虽无泉石花木之胜，却自有它一派清静之致，足以流连，就沿着小溪，向林中缓缓行去。走出百余步远，见面前横着一条小板桥，虽无赤兰玉柱之崇，却具野渡平塘之胜。小桥过尽，有一方由溪流积成的小池，约有亩余方圆，碧波清漪中，配上两三只雪一般的鹅儿，悠闲自在地游憩于一树柳荫之下。那株柳树倒似有了年代，蛇一般的树身，横卧在水面上，探出有一丈多去，仿佛从池中重又昂起头来，才一枝枝纷纷披拂下许多碧绿的枝叶来。柳丝拂到水面上，从池中倒映出许多金线，荡漾在微风朝日之中，半枯的柳叶儿三三五五地漂在池面，由这些鹅儿鸭儿叽叽地衔了去。

李三姑望着那两只鹅儿，觉得肥白得可爱，正自神怡心旷的当儿，忽见前面丛树中衣衫一晃，便有一个穿浅蓝色大褂的人从隔溪渐渐走来。李三姑眼尖，见到人影，早已认出他是仁虎，不由心中一动，本想迎上前去，忽一转念，觉得自从此次巴陵回来以后，仁虎每遇自己，常常似有故意回避之意。起初以为偶然，后来始觉并非自己多心，仁虎确有此种意思，心里未免有些不乐。此刻竹园中无意相遇，如果他真有避我之意，反去赶着他说话，岂不无趣？她想到这里，就背过脸来，站住不动，假作观看鹅儿，且不理他，看他如何。

不一会儿，听得身后足声橐橐，似已走近。李三姑不知怎的，竟沉不住气起来，不由心中突突地乱跳，但仍是背立着不去理他。

忽听仁虎叫道：“李姑姑，您真早呀！用过早饭了吗？”

李三姑一听仁虎语声，说来奇怪，一颗芳心却更跳动得厉害，自己也不知道自己的面色是红是白，一时强作镇定，回过头去，向仁虎望了一眼，嫣然一笑，答道：“你也不晚呀！”

一句话说过，两个人都一时无话可说，停了一停，李三姑又笑问道：“一大早，你上这儿找谁来了？”

仁虎觉得她所问有些奇突，不由略呆一呆，便接口道：“那么您又找谁来了呢？”

李三姑闻言，不由从鼻子里哼了声，自言自语说道：“我才无人可找呢。”

仁虎听了她这句话，竟如不曾听见一样，毫未搭茬儿，稍微站了一站，便慢慢踱了开去。李三姑不知怎的，心里只觉一阵惶惑，惘惘地望着仁虎后影，一句话都说不出来，转眼仁虎走出园门，早已看不见影儿，李三姑兀自望着那扇园门出神。

偏偏就在这时，闻听得园外似有笑语之声，仍是仁虎的声音。李三姑正侧耳细听时，见园门口人影一晃，第一个进来的是志精一，第二个是他妹妹真真，跟着就是崔仁虎，似乎紧挨着真真，正在说一件什么可笑的事情。真真听了，也正在笑逐颜开地往前走。李三姑虽已见他们进来，精一正在看那面的溪流，真真正在和仁虎说话，似都不曾理会李三姑。如在平时，李三姑早就出声招呼他们了，独有此时，她却默然不语，站在原处，既不呼唤，也不向前，连自己也不曾觉到自己的态度有些失常。

正在这个不可理解的局面之下，真真偶一远望，早看见柳荫下似有妇女衣角摆动，像是李三姑，忙蹲下半身向树下望去，果然是李三姑。真真也不曾留神看她的面色容颜，便“咦”了一声道：“李姑姑一个人站在那儿干吗?”说完了，便放开嗓子喊了声：“你在看什么呢，看得那么出神?”

李三姑听到真真的呼声，分明是向着自己，不知怎的一转念间，觉得她既不曾叫着自己姓名，乐得装个听不见，不但想装听不见，而且此念一起，竟欲向那一面的小门中走出去，但是刚一移步，忽然想到自己半年来和真真的交谊，以及真真那种温顺淑敏的性格儿，不由心里一软，立即站住了脚，回过头来，遥向真真随口笑说道：“你来吧，这儿正有个好瞧的玩意儿呢。”

真真秉性纯厚，信以为真，便忙说道：“什么好瞧的玩意儿?”边说就边跑过去。

李三姑见真真跑过来，就留神仁虎的举动，果然仁虎也紧紧地跟了过来，凑在真真肩下问道：“什么好瞧的玩意儿，我也瞧瞧成不成?”

真真虽是一片天真，但近来对于仁虎，有时竟常有一种说不出的感觉发生出来，此刻见他凑到肩下，忙不迭闪避一旁，一面不由得向李三姑脸上瞄了一眼，只见李三姑正对着自己在微笑中，真真脸上一红，向李三姑问道：“敢情是你闹鬼呀！”

李三姑闻言扑哧笑了一声，随手指着一双鹅儿说道：“你看！这一对儿不好玩吗？”

真真虽知她信口胡说，但并不明白李三姑的真意何在，也不懂她语含梗刺，只淡淡地向她笑道：“你真会开玩笑！”也就不再注意她的言行。

此时精一也走到近边，和李三姑招呼道：“李姑姑这大早到这儿来，真好兴致！”

李三姑先不理他这句话，只望着仁虎微笑。仁虎听李三姑向真真所说那些半真半假的话，似在有意无意之间，心中忽然似有所悟，此刻又见李三姑向自己微笑，可是这种微笑的神情，显然是含着一种意义的，也就讪讪地向李三姑一笑，假作看花，径自走了开去。这里，李三姑虽是满腹的不高兴，究竟不便流露出来，便挽了真真的一只手，慢慢沿着溪流走了回去。精一也找了仁虎，跟在二人后边，四个人仿佛各有会心似的，一路走来，连一句话也不曾说。

正在如此静寂的空气中，忽然从墙外传来一阵令人怀疑的马蹄和铃串之声，李三姑突然停步，仰首向空，凝望天际，正在侧耳细听。

精一也向仁虎说道：“奇怪，这西村乃是个偏僻所在，向无车马，这是哪里来的蹄声？”

李三姑一闻精一之言，自然更加注意，忙拉了真真，三脚两步跑出竹园。刚走到正屋外面，就见自己贴身使婢春兰匆匆忙忙地迎上来，叫了一声“头领”。李三姑知道有事，忙问道：“外边来了什么人吗？”

春兰答道：“罗师傅和黄在劳黄头领刚从巴陵到来，说有要紧事要面秉头领。”

李三姑一听罗师傅忽然到此，心内一惊，忙问道：“他们现在哪里？”

春兰答道：“都在厅上候着呢。”

李三姑向真真等三人说道：“我到外面看看，怕是巴陵出了什么事了，你们先请进去吧。”一语甫毕，早已带了春兰，直奔外厅而来。

李三姑离去后，真真皱了眉，向精一说道："怕是巴陵出了什么重大的事情，不然的话，罗师傅不会来的。"

仁虎便问："这罗师傅是什么人?"

真真边走边说道："李姑姑部下共有一千二百人，分四个大队，每队由一个大头目带领。一大队又分为六个小队，每小队五十人，由一个小头目带领。魏贞本和姜城都是小头目。她自己是红旗队第一总队头领，也叫总头领。她下面除了四个大头目以外，还有一个总教师，大众也叫师傅，地位在头领之下，大头目之上。来的这个罗干，就是总教师，所以大家称他罗师傅。大凡头领出门，师傅就有代拆代行的权限，如今连他也跑来了，所以怀疑巴陵或是出了什么事情呢。"

李三姑带了春兰，从外面进来。真真见她柳眉微竖，妙目含威，一脸的怒容之中，还带些惶惑不安的神色，坐将下来，半日不语。精一、仁虎真还不曾见过这位婀娜风流女头领，一经震怒，竟有如此凛不可犯的威严。仁虎心中，更是益发觉得女长毛毕竟是女长毛，好便好，不好翻脸准不认识人，一面想着，说也奇怪，他对于李三姑竟生了畏惧之心，当时和精一使了个眼色，双双立起身来，说暂到外面去去就来。

李三姑正自坐着寻思，见他们忽然要走，望着仁虎，似乎有话想说又不能说的神气，倏地脸色一变，掉转身去，望着窗外。真真从旁冷眼看她，见她端立窗前，屹然不动，一个苗条美艳的女儿家，立刻显出一个威武凝重、顽强坚毅的后影，谁说不是跟平时那种春情熨帖的欢喜庞儿，正成了一个相反的角度。李三姑见仁虎拉了精一，匆匆就向外走，对于方才从巴陵来的罗师傅等一干人，因为何事至此，竟连问都不问一声。他这种漠不关心的态度，真令李三姑心中委屈到万分，也就别提感触到什么份儿上了。她待在窗前，正望见仁虎的后影，毫无留恋地向外走去，一路还与精一有说有笑，似乎把自己所遭的事，连一丝一毫都没放在心上，也足见得仁虎的心中，没有自己丝毫可以立足的地方。李三姑此时可说是内忧外患，一齐都涌上心来，呆呆地望着窗外发愣。

真真从未见她有这种失魂落魄的神情，心内十分奇怪，知道她必是因巴陵带来了什么不好的消息，忙走到李三姑身后，一手挽住她问道："巴陵来人有什么要紧事情吗？"

李三姑听身后有人问话，一时收回了自己的心猿意马，回过头一看，竟是真真。二人离得近了，见真真面上露着十分关切的神情，一对春星般的眸子，亮晶晶地望定自己，嘴角边似乎还要说话，是个要言不言的样子。那一副吹弹得破的水红色脸蛋儿，配上一双明秀的眸子，一张鲜红的樱唇，露出扁贝似一口又白又齐的糯米牙，犀弧微露，半吐春莺似的说道："好姊姊，今日为什么这样忧急？难道巴陵有什么不好的消息吗？"

李三姑被她那样天真的态度和纯挚的感情所动，不禁握了她的手，叹了口气说道："这些事也可说都在我意料中的。"

真真见她恍恍惚惚的，仍未说出个所以然来，便盯着问道："究竟什么事早在你意料之中呢？"

李三姑一面拉她坐下，一面对她说道："方才罗师傅带了两个大头目特地从巴陵赶来，报告一宗消息，就是那天我们去救崔家父子之时，魏贞本魏头目偏偏被柳花娘擒住。她一经审问魏头目，自然知道是我做的事。那个婆娘上次为了王家两个宝贝儿子，早就跟我发生了误会，哪经得起再将个心上活宝崔仁虎又给我们夺了回来？她自然心里不平，竟悄悄烦人到洪姑姑那里奏了一本。据传闻，她说我废弛纪律，擅离汛地，到处掳掠，还有什么自相攻杀、妨碍行军、谋为不轨那些重大条款，又听说洪姑姑也信了她的谗言，已经专差派下南中王部下大头领张得胜，即来巴陵查办。我虽不曾犯这些条款，当然也不怕她，可是细想起来，这些事情，我本可以不管的，只为一时热心，才使惹火烧身，弄到自己头上来。"

真真觉得李三姑此言，颇有怨艾之意，与她过去一贯的明快作风迥不相同，心中虽觉奇怪，但也猜不透她是何意，便安慰她道："我想真金不怕火炼，别人不知，我就敢保险，对于这些条款，你一件也不曾做过，难道上面会只凭一面之词，就来处分你吗？"

李三姑闻言，又叹了口气道："我的小姐，你哪里懂得外边的门道儿！越是公事上，越是没有真理可说。只要有人情，什么都可以不了了之。我在洪姑姑那里，虽承她看重我，倚为腹心，但是我们两人之间，一点私交都没有。我更向来不肯走她左右的门子，仗着我自身，向来行得正，立得正，左右这班人对我无可奈何。柳花娘呢，可大大不同了，听说她有好几个旧日的相好，如今都在洪姑姑帐下当差，很能说得上话。这次的奏本，多半是这些人替她帮忙。这回派来查办我的张得胜，就是柳花娘昔年面首之一，所以这回的查办，说穿了就是他们这一班人做好了圈套，来叫我往里钻的，你说还能有个真是非吗？"

真真听罢，才知长毛里面的人事问题，敢情也同官家一样腐败，她是一个天真的小女子，自然更没好的办法来应付这类黑暗的公事，只好愁眉相对地问道："那么，你既得到这个消息以后，打算怎样应付他们呢？是不是先回巴陵呢？"

李三姑道："我此时还拿不定主意，已经打发罗师傅原马回转巴陵，叫他先把地面应付好了，不让别的事故发生，我自己过一两天也需要回去一趟。你是不是同我一起回去？"她这句话问出以后，立即暗察真真的神色。

果然真真皱了眉道："我和哥哥已有几年多没见面，这次好容易在无意中重逢，还想一同出门去访问叔叔的下落，一时不想再回巴陵了。"

真真的几句话，原是她的肺腑之言，但是一入李三姑之耳，立刻觉得是一种推托之词。她眉尖一挑，含笑说了句"也好"，也就不往下再讲，只默默地坐着出神。

真真实在不明白李三姑的内心，见她听见自己不去巴陵，有些不大高兴，回想自己和她萍水相逢，承她十分爱好，她这人虽是陷身叛逆，本身行为心地却甚光明厚道，尤其遇下严明，驻扎巴陵，地方上秋毫无犯，民间口碑载道，这样的人，也正难得。至于对自己的一心爱护，也真不亚于同胞手足。此番她受了奸人陷害，说不定会遭受困难，我如一口咬定不回巴陵，不啻遇了急难，胆小畏事，才弃她而去，未免不是侠义行藏。好在如今哥哥有了暂时安身之地，我不妨仍随她回转巴陵。哥哥住在这里，与巴陵相去不远，我也随时能来看哥哥，哥哥也随时能去看我，何必定要守在此地？再说叔父行云流水，更不易寻访，倒不如决定仍陪着她，免得结果闹得一事无成，反倒变成事急弃友，不够朋友，落一个褒贬。

真真默想多时，才盈盈走到李三姑眼前，拉住她一只手，低声笑说道："我陪你同回巴陵吧，怎么样，你欢迎吗？"

李三姑倒真想不到真真忽然又变了主意，而且更不明白她为什么忽又变了呢？因此，只呆呆地望着她不语，心想："莫非她已看破了我的心事？为避嫌起见，才故意躲姓崔的，而同了我回转巴陵吗？"李三姑为爱情所驱使，致使她神思不定，举止失常，此刻对于真真这种猜想，也正是精神恍惚不宁的表现。

真真见她望着自己，呆呆不语，不由笑说道："你怎么了？在想什么心事呢？"

李三姑这时才仿佛听见真真有疑笑自己的意思，忙遮掩道："不，我是在替你想，怎么样去找你叔叔呢。"

真真闻言，叹了一口气，低头坐下，显出十分愁闷的神气。

李三姑反倒安慰她道："你别着急，凭着我，还能帮你想法找寻呢。"

她二人各怀心事，谁也不能直诉腹心，彼此虽也互相怜惜，但在此错综复杂的恋爱氛围中，不由得将往日姊妹间的情分减退了几分。幸而真真性情和婉贤淑，不忍看着李三姑孤身上道，又念在过去相待的情分，决意陪了她同回巴陵，当时总算解决了李三姑一件心事。

但是爱海波澜，绝不如此平凡，也就是所谓好事多磨。李三姑因本身问题，不能再在西村耽搁，必须赶回巴陵。可是一来舍不得与仁虎遽尔分离，二来因仁虎的态度有变，显然正在爱着真真，自己未免心劳日拙。如今一回巴陵，是自己与仁虎愈远，而真真与仁虎愈近，所以才有仍约真真同回巴陵之意。当时虽经真真婉拒，但后来真真恐伤李三姑平日相待之情，竟又慨然答应她的要求。论理说，李三姑应该称了心，偏偏李三姑还不是那种自私自利的人。同时爱情这件东西，不但力量非常伟大，而且真正纯挚的爱情，反有使人趋向牺牲自我的精神和成人之美的美德。这正是与那种用之不正的妒杀、奸杀刚好相反，也正是每个人本能上优劣不同的表现。所以李三姑到了晚间，睡在床上，重又将带走真真这件事仔细考虑了一下，觉得以真真的美丽贤淑和仁虎的少年英俊，谁说不是门当户对的一双璧人？自己呢，毕竟是一个闯荡江湖的人物，天幸太平军固能厘扫虏庭，统一华夏，自己更成了一个鼎天立地的女英雄，所以不论成败，以自己的身份地位，是不是能与仁虎成就百年之侣，恐怕怎么样也比不上真真来得合适，真所谓是齐大非偶。自己这样一想，深觉纵然设法阻碍了真真与仁虎的爱情，于自己究竟有何益处？也是李三姑生就痴情，才有这类近于痴呆的意念。这一夜中，她为此事竟不曾合眼。

崔家和精一等因李三姑就要回到巴陵，便商量着要替李三姑饯行。虽经李三姑一度谦谢，哪里能够阻拦得了？当夜就在后厅中设下祖帐，摆下一桌上等酒席，上面设了两副杯筷，两个座位。一时大家入席，推着让着，李三姑当然坐了首位，次位便是真真。仁虎当时并不知道真真也要同走，一见真真坐到次席，立时面现惊诧之色。悄悄向精一探询之下，才知内容，不知怎的，脸上立刻现出不自然的颜色，恍恍惚惚地站在那里，两眼望定真真，面上那种欲哭无泪的情形，真是说不出的触目。

真真此时有什么看不出？不过格于礼教，当了众人，也只有默默不语，竟至终席，未发一言。说也不信，这一对少年男女，在事实上谁也不曾向谁表示过如今社会上流行的那个普通名词“妹妹我爱你”，但谁也解得谁在这一席离筵别宴中的内心苦楚。旁边的李三姑更是何等聪明剔透的心肠，冷眼看着崔仁虎，本是兴高采烈，招呼这样，招呼那样，十分殷勤。自从一见真真坐到次席上来，立刻变了一副面色，坐在那里，木头人似的，连一句“请用”都不会讲了。最可笑是，崔仁龙替真真斟上一盏酒，恭恭敬敬递了过去以后，崔永福又叫仁虎也照样敬酒，偏偏仁虎瞪着一双虎目，充耳不闻。仁龙递给他一只斟满的酒杯，意思是也叫他送到真真席前去敬酒。谁知仁虎糊里糊涂，擎着这杯酒，一仰脖子，竟自己喝了，闹得永福父子都没了下场。李三姑看得清楚，忍不住要笑，又碍着真真和众人，只好假作咳嗽，将手帕掩着嘴，背过脸去，向真真嫣然笑了一笑。谁知真真正低着头，不知想什么呢，也不曾看见李三姑回视而笑。

李三姑一看二人这种情形，心中彻骨地一阵冰凉，直凉到了小肚子，不由得眼泪就要往外掉，忙转脸勉强忍住。从此时起，李三姑一颗芳心，整个儿在盘算这件事，哪还有心吃喝，懒懒的连一句话也不说。本来她自然要时时留心仁虎和真真的举动，但到了此时，竟连正眼也不愿再看了。她只以自己的口，问着自己的心，对于这样一件使人伤心的事情，应该怎样处置？又一想，那是很容易的事。柳花娘的一切，不就是我的好榜样吗？但是柳花娘是为了肉欲，问题简单，和吃好菜一般，只要吃到嘴就算达到目的，难道我也和她一样？可惜自己的性情和目的都与她不同，恐怕没有那种勇气，去做那种强人所难的事情。纵使做了，也没有多大意味。她瞪着一双澄如秋水的妙目，遥遥望着灯影下一件东西。那是一件什么东西，她始终也不曾印到脑子里去，也就始终没有看见是一件什么东西。

座中的人，除了仁虎一心一意都在真真身上，自然心里说不出的苦恼，其余志真真兄妹二人，内心各人有各人的苦闷。真真呢，原是一个旧礼教下的贤淑女儿，纵知仁虎对自己十分相爱，自己对仁虎也有一种说不出来的同情，但是毕竟平时语不及私，至多也就在和好亲善中，暗暗地互有心心相印的一丝儿情苗而已。当此乍离，自然免不了有些悒悒寡欢，可是事出无奈，就硬着头皮也只有忍受的。这是中国从来知礼识教的女儿家的一种普遍心理。独有精一，表面上虽是如没事人一样，向李三姑敬酒敬菜，还说些感谢仰仗的话，内心却是在担着一种不确切的心事。因他本已看出李三姑对于仁虎的那种爱慕情殷，自从自己妹子救出仁虎以后，仁虎却偏偏对于真真非常爱恋。再看妹妹的神情，虽没什么露骨的同情表示，但并不厌恶仁虎那种追求，他早就担心被李三姑所看破。他认为李三姑无论如何和平、热心、侠气，终究是一个女长毛，真的惹恼了她，杀人放火，何事做不出来？何况李三姑对于崔家和自己兄妹那样好法，全是为了仁虎。如果自己妹子不识高低，夺了她的所爱，怕不也会做出和柳花娘一样的事来！

精一担的是这份儿的心，但也不便跟妹子明说。今天这一席，眼看仁虎失魂落魄地和木头人一样，坐在席上发愣，真真低头不语，二人的形景，虽尚未必为全席人所看破，可是自己心里明白，只怕瞒不了李三姑的一双锐眼。果然，一会儿的工夫，细察李三姑的神情，也渐渐有些异样了。人和她说话，常常所答竟非所问。平时她总是谈笑生风的，今天却默然不语，时时呆望着窗外。尤其终席不曾向仁虎说过一句话。精一心说，这事情可要糟！可笑这一桌践行酒，各人含了一肚子的心事，就此草草终席而散。

李三姑原与真真同住一室，此时一同回房，闷闷地坐到床上，伸了一个懒腰，向后一躺。真真正在床前梳妆桌边梳晚妆，李三姑在侧面静静地看她梳洗。灯光下望着她的丽影，真个是螓首蛾眉、云鬟雾鬓，半袒着衣领，半卷着臂弯，柔荑般的手指和蝤蛴般的粉颈，越发看得光彩焕发，肌里通明，那一种花月为容、冰雪为神的姿态，实在是清丽绝俗，压倒群芳，正是我见犹怜，谁能遣此？不禁呆呆看出了神。

真真偶一回顾，见李三姑正在凝视自己，倒被她看得有些不好意思，哧的一声笑了出来，问道："你老瞪着眼瞧我干什么，是不是想把我吃下肚去？"

李三姑见她轻轻浅笑，薄怒微嗔，益显得十分娇媚，觉得平时从不曾见过真真有这种神态。李三姑实在爱她的美丽，颇觉消受闺中腻友的一颦一笑，其味实有胜于画眉者，同时便感觉到，如此又美慧又贤淑的好女儿，我怎能不成全她呢？自己想得远了，只呆呆地不去搭理真真的话。真真也觉她今晚神情颇有异处，似乎明白她的心思，又似乎不明白她的心思，有几句话想说出口来，可是终于没有说。李三姑见她欲言又止的神气，也不去问她，只慢慢地坐了起来，缓缓地叹了一口气，就走到后面小屋里梳洗去了。

到了夜深人静，真真早已睡着，李三姑却翻来覆去地在想心事。她想的是：自己是不是应该占住仁虎，不让第二个人占有他？以自己目前的势力，很可以做到这一步，但是这岂是我的本意？如果这样做，仁虎与我能有美满的结果吗？在仁虎未遇真真以前，自己颇可左右仁虎，这孩子也不会不听我的话，但是如今不同了，他和真真显然已是互爱。仁虎又不是那种乡下孩子，他是一个刚强自负的青年，如果自己以势力或是阴谋将他夺了过来，他岂能甘心受我的钳制？徒然生了恶感。男女之间，如一旦生了恶感，纵然他过去曾受你许多好处，也不会再念你的好处，而只记你的坏处了。何况自己目前的环境，也实在不能使一个民家子弟死心塌地地娶了自己，做一个贤母良妻，倒不如将真真仍留此地，自己一人回转巴陵，仍去度着那种海角天涯的生活，何必苦苦为情丝所缚呢？

李三姑想到此处，重又想起在壁虎崖邂逅仁虎的那一个遇合，想到自己一片痴心，得罪了柳花娘，才惹出目前的事故，这都为着谁来？自己和真真半年以来，情如手足，她也真值得人的怜爱。只可恨仁虎，自己对他如此关心，居然毫无留恋余情，把我李琼当作什么人物？想到此，不禁柳眉微挑，心中一股幽怨，又提了上来。既而一想，难道我能成全真真，反不能原谅仁虎吗？男女之爱，出于自然，丝毫不能相强。尤其我为他落到这般情势，他心中对我都能毫无感念，如此薄幸人，我又何必强他爱我？况且他虽不爱我，凭良心说，我仍是照旧爱他的。既爱他，何不也成全他？

李三姑虽是女流，生具侠肠，自己又有一身惊人的本领，又兼幼年随从师父孙坚习武时，孙坚本是一个饱学之士，因爱李三姑秉性聪慧，武事而外，兼授以文学。虽不是十载寒窗，文章诗歌而外，却已饱读了不少异书，差不多的乡村学究，真远不如李三姑的博学多闻。试想如此美质，她的思想当然有独到之处，所以一念之下，断然决然地变了主意。

李三姑的主意定了，到次日，她先不说留下真真，只推说自己身体感到不舒适，要缓一天回去，等到那天晚间，她躺在床上，才将真真叫到床边，故意对真真说道："我本想约你同回巴陵，但是今天细一考虑，柳花娘上次失利之后，早已知道是我使出来的招儿，一直到如今，她都不曾有什么举动，也许她顾忌有我在此。现在我一回巴陵，她许就会再来寻事。虽有仁虎和令兄在此，究竟力单，所以我想把你也留在西村，万一她来，到底多一个人手，你看我的主意如何？"

真真本不知她用意何在，还以为所虑是实，也就答应留下来保护崔家二老。李三姑见真真已允留下，就决定了次日午前回转巴陵。当时大家不明就里，也无话可说，只有李三姑为了爱仁虎、爱真真，才委曲求全，牺牲了自己，远远地避开他们，这正是愿天下有情人都成眷属之意。

就在那天夜里，正是五鼓以后、天明以前的那个时间，西村官道上，忽然听到人闹马嘶，骑从纷纭，顿时惊醒了乡村人家的好梦。田野间的犬吠声和马蹄声，织成一片交响之乐。看看这片喧闹声来到钱家门首，立时一声吆喝，所来的三百多名头裹红巾，身穿号褂的太平军，一个个弓上弦，刀出鞘，将钱氏一座小小院宅围成一个铁桶般的人围子。为首一名长发裹巾的头领，骑着一匹高头大马，马后由一个小长毛捧着一面大旗，旗的正中有一个斗大的张字，辉映在星光火把之下。马前有四名健壮的长毛，手握长刀，将这位姓张的头领捧佛似的围在中间。张头领耀武扬威，一声令下，一面由四五个长毛走上去打门，一面由几十个长毛在东西北三方墙脚下准备翻墙而入。

这一打门，正是惊天动地的那种声势，偏偏屋里的长工还当是长毛杀到西村，只吓得躲在床底下哆嗦，死也不敢去开门。这一来可就恼了这位张头领，立即鞭梢一指，数百名太平军一声呐喊，高叫声"杀进去呀"，立即轰雷似的一声响，将钱家大门撞开，大家一哄而入。

精一、仁虎被那些豺虎一般的吼声从梦中惊醒以后，素知村中安静，绝无抢劫之事，大半是柳花娘来人报仇。忙不迭从床上跃起，各人提了兵刃，正打算纵出去迎敌，早见两条黑影从内宅飞来，临近一看，正是李三姑和真真二人。

李三姑一见精一等，忙拦住道：“二位不必着忙，我方才上墙头已经看过，来者并非强盗，也非柳花娘所遣，乃是红姑姑部下的头领张得胜，必是奉命而来，换句话说，也就是特来拿我的。这里面的原因，一时也无从说起，好在真妹全知，你们将来问她好了。我深怕你们误会，把事情闹大，于你们不利，所以特来和你们说明。”

精一闻言大诧，忙问道：“既是洪姑姑要您回去，何必做这般张致？他们如此情形，李姑姑去了，能没有问题吗？”

李三姑一听精一问到这句，旁边的仁虎反而一言不发，两只眼只盯住了真真，对于自己的话，仿佛并不关心似的，不由向精一苦笑了一笑，心中实在觉得又是气愤，又是伤心，只黯然说了一句：“这就是我自作之孽，惹火烧身！好在事情无论闹得多大，总是我们内部的仇杀，绝闹不到崔府头上来的。”

精一听她所言，面上显有一种凄凉之态，心中也猜到几分，忙又拦道：“我看来意不善，李姑姑千万不可自蹈危机。凭你的身手，还脱不了这一群手掌吗？再不然，凭着我们大家的力量，也不能让您吃亏。”

李三姑见事到危急，听了精一的话，十分感动，觉得此人毕竟是名门之子，颇有肝胆，却微笑道：“我当然不难脱出这一群废物的掌握，但是我此时万不能走。”

精一侧着头问道：“这却为何？”

李三姑慨然答道：“我如一走，你们这些人全完。就算你兄妹，还有他……”说时向仁虎一指，又接着说道：“你们有本事闯出这一关去，崔家二老岂不糟了？再说还有人家姓钱的呢？”

一句话提醒了这三个人，都呆在那里，作声不得。这时，正是外面的人撞开大门，乱哄哄向里拿人的时候，那时机已是间不容发。

李三姑重又向仁虎瞟了一眼，才回过脸来向真真说道：“我知道此去凶多吉少，好在我的事情，你都知道。你我萍水相逢，居然成了莫逆，总算有缘。此后如有机缘，我自会来看你，望你善自珍重，不必将我这个飘泊流荡的苦命人放在心上。”李三姑说到末后一句话，不禁一丝儿哽咽，重复一咬牙，硬一硬心肠，转脸又向着精一、仁虎说了句“前途珍重”，便从从容容地大踏步向外面走了出去。

当李三姑从内室走到外面厅上的时候，正是张得胜带了许多长毛头目，摇摇摆摆闯进大门之时。一干人走到厅前，张得胜正想借着搜查李三姑为名，耀武扬威地命人四面搜劫，不论是人是物一律带了走。哪知话未说完，一眼望见厅前阶上端端正正站着一个武装带剑的女子，再一认，正是自己奉命查办的李琼李头领。李三姑在洪宣娇部下，素称红人，便是洪宣娇本人，知她文武兼资，性情正直，平时也是另眼相看，十分客气。这种情形，凡是洪宣娇部下全都知道。别看张得胜未见李三姑时，耀武扬威，气势十足，他一心以为李三姑怕死，一定要抵抗，又听说姓崔的家中，有好几个会武的。他只盼李三姑和姓崔的一齐出来抵抗，自己凭着人多，便可乘此下手，连打带抢，绝不落个空手而回。哪知李三姑只身受命，竟一丝儿也不强项。他又知李三姑素为洪姑姑所重，平时在洪府遇见，谁也不敢不恭而敬之地尊称她一声“李头领”。此时见她立在阶前，一动不动，那种威武英挺之姿，不由得自己先软了半截，忙上前一抱拳道：“李头领，久违了。”

李三姑原要看看他的来势如何，一看张得胜以客礼来见，心说这小子调皮，免得出丑。他既如此，自己自然也和他客客气气地欠身答道：“久违了，张头领，恕我接候来迟。”说完了向旁边一让，随接问道：“您想必是奉命带我回部，是不是?”

张得胜虽则气焰万丈，却慑于李三姑平日的威望，此时竟也有些战战兢兢，一见李三姑开门见山，一语道破，而且洪宣娇的命令，原不过令张得胜亲赴巴陵查究实情。如果李琼有不服调度之处，准其就地枷号，押解来京这些话。此刻瞧李三姑的态度，似乎并没有不服调度的意思。自己虽受柳花娘重托，必须将李三姑做倒，但是终还惧怕万一李三姑到了南京，向洪宣娇一申辩，自己如果假公济私，难免要落个处分。所以未便造次，连声“不敢”，一面打从人手中取过一角公事来，递与李三姑。

李三姑打开一看，见上面的意思，大略说自己“部务废弛，擅离汛地，勾串乡民，妨害行军，实为扰乱军纪，干犯大禁，着即明惩办。如有不服调度等情，并饬就地枷号，押解来京”等语，看罢微微一笑，将公文送还张得胜，直接说道：“既然如此，就请张头领加上刑具吧。”说完两手一伸，意思是让他戴上手铐。

张得胜为她的气度所慑，又一看李三姑身后，立着一双使婢和四名头目，都是一身武装，佩刀带剑，站在旁边，虎视眈眈，一想自己带的人虽多，却并无甚了得的好手，久闻这个魔头的部下，不问头目、使婢，都是严加训练，一个个皆有十分能耐，不要自己不识相，吃个眼前亏，便忙向李三姑笑道：“李头领不要错怪，你我都是听命于人的人，上峰差遣，没法推诿。好在李头领也不是不服调度的人，何必要提那种东西呢？”

哪知李三姑此次俯首就逮，实是本身环境所激而然。她自恨仁虎的负心薄幸，所以已生厌世之想，正想毁了自己，成全他们，故此做得十分驯服，为的使柳花娘的怨毒集于自己一身，也就不至再去难为崔、钱两家了。此时张得胜吞吞吐吐，实是怕自己翻脸，便益发安慰他道：“我是洪姑姑部下的人，焉能违抗洪姑姑的号令？你不用顾虑，只管把铐子拿过来吧。”

张得胜见她一再请求，似乎出于真意，也就不再客气，便说了声：“得罪！”立自随从的手内取过一副纯钢手铐，向李三姑双手一套，咯噔一声，上面暗锁早已落簧。李三姑一见自己双手被铐，想到自己本不至如此，全是为了崔仁虎。如今崔仁虎又在哪里呢？想到此处，不由心中一酸，忍不住两点痴情之泪就要夺眶而出，猛地把心一横，满口银牙错得咯咯直响，一回头向着四个头目、两名使婢喝了一声“随我走”，竟昂首大步而出。

要问李三姑押解南京如何发落，柳花娘怎样陷害李三姑，李三姑究竟生死如何，仁虎与真真怎样营救李三姑，以及飞天神龙师兄弟如何脱险，更有嵩山峦峪与南海大南洲白了翁等如何结仇比武，另在《艳魔岛》中详叙。

艳 魔 岛

第一回　汤九郎君和灵鹤

本书作者在《炼魂谷》一集内，曾经提到崆峒派掌门人大力黄能胡剑秋，他因自知敌不住剑客，曾向南海艳魔岛大南洲洲主白了翁求助。白了翁念在自己当年与他师父悟真禅师的交谊，不便坐视，便派了两位高徒去帮他的忙。此二人一精拳技，姓柳名桑，人称紫煞神；一擅剑术，人称飞燕胡曾，二人在白了翁门下，都是首屈一指的人物，此番奉命派赴中原，以后如何情形，此时暂且不表，单要说明这座“艳魔岛”。

南海地方，群岛罗列，大小固不一致，荒僻和繁盛，也各有不同。那些人烟稠密、市廛排比的岛屿，都是商贾海客们的贸易之地，于本书无涉，自不提它。这艳魔岛却位于南海诸岛之南，面积虽也不小，却因位置过偏，往来不便，所以此岛独立南洋，块然无侣，也从无船只往上去。岛上的人，也不与岛外往来交通，类似滇黔边疆的生番一般。这岛总名艳魔，岛内却也分了若干部分，大南洲便是岛中最北的一处洲地。白了翁少年时节，曾受异传，因修习能为，才由中土大迁到大南洲隐居。凭着白了翁的武艺剑术，真在此称了霸主，何况年时一久，土著谁敢和他较量？所以他便做了一洲之主。

艳魔岛的整个岛区，共分四洲一堰，五个部分。四洲便是大南洲、小南洲、东蟾洲、西蟾洲；那一堰，便是血龙堰。艳魔岛所属人民，俱是土著，他们的文化生活，恰与滇黔边境的苗族相同。昔年此岛原不是叫艳魔岛，据说，这是后来因人杰地灵而得此异名。所属四洲之主，却都是由中原隐迹在彼的奇僻之士——甚至也有漏网巨盗——为首担任。独有艳魔岛的岛主和血龙堰寨主却是土著，岛主且是一个女性。别看轻这个女性，瞧去弱质娉婷，却是允文允武，是一个了不得的人物，这四洲一堰五位魔头，俱都隶属在她的麾下。

提到这位艳魔岛岛主平江艳绿的来历，颇具有一段神话式的历史。据传她母亲生她的时节，得自神鸟之种，因此她呱呱坠地之时，竟是卵生。她母亲怀胎二十个足月，临盆却产下一个大石卵，直径足有一尺三四寸，圆径也有七八寸，等到破卵而视，卵内却坐着一位粉雕玉琢的女婴。此女婴与常人无二，只在两臂下两肋上多了一对肉翅，左右分列。尤奇的是平时肉翅也只和手掌般大小，等到一经起了作用，便能伸展到宽至二尺余、长至八九寸的一对翼膀，故而平江艳绿除了精通武艺剑术而外，还能凌空飞行，你说奇也不奇？

平江艳绿生既具此奇质，及至长大，更出落得花朵儿一般娇艳。她的父亲原是本岛一个酋长，直到平江艳绿长成以后，一手打平本岛各部落的土酋，大家惧怕她的武力，这才服服帖帖地奉她为全岛岛主。此岛就弃去旧名，改称艳魔，意思无非是以平江艳绿为本岛魔王而已。

自她主岛以后，除去血龙堰，其余四洲洲主，却都是中原人遁迹在彼。他们平时与岛上甚少往来，亦不去惹她，不过就地形而论，这四洲一堰，自然都算属于艳魔岛，但在事实上，如白了翁等人，并不曾和平江艳绿发生较深的关系，自更谈不到隶属。不过平江艳绿生具异禀，幼年又受异人传授，自负奇才，行为难免骄纵。白了翁等自命不凡，自不甘隶属于此女，而平江秉性刚强，却总想以威力使之臣服，这便是将来纷争之源。

平江艳绿今年已经降生第二十个整年，在中原就是双十年华，在岛上却是从每一人呱呱坠地那天算起，到次年的同一日为降生第二年。平江艳绿二旬生诞，全岛大举庆祝，自不必说，便是四洲一堰之主，除了平时素有往来的，自当都来祝寿，其余无甚来往的，也不得不备一份寿礼来点缀点缀。

到那天黄昏时分，华堂红烛下，正在盛筵初启，百戏集陈，肉味酒香，熏蒸如雾。平江艳绿穿得和天女一般，坐在她府内大厅的正中高台上，一面玩赏各种杂嬉灯彩，一面和近身的一班贺客谈笑。她猛听得自己府邸的上空，忽发一种裂帛似的响声，接着便是一声鹤唳，响彻云霄。虽在那样喧哗嚣杂的氛围中，也正听得异常清晰。平江艳绿不由一怔，立刻回头向身旁两名侍婢，一名彩彩，一名风篁的，略一示意，二婢立从高台上飞身出府，到门外广场上仰天一看。

其时月升东岭，未到中天，天上夜云初展，疏星半明，望去虽不十分真切，却也能辨别一切。她们见半空中有一只大鸟，正在展翅飞翔，最奇是鸟首左右似有两盏明灯，随风荡漾，兀自不灭。鸟背好似驮着一个人影，急切间看不甚真。那鸟儿在上空，似乎围绕着府邸四周环飞侦察。二婢看了，俱不明白是怎么一回事，正想回复主命，忽闻空中又和初听见那样的裂帛般一声巨响，既长且悠，紧随着又是两声鹤鸣，那大鸟儿扑棱棱地一抖巨翼，遮得半边月色皆昏，然后像箭一般地向北飞去。

二婢只得进内，向主人报告了所见的情形。平江艳绿闻报，心中十分怙惙，她自以为宇宙之尊，无有过于自己的地位，“何人大胆，竟敢在我的府邸上空，翱翔飞越？”她毕竟年轻任性，眉头一皱，立即吩咐将四洲一堰祝寿送礼的来人唤到台前，要他们各回洲堰去，报告他们主人，仔细查访，这是哪一个管界的妄人，如此胆大妄为，敢到艳魔岛上空飞翔，像这样不明来历的妄人，不但以后不准再到此骚扰，而且要他们主人在十天内查明，交出此人，否则就唯他四洲一堰是问。

这些人回到家里，对自己主人一说，那些素来臣服艳魔岛主的人，虽不敢不遵，但是事实上，那一夜空间飞鸣的人鸟，他们也都所见，他们也一样在那里疑怪，更向何处去查明？这个人更从何处交起？至于那不曾臣服艳魔岛主的几个洲主，对于平江的命令，大为震怒。这是大南洲洲主白了翁、小南洲洲主裘潞和西蟾洲洲主凌度等数人。

这位裘洲主原是广东漳州府将军坊的一个武秀才，因好道入山，曾遇异人传授剑术，择地修炼飞剑，嫌中原人烟稠密，于三十年前来到小南洲，诛茅斩棘，双手创生一个天下。今年他已是七十余岁，不但身擅内功，且长剑术，性情尤为刚愎，自以为中华好汉，岂能听命于一个女流，但也知道平江艳绿非比等闲，亦不敢轻启嚣端，只想遇机会联合全岛，共除此女，表面上他却仍是不露声色。岂知今天平江艳绿忽然传下这样咄咄逼人的一道口谕，不问这空中怪鸟和怪人的来历，是否能去访查，便下此令，难道自己竟要听命于一个女流么？不言他积怒在心，立刻想实行素来联合四洲一堰，共除平江的主意。

究竟这空中的一人一鸟，如何来历，此刻不能不向读者补述明白。

作者在《炼魂谷》一集中，曾讲到闹海神蛟邱乙揆与独臂金刚胜超在三官庙外巧遇崆峒派大力黄能胡剑秋，和白了翁的高徒紫煞神柳桑等人动手。结果邱乙揆、胜超被大力黄能和紫煞神柳桑所擒。大力黄能本欲把二人带回陕西甘泉，只因道途太远，深怕在路上另出别情，没法子，仍将邱、胜二人送入炼魂谷石洞暂时看押。同时，仍去尽力搜寻飞天神龙和飞剑杀死红孩儿的仇人的下落。

偏偏事有凑巧，白衣秀士将飞天神龙从炼魂谷救出以后，暂时留在双木岚炼剑的洞内，一面为他治疗箭伤，一面时常四出访查崆峒派的踪迹。他竟在某一夜遇着赵甲叟等到三官庙配殿窥探。白衣秀士用飞剑削去赵甲叟头巾及顶发以后，知道崆峒仇人已是发现了自己的住处，必然还要再来寻仇。因此就离了三官庙，索性留住双木岚洞内。

转眼旬日，飞天神龙伤势渐愈，气体未复，一经问起白衣秀士，才知是一位与师门有旧的前辈剑侠，先拜谢了救命大恩，然后请示与崆峒派的仇怨，今后能否消解？

白衣秀士微笑道：“崆峒派自恃艺高人众，掌门人大力黄能违了他师父悟真禅师的遗命，不但与武当结仇，更和各门各派都不能和睦。这正是他崆峒派气运将终，所以遍树仇敌，将来总有日暮途穷的一日，正不必为此介意。不过每一个人都有他本身的一步厄运，就如你目前为了这一点事，闹得家破人亡，虽说是崆峒的不仁，究竟还是你本身一步厄运。你只须立身行事，方寸不乱，自能否极泰来，不用忧急。”

飞天神龙晓得这位老前辈不但武艺了得，且是道行高深，便又叩请指示何时可与侄儿精一、侄女真真等相见。

白衣秀士闻言，便为他卜了一卦，对他说道：“这是一个坤卦，主阴，有喜，你令侄爱身上，将有一重喜事。次是离卦，离中虚，为空虚之象，故目前尚难相见，然虚则继盈，盈虚有待，故相见尚待时日。”飞天神龙谢过之后，白衣秀士又说道：“我昨晚打坐时，陡觉心血来潮，当掐一课，日内当有远人至此，且料崆峒方面仍在近处骚扰，课内多少露一些凶讯，所以今明日内，想再往三官庙那一带察访一遍，或有所遇。”

到了次日晚间，白衣秀士夜探三官庙，见自己原住的那间配殿内，灯烛甚明。他便悄悄掩在前殿屋脊上一看，见那日在炼魂谷所见中等身材的黄脸老人，正和一个紫脸大汉对坐谈话。白衣秀士料此老人定是大力黄能胡剑秋，但不知大汉是谁，恍惚记得那天在炼魂谷所见众人，并无此汉在内，不如听他们论些什么，正在此时，忽从南方空中，倏地发来一声微响。

白衣秀士一闻此声，便知是有人御剑凌风而来，忙即隐身伏在脊上。果然一会儿就有一道淡蓝色剑光，裹着一个身材矮小的人落在后殿院中，一落到地上，便向屋内唤道：“二位谈些什么好事，这等高兴?”

屋内二人，本未知晓，闻声一齐出外，将那人迎到屋中。白衣秀士见此人进屋，便又蹑近窗前，宁神息气听他们说话。他真个一丝声息都无，任你多高明的能手，也不知道外面有人呢。

只听来人趾高气扬地向大力黄能说道：“胡师父，您不是跟我师父说敌人就在深坑一带？怎的我们来了三五天，我每夜出去察访，却竟不曾看出一些儿苗头？别不是藏在这一带吧，您也许弄错了吧?”

大力黄能脸上一红，似有愧色，强答道：“惭愧得很！我也只是知道敌人常在近处与我们为难，可说不准敌人在哪个地方藏着。便是昨天我们逮住的两个仇人党羽，要不是为了实在没有地方去安放，真不敢再送到炼魂谷，因为仇人飞天神龙就是在谷里被那剑客救走的呢。”

白衣秀士闻言吃了一惊，心说难怪昨晚一课有些凶讯，原来志道恒的同伴又被他们擒去，正思忖间，就听御剑之人笑道：“这又怕他何来？皆因那时我们弟兄不在旁边。说句胡师父不爱听的话，任你崆峒派掌门人武功绝顶，可是不会剑术，所以才着了来人的道儿。如今我弟兄在此，凭他什么好本领，谅也不能不了结在我艳魔岛大南洲白了翁门下飞燕胡曾的手内。”说罢哈哈大笑，那一种狂妄之言，既使得窗外白衣秀士听了着恼，那一派桀骜夸大之言，也使得大力黄能面带羞惭，心存愧恨，只默默地不语。

毕竟那个紫脸大汉懂事些，深怕大力黄能脸上下不来，忙将话锋转过来道：“闲话休提，昨天逮住这两个小子，也真不善。那个使剑的红脸汉子更加了得，真是武当八步乾坤剑的嫡传呢。”

大力黄能闻言微笑道：“那个独手持鞭的毛包，我虽不认识他，江湖上却有个耳闻，大概他就是独臂金刚胜超，那是武当派萍江一鹤的得意门人。如果是他，与仇人飞天神龙正是师兄弟。在下虽是无能，但今幸承尊师白了翁前辈慨然命二位兄台到此相助，我们正好将他师兄弟一网打尽，也免得武当派逞能。”

白衣秀士此时也顾不得再听下去，立即一隐身形，从杂草中倏地一闪，真如野兔儿一般快疾，早已越到后山坡上。他一看四下无人，立刻运用玄功，身剑合一，一股劲风起处，人已腾空，隐在半空云层中，边行边打主意：是回去问明了飞天神龙这被拴二人的来历，还是直飞炼魂谷，先救出二人，一同回洞呢？既而一想，别说大力黄能等或将二人杀害，即便将二人挪往别处，岂不转费手脚？救人救彻，不如先到炼魂谷再说。

白衣秀士到了炼魂谷口，飞身下岩，四面一看，似乎寂静无人。他知道绝不会无人看守，便加了小心，悄悄蹑到原先那所洞外，侧耳一听，似有隐隐说话之声，再一细听，竟是有人在里面斥骂道：“什么武当派，活现世，此刻被我师祖们擒住了，还要摆你的英雄谱。如不是师祖吩咐要你们这两颗贼心祭灵，早将你们一钩一个解决了，也叫你们尝尝神钩的滋味！”

原来说话的正是赵甲叟爱徒神钩吕冲霄，也就是上次在三官庙使虎头钩力战飞天神龙的那个贼人。此人素恃武艺，目空一切，因赵甲叟和江已兰奉命在此看守邱、胜二人，赵甲叟一时有事他往，就派他爱徒神钩吕冲霄替代自己的职务。再说胜超被拴，本已怒不可遏，又见神钩趾高气扬，对自己和邱乙揆颇加凌辱，越发气得他暴跳如雷，所以此刻正被神钩叫骂百般。

白衣秀士虽不认识，但闻声辨貌，运用神目，向洞内看去，见洞内一角的地上坐着两人，手足均被牢牢绑个结实，就是转动都难，知道这便就是敌人所说飞天神龙同党。洞的那端坐着一个女人，白衣秀士留神一看，认得是那夜私探三官庙，与老者同行的妇人。当时老者被自己飞剑削去头巾，却便宜了她。在妇人旁边，立了一个长身矫健之人，正指手画脚地斥骂洞角上的邱、胜二人。白衣秀士本不想伤他，却看不惯那种飞扬跋扈的神气，心说：“我先教训教训这个小辈。”

他主意打定，先不进洞，只运用玄功，身剑合一，将手向邱、胜二人身上一指，只见一道光华绕着二人身上一匝，紧绑的牛皮筋早已纷纷寸断，二人手足之缚立解。胜超一时还未醒悟，瞧着那一堆斩断的牛皮筋发愣，邱乙揆毕竟见识较高，知道来了救星，立即踊身跃起，一面高叫“师弟快动手”，一面一个箭步抢到北面的洞角边，一伸手刚刚抢着了自己的一柄倭铜剑，他还想替胜超去抢回铜鞭时，旁边坐的妇人，正是红线娘江已兰，早娇叱一声，手持双刀，飞一般抢到邱乙揆身旁，分上下两路刺来。邱乙揆顾不得再去抢鞭，只得一扑身避过双刀，一递手中长剑，就向红线娘咽喉刺到，二人就在洞内动起手来。

再说这边胜超正自奇怪，被邱乙揆一语提醒，立向自己铜鞭倚放处跃去。此时，神钩忽见一道白光将仇人同党浑身钢捆斩断，他真还没见识过此种场面，口中“奇怪”二字尚未喊出，早见邱、胜二人先后跃起，这一急真急得他三魂出窍。他急的是如果他们逃走，有何面目向师父交代？所以立刻向胜超扑了过去。只是他手中并无兵刃，其时也来不及再取兵刃，就用左手向胜超面上一晃，右手黑虎透心，早就当胸打到，只盼一拳击倒他，免使逃走。岂知胜超也不是凡手，一见敌人拳到，看去功力甚深，因自己少了一只手臂，拳技怕要吃亏，不得不使一手绝招，忙一闪身避过来拳，立起右手，同时闭口吃气，从丹田运用玄功，运入右掌，忽地向敌人前胸发出一掌，掌离敌人身体，尚有二三尺远，立又将掌心向自己怀中一带，这一下正是独臂金刚的独门功夫“单掌摄魂”。

敌人虽是武艺了得，毕竟年轻，经验尚浅，哪里识得他的厉害。当胜超掌起之时，他还打算等他掌到尺寸，再来破他，哪料到掌还离着自己二三尺远，敌人却收掌反向怀中一带，自己前胸仿佛被大力抓住，整个身躯，就随着他这一带，早已立不住脚，直向敌人怀中跌来。胜超见对方已中上这一掌，立即跨左足，转右足，一拧身躯，避开正面，仿佛让出一条路来，好让对方跌得远些似的。那神钩吕冲霄果然直跌出六七步外，竟自趴在地上，这是什么缘故？皆因这“单掌摄魂”的功用，不但能使掌心发挥极大吸力，更能使敌人肺腑震撼受伤，所以神钩便扑地不起。白衣秀士见胜超竟有这等超人的功力，不禁暗暗赞许：“毕竟武当嫡派，自是不同!”

再看邱乙揆和红线娘二人早已刀剑齐施，敌我功力相当，自然一时分不了胜负。白衣秀士深恐时间一久，又生意外，便等不到胜超过去，说时迟，那时快，早就一举步到了红线娘身后。红线娘只觉得眼旁人影一晃，知道又有敌人来袭。要知红线娘的武功，与红孩儿伯仲之间，为大力黄能门徒中一等人物，自然处处不让人有懈可击。当白衣秀士上前之时，她早已知道，立即一转身躯，用刀横扫过来。如换一人，红线娘这一手即便不能伤人，也足可自保。无奈来者是白衣秀士，那种矫疾灵稳的手法，正要超出红线娘十百倍以上，哪里还容她闪避，刚一转身，早觉腰上一阵麻木，眼前一黑，立刻两手一松，双刀落地，扑通一声，整个身躯也就栽倒地上。

白衣秀士真快，还不等邱、胜开口，立刻将手一招，低声说了句：“志道恒现在我处，二位快随我来，不可耽搁。”话才说完，人已出洞。

邱、胜也早看见一个身穿白衣的清瘦老人，身手快极，举动与武术家又有些不同，知道是一位异人，又听他提到志道恒三字，立刻大喜过望，不由一齐应了声“遵命”，也顾不得处置洞内一双男女，便双双跃出洞外。

二人一看，那老人已在百余步以外。邱乙揆暗自惊服，心说：“如此快速的身法，如与我辈动手，到哪里去讨他的便宜？”他想到此处，猛然记起静修的话来，知道此人定是所说白衣秀士孔老前辈，忙一拉胜超，二人一语不发地追了上去。白衣秀士知他们不会剑术，所以不使剑光，只运开夜行步法，一前二后，蹿山越壑，迅速非常，不一时到了双木岚石洞口。见白衣秀士已在前面站住，二人忙赶上去要行礼拜谢，白衣秀士用手一拦道：“我们且到里面再谈吧。”又说了句“恕我在前引路”，就要引邱、胜进洞。

邱乙揆一看洞外岩石大可及人，一方一方地纵横排列，一时真找不到洞门何在，只见白衣秀士单掌向两方高可丈余，广可五尺的大石条慢慢推去。说也奇怪，那两方石条，竟一前一后地渐渐向一旁移去，真如变戏法儿似的。邱、胜二人站在旁边，口虽不言，心中大为诧异，还以为这老儿有些障眼法儿。石条推开以后，立刻现出一个六尺高、三尺宽的洞门。白衣秀士见二人面带惊疑之容，一面让客，一面笑向二人说道：“方才用的是五丁移石掌的掌法，并不是变戏法，也不是装有机关，这都是人力可能练得到的功夫。”邱、胜听了，越发佩服，同应了一声，随了白衣秀士走进洞内。

洞不甚广，却有内外两层，颇见曲折。外洞本甚黑暗，因内洞点有烛光，所以也照耀到外洞来。白衣秀士一经将二人引入后洞，立见榻上盘膝坐着一人，那正是他二人遍寻不得的飞天神龙志道恒。飞天神龙见邱、胜突然到此，正比邱、胜见到飞天神龙还要惊奇万分。这是为何？只因邱、胜受了静修尼的指示，知道飞天神龙已为白衣秀士所救，方才白衣秀士又对他们说过飞天神龙在此，自然早已明白，飞天神龙却万不料白衣秀士会带了他两位师弟同来，因此一见面，立即想跳下榻来，却被白衣秀士阻住道：“志贤契箭创虽平，筋骨尚疲，不可剧动。”飞天神龙听了，一面道谢，一面忙不迭和邱、胜二人握手道故。大家落座之后，还是邱乙揆精细，重又向飞天神龙问起白衣秀士，并再拜谢老前辈救命之恩。飞天神龙一经细问，才知邱、胜如何探听自己下落，如何路遇峨眉幼师静修，又如何夜探三官庙，以致遭难，和今晚又如何被白衣秀士营救等前后诸事。

飞天神龙叹道：“愚兄无德无才，才至开罪崆峒，不是孔老前辈相救，早死毒弩之下！不想又累着二位师弟，又蒙老前辈二次相救，以后我武当一宗，真是全出老前辈所赐了！”说罢三人重又叩谢。

白衣秀士才又将今晚夜入三官庙，探得大力黄能又向南海艳魔岛借来敌党两名，并擅剑术之事说了一遍。

飞天神龙等听了，俱觉事情越闹越大，可是真不知那艳魔岛是怎样一个地方，又是怎么一些人物。

白衣秀士微笑道：“艳魔岛在南海滨南荒僻海上，那里闻说分四洲一堰五个部分，岛中系奉平江艳绿为首。至于四洲一堰，是何人为首，都是哪一路的人物，我也不甚清楚，须要等我一位同门师弟到此，方能知其详细。因我那师弟专一在海外云游，识人颇多，时常遨游海上，不甚滞迹中原，所以中原人反不知道他了。”

飞天神龙等听了，知道又是一位异人，有心要想结识，忙问道：“不知老前辈这位令同门贵姓高名，何时可到中原？能否拜求赐见？”

白衣秀士微笑道：“我那师弟真是一位了不起的人物！他本姓汤，单名一个迪字，别号尹师，人称为白鹤仙汤尹师，又呼他为白鹤九郎君。因他年才二十四岁，就有莫大能为，坐下一骑白鹤，尤其神骏。那只白鹤也有个徽号，叫作冲霄白，又名夜明珠，因为它一对神目，十分精神，夜间在半空中飞翔，就像一对红灯似的，见者无不称奇。”

飞天神龙等听了，越加敬慕，只不便寻根究底，胜超却忍不住问道：“不知这位汤九郎君的师父是哪一位高明人呢?”

飞天神龙等见他问得唐突，正要拿眼色去止住他，白衣秀士却已笑答道：“他的师父，就是我的师父，和你们讲了，怕也不知道，几时见你们令师叔祖时，自然一问便知了。”

胜超想不到会碰了个橡皮钉子，只得唯唯答应。

不言他师兄弟三人暂时留居洞内，仍要掉回头再交代炼魂谷中的红线娘和神钩吕冲霄。一个中了“单掌摄魂”，一个中了哑穴，都躺在洞内，不能转动，也不知经过多少时间，赵甲叟事毕回转炼魂谷，进洞一看，敌人早无踪影，倒是自己的徒弟和师妹红线娘二人，均已受伤倒地，心下大惊。这时已在次日清晨，洞内借着日光一看，见红线娘双目圆睁，一语不发，问她也不言语，再看周身并无伤痕，知是中了哑穴，忙用手掌在红线娘左背离肋三寸地方拍一掌，红线娘立时咯的一声吐出一口黏痰，然后才“哎呀”一声，喊出口来，可是身体依然无力坐起。

赵甲叟见红线娘已醒，也无暇详问，忙不迭跑到神钩身旁一看，见他面如金纸，气若游丝，浑身一看，也看不出伤痕何在，忙柔声问道：“你被贼人伤在何处?”

神钩此时气焰顿尽，只皱着眉，苦着脸，指指胸口，一句话也说不出来。偏偏赵甲叟想将他扶起睡到榻上去，哪知神钩刚刚将上半身坐起，喉间咕嘟一声，早就一口连一口的鲜血吐将出来，一个头昏，就坐不住，仍倒在地下。

赵甲叟正在手忙脚乱，面对两个受伤的人，不知怎么安抚才好，忽听从洞口走进几个人来，回脸一看，正是师父大力黄能和大南洲请来的两位远客，忙起身迎道：“这是哪里说起? 敌人又被逃走，反又伤了两个自己人，如何是好?”

大力黄能一闻赵甲叟之言，忙凑近二人一看，皱着眉向紫煞神和飞燕胡曾说道："看不出来敌人如此厉害，竟能自断绳索，伤了看守人，径自逃去。"

一句话尚未说完，那边红线娘高叫师父道："不是贼人自己逃走，又是一个着白衣的老人到此救去的。"接着又将白衣秀士如何斩断绳索，救起敌人，和自己与神钩如何受伤经过，说了一遍。

大力黄能走到神钩面前，问他伤在何处，及至解开胸前衣服一看，正对胸部有一块青紫色巴掌大的手印。大力黄能吃了一惊，认得这是被武当派独门秘传"单掌摄魂"所伤，只是不懂得它的治法，只好取了些本门中高明的治伤药，给神钩服了下去，叫他暂时即在洞内，由赵甲叟派人在此看护疗养。又嘱咐不过百天，不能用力，否则不但前功尽弃，而且内伤震裂，性命难保。

大力黄能这样对赵甲叟等讲的时候，飞燕胡曾却望着那一堆被飞剑砍断的绳索，微笑不语。那一种倨傲的气派，大力黄能看了也不顺眼，心中不悦，就故意向他问道："胡师兄，您看来人是何等人物？"

胡曾带着一种不屑的口吻说道："这还用问吗？不过是练过几天剑的人，跑到您这儿来逞能来了。也就是因你们只会武术，不懂剑术，才吃他这种亏。如果到了我们大南洲，像这些玩意儿，谁也不拿他放在心上。"

大力黄能听他出言无忌，心中越不高兴，也就说道："可惜昨晚胡师兄不在这里，要不然，非叫那个使剑弄鬼的家伙丢个大人不可。"

胡曾还当大力黄能真的捧他，得意扬扬地道："那还用提吗？"

大力黄能见他越发张狂，忍不住说道："既是此人不经胡兄一击，胡兄可能知他藏身的地方么？人家找上门来几次了，我们也找人家一次呀。"

胡曾一听，心想这上哪儿去找呢？只是口中不便说出，只顺口道："那个容易，等他下次再来，我非跟踪到他巢穴里看看不可。"

大力黄能微微一笑，也不再理他，又嘱咐了赵甲叟和红线娘几句，仍陪同柳、胡二人暂回三官庙配殿。

大力黄能赋性褊急好胜，两次都被敌人将仇人救去，还伤了三个门徒，死了一个门徒，心中痛恨到十分，恨不能立时找到这些对头，与他做个了断，所以力恳柳、胡二人，仍在深坑附近四处寻访，非要访着仇人不可。

飞天神龙与邱、胜等三人自被白衣秀士救回洞府以后，因白衣秀士说飞天神龙中毒甚深，劝他多休养些时日，并又说："不久师弟汤九郎要来，将来你们还有一段缘法。师弟也还需你们三位的协助，所以不如在此屈留几日，等他来了，好替你们介绍。"

三人自是愿意，就在洞内住了下来。他洞内只一小童，名唤苗儿，年才十二三岁。看他步履如飞，分明也是一个好身手，但他自说是山下村童，从小由白衣秀士领来，名虽师徒，却并未教他武技，只不过是静坐练气而已。这苗儿就在洞内服侍众人，倒也伶俐解事。洞中光阴过得很快，早已过了七八天。

这一日清晨，天甫黎明，红日尚未出山，飞天神龙忽自梦中醒转，正想起身，忽听外洞有人低语之声，留神一听，乃是白衣秀士和另一个人正在说话。他知道白衣秀士洞内素无来客，莫非来者就是汤迪吗？飞天神龙急于想会汤迪，忙匆匆起身，唤醒邱、胜。

三人盥漱甫毕，就见苗儿笑嘻嘻进来说道："夜来汤九师叔到了，此刻我师父请你们三位到前面去呢。"三人闻言，自是高兴，忙整了整衣冠，随了苗儿，走将出来。

只见外面石案旁分坐二人，一个白衣老者，正是孔莲；下首一个少年，面如冠玉，体甚修长，穿一件浅蓝底子银白镶边的绸衫，头上乌云般的墨发，梳了一个似髻非髻的松儿，越显得皓齿明眸，长眉粉颊，不但生得漂亮，简直和美女一样的艳丽，在男子中真还少见。

白衣秀士见他们走出，并不起身，只向少年一指说道："这三位就是昨晚所说罗老哥的高徒。"又单指着飞天神龙道："这位志贤契，现是武当掌门人，在武当派中，正是一位佼佼者。"回头又向三人说道："他就是我师弟汤尹师。"

三人闻言，一齐向前拜见，因为白衣秀士是云溪上人的朋友，自不得不以师礼见之。

哪知少年哈哈一笑，立起身来，一把拦住三人说道："汤某年轻，怎当得三位老英雄的大礼？我们彼此一见如故，不必俗套，俱以客礼相见吧。"说罢，立向三人一拱手，转身让坐。

飞天神龙等看他举止安详活泼，言语清朗，别具令人折服心仪的地方，不禁唯唯然生了敬爱之意。

白衣秀士也在旁说道："大家不必闹虚套子，还是坐下谈话吧。"

三人纷纷告坐，围了石案，大家就谈到当前的问题。这问题乃是方才汤尹师对白衣秀士所说的一个奇特问题。因为白衣秀士听了之后，觉得又与飞天神龙一干人有相当关系，所以又将飞天神龙等师兄弟请了出来，五个人共同商讨这个问题。下面就是白衣秀士转述汤尹师方才对他讲的一篇话。

他说，汤尹师在东海鳌岛上遇见一群左道的剑客，像似正在纷纷商议什么事情。汤尹师一时好奇心起，就隐身在岩石深处，窥听他们的说话，才知道这些都是南海艳魔岛属下大小南洲和东西蟾洲的人物。因为近年艳魔岛上出了一个女魔王，肋生肉翅，浑身刀剑不入，异常强横，常要强迫各洲洲主臣服于她。那些洲主甚不甘服，又恐那女魔王力强势众，不可轻犯，所以就由大南洲洲主白了翁与小南洲洲主裘潞商定，要集合四洲一堰全岛之力，除去这女魔头。

汤尹师年轻好事，当时听了这一番话，分明事不干己，却一心要上南海走上一趟，想见识见识这位女魔头，究是怎样一个人物，有多大的本领？他于是想去找那个艳魔岛。幸而汤尹师曾受异人之传，不但精通剑术，更豢有灵鹤一头，全身洁白，配上一对赤睛，身材较常鹤大上一倍有余。这是汤尹师一匹坐骑，每逢远行或是赶急程时，就跨上鹤背，冲霄而起，比自已御剑凌风更为快速省事。此番要远渡重洋，自然驾轻就熟，骑了灵鹤，从东海鳌山直飞南海。但南海位于广东之南，海面宽广，而且岛屿纵横，星罗棋布，正不知哪一个岛是艳魔岛，更不知哪一个地方是大小南洲。可笑他骑在鹤背上，在南海上空翱翔了大半日，也看不出应当从哪一个岛上下去，转磨似的转了许久，依旧不得要领，看看天将日暮，终不能在半空中飞上一夜，他就向下面择了一处林木最盛、面积最广的岛飞将下去。白鹤真解人意，缓缓地飞到一座小山顶上站住。

汤尹师下得白鹤，见是一座翠竹千竿，中无集树的小矾头，顺着矾头向西面行去，渐渐地向下斜着一带山坡，两边绿茵如褥，中间嵌着一条白石小道，虽然曲折，却极平整，仿佛人家花园里的甬道一般，绝不似山野道路，转过山坡，陡然从山脚边竖着一方大岩石，那石形状甚为奇特，乃是宽有四五丈，高约百余尺的一片整石，像牌坊似的立在山角上，尤奇的石上满布一片青苔，其碧如翠，细看从石根下长出一本老藤，盘旋曲折，一直爬到石顶，藤上翠叶纷披，猩红点点，开着一片比罗汉松还大的朱红色花朵儿。就这一方大岩石，翠叶红花，青苔赭土，那色彩别提多么美丽哩，就是画也画不出来，真好像特制的一扇石屏风。

汤尹师正自看得出神，忽见岩石后面，人影一闪，倏地露出半个小孩身形和半张小脸儿，像是藏在石后看人的意思。汤尹师见有小孩，知道这是一所山村，便一手挽定白鹤头上的彩绒，一面缓缓向石后走去，口内还和声唤道：“前面有人吗？问路的来了。”

哪知刚刚转过石屏，见一个年约五六岁的小孩，身着一件大红短棉袄，穿条淡绿色开裆裤儿，系着腿带子，两双裤管就如气球似的鼓得顶圆顶肥。小孩儿头上梳了两根小辫儿，大红把根扎得笔直，胸前还套着一个金项圈，正中挂了一只金锁片，再看面貌，真个眉疏目朗，小脸蛋儿红里透白，又肥又嫩，好一个粉妆玉琢的胖娃娃，心中正在夸爱，刚刚张口叫得一声“小弟弟”，只见那小娃看着自己，嘻着小嘴“咦”了一声，立即回头就跑。

汤尹师恐怕山路不平，小娃娃要摔着，刚又叫得一声“当心，别摔着”，哪知一个摔字还不曾说完，小娃早从石屏旁的平地上耸身跳上前边一座乱石坡上。汤尹师一看那座石坡，离地倒有二三丈高，不料小娃和跨门槛似的蹦了上去，毫不费力，不觉失口叫出一声“奇怪”，他一语未了，再瞧小娃早已连蹦带跳，一阵飞跃，从石坡转过一座小矶头，又从小矶头越过一条丈余宽的山涧，红衣裳影影绰绰的，早又过了一重岭脊，在斜照中消失了他那个绰约的小影。

汤尹师早看得毛骨悚然，说不出话来，心想自己小时禀赋虽异，这样小的时候，也还赶不上这个娃子，究竟他是什么人家的孩子？他家大人不用说，更是了不起的人物。今天既给我碰上，倒不能不见识见识这一家老小了。

他打定了主意，也照着方才小娃儿去的那条道上跟了下去，果然越过山涧，翻过岭脊，却是一片大平原，一眼望去，是一方五六十亩地宽广的平原，原上良田竹木，俨然村舍，但是寂无一人，更不知小娃跑到哪里去了。

汤尹师顺着阡陌，缓缓行去，正想到前面有房舍的地方去问讯一下，忽听身后有一个苍老的口音问道：“客人跑到这里来做什么？”

汤尹师站定了，回身一看，见十步以外立定一位白须白发的老者，长袍布鞋，像个村学究模样，当即向前施了半礼，即问道：“在下拟去南海访友，失道经此，不知贵处是何地名？”

老人闻言，对他端详了一会儿，又向他身旁的白鹤看了一眼，先不答话，却掺着土音自言自语地说道：“准又是阿玉这孩子淘气，才将生人引进来的。”

汤尹师依稀懂得他的粤南语音，忙应道：“正是呢，方才那个小娃儿太好了，想必是令孙吧？”

这时，汤尹师已经行近老人，暮色中见老人面貌虽无甚奇特之处，却是虎头燕颔，浓眉暴眼，相貌颇为粗野。尤其一对鹳眼，炯炯发光，露出凶猛之色，不像个平常善良的庄稼人，心中不由有些怙惙。

老人听了汤尹师之言，劈口问道：“你是追他来的吧？”汤尹师被他一语道破，一时倒说不出话来，就在这略一迟钝的当儿，老人哈哈地又说道：“你这么大的人，追一个小孩子干什么？”

汤尹师见老人一脸寻事的神气，心中好笑，仍是笑嘻嘻地答道：“我倒不是有心追赶小孩子，因为迷了道，打算找人问一问路径。”

老人闻说不是追赶小孩，脸色似乎转和了些，便问道：“你要打听哪条路呢？”

汤尹师顺口说道：“我是打听艳魔岛怎么走法。”

老人听说艳魔岛三个字，立即换了一副笑容说道：“你老到艳魔岛访哪一位呀？”

汤尹师何等机灵，一见老人听了艳魔岛三字，立刻换了一副面貌，倒不如索性哄他一哄，随想随答道：“我与岛内主人是好朋友，特来探访她的。”

老人闻言，更加恭敬，忙让道：“今天转眼就黑下来了，已来不及进岛，如不嫌简慢，请到舍下安歇一夜，明天派人送你老进岛如何？”

汤尹师见老人这种前倨后恭的情形，知道必有原因，正好借此探听，就也笑谢道：“那是再好没有，只是打搅你府上，心中不安哩。”

老人此刻，早变了一个和蔼面孔，连说不要客气，径自在前带路。汤尹师随着他走过一条田沟，再转过一带树林，迎面就有一道极细的清溪，上面横着一条板桥。二人行过板桥，向左一转，又是一道短短竹篱，篱上满覆了藤蔓细花，紫的白的，十分茂密，再一看篱边门首，站着一个小娃儿，正是方才跳过山来的那个孩子。那孩子一见老人，口喊爷爷，立即跑了过来，一把抱住老人的双膝，一双小眼睛却乌溜溜地望着汤尹师。

老人正着面色说道：“阿玉，不许闹，快去对你妈说，有远客来了。家里有现成吃的喝的，先端出点来。”

阿玉听罢，应了一声，又向汤尹师笑了一笑，回身跑进篱内。老人也引了尹师走入，见一所茅盖的屋子，十分整洁，茅屋旁有两棵合抱不来的大樟树，枝繁叶茂，遮得满院绿沉沉，更见清雅。进了茅屋，原来这是第一进，走到后面院内，老人才让客入屋。尹师就将灵鹤留在院中树下，随了老人进屋一看，此房虽是茅屋，却建得甚为高大，一排五间，居然窗明几净，家具都是竹木自制，古朴可爱，心想这模样不像是庄家农户，也不知主人是做什么的？

二人落座之后，还不等尹师请教，老人早先报名道："客人谅来不知我们这里是什么地方。此地名叫三道峡，属艳魔岛大南洲所管。老汉姓柳名权，原是广东琼州府人，四五十年前到了此地，就在三道峡落了户，生有一子名柳桑，乃大南洲洲主白了翁白老师的门徒，现时总在白老师那边伺候师父。方才那个小娃阿玉，那是我一个孙儿，天生爬山越岭，不用练功。我夫妻老年得孙，格外娇惯了些，真叫客人笑话。"

尹师这才明白，自己已经到了艳魔岛区域以内，正想探听大南洲和艳魔岛的关系，老人先已动问尹师姓名及访问艳魔岛的情形。尹师略一沉吟，就信口说道："在下姓汤无字，人称九郎，因与艳魔岛主平江艳绿有些友谊，特地到此拜访的。"

老人一听是平江艳绿的朋友，立刻现出惊喜景慕之容，重又起身恭恭敬敬地说道："恕老汉不识尊容，原来是岛主的贵友！今日莅临寒舍，真正难得。"

尹师心中好笑，便想借此探一探在鳌岛所闻的四洲一堰要与艳魔岛主为难之事，忙一面笑谢，一面故意说道："在下此番一来访友，二来还因别有所闻，放心不下，才就到此地来的，这件事不知老人家也有所闻否？"

老人闻言，似乎微现惊疑之色，忙问道："哪一件事呢？"

尹师微笑道："在下在东海，听说此地四洲一堰，有和艳魔岛主为难之意，不知老人家得知此事真假如何？"

哪知尹师话才说完，老人脸色早已惊得雪白，战战兢兢的，迟疑了好半晌，才悠悠地叹了一口气道："论理呢，我不应批评我们白老师，但是这件事如果不幸做出来，正不知要遭多大的祸事呢！"

尹师一听他的话锋，似乎很知底细，便用话套问道："有什么祸事呢?”

老人正要开口，后面早又走出一个妇人，看去三十上下，手里托了一大盘酒菜蒸食之类，放在旁屋桌上，阿玉也跟了出来，老人就向尹师说道：“这是桑儿媳妇王氏，乡间人不懂礼貌，客人休得见笑。”

尹师也客气了两句，老人便相邀入座，二人对饮，旁边只阿玉陪着。尹师急于想打听那件火并的事，一面饮酒，一面又接着问将起来。

老人对阿玉看一眼，先不搭理尹师，却抓了许多糖食果子，递与阿玉，叫他后面玩耍去，待遣开了阿玉，才又悠悠地叹上一口气，皱眉说道：“这事说来话长。艳魔岛原名琼南岛，又叫安东岛，因它正在安南之东。自从岛上出了这位天神般的平江岛主，她自幼浑身刀枪不入，肋下生有肉翅，飞行数千里，片刻即到。至于武功剑术，更不用提。她有这班人所不能的本领，自然她要做一岛之主。过去岛上也有许多有本领的人不服，和她闹翻了，还等不到她亲自动手，只放出了两只豢养的人猿，立刻就将那些人打了个落花流水。也有偷偷去行刺她的，都是只有去的，没有回的，也不知人家用什么本领给对付了事，这才全岛畏服，奉她为主，一转眼已有八年。今年她才二十岁，那时节还只是十二三岁的一个女孩子，已经全岛无敌，如今还有谁能胜过她?

“偏偏我们白老师也不知听了哪一洲洲主的话，要和平江岛主争一日之雄，终怕独力不能胜她，所以想了个联合四洲一堰，共除平江的主意，这是我的儿子柳桑回来对我讲的。我料定他们绝不是平江岛主的对手，而且岛主为人，虽然年轻，却很知爱护平民，每年赈济贫寒的事就做得多了，所以全岛的人没一个不称颂她。不讲武艺本领，单讲这点德行，也真够个一岛之主。我们白老师本也是个好人，大约都是听信小南洲洲主裘潞的说言，才起了这个谋王夺宝的念头，将来我的儿子，我绝不许他加入此事!”

尹师听他说完，心中极想看看这平江艳绿究竟是怎样一个了不起的人物，又听说她肋生双翅，养着人猿，定是一个和禽兽差不多的生番蛮婆之类，当时也不再多说。

到了次日，尹师向柳权告辞。柳权要派人送他进岛，尹师恐被他看破自己行藏，便说不消派人，只请柳权指明方向，就别了柳权，带了灵鹤，出了村口，一看四面无人，才跨上鹤背，腾空而起，向柳权所指方向飞去。

尹师骑在鹤背，心中暗忖："到了岛上，即便下去，恐被岛上人怀疑，不如先在深山内候到夜分，再去探看。"

主意既定，他就在岛上找了一所林密山深的地方，暂时按下，用了些干粮清泉，直等到黄昏月上，他才驾了灵鹤，直飞岛的中心。可是鸟瞰了一周，见全岛山水之外，有许多奇特的房屋，与中原房舍不同，一时竟分不出哪一处是主要部分，于是在上面飞来飞去，来回绕了三匝。谁知夜间究不比白日，星光下仍看不出哪里是平江岛主的住处，只得又飞回中原。

那正是平江艳绿双十华寿，大做生日的这一黄昏。当时灵鹤一声长鸣，惊动了平江艳绿，便是上文表过的那一节事。因此平江艳绿发出命令，叫四洲一堰十天内，将这翱翔半空中的妄人查明交出，这一下就惹起了艳魔岛阋墙之争，将好好一座山明水秀的海上仙山，搅进一片惊涛骇浪之中，裹着无数的血腥火焰，使得中土英豪也卷入这一场鏖战，看去虽然热闹，说来到底惊心。

再说此时，白衣秀士将汤尹师所经说了一遍，又说尹师意在二次再去探访，所以特到双木岚来与自己商议进行之策。飞天神龙等听了，十分惊疑赞佩，但是白衣秀士却笑向汤尹师说道："师弟还不知道，那白了翁虽与我们素昧平生，但是此时却暗含着已算与我们敌对了。"

这句话一出口，不但汤尹师不解，就连飞天神龙等一时也猜不透何意。

白衣秀士便将那晚在三官庙偷听之事说了个详细，又说道："目前白了翁门下，有一个叫飞燕胡曾的和另一紫脸大汉，正助着大力黄能，与你们作对呢。"

邱乙揆猛记起来，便劈口答道："这就对了！那天最后和我与胜老弟交手的两个人，一个六七十岁的淡黄瘦脸老人，据志大哥说，正是大力黄能胡剑秋。还有一个，正是个紫脸大汉，留着一下颏的青胡须桩子，不知老前辈所见，是不是他？"

白衣秀士微笑点头道："正是此人，不过姓名不详就是了。"

白衣秀士坚留汤尹师也在洞内暂住几日，随向尹师笑道："我早知道大力黄能等正在左近极力地搜寻我们这班人，明知此事不彻底解决，绝完不了，不过他既不来，我们本不想与他计较，所以也不必寻他。他如果搜寻到我门上，我们说不得只好给他个了断，但是当时他们虽不知是你我所为，我料他必能打听出来，日后还得算这笔总账。"

汤尹师问道："艳魔岛的平江艳绿，我固是初次闻知，这位白了翁究是如何一个来历，师兄也清楚吗？"

白衣秀士点头道："师弟因晚了几年，所以不知。我与峨眉幼师静修师太俱都知他一点来历，说来话长，目前也还不是细谈的时候，将来你自会知道。"

那天洞内一共住下五个人，彼此俱是气味相投，谈古论今，甚为相契，尤其是汤尹师仪容俊美，吐属不凡，以他那种形貌气度，真也可说是旷世无双，三人自是格外倾倒。汤尹师不论在何处，人与鹤向不离开。白天人在洞内，那只鹤就在洞外的山崖水滨，任意闲游，不用加以羁绊；到晚间人已入寝，那只鹤却不睡觉，总在一二十里路的周围空中，翱翔盘旋，在月光下展开长翼，扑棱棱地飞鸣十余匝，然后回到主人所在，静悄悄地守着。有时候觉得倦了，它便将一足蜷了起来，单足独立，把一个头深深地藏入翅膀里面，那正是它打盹儿休息的时节，这也是它照例的生活状态和起居习惯。

尹师到的那一天下午，灵鹤知道主人不再出门，它就在本山前后，缓缓地飞翔在低空中，看见哪一处山水明秀，树木佳美，它便慢慢地落下来，弃飞而步，也像读书人踱方步似的，在深山中徜徉自得。

这也是合当有事，那只灵鹤唯恐主人随时要飞行，虽在山中往来，却并不走远，只在双木岚与深坑附近闲游。恰巧它走到三官庙后山上，被紫煞神柳桑一眼瞥见，心中忽而一动，暗忖道："这样荒山野地，谁家养的鹤会跑到这里来?"他又一看那鹤浑身雪一般的白，身材特大，除了头上一个红顶以外，两只赤眼如火一般红光四射，项上却系了一绺彩绒，一望而知是人家豢养的鹤。正自看得奇怪，那只鹤仿佛已知有人正在注意自己，立即两翼一展，平空冲霄而起，随着一声高亢的鹤鸣响彻云层，眨眨眼，早已飞出老远去。

柳桑看了半晌，虽不知此鹤来历，但总觉得奇怪，何以深山中有此点缀风景的玩物?他回到三官庙，将此事告知了胡曾和大力黄能。二人听了，也觉得十分稀奇。毕竟大力黄能老奸巨猾，事情见得比较多，他想到那个剑客既住在近边，这只鹤未必与他没有关系，因此格外注意，便问此鹤飞去的方向。柳桑约略说了一遍，大力黄能就主张夜晚由三人同向那一方的山中，察看个究竟。可是胡、柳二人认为乱山重叠，鹤去无踪，难以视察，大力黄能也就不便再说。

偏偏事有凑巧，到了当夜三更时分，大力黄能等一干人已经睡静，忽然听得半空中一声鹤唳，异常清晰，他三人立即惊觉过来。

柳桑忙对二人说道："准是我白天看见的那一只鹤。它临起飞时，也这样叫了几声呢。"

大力黄能尚未答言，飞燕胡曾自思到了三官庙以后，尚未显过一点能为给大力黄能看过，正好乘此让他见识见识，当即向二人说道："你两位且在此等着，待我驾着剑光去追寻那个畜生的下落，也好知道是怎样一回事!"一语甫毕，还不等二人开口，他存心显能，早自床上跃起，推开窗格，立起剑光，跟着连人带剑，一道蓝光，早已飞在空中。

这种地方，就是飞剑与武技的强弱之分了。武功再好，轻身术再精，至多纵跳飞跃，比人快疾，也万不能凌空飞行；而剑客却是一经到了身剑合一的功候，便能运用玄功，借着剑光，御剑凌空，飞行甚远。此时，胡曾一到空中，向四面一看，见月光下后山岭脊上，正有一点银光闪动，空中飞翔，一望便知是那白鹤。他恐怕将它吓跑，只远远地跟踪下去，这样一前一后，相去也有半里路程。灵鹤哪会知道有人正在追踪？它只顾自己高兴，在天空飞了小半个时辰，便振振长翼，飞回石洞。谁知后面的胡曾也正跟了下来，一看此鹤飞到双木岚峰腰间一个石洞外，兀自落下。

白衣秀士所居石洞虽无洞门，却有多方大石竖在洞口，平时白衣秀士进出总是用五丁移石掌法，将大石随时推启关闭，前文亦已表明。偏因近日先住下飞天神龙等师兄弟三人，昨日又来了师弟汤尹师，恐他们进出不便，就不曾用大石封闭洞门，也使灵鹤可以随时出入。此时灵鹤到了洞口，在月光下梳了一会儿翎毛，然后慢慢走进洞去。胡曾看得明白，本想立即进入洞内，又一想洞内是否有人，还是纯为禽兽巢穴，尚不可知，何必进去瞎闯？且回庙与他们商议定了再说，于是他认准了石洞所在地点，回转遁光，飞返三官庙，将所见情形细说了一遍。

大力黄能一听，连声怪叫了起来，说道："胡师兄太也拘谨！方才柳师兄不是说过，此鹤项上系有彩绒，这便是人豢养的一种明证。我想洞内定即那使剑的小子和仇人飞天神龙等人存身之处，我们找了这多天都没有一点痕迹，好容易天假之缘，让这畜生来与我们送信，岂可错过这个机会！不过据小弟看来，洞内现住之人，连使剑的小子在内，已有四人。这几个都是武当嫡派，算是扎手的人物，我们虽不怕他，究竟人还嫌少些。为计出万全，我们还得再多带些人去，将石洞围住。胡师兄专对付那个使剑的，其余的人都交给柳师兄和我们师徒，要叫他们一个也跑不了才好。"

胡曾一听大力黄能有埋怨之意，心中老大不愿，只冷笑一声说道："要除这些鼠辈，何必要许多人，我们三人这就同去。不是我夸口，只要将那会使剑的小子打发了，剩余三个，就算你们对付不了，我匀出工夫来，还不是举手之间，便可送他们一齐回老家去！"

大力黄能虽觉胡曾出言狂妄，但是他也知道任你多好武功，遇上飞剑，也是无法抵御的，胡曾所讲，也是实情，谁叫自己当初不学飞剑呢？

如今正在求人时候，不敢不听他的话，当时就看了柳桑一眼，问道："柳师兄的意思如何?"

柳桑是个草包，大大咧咧地说道："也好，早一天去把事情办结了就算了，省得老在这儿候着。"

大力黄能立起身来说道："既如此，就劳烦二位辛苦一趟，但愿仗着二位的威严，马到功成，小弟自当亲向二位磕头道谢。"

柳、胡二人说声："岂敢!"

三个人立即将身上略事结束，提了兵器，由胡曾在前领路，三人一路奔了双木岚。

看看将到峰腰，胡曾便悄悄地向二人指道："就在峰腰左边的那个洞内，你们得先将他们引出之后，再由我来收拾。"

大力黄能一听，心想："你倒好，嘴里说得顶硬，敢情还要让别人挡头阵呢!"念头一转，也不搭理胡曾，早跑到离洞三五丈远近的一堆乱石之后，隐住身形，正要向着石洞，高声叫阵，不料尚未张口，早听洞内扑棱棱一声，紧接着一道银光从洞内冲出，接连又是清朗朗一声鹤唳，一只白鹤早已飞到半空。

洞外三人，只防人出，却不防鹤飞，这一下还真吓了一跳。可是飞燕胡曾心内却又变了一个念头，他想："我不如先拿这个畜生祭祭刀，岂不比与人动手省事吗?"他想到此处，早已默用玄功，用手一指，剑光随发，直向那只白鹤射去。

原来白鹤性已通灵，不同凡禽。晚间在洞口盘旋坐卧，却带着一点守夜看门的责任。它的听觉最敏，早知有生人在洞外徘徊，所以一声长唳，发出一个警报给自己的主人，自己却顺便飞出洞外看看是些什么人，因此在它这声长唳之后，它的主人汤九郎君第一个警觉，才一睁眼，立即发出剑光，不过尚不知敌人何在，又恐灵鹤有失，所以剑光发处，先随定灵鹤周围绕了一匝，一面护鹤，一面搜敌。这一下还真用着了，汤九郎君的剑光刚刚围着灵鹤绕了一个半圆圈，恰巧正遇上胡曾想找便宜的那道蓝色剑光。

胡曾发剑之时，满以为一只白鹤能有多大能为，还不是手到擒来？哪知剑去以后，倏见从洞中早又飞出一线晶莹夺目的青光，比自己的剑力加倍的快疾，直到了白鹤的四周，先还以为也是和自己一样，想找白鹤晦气的，正在奇怪，后来才看清那道青光绕鹤一匝，并不伤鹤，却将鹤围在中央，这才明白正是护鹤之剑，立即发剑光直指到青光中腰，意欲将它横扫两段。

谁知青光异常矫疾，立刻迎向自己剑光，二剑一交，立如磁石就铁，发生激烈动荡。在不会剑术的人看去，仿佛电光交闪似的，什么也看不出来。其实这正是双方运用玄功，各自用精气神三种力量来互相扑击砍杀，也正是生命相搏的当儿。不过，汤九郎君不明敌人何来，与己何仇，如是师兄白衣秀士或是武当诸侠的仇敌，不知他们仇怨深浅如何，不便随意出手，致使误杀错伤，因此只与应付，并不还击。胡曾错会了意，以为敌人功力不及自己，越发想找便宜。

汤九郎君正觉敌人有些讨厌，忽听洞口有人发话，乃是师兄白衣秀士的声音，说道："来者暂时住手，容老夫把话说明如何？"

这句话一出口，汤九郎君首先将手掌向回一招，那道青光立即和电光似的缩回掌中，同时那只白鹤也随了剑光，一齐飞下，依于汤九身旁。

胡曾一见，才知白鹤乃此人所豢，到底未便相逼，也只得收回剑光，和大力黄能等站在一处，要看一看发话的是什么人。大力黄能和柳桑见胡曾飞剑与一个年轻的敌人交手，自己面前，更看不到有第二个敌人，又不愿冒失冲进洞去，自然无法出手，正自发呆，忽听有人发话，立时洞口站着一个白衣老人，任是胡、柳二人这样的眼力，也不曾看清这老人是怎样走出洞来的，那正是白衣秀士孔莲。

大力黄能一见白衣老人，立刻想到，先后在炼魂谷受伤的黄壬翁和江己兰曾经说起过，两次救走仇人的人，都是一个白衣老人。此人大概就是那个剑客，所以那样从容不迫，目无余子，心中真是又恨又怕，只听白衣秀士和声说道："哪一位是崆峒派的掌门人？请出来，老夫有几句话要和他谈谈。"

一语未了，大力黄能早就挺身而出应道："在下便是崆峒掌门人胡剑秋，请问老先生贵姓高名和要赐教的意思？"

白衣秀士微一拱手，淡笑道："老夫孔莲，与武当、崆峒两派素有交谊，令师悟真禅师与我便是六十年的老友。足下如若不信，可问令师叔伏虎真人孙坚孙道人，便知底细。"

大力黄能虽明知确是一位老前辈，试想他连师父悟真禅师临终谆谆告诫，不准与各派各门结仇互斗的遗训都不能遵守，哪里还能尊重老前辈，当时他不说别的，只开口问道："老前辈不必标榜门户，到底有什么话，请痛快说吧。"

白衣秀士一听他的吐词既不恭顺，神情间又是那样桀骜狂妄，知道他绝不会听劝，但只求自己的心意尽到，他如果真个执迷不悟，也只好听天任命了。于是微微笑道："足下休嫌烦絮，老夫既与崆峒、武当两派有些渊源，武术本是万流同源，不忍见两派后人因了睚眦之怨、误会之仇，便是互相仇杀，作阋墙之争，弄得两败俱伤，所以愿以和事佬自居，想为你们双方化解这重血案。不知足下能否给我一个老面子，就此与武当掌门人志道恒握手言欢，仍归于好？便是不愿握手言欢，不妨把话说明，两家从此不和不仇，永不相扰，你意如何？"

大力黄能生就刚愎自负，还带些阴险狡狠，本就毫无道义的观念和正当的理智，尤以武当派杀死了罗炳南、马葵伍二人，伤残了黄壬翁、江己兰、戊空头陀和神钩等三四个徒子徒孙，自己却除了烧去志家一处房屋之外，一点也不曾损伤了他们毫发，哪肯凭了老头子倚老卖老几句废话，便自善罢甘休？况且红孩儿和黄壬翁又正是这老东西动手杀伤的，他本身便是个凶手，如何有脸来做和事佬？大力黄能想到这里，一股无名火立刻冒穿天灵盖，不由得用手戟指，向着白衣秀士厉声喝道："我知道你是一个精通剑术的人，我们武道中专凭技击，不是你的敌手。但是你如够上一个前辈英雄，就该退在一旁，由我们两派各凭本门真实本领，分个高下。不要仗着你会剑术，竟想借此恫吓要挟，想我递降表，可知我虽不会剑术，也宁可引颈受你的宝剑，流血五步之内，绝不皱眉！如想我与飞天神龙解消前怨，却也不难，只须他偿还我两条人命、四个负伤的徒弟，我便立时就走。”

白衣秀士尚待回答，身后早恼了独臂金刚胜超，一声狂喊，从洞内飞身跃到大力黄能面前，也不再开口，拉开门户，一拳使了个“黑虎透心”，就向大力黄能前胸打去。大力黄能见来人赤手，也就未将背上插着的那一对“钢锋铁叶玉钩斜”摘下来，谨将两臂一挥，将敌人接住。

再说飞天神龙箭伤虽愈，元气未复，遵白衣秀士之嘱，无论如何不可露面迎敌。此时胜超一出，邱乙揆也不得不出，早有紫煞神柳桑敌住。大力黄能和柳桑在朦胧月色下细一辨认来者，并非飞天神龙，仍是那天在三官庙被自己擒住的这两个羽党。

柳桑不由大叫起来道：“好呀，杀来杀去，仍是这一对废料，败军之将，还敢再来送死！”

邱、胜二人闻言大怒，四个人立刻作对儿拼起命来。旁边胡曾一见柳桑等动手，越发要在大力黄能面前显显身手，当即向白衣秀士喝道：“你们休得倚老卖老，我飞燕胡四太爷就不容你们如此张狂！”一言甫毕，立将剑光放出，向白衣秀士飞来。

旁边的汤尹师不等白衣秀士还招，早将先前收起的剑光，嗖的声直指来剑，两剑敌个正着。

白衣秀士见汤尹师已经出手，就不再还手，退过一旁，向胡曾说道：“你不是大南洲白了翁的高徒吗？我劝你赶快回去，你师父目前正有一件不了之事需要你们这些人哩。”

胡曾一面应敌，一面怒气冲冲地答道：“放你的屁！我师父有什么大不了的事？再说你也不配知道我师父的事。”

白衣秀士闻言倒还无什么表示，汤尹师见此人狂傲，不可理喻，而且出口伤人，早已发怒，立刻加紧运用玄功，那柄剑就如矫矢游龙一般，尽向来剑一阵腾挪刺击。胡曾不免手忙脚乱起来，他的剑光渐渐有些招架不住，一转眼间，早被汤尹师的剑光困住，兀自左右冲突不出。

白衣秀士一看胡曾已在危急，不愿结怨于白了翁，便对汤尹师说道："师弟，我们与白了翁素无恩怨，不必太难为他。"同时又向胡曾唤道："我们与你师徒素无恩怨，快快回去告诉你师父，就说东莱白衣秀士劝他不要再替崆峒派助阵，与武当派作仇，好好谨守大南洲，能够保得自身平安，便是最大幸事。话已说完，师弟放他去吧。"一语甫毕，只听铮的一声，那道蓝色剑光，倏地一暗，立刻成了两道短短的残光，向山坡下落去。

原来，汤尹师早已一剑将胡曾的剑身削成两截，这柄剑就算完了。胡曾一见自己的剑被敌人削断，却同时反将剑光收回。虽明知敌人不肯要自己的性命，故意断剑相吓，但并不感动，反增羞怒，立即喝了一声"好"，说道："三年之后，再和你们算账！"他也无颜再向大力黄能告别，也来不及等柳桑同行，当即连跳带蹦，一阵飞跃，好在并无人去追赶，他竟平平安安逃出山口。

大力黄能等四人相斗得正酣，胡剑秋忽见自己倚为长城的胡曾，却已剑断人逃，心中自是格外惊恐，就连紫煞神脸上也无光彩。他们这一分神，手底下当然差了好些，虽不至败在邱、胜二人之手，但也知道断难取胜，也就无心恋战。大力黄能尤为机智，心想："不如乘这两个使剑的不曾出手，我们先走吧。"主意拿定，和紫煞神递了一个暗号，双双虚砍一下，一同跳出圈子，大力黄能说了句："暂时留着你们的首级，有了机会再取吧。"二人头也不回地双双逃去。胜超还要追赶，早被白衣秀士止住，于是大家一同回进洞内。

第二回　夜袭血龙堰

大南洲白了翁自听了裘潞的怂恿之后，对于平江艳绿那种命令，认为是一种恶意的压迫，未免同意裘潞的联合四洲一堰，共除平江艳绿的主张。至于裘潞的心，却是另有打算。

原来裘潞深通剑术，尤具神力，素有狮力裘道人之称。虽是早年学道，却是贪欲特重。学道离世之人，他的贪欲，当然与一般世人的贪图富贵美色不同，可是宇宙间也正有他们所好之物。皆因艳魔岛本部之北，蕴藏了两种宝贝。

第一种出在天岩，那是一座其高无比的高岩，岩上有一深壑，名叫古豸兜，据传乃上古仙人飞升之地，内藏一种金银砂，专供常人修仙之用。那金银砂不但出产极少，且不知蕴藏在哪一座巉岩绝壑之内，异常难找，而且岛主平江艳绿因为那座天岩正是她家祖坟后的一座靠山，未开化人最重迷信，从平江艳绿的父亲起，即认为祖坟所在的一切，有关后代的盛衰，绝不许外人来动一草一木。这多年来，海上不论哪一岛上的修仙人物，也曾有远道闻名这种金银砂的贵处，一再向平江父女商请准予发掘，自然都被拒绝。这位小南洲裘洲主，曾经再四请求，也遭到峻拒。裘潞求仙心切，对此自然格外注意，迭求不允，难免怀恨。

第二种宝贝出在天岩之西，地名叫作王母池。那是一片山泉汇聚的深潭，潭水清冷，一眼望不到底。那地方草木茂盛，微风起处，从潭底吹起一股其凉透骨的冷气。南洋酷热，每到伏暑，潭的四围倒是纳凉避暑的圣地，但是因这地方正在平江祖坟之西，也不许闲人走近。据传潭底藏着一对赑屃（二字音避细，为一种龟属之兽），一雌一雄，时时于月明人静之际，浮到潭面水上，吞吸月华精气。二物背壳内含着无数珍宝，这些财富虽都不是学仙的人所需求的，但二物头顶正中各有一颗绿色肉包，也正如鹤顶红那样只一块，其名曰“元碧”。此物除能配制一种起死回生的灵药而外，如配上灵芝三株，何首乌一株，放在八卦金鼎内，用三昧真火熬炼七七四十九个昼夜，便成道家辟谷登仙的无上灵丹，名曰“芝首元精”。

因为此二项成仙妙药，俱产在天岩境内，自然引起无数修仙学道之士的垂涎。那些能为有限的人，只有望岩兴叹的份儿；而自负身手的人，却不免要强取力夺。不过平江艳绿岂是好对付的人？所以裘潞等不得不思以全力应付这个魔头，自知力薄不能成事，这才联络四洲一堰之主，想共谋篡取。四洲中除去白了翁以外，东蟾洲洲主马绳武，西蟾洲洲主凌度都与裘潞有相当交谊。马绳武是甘肃凉州人氏，相传为三国名将马超后裔，原是山东莱州府总兵，当年白马长刀，颇有战功，因此人都尊他为白马将军，五十岁后弃官学道，远来海南，却爱海上风涛气候，便携了一部眷属，竟在此落户，在东蟾洲已住了三十年。白马将军如今已是八十余岁的老翁，却依然斗米十肉，非常矍铄。

西蟾洲洲主凌度却与白马将军不同。他本是辽东一名巨盗，昔年在辽东玉带山落草，颇为有名，生平软硬功夫不在话下，尤精剑术，随身携带一条革制铜鞭，乃是一种软兵器，首尾长有一丈四尺，全身用药制象筋做成。首端特镶上五寸长一节尖锐的纯钢鞭首，全鞭染成二寸长青白间色的花纹，挥舞起来就似一条花蛇一般。他对此鞭曾下过十五年苦功，因他又在玉带山为寇，所以人称他为玉带蛇王。在中原血案太多，实在存身不得，这才亡命海外，奔了西蟾洲，自立为洲主，他手下多半是昔日的盗党，自在洲上为主，倒也安分，不再打劫，不过向洲上平民定了许多捐税，以为赡养这一班旧时伙伴，因此西蟾洲人民负担却比别的洲堰重了许多。

平江艳绿知道此种情形，非常不满，曾经命血龙堰堰主劝他改变方法，不可扰民。凌度慑于平江的威名，不敢不遵，但心中未免怨恨。此次一经裘潞挑拨，这位洗手多年的魔王，又动了朋分宝物的贪念，自与裘潞极表同情。其次便是白了翁，也想得到一份成仙证果的妙药灵丹，况自觉四洲实力门人，以大南洲为最，只要将平江除去，怕不是自己便成全岛之主。只有白马将军，平时与人无争，性虽好道，尚无求仙之意，对宝物的兴趣不如裘、凌等浓厚，不过自己与平江一家本无交谊，平时也嫌平江艳绿太也骄纵，一个女孩子家，多能干也只得一二十岁。自以为天朝大将，哪将这小小女流放在心上，只平常也犯不上去寻人晦气，人要找他晦气，自然也不甘忍受，所以对平江艳绿那一道蛮横无理的查人命令，也大大地不满意起来。正好裘潞、白了翁乘此机会，煽动众洲人发难，这位老将军也竟不免受了人的蛊惑，加入这个“革命团体”。

所说这件事讲得时代化一点，也可说是岛民的种族革命。唯有血龙堰的堰主五首毒蚰庄蒙蒙，却不但不肯接受裘、白的邀约，反打算将此机密报告平江。因为他也是岛上土著，自觉和平江同种同族，不甘附和异族，残害同种。不过庄蒙蒙毕竟是一半开化人，一切知识智虑上，自与中原人相差甚远。他自接到裘、白的知会以后，不懂得虚与委蛇，也不知道立即向平江报警，只是一味驳斥裘、白，表示他不负平江和不从众议的意见。岂知裘、白二人老奸巨猾，一听庄蒙蒙口风不对，对于他的参加与否，倒并不注意，就怕他预先向平江报密，岂非功亏一篑？当时便由裘潞与白了翁商议应付庄蒙蒙之法，眼看血龙堰就要变成一个战场。

庄蒙蒙本是血龙堰大城镇上生人，世为岛夷中强悍勇武之家。庄蒙蒙从小力能抵敌狮虎，家传武艺自不必说。在十余岁时，随了大人到琼南岛（按：即艳魔岛旧名）看赛会，无意中遇见一位老尼。那时庄蒙蒙武技已有根底，不知怎的，看出老尼乃非常人，一心拜求收徒。老尼居然允许授他剑术，庄蒙蒙大喜，便将老尼请回血龙堰，供养在宅后花园静室内，每日由老尼授以静坐练气以及吐纳之法，然后再传授剑术。老尼并不常留，前后共教了他三个整年，每半年中也只两三个月住在血龙堰。庄蒙蒙从此艺事大进。

老尼除授以飞剑外，还随时讲些古往今来忠孝侠义的故事和为人的修养。庄蒙蒙虽是一个半开化的岛夷，生性却极诚恳忠勤，绝无虚伪。自从受了老尼的陶镕，益发成了一个具侠肠、有肝胆的人物。最奇的是，老尼做了庄蒙蒙三年师父，竟不肯自道姓名，直到三年技成，老尼将去，庄蒙蒙跪请吐露法讳，免得日后人前说不出师父是谁，老尼这才对他说道："我的一生向不喜随意留名，不独是你，你有许多同门师兄，学成至今，还不知我是何人，将来你都会遇见的。你既一定要问，我也没有必需隐瞒的道理，日后如有人问你，或遇到战败危急之时，可说'我是峨眉幼师静师太的徒弟'就是了。"庄蒙蒙自然再拜受教。

光阴如箭，如今庄蒙蒙已是六十四岁了，相去当年从峨眉幼师学剑之时，已竟整整五十年。在庄蒙蒙的心内，常常想到这位恩师，已有二十余年未见。以恩师的年龄计算，最后拜别之时，她至少也有七十岁了，一转眼又是二十余年，目前寿将百岁，恐怕未见得尚在人世，不然何以二十余年竟未一见呢？回想到昔日受技之恩，才使得自己有今日的能为、地位，只怕老师墓木已拱，自己受此深恩，真是欲报无由，想起每每伤感。

自从那日拒绝了裘、白二人的邀约，庄蒙蒙心中兀自狐疑不决。当时也未尝不想去向平江艳绿报密，终因性较笨拙，虽深知平江自负才能，绝不会把别人放在心上，回头反怪自己轻事重报，岂不要挨数落不是？他就不想想，落个不是和闹大事可差得多了。因此他只一人在家闷闷不乐，无计可施，竟不曾将这惊天动地的阴谋向任何人说起，正好使裘、白等人从容展布。

再说裘潞、白了翁自遭庄蒙蒙拒绝参加之后，重又约了东、西蟾洲主，共商应付庄蒙蒙之策。本拟立即先围攻血龙堰，杀了庄蒙蒙，再去对付平江艳绿，但怕平江知道裘、白围攻庄蒙蒙而有了准备，更不好下手；如果两处同时下手吧，又恐庄蒙蒙先去告密，而且自己这面人手尚未会齐，准备未充，难以一举成功。

此时玉带蛇王凌度却开口说道："依我来看，庄蒙蒙既忠于平江妖女，必然要去告密，一来讨好，二来他们双方也好联合起来对付我们。如果此时即被平江妖女所知，事情就难办了。我看不如先攻血龙堰，事先断去他和岛上的道路，使他没法报警。如怕平江怀疑，不妨故意放出风声，就说庄蒙蒙恃强抢掠大小南洲的妇女财物。只要把事情瞒过一时，就不要紧了。"

原来血龙堰离岛最远，而且必须经过西蟾洲的一角。

裘潞一听，觉得此言颇有见地，心想，毕竟此人是大盗出身，手辣心黑，果然有办法。他当时便先表同意，后问白、马二人。白了翁自然也以为然，只有马绳武并无成见，随众附和，于是决定先照凌度所说，叫四洲之人，纷纷传扬血龙堰堰主强抢大小南洲的妇女财帛的谣言，然后准备立即动手杀入血龙堰。

夜袭血龙堰之役，由裘潞为首，白了翁次之。裘潞本人深通剑术，手下徒弟们却和白了翁一样，擅武技者占多数，通剑术的居少数。他亲自带了六个门人，一为爬山虎蒋忠信，二为玉面观音唐姣娥，三为辽东鹰何达，四为平等观清莲道士刘元真，五为白毛蒋四，六为大力神晏平，就中只有刘元真和何达擅长剑术。白了翁自己并未出马，只派了四个门人刘魁五、赵乙臣、江彪、李梦渔等帮同助阵，其余会武艺充打手的更有二三十人，带着本洲百余名精锐士卒，从日晡起悄悄地奔了血龙堰。众人到堰上时，已是二更以后，大家一声呐喊，杀向庄蒙蒙的宅第四周而来。

庄蒙蒙家中虽然人口众多，本身却没有多少门徒，护院家丁士卒也不过三五十人，皆因平时岛上非常安靖，既无盗匪，更无外寇，用不着有许多戒备，更兼全堰都是土著，对于庄家十分崇拜，在一班堰民家中，尚且有夜不闭户的景象，何况庄蒙蒙自己宅内？因此对于裘、白此次夜劫，竟是毫无准备。

时当三月中旬，明月虽未升到中天，路上却早已一片月光，照得雪白。岛民日出而作，日入而息，此时早已睡得沉静。庄蒙蒙饭后看了一会儿月色，一时想起岛内近来气氛暧昧，裘、白诸人包藏祸心，眼见大好的安静乐土，说不定会被这些奸狡的中原人给搅坏了，心中十分感触，不禁俯仰天地，愁愤满怀。他便从屋内壁上摘下峨眉幼师临别所赐的那柄朱痕剑来，唰的声从剑鞘中抽出，提剑走出庭前，朱痕剑映着月光，益发冷森森的，鬓眉皆鉴。此剑乃上古精铁炼铸而成，铸成到今已有一千余年，也不知饮了多少奸邪之血，年深月久，剑身中央竟留下一条血痕，长如剑身，细才如发，从剑端直到剑把为止，月光下随着宝剑寒光，发出一丝红影。庄蒙蒙抚剑视月，引起了无限感慨，不由已地左手捏住剑诀，右手荡开门户，嗖嗖嗖地舞将开来，但见一片光华起处，月影乱舞，虽在春夜，亦复木叶萧萧，寒风四袭。

他正舞得兴起，猛听得半里内外远近，传来一片喧声，急切间听不出是什么。正犹疑间，觉得喧声越来越近，想到堰中向来安乐，何况深夜，此声可疑，还想再听时，早听得人声就在自己邸宅四围，隐隐听到喝喊："不要放走抢劫我们子女财帛的恶霸庄蒙蒙!"庄蒙蒙听得真切，心内吃了一惊，暗想："这是怎么一回事?"立即飞身上了屋脊，一重重越到前面大厅以外。他虽还看不见人，人声却是越来越近，似乎就在庄院围墙以外。

原来庄蒙蒙宅外虽无甚深壕高垒，在庄院外墙四周却有一重大竹筏编的栅栏，上用桐油、石灰等物涂成坚韧的防御物。在平时也只为防那些窃盗穿逾，不料今天倒成了不易攻破的天然障蔽。因为那种竹栅栏高有二丈开外，顶上却只有两三层竹筏厚薄，并无可以立足之处。即使有轻身术的人能跳到栅栏上面，又尖又滑，也难立足。外面裘潞亲率众人，四面攻打，只要攻破一面，众人便能攻入，偏偏竹厚皮坚，刀剑不动，乱喊了一会儿，一点也不曾攻破。裘潞一看众人既不能攻入，徒儿们又没法跃入栅栏，说不得只好由自己带着几个会飞剑的人，如刘元真、何达及白了翁的门人李梦渔等数人，先后御剑凌空飞入栅栏以内，越过外墙，才能进得宅内。

庄蒙蒙先在屋上一看敌人尚未攻进栅栏，知道自己寡不敌众，早晚必被攻入，忙转身下屋，招呼家中上下人等，除了妇孺，一齐准备迎敌。他家人手虽少，平时却有训练，到了紧急，一经召集，便各自安排，一丝不乱。但庄蒙蒙素来安分，虽怀绝技，门徒甚少，即使有也不在身旁。此时事起仓促，除了自己和女儿庄红姑二人以外，余者俱是壮丁士卒，并无能手。任你如何有训练，也敌不过人多手众，何况裘潞等一行四人，以剑术飞入宅内。

裘潞一面领着刘元真、何达二人向内寻找庄蒙蒙，却叫李梦渔速去开门接应外面众人杀入。不提李梦渔开开大门，门外众人除去在四周包围的人仍守原位，只是呐喊，不换地盘，其余五六十人一齐拥进庄家大门，杀入内宅。庄蒙蒙以为外有栅栏，总可暂时挡一阵，不料飞入几个高手，将大门开了，这一下真已不可收拾。

可怜庄蒙蒙虽已被人杀到家内，尚不知来者是谁，直到自己迎出门去，正遇上裘潞带了刘、何二徒杀将进来。只见三柄剑向着守院众士卒头上砍来，转眼间人头滚滚落地，尸身倒了一片，四面喊哭之声震天动地，庄蒙蒙才知起祸之由，不由一声怒吼，立命红姑速回内宅，护住家眷，自己拼着这条命，也要与裘潞判个生死。此时他更不向裘潞搭话，一递手中朱痕宝剑，向裘潞刺去。裘潞也久闻庄蒙蒙“五首毒蚰”的厉害，这老儿竟不来接招，只一闪身，将口微张，从口中吐出丹田神气，与剑身合一，一张口，一道光华就向庄蒙蒙当胸飞去。

庄蒙蒙一见裘潞见面就用飞剑，毫无情面，高喝一声：“老贼道休得逞能，让你知道五首毒蚰的厉害！”

要问五首毒蚰这个外号如何得来？怎么叫五首毒蚰？真还需要作者加以说明。琼南岛一带深山中，向出一种至毒至猛的软体动物，名曰“蚰子”，大约是热带的特产。此蚰平时只尺余长小小一物，一经发了威怒，立能伸展到全长二三丈，见了任何猛兽，都敢扑击吞噬。平常每一蚰子，当然是一身一首，如此若能生存到五百年以上，竟能一肩并生二首；如生存到千年以上，除了一肩兼生二首外，尾上却能再生一首，此名三首毒蚰。因其首尾皆能吞噬，其凶毒威猛，便无与伦比。岛上人民因庄蒙蒙的武艺剑术，超凡出众，甚言其本领之大，所以拿他比作毒蚰，又为形容他比三首蚰子还要厉害，就尊他为“五首毒蚰”，事实上却并无五个头的蚰子。

此时庄蒙蒙一声断喝之后，立运玄功，将朱痕宝剑从掌中向空祭起，直临裘潞头顶。裘潞与庄蒙蒙虽同为岛民之一，平素却少往来，对于庄蒙蒙的本领，也只知他是一位能使飞剑的人物，并不曾见识过他的真实本领。今天见他飞起的那柄剑，不但晶莹夺目，光芒中似有一丝红彩，随着剑身盘旋飞舞，自己的剑迎上去，只一绞，立见光芒四激，铮锹作声。他知是一柄利剑，忙避过正面剑锋，从侧斜飞而入，这两柄剑也就激斗起来。

何达和刘元真二人虽也识得敌人剑铓极长，光耀华彩，与寻常所练之剑不同，但一来仗着有师父在，二来到底经历尚浅，只知其利，却不知怎样利法，一时技痒，当即二人互相打了个招呼，双双将飞剑祭起，齐向敌人剑光中冲去。裘潞正在聚精会神地和庄蒙蒙对敌，一时不及他顾，等到两徒齐将飞剑放出，要想止住已来不及。但让二剑如此冲将进去，必受朱痕剑之创，忙不迭加运玄功，猛将自己的剑光硬向二剑与朱痕剑之间挤了进去，为的是想隔断敌人剑锋，免致二徒之剑受伤。只听当啷啷一声激震，二剑虽被隔开，自己的剑触及朱痕剑时，两劲相错，石火星花又激起多高。裘潞虽幸自己功力深湛，不至吃朱痕剑的亏，但朱痕剑本身锋利，远非己剑可敌，早已将吃奶的气力都使出来了。刘、何二人这才知道敌人不是易与的，自己的剑力伤不了他，但又不好意思立即见难思退，正自寻思。

裘潞何等奸狡，早看出二徒已是怯敌，便高声说道：“这人交给为师，你们只管到他后宅，收拾他家的余孽去吧。”

刘、何二徒闻言，立即撤回剑光，向后院而去。庄蒙蒙此时却有些慌了，实因家中人手太少，能够抵挡敌人的只有自己父女二人。自己既被裘潞绊住，后面只剩了红姑一人，无论如何，独力难支。况且女儿家毕竟经验毫无，十分放心不下，如此一分神，行剑未免有了隙痕，焉能瞒得过裘潞这个老奸？他明白庄蒙蒙已生了后顾之忧，立即加紧功力，一直冲杀砍剁，只望削断庄蒙蒙的宝剑，便不难取他之命。庄蒙蒙本不至输与裘潞，就因念着红姑等一干人，便无心恋战，可是越想脱身向后去保护眷属，裘潞仿佛看见他的心一般，越发围攻得紧。

正在这时，忽见从大门口又飞进一道暗绿色剑光。庄蒙蒙一见便知又来了左派剑士，准是敌方无疑，心内愈慌，全仗着这柄朱痕剑本身的威力，纵横矫健，异常活跃，虽剑主神疏意乱，究竟还能支持。等到后来的暗绿剑光飞入斗争圈内，裘潞认识，正是李梦渔到了。李梦渔为白了翁最得意的门徒，功候极深，与乃师只差一步，不像胡曾那样脓包，所以此刻庄蒙蒙越发手脚忙乱了。凭着庄蒙蒙的功夫，断不至在此二人剑下送命，但是要想脱身后退，去保护家眷，却绝不可能了。庄蒙蒙此时一经想到平时不曾多收几个得力门徒，或多结交些好朋友，致今日无人帮忙，眼看家眷难保，红姑尤为可虑，想到急处，不由从丹田中发出一声长啸，悠悠荡荡，震得屋瓦摇撼，承尘尽落。

正是“人到穷尽处，自有转机来”。忽听从后院起了一片喊声，接着便是几声娇叱，似有红姑在内。庄蒙蒙与裘潞等偶一回头，见何达在前，刘元真在后，二人一面倒退着逃出，一面还在拼命地使剑挣扎。再看二人身后，追来两个少女。庄蒙蒙见女儿红姑前面，多了一个美丽的女子，正不知是何人，更不知是何处飞来？那少女手握着一柄长铓锐首、精光四照的短剑，直追到刘、何二剑当中，只一绞，但听“咯噔噔”连声怪响，霎时将刘、何两柄剑光削成四段，眨眨眼都跌落地上。

刘、何二人也顾不得师父，撒腿就跑，红姑正待赶去，却被那少女拦住道：“不用追那废物，这儿不也有两个吗！”说完旋转剑光，直向裘、李二剑中削来。

裘潞毕竟见多识广，一眼望见来剑铓尾极长，光照天空，冷森森与凡剑不同，知道又是一柄宝剑，以自己功力，虽不怕为它所败，利器总不宜硬碰。他当时忙偏过自己剑锋，正要回击，不料锴的一声，旁边李梦渔的剑早被少女之剑削得摇摇欲坠。李梦渔忙凝定神气，稳住剑身，嗍的声从剑圈中抽将出来。他打算大圆转，伸长铓尾，二次乘敌不备，掉回来给她们一剑，一来避过利锋，二来乘虚袭击。哪知他抽得快，少女比他还要快，尚未容他的剑光远去，已展开铓尾，和银练似的足有一二丈长，早赶到敌剑前面。只听"嘘哩哩"一阵风声，铓尾平空倒竖，剑尖向下，正对着敌剑中腰这一刺。立时叮的一声微响，敌剑剑脊正中被剑尖刺成一个针孔，剑虽未毁，已不能再用，至少也得重炼上半年。

试想，裘潞带了三个会飞剑的门徒，连自己四柄飞剑，以为定能除去庄蒙蒙，不想一场决斗，四柄剑伤了三柄，只剩自己一人，即使敌住庄蒙蒙，也万难除去这条祸根。他心中在打着主意，那位少女既将李梦渔的剑击成残物，随即向红姑说道："你们贤父女不要放走这厮，待我到四面看看，且打发这一班人回去再说。"说完，早向李梦渔身后赶去。李梦渔知道不是少女之敌，且飞剑已残，哪里还敢恋战，当时捡起残剑，连跃带跳，逃回大南洲去了。

这里少女本不是存心追他，只攀登屋面，向四下一看，见有六七个武技能手，正在宅第各处与本宅的壮丁、士卒们动手，一阵纷乱。壮丁们自然不是这些人的对手，一个个被打得东倒西歪，还被杀伤了不少。她又看内宅方面，方才被自己与红姑二人将两个使剑敌人赶走，本可无事，不想此时那六七个有武技的敌人打翻壮丁们，又向后院奔去。她深恐后院有失，也不起剑光，立即一耸身，从屋脊上追到后面，一声娇叱，从天而降。

下面正是裘、白二家门徒蒋忠信、唐姣娥、蒋四、晏平、刘魁五、赵乙臣、江彪等七人，他们正在耀武扬威赶落这批丁卒，忽从天中跳下一个女子来，一柄剑光芒四射，和一条银龙似的直向人丛中抢将进来。刘魁五和蒋四的脚踝上分别被削去一块皮肉，不由"哎呀"连声，倒退出去。七个人中以唐姣娥、晏平最为厉害。唐姣娥一对鸳鸯刀，晏平一条拐子枪，得过裘潞的真传，立即迎上前去，三个人丁字儿拼上了。

少女见这妇人二十余岁，面目姣好，风姿绰约，只是顾盼间似乎有些荡逸，功夫真还不错，念她也是女人，惺惺相惜，便不想使她难堪，横剑只望晏平砍来。晏平哪知宝剑的锋利，想挺拐子枪荡开宝剑，只听咔哧一声，拐子枪拦腰砍断。晏平吓得魂都没了，忙一个"怪蟒翻江"，跳出了圈子。少女早一个箭步赶到他身后，平推手中剑，正好江彪见晏平枪被剑砍，早纵身赶上，少女这一剑到时，江彪荡开手中豹尾鞭，横扫过来。一个横的，一个竖的，铮的一声，两下碰个正着。江彪立觉鞭身平空一起，虎口震得发麻，差点没有脱手而出。旁边蒋忠信、赵乙臣等虽知来者不善，但碍在同门，不得不一哄而上，于是除了受伤的刘、蒋以外，余下五人一起围住这少女。晏平因拐子枪被砍断，又从背上拔下单刀，一时刀枪并举，齐向少女进攻。少女从容展开长剑，遮拦架格，刺击剁砍，异常矫疾，正是静如处子，动如脱兔，六个人足战了半个时辰。

少女一想，这与他们斗到几时？立时一声娇叱，默运玄功，立即人剑一并腾空而起，借剑光稳住身躯，停在半空，向下一指，宝剑铓尾向下一扫，只听叮叮当当一阵响亮，五个人手中兵刃，倒有四个已剩半截，只有唐姣娥手中双刀依然完好，只听少女喝道："懂事的快些退去，免得坏了性命！"说完又向唐姣娥说道："念在你我俱是女子，故而让你一步，保全你与一双兵刃，还不知难而退，便休怪我剑下无情。"

一语甫毕，眼前脚下有一株高三四丈的梧桐树，新叶正繁，少女剑指之处，只见一道银光绕树三匝，簌簌有声，枝叶尽落，只剩了一株光杆梧桐。

下面六七个人都抬着头，瞪着眼，看得呆了，还是蒋忠信有些主意，立刻高声说道："列位师兄弟，我们且到前面看看师父在哪里呢。"

一句话给大伙儿下了台，哄应一声，都一起向外逃了出去。

少女见众人已去，内宅无恙，又到方才庄蒙蒙父女与敌会剑之处一看，只见敌人正向外面驾剑光遁走，并不见庄蒙蒙父女追去。少女也不追赶，只远远跟着，一到前面，见屋内乱糟糟的人，也正向庄外跑去，方才和自己交手的几个少年男女也在其内。少女眼看这班人从纷乱中出了庄家大门，知道敌已败走，这才缓缓走向内院，刚到第三进院内，即见红姑和她父亲正站在阶下说话。

原来庄蒙蒙正问红姑方才之事，得知红姑在后面护院，忽见来了两个使剑的敌人，一起向红姑攻击。红姑又要护人，又要应敌，敌人剑术本不在红姑之下，何况以一敌二？红姑眼看就要不支，只有拼命挣扎，正在香汗淋漓、力尽神疲、危急万分之时，忽从半空飞下一人，那便是这少女，一举手间，便将两剑接住，叫红姑腾出身体，去保护眷属。

红姑退出不多时，便听那少女一声娇叱："哪里走?"知道二敌败了，重又赶出来，正是二敌遁走，少女追赶之时。自己胆子一壮，也就追下来，转瞬间又见少女将二敌之剑削断，同到了前厅，就与老父共战裘潞。这半日不见少女，以为已是走了，此时见她回来，忙走上去，想谢她救命之恩，忽想到尚不知少女何人，姓甚名谁，将如何称呼。

哪知少女向红姑盈盈一笑，随又向庄蒙蒙福了一福，口称师兄。庄蒙蒙不由一呆，忙还礼道："请问姑娘贵姓高名，何以师兄相称?"

少女闻言，嫣然说道："我奉师父峨眉幼师之命，特来搭救师兄这场灾难，难道师兄就忘了师门厚恩了吗?"

庄蒙蒙一听，直喜得跳了起来，忙问道："师父在哪里？这些年不曾再见她老人家，我还以为……"

庄蒙蒙毕竟没有汉人那样诡谲，他久以为峨媚幼师必已圆寂，今日乍闻消息，不禁惊喜过度，一时忘了形，几乎说出后半句不好听的话来，但话一出口，又想到忌讳，忙又闭住口作声不得。

少女似乎已知其意，却向庄蒙蒙微笑道："师兄难道还不知我师父是个异人，今年已经寿过百二了吗?"

庄蒙蒙闻言，才恍然大悟，不觉又有些惭愧，忙愧笑道："愚兄是个粗鲁化外之人，许多事都不懂，还求师父与师妹宥谅。”边说边往屋里让，进入屋内，重命红姑拜见师叔，并请教少女姓名。

原来少女便是娥嵋幼师静修的大弟子鲍英珠，因善使一柄双龙青锁剑，大家都称她为青锁女鲍英珠。庄蒙蒙一时问起师父这些年来情况，鲍英珠道：“师父除清修净业以外，十年来已不甚与闻外事，除非与昔年友好有极大关系之事，或是极不平的事，才命我们分别去办，自己轻易不出山来。此次师父曾对我说，师兄目前有些灾厄，如果不再使他有所戒备，怕连他出生的那方土地都将受劫，并说另有一人和另一宝物，有一种缘法，千年难遇，此事如不由师父指示帮忙，也还不能顺手，所以命我先来与师兄送信。据闻此岛四洲洲主都已联合一气，要与师兄和平江岛主为难。师父算定岛主此番虽要受些小灾难，但反能生出另一因缘。”

庄蒙蒙一听，正与裘、白邀他火并艳魔岛之事符合，不胜惊佩。忙问道：“岛主能生出什么另一因缘呢?”

鲍英珠笑道：“我也曾这样问过师父，师父说不便事先说破，到时便知，我也就不好再问了。”

庄蒙蒙一听峨眉幼师所说，觉得四洲联合一气，共谋平江岛主这件事，万万不能再事因循，必须立即向岛主报告才好，因将裘、白联合自己，被自己拒绝之事说了一遍。

鲍英珠笑道：“那就难怪有今夜之事了，师兄早就应该报告平江岛主，使她可以防备才是。”

庄蒙蒙一听，越觉得自己粗心失算，忙与鲍英珠商议道：“过去真被愚兄粗心耽误了，如今该赶紧派人报警。不过有一困难之处，就是血龙堰离岛主府第最远，必须经过水陆两程。这还不去说它，最困难的便是由此往彼，必须经过西蟾洲。倘若西蟾洲的凌洲主也和裘、白通同一气，这一关便不易通过。”

鲍英珠沉吟道：“如此说来，这报警之事，师兄亲去，自是最好，不过师父曾叫我转告师兄，目前正有一步厄运，千万小心为是。”

庄蒙蒙听罢，虽也担心，想了一想，自己留着看家，单派红姑去送信，只怕她闯不过西蟾洲这道关去，一时委决不下，便笑问鲍英珠能留此几日。鲍英珠已知其意，忙答道："我如无别事，便师兄不说，我也会留下。实因师父还命去约请一位海外前辈，也为了请他到时来此，帮助岛主与师兄共除裘、白等孽。如一耽搁，怕误了大事。"

庄蒙蒙答道："既是如此，还是愚兄自去，师父谆嘱，不是不听，但实逼处此，除此竟没办法。好在裘潞今晚吃了大亏，在近日内也许不敢再来扰乱，我们就这样决定，愚兄明早便行。"

鲍英珠只得应声道："明日我也要走，既如此，就一同出发吧。"

当时红姑陪了鲍英珠入内，见过红姑母亲，腾出上房，请鲍英珠安歇。鲍英珠忙说不用，只需一间净室，打坐一回，不久天明就要上路。

一宿无话。次晨，庄蒙蒙嘱咐了红姑和宅内几名能干的部下后，鲍英珠临行也再三嘱咐红姑小心门户，二人即一同出发，各御剑光，空中道声暂别，随即分道扬镳，凌空而去。

裘潞自从袭击血龙堰失败以后，也是担心被平江艳绿得知，自己所谋将要遭到困难。他又鉴于此次血龙堰的失败，愈觉自己力单，后来的少女，虽不知她是否是庄家之人，但是只要有如此一二个扎手人物，自己这些门徒，简直就不堪一击，这如何能成大事？更如何能袭击平江？自己一盘算，此次已经约请之人，难有几个能手，照那夜血龙堰的情形来看，还得再约高人，方有成功之望。因此他立即派出门徒，四下约请旧日友好中最高明的五个人，务请他们立即莅临小南洲。他深怕平江得知先动，如果诸帮手未到，自己便成问题。此五人是谁，后文自会介绍。

此刻要先说西蟾洲洲主凌度，此人近虽洗手，贼性未改。此番裘潞诱以平分天岩和王母池二宝，所以对于袭击平江的阴谋，十分热烈。他本是非常机警的人，总怕庄蒙蒙不肯附和四洲，就得向岛上告密。及闻裘潞夜袭血龙堰失败以后，他更断定庄蒙蒙必要向岛上报信。因西蟾洲这个海口名叫白沙沟，那是从血龙堰去岛上中部的必经要口。他就吩咐加倍严查白沙口往来人等，如遇有血龙堰来的人，不问是谁，一律扣留，带来审问。他这一布置，自以为血龙堰和岛上便断了联系，偏偏他的部下有一个名叫亚诸葛秦学亮的人，认为虽然如此布置，仍是断不了堰、岛间的交通。

秦学亮本是凌度落草时大寨中一位谋士，他自己也是以戏台上穿八卦衣的军师自命的。终于他向凌度建议，在白沙口一带的空中，要防着有人御剑飞渡，因为他知道庄蒙蒙是一个精通剑术的人。凌度被他提醒，心中暗暗佩服，毕竟亚诸葛是与诸葛亮差不许多的，就立即传令，命他部下四个会飞剑的人，通常守住白沙口上空四角，如一经发现有人经过，立刻一面阻拦，一面通知地上，上下夹攻，或是各派剑客共同围袭。布置方毕，五首毒蚰庄蒙蒙居然自堰上急急飞来。

庄蒙蒙唯恐被下面发见，所以凭虚甚高，几乎在一班剑客飞行路线的上层。偏偏洲上已有了准备，任你飞行再高些，也能觉察。不过凌度所派四人，俱是他的门人和昔年旧部中半途学飞剑术的，虽也能御剑凭虚，功夫却差得多。四人中东北方二人，一名赵冲，人称两头蛇；一名江莲城，人称神手书生，这是凌度的门徒；西南方二人，却是凌度的旧伙伴，一人叫白头太岁佘化龙，一人叫穿山甲马义。第一个被江莲城发现，立刻向三人打了个招呼，先由马义到下面通知地上防守之人，上面江、赵、佘三人丁字儿排开，升到云端上层，用剑光一横，阻住庄蒙蒙去路。

庄蒙蒙虽与裘潞交恶，却还料不到凌度也要和自己过不去，更不知他竟有如此严密防范，一见对面三人都不认识，虽知来者不善，究不能不问明白，便向他们一拱手道：“在下血龙堰主庄蒙蒙，有要事去往岛上。三位阻道，有何见教？”

佘化龙年事最高，已有六十余岁，便先开口道：“我等奉凌洲主之命，在此谨守白沙口，任何人也不许过去的。庄堰主还是回去的好。”

庄蒙蒙一听口风，又看他神色，知他们必与裘潞暗通关节，怕自己向岛上告密，所以如此相待，料想今天难得善罢甘休，当时面一沉，说道：“难道你们凌洲主还能禁止得了邻洲别堰各家家主吗？”

三人中余化龙性情最为急躁，他是新近才进洲来，也不问庄蒙蒙是何等人物，闻言一声冷笑道："要过去却也不难，只你胜得过手中宝剑，便没话说。"

他分明将断路强盗的话使上了，可见三句不离本行，当时便将宝剑一拦。庄蒙蒙见凌度手下人对于隔邻一堰之主如此无礼，不由恼怒，也就高叱一声，朱痕剑早已出鞘。

时当日晡，一抹斜阳，犹是殷红照眼，宝剑亮处，光耀动人。余化龙同瞎了一样，毫不知利剑轻重，随手向空中祭起手中剑，直飞庄蒙蒙头顶。旁边江、赵二人一见余化龙已是出手，知道不动手也拦不住来人，于是三柄剑一齐飞向敌人。庄蒙蒙一望便知三人剑术的高下，哪里会将他们放在心上？不过心中暗忖："虽然凌度无礼，究是邻洲之人，不宜有所杀伤，只让他们知道厉害就是了。"

庄蒙蒙一面发剑迎敌，一面找寻机会。看他们如此防范周密，说不定就要对岛主发难，自己正应及早赶到告密，真没这闲工夫和他们周旋，以免耽误。想罢，他默运玄功，速催神剑，窥定余化龙和江莲城的两柄剑，拦腰削去。二人哪知朱痕剑的锋利，以为可以力敌，竟不躲避，三剑相错，只听嚓嚓两声，余、江之剑同被拦腰削断。二人骤失剑光，身无凭借，一个倒栽葱，立从空中翻将下来，还算他们是练剑的人，不比练武的人，多少有些御风凝气之功，忙运用气功稳住躯体，才算从半空中慢慢地飘了下来，不曾跌伤。旁边赵冲宝剑虽未被砍，一见这种情节，早已知难而退，忙借剑光护身，向旁边一闪，算是让开正路。庄蒙蒙一见，一声冷笑，催动剑光，真如电掣般向北飞行而去，眨眨眼离去白沙口已有几里之遥。

裘潞自派人各处约请能人后，不到两天，从东海鳌岛和山东崂山，就来了两位好友，一位是鳌岛金光洞主白良驹，一位是崂山上清宫副掌院俞杰，法名玄真，人称清风剑玄道人。二人俱是精通剑术，闻得裘潞上次失利，系败在一个少女手中，十分纳闷，便急于要会会这个人物。尤其是白良驹，是一个天字第一号的色鬼，听说是一个美貌少女，浑身早就发酥，立劝裘潞二次夜袭，保他马到功成。裘潞也是报仇心急，而且又怕庄蒙蒙向岛上送信，就决定当晚再做二次进攻。

这天早晨正在调兵遣将，忽然外面报道："西蟾洲凌洲主派人来，说有机密事奉告。"裘潞一听，猜不透什么机密事，当即传命唤进来人。

来者正是上文所说的穿山甲马义，和裘潞尚是初会，礼毕落座，向裘潞说道："血龙堰主庄蒙蒙在昨日日晡时节，飞渡西蟾洲白沙口。凌洲主派人堵截，不曾堵住，仍被破空向北方而去。料是去往平江岛上，所以特来报知裘洲主，好做准备。"

裘潞闻言，谢过了凌度，送走马义，当即与白、俞二人商议今晚之举。

白良驹听说庄蒙蒙不在家中，便说道："我看主人既不在家，我们也不必劳师动众，多带人马，只须你我三两个人偷偷地飞入血龙堰，看着不顺眼的杀他个寸草不留；看着顺眼的，就带了回来，岂不省事？"

裘潞点头道好，当日带了四个门徒和俞、白二人，悄悄奔了血龙堰，这正是庄蒙蒙动身的第二天夜间。

俞、白等一到庄家院墙，从栅栏外飞身入内。下面虽也有些巡更守护之人，焉能防得了这几个高明的剑客？纵然在下边防守得十分热闹，却不料上面半空中早就进来了三个杀人魔王。偌大一所庄院，能够勉强抵敌一下的，只有一位红姑，这两夜来，真连眼睛都不敢闭上一闭。此刻天交三鼓，她正在上房左右悄悄察看了一遍，见无甚动静，正要回到自己母亲屋里，忽见对面屋脊上站着三个人影，不由心内大惊，还等不到自己开口，只见对面屋上和一溜烟似的飞下一人，直奔自己。红姑也不及再辨他的面貌，那人手法真快，一个饿虎擒鹰，单掌向红姑右肩头抓来。红姑一看来人手势劲疾，知是来了劲敌，立刻一歪身躲过这一掌，还来不及还招，那人的左手又到，一下正抓住红姑的腰带。红姑暗叫不好，正想拧身解脱，那人的右脚早起，正扫在红姑右足踝上。红姑身上一歪，下盘空虚，早已跌倒。那人一脚踹定红姑腰背上，一手从怀中掏出一把麻绳，将红姑缚了个结实，放在廊下，自己早又跃入后面去了。

当红姑与来人交手之时，屋面上另有二人，早已先入内宅。庄蒙蒙一家除了夫人梁氏以外，长子庄风梧前年去世，留下寡妻遗孤。庄蒙蒙的孙子今年才有三岁，此外就只爱女红姑。拦住红姑的正是金光洞主白良驹。裘潞、俞杰二人知道白良驹另有用意，也不去管他，各向内宅跑去。梁氏婆媳俱已安歇，可怜都被裘、俞二人杀死床上，天幸三岁的孙儿向由乳娘领着，晚间睡在另一屋内，匆忙中竟不曾被二人发见。二人杀了梁氏婆媳，还有庄家几个族人和亲戚，一共十余口，也都是一刀一个，杀得非常省力，真连汗都不曾出一滴。他们杀完再一搜查，知道屋多人少，庄蒙蒙眷口除红姑被捆外，都已杀死，居然感上天好生之德，饶了庄家的护院与一群仆役人等。

三人会齐了一商量，认为大功已经告成，白良驹便奔了方才安置红姑的那个廊下，准备掳了红姑，一同回转小南洲，好去受用。哪知白良驹兴兴冲冲地赶到廊下一看，哪里还有红姑的人影，只剩了一堆斩断的绳索。

白良驹一见，真如到口的天鹅又会飞去似的，别提心里多么难受，不由暴跳如雷，立时大骂道："准是那护院仆役将他们的女主人放了，我们饶了这些混账王八羔子，他们倒来招惹老爷，立刻叫他死无葬身之地!"说罢，当时就要再杀那些下人。

此时裘潞因这些人俱是本堰土著，自己雄心甚大，将来还要利用他们，所以特为承恩于众，不加杀戮，此时让白良驹这样一来，好生为难，忙拦住道："白洞主且慢发怒，我看这不是那群平凡的仆役所能做的。你看看，这不是显然用飞剑斩断的吗?"说着，取了一把绳索在手掌上，给白良驹细细辨别。

白良驹一看绳索断处，尺寸长短，俱是一律，而且断口崭齐，毫无拉扯的毛叉儿。如不是飞剑，哪有这样利刃能一刀断个干净呢？心中的气果然平了下去。但疑惧的心却又随之而起，心说："这又是谁干的呢？怎么我拴住那女娃儿之时，他为什么不出来拦阻呢？”

此时，连裘、俞二人也都怀疑起来：究竟是谁给救走的？绝不可能是庄蒙蒙自己回家，否则他这一家都被我们杀尽，他能不出来跟我们拼个死活吗？三人瞎猜了一会儿，又瞎找了一下，什么也没找出来，只好回去。一道上，白良驹是惦着红姑，怏怏不乐。裘潞却想着：前晚那少女，怎的今晚不见？莫非因我们人多藏了起来？红姑八成是她救走的，此人不除，必是后患。

红姑究竟是谁救走的？作者自应将它说明。红姑自从父亲走后，只两夜工夫，心中十分忧急。知道自己力量太薄，责任太大，这苦闷也就不用提了。果然，当晚与敌人只打了个照面，还不等她动手，早就被人擒住捆上，丢在廊下，眼看敌人向内宅而去，知道家中除了自己一人而外，竟没有一人能够抵敌的，自己既已被捆，便什么也都完了，真连一个救的人都没有。她想到焦灼之处，屡次运用内功，想挣断绳索，可是不但那绳索十分坚韧，就是捆绑的方式也十分结实，怎么样也绷不断。她想到走了的父亲，想到现在内宅的老母，又想到柔弱无能的嫂子和小娃娃的侄儿，她真觉得又着急，又害怕，一时不由得呜呜咽咽地哭泣起来。

正自哀哀欲绝的当儿，忽见眼前一闪，迎面立着一个人。她泪眼模糊的还当是先前捆她那个敌人呢，登时一赌气将眼睛闭上，再也不去看他。哪知身边一阵簌簌的响动，浑身上下立觉一松，似乎绳索已解，正将手足试着伸展之时，猛听对面有人低声说道：“快起来，跟我走吧。”

红姑闻言一惊，忙睁眼一看，眼前正站立一位白发红颜、慈眉善目的老尼姑。红姑灵机忽动，心想这位老尼，莫非就是父亲当初的师父峨眉幼师吗？边想边将身躯往起一跳，身上绳索早纷纷断落，忙向老尼拜谢救命，并低声问道：“老师太莫非是我爹爹的师父静师太吗？”

老尼闻言，微笑点头道：“此地不是谈话之处，你随我来吧。”

红姑忙道：“后面我母亲、嫂子怎么样了？我得去看看。”

老尼闻言，倏地双眉一皱，叹了一口气道：“怪我一步来迟，已是挽救不及，这就叫定数难逃，无话可说。”

红姑闻言，知母亲、嫂子大概已被敌人所伤，不由一阵急痛，“哇”的声哭了出来。老尼似恐被人听见，忙一手拉住红姑，平地腾起十来丈高，立将红姑带走。

第三回　访　　艳

飞天神龙等同门三人，住在双木岚石洞，看看飞天神龙箭伤已经大愈，因汤尹师已从白衣秀士处飞往艳魔岛，自己师兄弟们久留也属不便，拟向白衣秀士告辞后，先回到邱乙揆家中暂住。

白衣秀士便对飞天神龙说道：“你也算有缘，才有此遇合，不过不久艳魔岛群蛮之争，还要贤同门大力相助。因为这里面与汤九师弟有点关系，你们帮了他，也算帮了我，而且那时志贤契还有一段遇合，此刻暂不必说，到时自能明白。”

飞天神龙等深知白衣秀士所见，必有道理，也不敢深问，只请教对于汤九郎君的忙如何帮法。

白衣秀士笑道：“此时还早，到时自有人来知会你们的。”

于是三人择了一个天朗气清的日子，拜别白衣秀士，同向福建南平邱家进发。

白鹤仙汤尹师离了双木岚石洞，一心要访艳魔岛的平江艳绿。他听说平江生就异相，浑身刀枪不入，肋生肉翅，不知怎样一个三头六臂的怪物，而且她的邻属四洲一堰图谋她的真意何在，是不是因她行为不端，虐待岛民？据自己想想，四洲洲主多半是中原人，平江却不是，因而不受王化，行为非法，所以才惹得各洲动了公愤。他想，如果平江有此等劣迹，自己得便就把她除了，岂不省事？但又想起上次柳权曾说，平江甚是爱民，似乎又不像个坏人，何以四洲洲主要群起而攻之呢？他想，总要到了岛上才知真实。汤尹师一路推测，飘飘荡荡，凭着剑光缓缓向海南飞去。那个时候，还在袭潞等计议图谋之中，却在袭击血龙堰以前，所以岛上前后左右，只有一片明秀的山水，并无半点烽烟。

汤尹师已是二次访岛，他想："我此次不必在空中瞎找，正可以落在岛上，实地访查岛内的民情，岂不更为透彻吗?"他就在上次曾到过的三道峡附近，按下剑光，落在山坡上，慢慢地向岛中走去。

艳魔岛的市廛，整整是一个圆形，居中便是平江岛主的府第。那地方原是一座小山头，因地就势地建筑了一所极大庄院。因是山地，房屋也随山而建，并非旧有。府第最外层是一重高至三丈五尺的外围墙，墙虽圆形，却在东南西北四面修了四座碉堡楼，为守望之用。外围墙以内又是一道有三四丈宽水面的大沟，原是山上的山溪，断断续续地绕着，流着，平江加以人工，都给它连贯疏浚了一下，仿佛便是又清又深、又广又圆的一条护城河。山溪以内，又有一带竹皮栅栏，这与庄蒙蒙家栅栏一般的构造，不过更高大而已。这种屏障物原是那地方的特产。栅栏以内，又立了一层内堡楼。进了内堡楼，才是内部的房屋，不过这是府第中士兵、人役、护院等这些人所住，直到山的最高部，才是平江近身的人与各武师们、各往来宾客下榻之处。

在山中央高处有一带密林，中藏一座石洞，平江将石洞用人工镂成房屋式样，配上铜铁门窗，作为自己和父母亲属居住之地。这座石屋，从外面是永远看不见的，永远是被一片林木所蔽，而且石屋之外另有一部房屋，整个儿包住了石屋，任何人到此，总以为这地方便是全部的核心了，却不知在核心中却更有核心呢。

就凭平江一个未满二十的小女子，胸中竟有如此丘壑，实也够得上一个异人。至于此房结构的精美，装潢的华丽，气局的崇闳，绿林的幽胜，更不必说。园中豢养着无数的奇禽异兽、花鸟鱼虫，一切玩好之物，更是应有尽有，就是中原的王府，也许还比不上人家岛上天子的享受呢。

汤尹师行至岛上，有心奉访这位女魔头，却是无人介绍，有些不得其门而入。一个人想了半天，觉得实在无路可入，最后他仗着自己的能为，竟想了一个招惹是非的方法。

平江艳绿正坐在正园亭子里，瞧着几名贴身侍婢在草坪上练拳脚，正自一手一手地指教着她们，忽听平空中一声鹤唳，从东方上空飞来一点银光，日光下白亮亮闪人眼目。平江艳绿忽然想起自己生日那一晚所闻鹤鸣，正与此同，又见那点银光愈来愈近，眼看就要飞到自己头顶，心中不由大疑，暗想："这是一个什么人养的鹤，老在岛上横行无忌呢?"再一看鹤背上还驮着一个人，只是鹤飞甚高，一时看不清人的面目和装束。正想用什么方法将这人鹤一齐打下，却见那只鹤仿佛知道自己的心思一般，一路圆圈，只在自己头上打转，随转随向下飞来，看那意思仿佛正要飞落自己头顶一般。

平江艳绿哪里受过这种戏弄，正要飞剑去斩那人鹤，此时那只鹤与自己头顶，也只有十余丈的距离，一眼望见鹤背那人，正是一个面目姣好、丰姿潇洒的美少年，看他眉目之间，正比美女还要文秀可亲，不知怎的，平江艳绿想放飞剑的那一种意念，立刻就消失了，一双妙目，只愣愣地望着那只鹤，随了鹤的回旋，一齐向天空中打转。

此时旁边那些侍婢们倒忍不住都喧嚷起来，一个个仰着脸，向鹤上的人一阵吆喝，也有不许他下来的，也有叫他赶快飞离的，先闹了个乌烟瘴气。鹤上的人只当不曾听见，一双俊眼紧盯住了平江艳绿，目不转睛，可是满脸含笑，并不像是来找岛上晦气的。平江艳绿生长在蛮荒之地，从来不曾见过如此的美男子，说也奇怪，从来不知道什么叫害怕，什么叫害羞的她，此时竟呆呆地望住了那只鹤，一语不发，平时的威风也不知到何处去了，众侍婢瞧着也是稀奇。

说时迟，那时快，只觉一阵旋风，那只鹤已旋到亭后一个小山坡上，早又是一声引吭长鸣，倏地双翅一敛，两足一并，停在一株桃树下。再看鹤背上驮着的少年，也早笑盈盈地立在鹤旁，一手挽定鹤头上的一股彩绒，一手握了一柄尘尾。平江艳绿此刻才算看真，见他头上乌云般的黑发绾了一个髻儿，并未戴冠，身上穿一件银灰色绣花道氅，腰盘黑色双股丝绦，足蹬乌绒云头粉底福寿履，左肩头斜插一柄宝剑，八结花纹，姜黄丝线绳子，垂到肩上。再一细看面貌，与在鹤背上远望更自不同。他那一副吹弹得破的粉面庞儿，真是白里透红，红里透白，一双俊目，看人时天生含着无限情趣，秋水澄澄，仿佛一眼就能望透对方的心底，尤其是口角含春，迎人如笑，使人看了就会不生嗔恨。

平江艳绿平时偌大的气焰，到此时竟一些也不会发泄，反而愣愣地呆在那里，那一点素未经过情爱培养的芳心，竟自缥缥缈缈地不知归属到何处！

幸而旁边有一个侍女对着骑鹤人高喝道："何方野男子，胆敢擅闯府第，还不快说实话！"

一句话惊醒了平江艳绿，当时对那说话的侍女看了一眼，才慢慢地转过脸来，向那人问道："你没有听见吗？姓什么叫什么？因为什么来到此地？"

先前那侍女问话时，骑鹤人只当不曾听见，此时平江一问，他才笑盈盈地欠身答道："请问此岛是不是艳魔岛？这里又是什么所在？"

平江见他问话时态度温和有礼，越发不肯斥责，便答道："我们这里正是艳魔岛，你要到岛上来找谁？"

骑鹤人笑答道："在下姓汤名迪字尹师，中原人氏，久闻艳魔岛大名，一来瞻仰，二来从东海经过，听到一些不利于艳魔岛的消息，所以两次来访岛上主人，都不曾找到。今幸得遇诸位，能否将在下引到岛主面前，也好将我所得消息报告一番，未尝不是贵岛之利。"

平江艳绿闻言，登时一呆，心中十分奇怪。她妙目一转，似乎忽然想到一件事情。她想："一个平常人，骑驴骑马的都有，骑鹤的根本就很少见，何况鹤又飞得那么高。他说从东海听到什么消息，试想一个平常人，焉能在东海南海之间，空中飞行？我看此人必有来历。"也是平江艳绿生性聪慧，一时参透其中委曲，才算免了艳魔岛一场浩劫。

当时她就换了一副笑容，向汤尹师一让道：“我就是艳魔岛主平江艳绿，贵客既有要言见示，就请屈驾到后面客厅一叙。”

汤尹师从鹤上落下以后，他见十余个少女在一处练习拳棒，一时也分不出都是些什么人，只其中一女，最为艳丽，服装气度都与众人不同，心中以为她是一位侍女之长，万没想到这个千娇百媚的人，就是平江艳绿。这是因为汤尹师久闻平江生就的力大无穷，刀枪不入，肋生双翅，而且性情暴戾，杀人不眨眼，以一手压服四洲一堰的客土诸豪，总以为是一个身高丈二、腰大十围的人物，即使是个女子，也好不到哪里去。岂知一经觌面，竟是如此一个娇滴滴的可意人儿，真令人做梦也想不到的。此刻平江艳绿一经报名相让，不由诧异得出了神。

平江艳绿见他愕然相顾，知他准是拿自己当了一个三头六臂的人物，心中暗暗好笑，不由对他嫣然一笑，犀瓠微露，媚态横生。汤尹师忙一敛神，重又躬身道了仰慕。于是平江略一回头，命侍女先去客厅伺候，自己引路，陪了尹师慢慢向后面走来。平江也是福至心灵，看出汤尹师定是一个人物，他既说有不利于本岛的消息，自己就不惜纡尊降贵地招待他。

一时二人到了内客厅中，分宾主落座。汤尹师匆匆将东海所闻和三道峡所知之事，对她尽情说了一遍。平江艳绿才知道裘、白二洲的阴谋和自己处境的危急。

平江艳绿自幼曾得异人之传，武技剑术十分精到，更兼天生神力和肉翅飞翔的特具条件，所以威镇海南，人人畏服。她的师父是谁呢？此人原是明末一位剑客，如今已列剑仙之林，姓名久佚，人都尊他为无为上人林剑仙。此人在那个时期，辈分极老，就是飞天神龙的师祖云溪上人，也还是他的晚辈。不过他自己说混迹人世已久，已没法子和别人算辈分，从来不肯倚老卖老，以前辈自居，这正可见此人的谦德和他的学养。

林剑仙与峨眉幼师静修的师父峨眉老尼最为交契，峨眉幼师向以师礼事之。在不久以前，林剑仙曾对峨眉幼师提到平江艳绿的婚姻问题，并曾告诉静修，不久当应在一个后起剑客的身上，此人正是静修老友甘石老人的门下白鹤仙汤尹师，请静修到时加以援助和协成。静修背地曾对白衣秀士提过，所以白衣秀士知之甚稔。此番见了汤尹师，也极力主张他一探艳魔岛，表面不便说明，只说艳魔岛行将火并，如平江确有可杀之道，我们就不管她闲事；如平江并无劣迹，我们以行侠仗义的立场，似应予以援助，表示到时自己也可助她一臂。

汤尹师以为平江是一个杀人不眨眼的魔头，哪里料到与自己原有一段夙缘呢？所以决定再飞南海，重探艳魔。及至二人见面之后，既具夙缘，自然各人心目中都别具一种印象。所谓缘分二字，并非迷信，这是人与人间一种自然的结合力。有了此种结合力，无论朋友、夫妻、爱人，都能保持到一个相当的境界。如无缘分，那便会谁见了谁也不顺眼的。所以汤尹师和平江见面以后，谁都觉得谁不讨厌，尤其是平江生长蛮荒，睹此美男，岂但不厌而已！

汤尹师自到艳魔岛，深赞平江为人光明正直，对岛民尤为爱护。自身虽为岛主，享受尊贵，却毫无失德之处，自生同气相投之感。平江知他为本岛安全而特来送此重要的消息，心中更是十二分感激，当待以上宾之礼，专收拾出府中环境最清雅、风景最美丽、建筑最闳崇的碧绀楼来，作为汤贵客休息之所。

府中地盘本大，又是随山建筑，园中可说是真山真水遍处都有。这碧绀楼是一所五间三层楼厅，全部是楠木筑成，所有门窗格扇以及屋内装潢，都用紫檀、黄杨等木料及象牙、犀骨等名贵物料雕嵌而成。壁间除了绷以锦缎丝绸之外，还用玛瑙、珊瑚、翠石、砒霞、象牙、猫儿眼、子母绿，以及其他一些红蓝的宝石、精圆的珍珠，镶嵌成为五彩花卉、果品等屏风格扇，配置在屋子的四围。屋内的陈设摆饰，更是说不尽的繁丽讲究。

汤尹师一见岛主如此盛意优待，心中虽并未为这些富贵之物所移易，但也颇知人家对自己这一份的看重，自然对于平江格外生了好感。所以凡是世界上的人类，如果在你需要利用人的时候，能够使得人家满意，无疑地于你会得到你所需求的好处的，从此汤尹师对于平江的事情，自然也格外关心。

他有一天对平江说道：“我所报告你的话，虽不是无稽之谈，但是都是听来的，尚未直接获到什么消息。我想悄悄地上四洲去看看，究竟他们已经谋划到了什么程度，你看是否需要？”

平江却巴不得汤尹师能替自己跑一趟，自然一口一个是。要说汤尹师的为人，原是生成侠义肝肠，何况自幼得甘石老人钟爱，授以混元体修炼法和飞剑、奇门遁甲等不传之秘。他此番访问艳魔岛，最初不过年轻好事，并无作用。同时自己遨游海外，既知有此一个佳处，不肯不来观光一次。及至听到柳权之语，对于这位魔头平江又发生了兴趣，倒要看看岛、洲双方，曲在何处？所以不远千里万里，冒险一探。等到和平江见了面，又大大出乎意料，万想不到自己心目中一个三头六臂、青面獠牙的魔王，结果竟是一个具有千娇百媚、吹弹得破的可喜庞儿的五百年风流孽障。虽说剑客以修身修道为重，毕竟人非草木，何况天地间灵气所钟，越是聪明有为的人物，越是多情人物。所以汤尹师在平江的优礼之中，早已对平江生了好感。至于平江对于他的爱慕，那就更不必提了。

于是，在一个初夏的凌晨，汤尹师别了平江，悄悄上道。因是秘密地刺探，除了平江贴身侍女而外，便连府内上下人等也一概不知。

小南洲在岛中部的西北，与西蟾洲毗连，那是一个丛林密集、崇冈起伏的山区，当然出产也不如其他各地，人民比较贫苦。裘潞所以图谋岛区，一半也是为此。裘潞所居，本是洲上两三所大庙宇改成的。他手下有多数的门徒和一部受过训练的土民，人数也有三五百之众。自从怀了袭取岛区之念以后，颇招纳了些江湖巨盗和在中原犯了不赦之罪的死囚。他们越狱逃出，无处投奔，辗转都投了小南洲，所以目前竟拥有死党五七百人，与隔洲相望的西蟾洲主凌度，互通声气，待时而动。

尹师仍然跨鹤凌空，向西飞来。白天飞得高高的，在洲上察看形势，暗暗通知灵鹤，不许它发声吭鸣，所以在洲上盘旋了许多时，下面丝毫不曾发觉。直到斜阳坠岭，断月钩空，尹师先落在一带林深壑邃之处，藏过了灵鹤，祭起剑光，向裘潞的府第所在飞去。

新月光微，疏星影乱。尹师仗着一身本领，使足剑光，真如一条匹练相似，渡过下面多少处山水林木，看看将到府第，还离着三五里路的地方，便将剑光使缓了，慢慢前进。一会儿已到府第上空，拣了一处花园似的林中，才飘身着地。一看知是一所大花园，东面一带房屋，虽不能比拟岛上的闳崇美奂，也够高大深邃的。

尹师一心要找裘潞本人所居之室，只向房屋中部、后部找去。果然在第一进的正中偏东两间厅屋内，由窗内露出明亮的灯光。尹师跳上耳房，斜着方向往下一看，见廊下虽坐有七八个仆从与守卫等人，院子里却静荡荡的，一个人影都无。他就越过耳房，悄悄伏在那屋檐口，正在那一带游廊的头上，一点也不会被看破。

他便使了个“神鼠窥穴”的招数，将一双足背钩住房檐，蜷着腿，弯着腰，用两手铁一般地握住檐下木椽，一双眼正斜瞅着屋内人的一切举动。见此屋两间敞连一起，相当宽大，屋内共有五六个人。正中炕沿上，南向坐着两人。左首一人年约五六十岁，高大身材，阔口暴腮，上面衬着一对鸡子眼，眼梢斜着向上，凹面塌鼻。形貌不但凶恶，而且丑陋。右首一人看年纪已在七十上下，红发萧疏，配着一副瘦削红润的面孔，一望而知是一位具有养气深功的人，只是鹰鼻鹳眼，一脸的奸狡神情，薄唇尖嘴，唇上颏下，略有一部稀朗的胡须，直飘到胸部上端。此人身穿一件家常衣服，一只手老是捋着那几绺胡须，一副倚老卖老的神气。

尹师心想，此人坐的主位，也许就是裘潞，左首这人是谁呢？要想听他们所谈何事，但因屋子太深，窗又关着，竟一点也听不出来。尹师向屋内一望，忽见北面一窗竟是开着。他立即缩回上身，腿上一使劲，重又翻上屋顶，悄悄从脊上翻到后檐。他伏在檐上向下一看，后面也是一个大院落，配着五间上房和左右两厢，不但静悄悄一个人都没有，且是全院漆黑，哪间屋里都没有点灯。

尹师大喜，忙一翻身跳落后檐，行到北窗之下，凑到窗边，侧着耳向屋内听去，果然听见屋内有人说道："凌洲主以为我的方法怎么样？"

又听一个粗哑的嗓子答道："方法是好的，不过五首毒蚰也不是个省事的主儿，说不定已经先向那个贱婢献殷勤告密去了。但愿他还不曾走这一着，所以我们必须一下做倒他，才免去后患。要不然你打蛇不死，他跟你对付完了，不去告密也要告密的了。您说我的话有理吗？"

又听先前那个人说道："可不是吗？我打算多带几个门人，又向白洲主借了两位会剑的门下，连我自己，一共也有十几个能手，我想也不至于将他放跑了吧？"

略停一停，那个粗哑嗓子又说道："听说五首毒蚰门人倒不多，家里也没有多少人，只是他有一个会飞剑的女儿，听说很有父风，你们可要防着点儿。"

尹师听他们所讲，一时不甚了解，更不知五首毒蚰是哪一个，正在沉思，又听那粗嗓子问道："几时动手，决定了日期没有？"

前一人答道："已经决定了。过了明天，就在后日日晡时出发，黄昏后准到，天明一切都可解决了。"

他说完了，屋子里静了一静，就听粗嗓子又说道："但愿如此。"

尹师窗外听够多时，只听见这两个人的对白。方才望见屋里人虽多，似乎都不曾开口，心里实在想看看这一对说话的人，忍不住慢慢地将头移近窗前，又缓缓地冒出窗口，打算冒险探头一看。

哪知刚刚将头探出窗口，眼睛刚看到屋内，只听屋内一声呼叱，问道："什么人？"

尹师倒真吓了一跳，暂时只好伏在窗下不动。当时就听先前说话的人问道："晏老二看见什么了？"

另一人答道："我仿佛看见窗外忽然闪出一对亮晶晶的眼睛来，怕有奸细窥探，所以才叫一声。待我到后面看看去。"

同时便有一个粗大无比的声音笑道："晏二弟真是精明过了分！那一

对眼睛，我早就看够多时了，那是后院养活的阿咪呀（“咪”为南方呼猫之声）。真是活见鬼了，去瞧它干什么?”

那个晏老二让此人一说，也就有些信不及自己方才所见的是真是假，忙又问道：“那一个亮晶晶的眼睛，赵三哥真也看见了吗?”

那个姓赵的似乎又呵地一笑道：“谁还骗你来? 可不是我瞧了半天，见是阿咪，我才没有言语；要不我早就追出去了，还等你这会子大惊小怪!”说完，似乎又向别人分解道：“得了，师父别理他，没有了，我早看清楚了。”

此时，大家也就不再提议到窗口望一望。其实窗口相去颇近，尹师又始终没离开窗下，只要有人一探头，准能发现。也不知这些人为什么，竟没有一个人想到此招儿的。

尹师正在暗自庆幸之际，又听先前说话的那个粗嗓声音说道：“话虽如此，总是小心些为是。要知那贱婢行动如飞，正不可大意哩。”

接着，便听先说话的那人又道：“我谅他们纵然大胆，也还不敢到我洲上来窥探。果然来了，也准叫他活的来，死的去。”

尹师从小南洲探了些含混不明的消息回来，向平江一说。平江听到五首毒蚰这句话，才知道裘潞等人正在与庄蒙蒙为难。据尹师所述屋中那两个老者，知道右首的正是小南洲洲主裘潞，左首的却像是西蟾洲主凌度。但是听凌度所言告密，似乎庄蒙蒙已经知道他们的密谋，为何庄蒙蒙至今并未向她来报告一些儿消息呢?

尹师自探了消息回来，虽不曾得到两洲的具体计划，但已可断定，总有一天，他们会来和岛上捣乱的，因此便将此意告知平江，问她可知这四洲中何人可靠，何人不可靠? 何人服从，何人不服从?

平江终究是个女子，今日以前，还真不知道四洲有图己之意，所以此时也只能断定，西蟾洲和小南洲对自己有不轨之谋，但尹师却提醒她道：“据我看，不仅此二洲不稳，就是大南洲的白了翁，也正靠不住。你难道忘了，我曾告诉过你三道峡柳权所说的那番话吗?”

平江闻言，点头称是。他二人商议之下，料定除庄蒙蒙血龙堰一处是忠于平江之外，其余四洲中，倒有三洲已显有叛迹。只有东蟾洲洲主马绳武，尚看不出倾向哪一面，但据尹师看来，马绳武既与三洲同是中原人，平时与岛上又无甚往来，保不住不和三洲有些勾结。

平江此时已将尹师看成唯一的心腹，尹师所言，自然听信，因此也就顺了尹师的主张，在本岛预先秘密地布置，只不动声色，静以看变。尹师又详详细细地打听各洲的人物和许多帮手，以便知道有无特殊高明人物在内。平江虽也知道裘、白等过去的行径和能力，她总是艺高胆大，仗着自己能为，全不把这些洲主放在眼里。

尹师看她一片天真，虽是能为了得，毕竟女孩儿家经验有限，不懂得天外有天，人上有人，就劝她不可大意，并且十分恳切地说道："你果然是具有了不起能为的人，我也知道单凭你一人之力，足能抵御四洲。但是宇宙之大，人物之众，你我都是年轻人，能有多少见识？裘、白诸人，都是数十年的修为，上下师门就有多少能人。譬如不客气地说吧，你现在是很看得起我的，如果敌人里面有我这样的人来和你捣蛋，你也觉得讨厌吧？但是江湖上像我这样能人，正不知又有多少，不过你不能都认识罢了。即此一端，就可以看出能人背后有能人，万事不可大意。"

尹师这样娓娓劝勉，平江心中不由大大感动，深觉自己的见识能为，哪一样都比不上尹师。她又想到："如果此人能够与我成为百年之侣，同守此岛，那还怕什么裘潞、白了翁来侵袭？"她一时想得远了，不禁秋水澄澄、柔情脉脉地望定了尹师，十分神往。

就在汤尹师夜探小南洲的第三天半夜子午之交，尹师与平江在一座名叫迎霞阁的小楼上正在促膝深谈，商量如何应付四洲，并探听洲方的虚实。如果洲方有了异样能为之人，尹师还想赶回双木岚去，邀请师兄白衣秀士和飞天神龙等一班武当侠士。尹师的师父甘石老人和峨眉幼师静修素称交契，尹师幼年曾经拜见过静修。此时他不便去请师父来帮忙，便想到必要时去请静修相助一臂。不过此人不易约请，如果肯来，还怕什么四洲那些左道之士？平江听说有这许多有道之士能来相助，自然十分高兴；一时又念着庄蒙蒙，不知出事没有？

正谈论间，耳边谯楼上三鼓频传，二人正要各自安歇，只听下面众侍女起了一阵轻微的喧声。当即有一个贴身侍女跑上楼来禀道："启禀岛主，血龙堰庄主寅夜到此，说有机密大事要面禀岛主，现在楼下候传呢。"

平江一听庄蒙蒙黑夜到此，又想到尹师前晚在小南洲所闻之言，料到庄蒙蒙一定吃了裘潞的亏了，忙对侍女说了句："快请上来。"

侍女忙即翻身下楼。不一时，楼梯上一阵足声上来，软帘扬处，尹师见一位身材魁伟、面目黧黑的老年英雄走了进来。一身夜行衣裤，外面半披着一件深蓝色的绸氅，背插宝剑，腰系板带，足下皂靴窄裤，虽然年老，但英气勃勃，尤其一双炯炯发光的眸子，照人如炬。

此人一见平江，立即行了一个蛮礼，站在一旁，看去对于平江甚是敬畏。平江一摆手，先命侍女退下，然后立起来，用手一指汤尹师说道："这一位是岛上贵客汤尹师先生。"说罢，又向尹师含笑说了句："这位便是我们方才正说的血龙堰庄堰主。"庄蒙蒙一眼望到汤尹师，心里奇怪得了不得，心说：这一位究竟男子还是女人呢？看他穿着分明是男人，怎的长得如此美艳？和岛主站在一处，怕不说是兄妹手足吗？他边想，边向汤尹师也行了一个蛮礼。汤尹师却是抱拳还礼，忙即让座。

一时三人分宾主坐下，平江便问道："庄堰主寅夜到此，有何秘事见告？"

庄蒙蒙见问，缓缓地叹了一口气，便将裘、白如何野心，如何邀请自己参加，自己如何拒绝了他们，他们如何起恨，如何夜入血龙堰图谋袭杀，如何遇到同门师妹鲍英珠相救，如何转败为胜等，从头说了一遍。又怪自己毕竟粗鲁，不该直言峻拒，又不该迟缓了一步，未将此事经过预先报告岛主，反中了裘潞的诡计。尚幸师父暗中救护，不然真是不堪设想。

平江一听，目视尹师，尚未答言，庄蒙蒙又说道："闻知裘潞约动三洲全部人马，不久便要和岛主为难，岛主还要提前准备才好。"

平江略一点首问道："你可知道他们洲上还有什么特别人物？"

庄蒙蒙昂头想了想，说道："据本堰探子报告，四洲曾在东海、崂山等处邀请了几位高手人物，只知其中有一个叫金眼罗汉阿僧格隆多的，原是西藏番僧，能为极大，除了武术飞剑而外，还能呼风唤雨，使许多妖术。此外还有几人，却不知姓甚名谁了。"

汤尹师听庄蒙蒙说完，回脸正想对平江发言，哪知一眼望见平江脸上露出惊讶之色，心中奇怪。他知平江素性刚强，从不畏怯，况又仗了自己一身惊人本领，什么能人也不放在心上，何至听到一个具有妖术的左道，竟自惊惧呢？便和声问道："平江岛主以为这些人怎么样？"

平江似乎正在出神，尹师一句话，将她的思潮打断。随向尹师望了一眼，本似有话要说，但又止住了不开口。旁边汤、庄二人，都觉得奇怪，尤其庄蒙蒙，他觉得这位岛主向来对于任何一个人，都不会使她害怕的，怎的今天破了例呢？嘴里不好说，两只眼睛可盯住了平江不瞬。

平江见时候不早，便问庄蒙蒙何时回堰。庄蒙蒙皱眉答道："本想在岛上多住几日，怎奈家内无人，颇放不下心去，打算报告完毕，连夜赶回堰去。"

平江笑道："今天这般时候，何必再走？再不放心，也不争这半夜工夫，还是明后天再说吧，因为明天还有话跟您商议呢。"

庄蒙蒙心想："今晚也实在不能再走，只好明天再走吧。"当即唯唯称是。平江便命人先送庄蒙蒙到迎宾馆安歇。

庄蒙蒙走后，平江一看左右无人，便向尹师叹了一口气，低声说道："我看这次四洲作难，大概我本身凶多吉少。"说完，竟自愁眉不展。

尹师见了，诧异非常，因为尹师和平江虽系初识，但几日来早已看出她的性情，什么天大的事，她也不怕，怎的方才听了四洲约请外人，已见惊愕，此刻竟说起凶多吉少的话来？尹师实在摸不透她此言何意，忙笑问道："你这是什么意思？我真有些测不透呢。"

平江闻言，又叹着道："你哪里会知道！我也正想告诉你，只因有庄堰主在旁，我不便直说。如今我跟你说出一种理由来吧。”

尹师认为这正是个新鲜理由，倒要听听，便催她快说。

平江道：“我师父传授我六年本领，到临走那一天，才郑重地嘱咐我说，我的能为已是上乘中之上乘，又兼生具异质，更是人所不及。不过将来有一层劫数，须要自己谨慎小心。如能避免，自是最好；不能避免，则须看我那时的解救如何。且说此劫前定，就是凭着师父的能为，也无法逃避。”

尹师笑道：“这当然是你的命运使然！你怎的早也不愁，晚也不愁，偏在这时候发愁？是不是你以为四洲的力量，非你所能抵御么？”

平江摇摇头，淡然一笑道：“不是我夸大自狂，我真没将四洲放在眼里。”

尹师问道：“那你又为什么呢？”

平江点点头道：“你自然不会明白，我的话尚未说完。那时我师父又再三地叮嘱，教我到时留意，并赐了我四句偈言，是：‘飞鸟飞人，慎保前因，劫在西土，凶在番僧。’你想，师父偈上都说明白了，凶在番僧。方才庄堰主所说那个金眼罗汉阿僧格隆多，正是西藏番僧，岂不是我命中的克星？”

尹师一闻此言，虽觉得事情确有几分可虑，但究属渺茫。当即极力劝慰，并决定自己即去请师兄白衣秀士和峨眉幼师二人。如有其他高明人可请，自当多约几位帮忙。平江闻言，才觉稍稍放心。

到了次日，庄蒙蒙别了平江等，赶回血龙堰，岂知就在当晚被裘潞和俞杰、白良驹等人二次夜袭血龙堰，红姑寡不敌众，致庄氏全家只逃出一个小孙儿外，余人竟皆被害。庄蒙蒙一步来迟，全家俱遭惨戮。红姑虽被静修救去，当时并不知，因找不到红姑尸身，还当她已经被掳，直将个庄蒙蒙气炸了心肺。

汤尹师为了帮助平江，居然请得了白衣秀士和静修的允许，到时自会到场助阵。汤尹师匆匆赶回艳魔岛告知了平江，让她放心大胆应付敌人。

于是艳魔岛上，立时戒起严来。从海口一直到中部地方，层层有布置，这都由尹师策划，派庄蒙蒙实地指挥。因为庄蒙蒙发现全家被敌所害，好容易在后山洞内找到他孙儿的乳母，抱着孩子，已有一昼夜水米不沾了。正是公私仇恨，如海一般深。他草草将家庭丧葬料理清楚，立刻单人匹马又跑到艳魔岛，向平江哭诉一番。

平江知他的遭遇全因忠于自己而起，自然格外关怀，再三地慰勉了他一番。她知四洲的阴谋，不久便将爆发，便请庄蒙蒙不用再回堰去，只在岛上代为布置指挥，庄蒙蒙自然义不容辞。

裘潞自二次袭击血龙堰，杀了庄蒙蒙全家后，十分高兴。回到洲上，立请三洲洲主共商大计。凌度主张立即进袭本岛，因庄蒙蒙家眷既已被杀，形势已到剑拔弩张之时，可不宜再事因循。

裘潞皱着眉说道："谁说不是呢？但在四方所约请的高手能人，除去白、俞二位已到多日外，余人尚未齐集。为慎重起见，不得不略有所待。"

白了翁也说道："此言甚是！要知庄蒙蒙全家既已被袭，平江贱婢定已洞悉我们的计划。她过了这几天，还是一点表示没有，准是另有诡谋。也许她也正在另约能人，与我们一决雌雄。所以我们不必忙在一时，还是计出万全为是。"

凌度闻众言如是，也就不再催促。决定再候三天，等所约之人到齐，至少也得到个半数，就可立即扑奔岛上。

四洲约请的究竟都是些什么人物？除了金光洞主白良驹、青风剑玄道人俞杰二人外，第一个辣手人物便是金眼罗汉阿僧格隆多。其次有飞云豹南虎，此人正是十五年前占住深坑炼魂谷的大盗活阎罗南大王。目前他算是洗手归入道教，常年遁迹在云贵边境一带苗洞中。他本人虽说洗手，部下门徒却依然以此为生，飞云豹也仍然是坐地分赃而已。其余由白了翁请来的共有三位，第一位姓仇名穹，人称百手仙，善炼七柄飞剑，同时飞起，任凭多厉害的剑客，见了百手仙也非常头疼；第二位姓朱名丹药，人称昆仑侠，此人是昆仑派的大宗师，乃目前昆仑派掌门人刘大同之师，武艺剑术，自不必说；第三位名龙骨子，乃黔边苗疆中一位有名人物，不但精通剑术，且擅各种施瘴法和行蛊法，生性非常凶横残忍，苗汉都叫他毒苗龙骨子。

除此五人以外，便是凌度约来的旧日同伴，那里面也颇有几个了不起的人物。一个名叫蛇影子江冲，原是绿林中独脚大盗，纵横黄河两岸，卅年不曾失过一次风；一个名叫百二金鞭卢铁生，此人原是镖师，后习剑术，生平一对金鞭十分了得，重量一百二十斤，所以有此外号；一个名叫缪金蕊，酿得一手上好百花药酒，专治跌打损伤，人称百花仙娘，是一位三十多岁的老处女。徐娘虽老，丰韵犹存。凌度向来和她不干不净，此次也约她来帮忙。缪金蕊生就一身柔骨，轻身功夫真是一时无两，一手善发一十二支连环梭子镖，所以人也称她为梭子缪。

在此次斗争中，除了四洲洲主，以及各家的门徒以外，这十位异人，也足够平江岛主应付的。

艳魔岛虽然已在各水陆上设下卡子，严加防守，不便四洲的人闯入防线，但是像裘、白等人，大半是有身剑合一的绝顶功夫的，任何卡子也防制他不住。不过除了剑术之士以外，他人要闯过卡子，未免要费一番手脚。而为了这一问题，昆仑侠朱丹药就贡献了一个和平建议。

原来朱丹药领导昆仑，也算一位前辈剑侠，平生行事，尚能不悖人情，人品也还正直。他一问与岛方结怨的真正原因，还是在裘、白诸人想夺取天岩的两种宝物而起，朱丹药因说道："如果诸位是因此而起，我看不必劳师动众，挑起偌大风波。好在平江岛主并不知天岩藏有宝物，我们正好由几位高明人物，悄悄夜入天岩，将宝物盗到手中，岂不省事？依我想来。平江生为本岛土著，一岛四洲，究竟土著多于客民。闻得平江深得岛民之心，诸位纵然将平江除去，只怕岛民还是不服，不如先将宝物盗到手内，别的事将来再说，不知诸位意下如何？"

其时如金眼罗汉阿僧格隆多、活阎罗南大王、百手仙仇穹、毒苗龙骨子等一班人物，都尚未到，朱丹药说这话的意思，一半是不愿劳师动众，多开杀戒；一半是深怕旷日持久，自己所约之人不到，岛上倒约了高人来和我们拼命，说不定鹿死谁手。当时裘潞一听此言，虽则自己还有一种窃位岛主的私心，但当了众人，究竟说不出，事实上也知道平江实是一个最难惹的人物，倒不如听了昆仑侠之言，姑且先去天岩盗一次宝，看是如何？想罢，便向白了翁和凌度二人看了一眼，含笑问道："二位之意如何？"

凌度的意思，也重在得宝，便答道："朱道友之言，甚有见地，不如先计划盗宝。如果盗不成，或是平江贱婢有什么该教训的地方，我们再走第二步。"

白了翁对于盗宝的兴趣，比较裘、凌淡薄些，此时也就不置可否，只说了一句："这也可以。"

因为四洲之主，倒有三洲不反对这个办法，于是竟将一个剑拔弩张的严重局势，忽然变成了和缓。但是约请已来的几位友人，将如何遣散呢？

此时有人提到这个问题，凌度便开口道："诸位好友都是抱着一片热心到此帮忙，现在虽是变了计划，但是入岛盗宝，也正不是一件容易的事，不如仍请各位好友前辈，谁参加这件事，谁就与我们同去，不知诸位好友前辈的尊意怎样？"

其时，在座的白良驹、俞杰、江冲、卢铁生、缪金蕊等都笑说道："我们左右是来帮腔的，干什么都是一样。"

裘、白诸人见众友好并无反对之意，也就决定了这个由袭岛变为盗宝的办法。

怎样盗宝，由什么人盗什么宝，怎样下手，怎样防御，这些都是他们所要讨论的。结果，除了昆仑侠朱丹药推说另有要事，不能久留，竟不肯担任这件工作外，其余客、主两方，都重新规定了个人的工作和所负的责任，与将来所得的酬劳，然后定期出发。

此时，仍要回说到艳魔岛上的一切情况。汤尹师和白衣秀士约定三日内请到峨眉幼师静修，一同飞往艳魔岛，准备助战，当即回转岛上，将情形告诉了平江。平江自是感谢不尽。从此，对于汤尹师自然分外敬爱，当作知己。平江和尹师算算日期，离着裘、白袭杀血龙堰的日子，已有五六天，照说应该对岛上开始动作了，怎的连一点动静也没有呢？这反而害得平江有些坐立不安起来。

那一天，时当新夏，尹师觉得闷坐无聊，看天色晴朗，气候温和，岛上百花怒放，碧绀楼前阶的墀内一排排的玫瑰、茉莉之属，开放得如火如荼。时将天中节近，庭院中的十瓣石榴花开成一树火花，那一派清艳的景色，令人悠然神往。

尹师忽向平江问起岛内山深林茂处的清幽所在来。平江便在过午时节，携了尹师，到府第四围那些山水最佳处赏鉴了一番，顺便还查看一下近来布置的各隘口、卡子上的守卫和埋伏。他二人并未携带仆从，只是双双并肩而行。

尹师虽是一个有道的君子，但与平江本有夙缘，自有一种情苗深藏心底，此时在如此美秀的山水之区，携同如此艳丽的伴侣，徜徉览胜，心中自然有一种说不出的愉快。平江是早已倾心于尹师，只因时值多故，岛上安全问题萦绕了她的一寸芳心。而且她初次用情，未免腼腆，又知尹师不是一个平常人，纵然爱极，也不肯稍露轻佻之态，所以二人虽是互相爱慕，表面仍是互谦互敬。

此时，平江引了尹师从岛的东面慢慢走到北部去。

尹师一看岛北山势峥嵘，与东南面临大海的风景又是不同。平时住在碧绀楼上，因那是全岛最高处，所以凭栏四望，山光水色，都能尽收眼底，尹师此时一边走着，忽然想起一件事来，因向平江问道："有一件怪事，我每想问你，却因连日来布置忙碌，竟至忘却。此时看见北山，忽又想起来了。"

平江见他说得郑重，便笑问道："什么怪事，值得你如此关心？"

尹师道："我每当月夜迟睡之时，凭栏远望，常常看到北山高峰下，似有一道青白的光辉直贯上下。这道光辉，究不知从上而下的，还是从下而上的，因为一眼望去，看不到底，有时要逗留到很长的时间，直看得我不耐烦起来。”

平江闻言，也颇奇诧，忙问：“你可能记住在哪一带山内？”

尹师说道：“这怕指不出实在地点来，只能指出个大概。”

平江道：“那我们就照你说的地方看看去。”

尹师道：“你先别忙，我的话还没说完呢，除了这个光来得奇怪，还有奇怪的呢。”

平江闻言，微嗔带笑地说道：“快说吧，别尽说废话了。”

尹师含着笑对她望了一眼道：“你别着急，我告诉你，有一天半夜，我起来打坐，那正是面向北窗的一个坐位。我坐了一个时辰，忽然一睁眼，望到北窗外面似有大片火光。当时我心中一惊，以为后面失火，忙走到窗口望外看时，却又不见什么火光，而且碧绀楼后更无房屋，这火光分明来自北山。我想到这一点，便将此窗打开，用目力向远处望去。那正是上弦时节，后半夜星月无光，漆黑的，隐隐看到，北面一带的山腰内，似乎有些淡淡的黄白光满布在下面。因被远近树木遮蔽，我竟看不出光辉发自何处。”

平江听说，沉吟不语，过了一会儿，向尹师说道：“我想深山中定有什么东西潜藏在内，夜深人静，才向外面现出些影儿来。我们反正闲逛，何不顺着方向找找去？”

尹师点头道：“这也可以，不过我想岛上山虽多，那一处也不断有人来往。你所说深山潜藏异物的话，我觉得不甚可信。”

平江笑道：“你不知道，全岛各地只有北山是不常有人迹往来的，因为天岩一带正是我家的祖坟，在周围三十里内，向不许人进入的。”

尹师闻言，方恍然道：“这就难说了。”

于是二人一路向北山绕去。路程虽也不近，但二人都是武功绝顶的人，凭了两腿，一路可紧可慢，不一时将到北山。

尹师忽有所悟似的说道：“我们何妨到天岩去看看，我真还不知道有这么一个秘密所在呢。”

其时天色已近日落，二人走在深山中，抬头一望，四围山色，暗沉沉的十分幽远，和青天朗日之下自又不同。平江本想不带他到天岩去，因祖茔所在，岛人迷信，不敢让生人进去，但她又不肯阻了尹师的高兴，也就不好说什么。

二人迤逦向北山入口行去。

入口不远，见两岩夹峙，中间留着一条空隙。那是一条羊肠小道，就凿在左边岩上，因岩石壁立无路，这条路竟是绕着岩石开出一道螺旋形的山路，只有一人可走。他俩本是并行，到此只得一前一后地缓缓行去。绕尽了这一处岩石，忽又向下斜入一谷，谷外数百步，迎面又是一座高峰。从谷入峰，却通着一道石梁，石梁长约二丈，宽只三尺，人行其上，向下一望，正是千丈深壑，一眼望不到底。只有一片片的乱草，随了壑底阴风，吹得嘘嘘地作响，那景象十分幽厉。尹师看了，心想如此一座明秀的岛上，想不到还有如此阴晦可怕的地方。

二人渡过石梁，不料刚转这一个弯，迎面又是两座极高的巉岩，正如双峰对峙。两边崖壁峭立，满生了尺余长的莓苔，绿油油的，好像一对翡翠屏风，却无上去的路径。最奇是两座巉岩的岩顶，望去不过相距尺许，上面却是用两根木头架着一只朱红色的箱子。因距离太远，箱子的大小，望去也不过一二尺长短。箱子那颜色说红不甚红，说不红吧，在残阳夕照中，竟自一闪一闪，发出一阵阵的红紫光彩来，异常夺目。

尹师看了奇怪，忙问道：“这是谁的箱子，竟放在这个上面？”

平江见问，忙不迭向他摇手，而且以目示意，仿佛不要随口说话的神气，同时竟向着那只箱子，盈盈地遥拜了几拜，这一来更使得尹师奇怪不已。

尹师听平江说出那只箱子的来历，才知是岛夷的一种迷信。据说连她也不知道箱内所置何物，又是何人所置。相传这是本岛的祖先初创这个世界，因为有一时期，岛民断了衣食，那位祖先不知从什么地方弄来一只箱子，从里面取出无限量的食粮和衣着，分配给岛民，竟能取之不尽，用之不竭。后来那祖先深恐人多良莠不齐，有人窃取，就将此箱放在这两岩之顶，为的是岩顶太高太险，人也上不去，即使上得去，也没法开取箱内之物，因为那双岩相距看去甚近，实有数丈之隔，箱子放在空中，任你到了岩上，也不敢凌空爬到木头上去窃取衣食。

平江又说道："这原是祖先所留遗言，我不敢违背，即使你有飞身上岩的本领，违背祖训，定要身遭恶报，所以也不敢尝试。再说这里面是否至今还有粮食衣着，也不敢断定，又有谁肯去冒此危险，自取其祸呢?"

尹师一听，知是当初愚民之举，这里面必另有用意，当时也不说破，随了平江，再望前进。

其时已是夕阳坠山，暮烟四合，渐渐有些昏黑下来。两人正走到一座虎头似的山岭之前，平江就止步回头，向尹师说道："前面便是我家祖茔所在，你还要进去吗?"

尹师知她仍脱不了迷信之习，便站住了，向四面望了一望，只远看府第中的碧绀楼，此时早被千重林峦所蔽，哪还看得出楼屋，但是方向地位，却仍能辨得出来。他看了许久，觉得曩夜从碧绀楼望见火光、青色等奇异景象之处，似乎是在此岩左右一带，不过看不准是左是右。他的探究雄心，忽又勾了起来，正想要求平江带他再到岭后看看，忽听晚风中送来一阵隆隆的水声，便侧了头问道："这是哪里的水声?"

平江道："岭后左边有一重瀑布，终年不息地泻入山涧中，名为洗玉泉。我们全岛所用皆是此泉，也是天岩的名胜之一。"

尹师笑道："能让我见识见识吧?"

平江笑了笑，虽然祖制不许外人进入祖茔，但是舍不得违了爱人的意思，只好点头引道。

二人翻过岭脊一看，只见此处形势与岭前迥然不同。岭前山水是一片明朗秀润之色，岭后却是显出重山叠嶂的气派。虽还不是山势连绵，却已一座座峥嵘险峻，一眼望不到底。平江以为他要瞻仰瞻仰洗玉泉，就引了他奔左边山道上。

此时耳边隆隆之声愈近，二人行经一段两峰夹峙的山路中，形如隧道。尹师见两边峰崖上的树木，或直或曲，或伸或蜷，或俯或仰，一路偃仰虬结，凌乱杂沓之势，越显得那地方的幽邃阴暗。从隧道的那一端吹来一阵阵的寒湿之气，气候也凉了许多。一经行尽这条隧道，陡见靠北山坳内竖着一方硕大无朋的石屏，从屏间挂下一条瀑泉，高在十丈以外，宽约二三十尺，真如一幅极宽大的白布，从顶上直挂下来，玉龙飞舞，冷沫四溅，屏脚下砸成一个深潭，潭里的水被上面冲激起一股白烟，正自蓬蓬勃勃地冒着凉气，再由那深潭中分出五六脉流泉，从脚下石缝中流出山去，粗细不等。

尹师仰看瀑布来势，一时竟看不出来，再低头看了看潭内，虽是瀑布汇聚之所，但并不广大，似乎都不会发出自己所见那种奇光，便回头问道："除去这一处潭水外，左近还有什么著名积水之处？"

平江道："这里又名为'左潭'，因它正在天岩之左。西面还有一处名为'右潭'，也叫'王母池'，那潭比此处更深更凉，不过离我祖茔太近，经年也不轻易有一点人迹，比较这，那要荒僻多了，说不定还有虎豹蛇蝎之类。"

尹师向她笑嘻嘻地问道："我们到右潭去看看，好不好？"

平江闻言，抬头向天上看了看，见东山脊上早已涌出一轮初月，清亮亮的，比洗面盆还大。她心知今夜月色明亮，不妨陪他去走一遭，要不然他也不死心，就向尹师微微一笑，随道："你跟我来吧。"

二人仍是一前一后向右边行去。

从左至右，中间正是平江祖茔前面，可是平江不敢带他经过正面，却转道向南，绕过祖茔正面那一座影壁似的山峰，然后再向北走。那位置正是祖茔前面山峰之右，也是王母池入口之处。那里因是紧靠祖茔，防护十分周密，在入口山道上砌有一重石座的铁栅栏，正中有两扇铁门，终年封锁。两旁一带栅栏，迤逦通到正面山峰。

平江一看铁门锁着，回头向尹师道：“我可不曾带钥匙，别去了吧？”

尹师站在栅栏前，正自酌量，偶一回头，原来此处正对着碧绀楼的后楼，如在常人，距离这远，自然没法分辨，尹师幼受异传，学剑之人，目光更锐。他此刻偶一触机，射放眼神，透过山林隙处，所以一眼正望到碧绀楼后，立刻向平江笑恳道：“谢谢你！我们想法进去看一看，没带钥匙就别打门里走。来，我们走这里进去吧。”说罢，就向栅门旁走去。

正一起步之间，觉得脚下一软，低头一看，原来正踹在一片烂泥上。他心中奇怪，暗想这几天不曾下雨，这里又都是山路，石多土少，何来烂泥？再一看，离身十余步地方有一积潴内，存有许多泥水，因此这一带泥土，都被浸润。再望前行去，可不是，有很长一带地方尽是烂泥路。他们想走过铁门之西，从栅栏上的山石上纵身过去。

尹师正一边走，一边向平江笑说道：“好端端踹上一脚烂泥，正是想不到山石之中，怎走出泥潭来了？”

一语未了，只听平江惊呼一声道：“且慢！”

尹师吓了一跳，当即站住了问道：“什么事大惊小怪？”

只见平江两眼盯在栅栏西面的山石上，一手指着，不动不语。尹师顺了她的手指处望去，只见山石上有三四处烂泥足印，分明是有人从此向后面去过。尹师忙凑到足印旁一看，见泥痕犹湿，足印正新，不由与平江相顾愕然。

在此种现象下，二人断定最近必有人私入天岩右潭。尹师毕竟性情机警，思虑周到，便低问平江道：“这右潭左近，究竟有无引人觊觎的地方和理由？因为如果一片荒山，什么也没有，何至有人要来窥探呢？”

一句话提醒了平江，便说道：“传闻右潭中有一宝物，曾有多人来向我恳求发掘。我因地近祖茔，都不曾允许，同时我也根本不信那些藏宝的话，所以向未注意。就连自已，也因是祖茔所在，不愿常来渎扰。老实说，我真还忘了这件藏宝的事，不是你提起，我还真想不起来呢。”

尹师闻言，知道这些足迹定与藏宝问题有关，当时不语，先走近栅栏石上，细看一番，似乎觉得有两种不同的足印，悄悄地向平江商量道："我们不如驾剑光进去，不必从栅栏进去了。"

平江见尹师对此十分郑重，知他必有所见，二人一同驾起剑光，飞进栅栏。平江在前，尹师居后，二人从栅栏边一头向天岩上空四周飞去。可是那地方林木茂盛，二人飞在高空，下面为林木所蔽，究竟下面情形如何，一点也看不到。

尹师便说道："看来我们还得下去才行，老这样飞着是不行的。"

平江便拣了一处地方，二人悄悄地按下剑光，落在右潭左右一带林子里。

尹师又道："据我方才所见，足印甚新，说不定就在我们来前一步。我们还真得留心，要不，我们还不曾找到人家，人家却先找到我们了。"

平江虽也知道尹师所言，未必无理，但究竟是否已有人来此盗宝，终是一个疑问，所以心中未免觉得尹师有些过虑，只抿着嘴笑道："你怎么这么小心？这王母池在我家坟地上，别人还未见得知道底细呢。"

尹师摇头道："不然，你别大意，最好你先领我到池边去看看再说。"

平江便悄悄地引了尹师向北走去。

月光下，两人从树林中遮遮掩掩地行去，时时听到宿鸟野兔飞翔蹀躞的声息，窸窸窣窣的，愈显得一片幽静。月光从林隙中穿射下来，照到平江脸上，见她粉靥春横，梨窝笑晕，一双妙目正在秋水澄澄地望着尹师，那意思似乎觉得尹师做事有些过火。尹师也不理她，只催她引路向王母池去。

二人尚未走到池边，忽听池旁岔道上唰的一声，似有一物穿过林去。

尹师忙拉了平江的手臂，将身一挫，二人一同隐到草内，附了平江耳朵说道："你听见没有？"

平江点点头，但悄悄答道："也许是草狐、野兔之类，不敢说准是人呢。"

哪知一言未了，又是唰的一声，似乎去第一次的响声所在又远了十余步。尹师等忙伏在草中不动。好半天，才见从那面草中“唰唰”连声响亮，草头颤动，原来正是一只野鹳连跃带飞地蹦到前面，一展翅膀，从二人头上飞了过去。

此时平江不由笑出声来，说道：“你看看，是不是大惊小怪？”

尹师一见果是一只老鹳，也就无话可说，便向平江低声说道：“既如此，我们先到池边看看，也让我见识见识。”

平江此刻心事全去，在如此一幅美丽的夜景中，和心上人携手徜徉，心中自有一种说不出的陶醉，只是怕失了自己身份，不便十分流露出来，当即不自觉地挽了尹师一只手，低声说道：“你随我来。”

平江此刻心境内，并没将什么盗宝等事放在心上，却一味在美丽的恋爱憧憬下徘徊，而被它支配了整个纯洁的心弦。她不觉得自己是在祖茔藏宝之处，而简直拿它当作一个携挈爱侣、踏月谈情的环境。虽然知道尹师念念于有人盗宝，她却满不在意。她认为她的祖茔所在是不可能有人进来的。她携了尹师的手，以极甜蜜的步子和他并肩走着，并以极甜蜜的语声，和他低低谈着话儿。不一时，二人已到了离王母池只有一二十丈路的远近，那座冷静的王母池早已露在眼前，不过他们中间，还有一些距离，那就是一座矮矮的小山坡子，经过这座山坡，便是池边了。

二人正走到山坡子上，平江在前，尹师在后。平江偶然回头，要向尹师说一句“前面已经到了”的话，只见尹师“啊”了一声，早一个箭步，如飞鸟般越过平江，直向池边蹿去。

平江倒吓了一跳，势不由己，也跟纵而起，略一腾跃，早跳到尹师旁边，问道：“怎么样？你看见什么了？”

尹师此时正在池边向前面瞭望，竟答不出来。平江忍不住又问他怎么回事，尹师才告诉她，方才正在她回头说话时，自己分明看到一条黑影，从岸上向池中一跳，等到自己跟着跳到池边，真不过一转眼的时间，池边池上一点形迹都没有。

平江说他一时的心境，造成了眼花的结果，尹师却摇头道：“绝不如此！因我到了这里，池上与池边虽一丝痕迹没有，但池水正漾着一个大圆晕儿，这正是有物落入池中的明证，这圆晕儿好半天才消失呢。”说罢，眼望了池水出神。

原来二人都不识水性，何况此水是有名的寒泉，虽在初夏时节，据说非服食砒质烧酒，不能随便入水，否则任你是一等好水性，非冻僵在水里不可。

但尹师终不死心，他对着池水出了半天神，忽然想到一个主意，立即对平江说了。平江倒也赞成，只是嘱咐他小心水底有何妨害。尹师点头答应，立即运用玄功，身剑合一，将剑光运到臂上，臂使指，指使气，只见从食指、中指二处发出一道纯白光线，直向池中飞去。因尹师明见一物入水，怕有贼人潜身入池，所以用飞剑入水探察。

这一道剑光端的非凡，一入池中，立即发生了作用。一阵上下翻腾，初则池水激荡，泛起一层波澜，既则将池底泥草杂物，以及鱼鳖虾蛇等生物，都兜底翻了起来，池中立时起了一片呼呼巨声。上面月光一照，那些池中生物上下翻流的幻影，立时由百十个幻到千万个，在静野中竟发出一种极大的声浪，哗啦稀里地闹成一片。不过尹师神剑志在搜敌，所以池中虽有生物，不过受些搅动，竟无丝毫伤损。但是虽然搅动半晌，除了这些现象而外，什么也不曾发现，足见池中并无什么隐藏的人物。

平江在旁看了半日，此刻忍不住说道：“我看不会有人藏在池内的了，你以为如何?”

尹师心中也有点怀疑自己眼差，便也不再坚持，立即收回剑光，向平江说道：“大概不能再有人在池底存身了，但是我总不信我的眼力，会忽然坏到如此。我们不妨先回去吧。”他讲这话时，故意将语声提得高高的，说完了一拉平江衣袖，悄悄向池边一方大石上一努嘴，便拉她一同坐下，静静地望住了池水。

平江见他这派装作，也不好不依，不过心里总觉得多余。二人这样坐在池边，足有半个时辰，忽然一眼见池中央挺着一根麦秆儿，尹师忙将平江一推，悄悄附耳问道："方才你可曾看见这根麦秆儿吗？"

平江一想，方才水面上好像静荡荡的，什么也没有，似乎不曾看见什么，但也拿不准说绝对没有，便将此意悄悄告诉了尹师。尹师便一语不发地望着那根麦秆儿。又有一盏茶时，忽见麦秆儿头上冒起水泡儿来。尹师正在叫平江去看，只见麦秆儿四周，恍惚有一堆圆影，只一转眼间，立刻四面的水起了一道圆晕儿，那堆黑影在月下的水光中，自然格外恍惚，眨眨眼就消失了，可是再看那根麦秆儿，却已横在水面上了。

尹师越看越疑，但想如果有人潜伏水底，自己宝剑怎会搜寻不出？又想方才所见的圆晕和黑影，若非是池中水产之物，见人影在上，便遽尔惊逝吗？那么这根麦秆儿又是怎么回事呢？这不明明是藏在水底预备长时通气的东西吗？尹师想了想，光在这里等，未免太笨，不如再到天岩去看看金银砂的产地去。

尹师和平江从天岩回到府第内，已是黄昏过后。子夜将临，月到中天，二人在碧绡楼前倚栏并语，一时也谈到方才在王母池所见的那些可疑之处，不过二人都注意着四洲的大兵袭击，想不到他们会变计划盗宝，所以平江对岛上八个卡头再三嘱咐，各守自己卡子，不可大意，一遇警报，立即以鸣锣知会邻卡。所谓卡头就是每一个卡子上的头目，这是岛上一种特殊的名称。

这八个卡头，分为东、南、西、北和东南、西南、东北、西北八方面，他们的泛地就在护城河之内、内院墙之外一个中间地带。这些卡头，也是平江手下数一数二的几员大将，他们奉命防守，真可说防得滴水不漏，但是在他们看以为是滴水不漏，可要是有本领的人前来，任你如何防卫严密，也能从容深入，所以尹师方才在王母池一路所见的一些形迹和池面的那痕迹，那并不是尹师眼差，也不是什么野兔哩、水产物哩，其实就是从四洲来的那些有本领的敌人。他们是为立意要在天岩一带盗宝而来的。

月色皎然，一轮清辉照耀得山林泉石都是亮晶晶、明朗朗的，十分诗意，谁说不是一幅岛月横空的美丽夜景呢？时候已经过了子初，全岛都在沉静的甜睡中沉浸着。平江早已辞了尹师，先回她所住的奇春阁，那是全岛正中的一大部分房舍，距离碧绀楼倒有相当的路程。

尹师毕竟是一个有经验而心思谨细的人。他在王母池一带虽不曾发现敌人，但始终不信自己的目光会如此不济，因此他在平江走后，一个人回到楼内，在南窗下榻上盘膝闭目，静坐养气，这也正是他每天临睡与起床前的一段功课。

他坐在榻上，闭目澄虑中，愈觉得万籁俱寂，百念皆空。因为至静至寂，灵感上也就格外敏觉。他是一个具有真实气功的人，一经寂静，虽是闭目而坐，但面前稍有变幻，自能由静中感觉出印象来。因此他正在垂头闭目，仿佛老僧入定，玉筋双垂的当儿，觉得眼皮外面骤然一亮，跟着心内一惊。立刻睁眼向前一看，原来坐处正对那一扇望得见北岩的北窗，在此刹那间，虽然眼前依然漆黑，一无异状，却是似有似无地听到一种寂然之声，心想这分明是飞剑行空之声，不过相去已远，其声甚微罢了。

尹师不由心下大疑，立即一纵身跳下榻床，奔向北窗。窗本未关，他立刻探首外望，似乎见天岩那一带山顶，仿佛电光打闪似的，有一两条白影，闪了一闪。因是太远太快，看不真切，不敢断定确有白光。

他还怀疑自己的心境恍惚，哪知正自倚窗沉吟，猛听从屋顶上唰的一声响处，又见两道电光似的东西向北飞去。这又是眼见，又是耳闻，分明是练剑人的剑光，再也不是自己疑心出暗鬼了，知道今夜定有人到了天岩。天岩藏宝情形，也是听平江约略说过一遍，与所知王母池的情形相同。其实平江所知，并不如裘潞等人清楚呢。

此时尹师一经考虑今晚之事，必须先告知平江，才好一同赶去兜捕，深怕耽搁时刻，立即飞身出楼，忽一转念，恐敌众我寡，忙先到迎宾馆喊醒了庄蒙蒙，然后命他先去天岩等候，自己又飞向奇春阁，报告平江艳绿。

第四回　天岩盗宝

平江的父亲平江百川原是一个酋长，性情刚直暴躁，驭下少恩，如今已是近八十岁的人。平江继位，扩充岛屿，他也就安居纳福，不问外事了。

当初随从平江百川的一名小卒，名唤宝岛子，自幼服侍平江百川。此人性情灵慧，善供使给，颇得百川信任，但生性贪婪诡诈，毫无恩义。百川胸无城府，虽有时责备甚严，却拿他当个心腹人，因此天岩一带藏宝之处，百川有时高兴，并不瞒他。百川虽因宝与祖茔风水有关，自己不想妄取，破坏风水，但一切藏宝取宝等方法情形，却是知得甚清。可他对此却严守秘密，便是对女儿平江艳绿也未提过只字。独有这宝岛子从小跟在身旁，无话不谈，无意中竟露了许多机密给他。偏偏有一年，女儿平江十岁生日那一天，因了点细故，百川酒后将宝岛子重责一顿，逐出岛去。

宝岛子漂流在各处，竟无所依归。宝岛子那时已有六十多岁，生活一经困难，不免怀了怨恨。事有凑巧，过了些时，他就漂流到小南洲上，在裘潞府里当一名杂差，就有别的仆人向裘潞提到，宝岛子是平江百川多年的旧仆。裘潞与平江家素来面和心不和，听说是他家旧人，当时就不想要他，偏偏有一天，宝岛子醉后痛骂百川，并说到藏宝之事，却被裘潞的心腹听去，转报裘潞。裘潞这才知道天岩竟有如此宝藏，当时就换了一个主意，不但不将宝岛子撵走，反将他提升到身边，时时遇以恩义。

宝岛子哪里明白裘潞的用心，还当是新恩深厚，自然对于旧义益发淡然。有一天，裘潞故意绕着弯儿地向宝岛子套问天岩风景和出产，又表示本身求仙心切，只恨一时得不到几种灵药，跟着又问问宝岛子的家境，第二天故意命人赏了宝岛子一笔钱，说是："洲主念你家贫，特赏你这许多银子，还不快去叩谢？"宝岛子利令智昏，从此就将天岩与王母池二处藏宝的地点和路径，都说了个清清楚楚。裘潞从此后，才日夜怀着谋宝的念头。要论到此次四洲合谋宝藏，宝岛子可算是一个罪魁祸首。

裘潞在一个初夏的中旬之夜，乘着月色明朗，约定了白了翁、凌度、马绳武三洲之主和约请来帮忙的白、俞、江、卢、缪五位，其余俱是裘、白两家的门人和凌度的旧党徒，一共也有二十来人。众人中分剑术和武术两派，会剑术的人当然不难驾着剑光，飞渡天岩；不会剑术的，却全凭轻身纵跳的本领，但是不能飞越艳魔岛八个卡子去，所以武术朋友，未免吃亏。但他们不服气，仍要凭了本领，越过岛上的防线，于是就分批出发。会剑的除了上述九人以外，本尚有几个门徒也会使剑，只是前两次和庄蒙蒙交手时，先后被庄、鲍削断宝剑，新剑尚未炼成，只好跟在武术道中，向岛上护城河进发。

不说这班武术朋友浩浩荡荡地投了艳魔岛，单说裘潞和白了翁分为先后三批出发。第一批人在日色西斜时就由宝岛子引着路，用剑光飞入岛内，这便是裘潞、白良驹、俞杰三人，他们是直接奔王母池盗取赑屃顶上的元精的；第二批便是白了翁带着卢铁生和自己门人飞燕胡曾和凌度门人江莲城，那是约定专奔天岩盗取金银砂的；第三批直到子时才飞入天岩，那便是凌度引着马绳武和蛇影子江冲、百花仙娘缪金蕊，四个人齐驾剑光飞往巡风。这四人也分前后两次，第一次是凌度和缪金蕊，第二次是马绳武和江冲，也正是尹师在北窗口看清楚的那两道剑光。他们前后共是十二人，只有宝岛子不懂武艺，附在裘潞剑圈中，可笑居然也见识了一次剑客飞腾的滋味。

王母池的宝藏，实是一种可遇而不可求的东西。要知道，宝物便是那一对赑屃。此物身具异宝，早通灵性，平常人任你多高武艺，多好水性，如与此宝无缘，绝找不着这一对庞然大物藏在什么地方。读者总还记得，当尹师、平江趕到池边，尹师先见波现圆晕，后见池面竖着一根麦秆儿，这正是青风剑玄道人俞杰藏入水底之时。俞杰善识水性，能在水底潜伏一昼夜之久，此一招除了他，还真没第二人能办得了。

裘潞许他得宝以后，除了自己，便是他的大份。他也是学道的人，自然也想成仙，便答应下来，又听宝岛子说过王母池水寒冷无比，非服饮砒质烧酒，任何人不能沉到水底。裘潞除制了一剂砒酒，请俞杰到时服饮外，又替他准备了一身特制的皮衣裤和麦秆儿等物，以便在水中久伏。此后裘潞和俞杰等飞入天岩右潭与入池后的经过，颇费了一番辛苦，必须将它重叙在下面。

裘潞和白、俞二人带了宝岛子，一同自洲上驾剑光飞向岛中。因时正日晡，易被岛上看破，不得不在岛边按下剑光。一路幸有宝岛子的引导，遮遮掩掩，穿林渡峡，避着八个卡子的路线和视线，好容易挨到日落时分，才接近右潭外的铁栅栏。四个人又悄悄地行经那一堆烂泥地，才越过了栅栏。尹师在栅栏石隙上发见的泥足印，正是他四人留下的。可惜当时尹师、平江太性急了些，先驾起剑光，在天岩四周上空绕了一个弯儿，什么也不曾查见。其实那时节，正是下面四人奔向王母池的当儿。等到尹师赶到池边，草间的声息并非野兔，正是裘、白二人见了平江等躲避的迹象。

至于俞杰已先入水，他正入水底，思有所得。忽听上面人语之声，忙避入池底旁一个穴中。果然不一时，他就见一道剑光入水找寻，虽是连一尾鱼也不曾杀伤，却也搅了个白浪翻腾。俞杰躲入洞中，所以剑光竟搜他不着。俞杰毕竟老奸巨猾，他知道来人不会便走，所以在水里深藏不出，只含了根麦秆儿伸到水面透气。后来正想露出水面，水光中见池边尚有人影，重又翻身潜入，却将麦秆儿弃去，那正是尹师看见麦秆儿横在水面，波面上幻出一团圆晕的时候。直等到尹师等走去多时，俞杰才又在水底活动起来。

但是说来奇怪，这座王母池周围至多也不过一里来路，这大一对赑屃怎会毫无踪影，究竟藏在什么地方？俞杰不由心里纳闷。冰冷地在池底摸了半日，仍是茫无头绪，心想也许时候还早，必须等到月上中天之时，才能出现。他想着，就慢慢钻出水面一看，裘、白二人正在水边探望，一见俞杰冒出水来，一齐问道："怎么样？得手了吗？"

俞杰一肚子别扭，一个虎跳，从水面蹿到岸上，一面掸抖身上水痕，一面答道："得手吗？哈哈，我可没这大的本领！"说完，望了裘、白二人一眼。

二人不知怎么回事，俞杰便将不见赑屃踪迹的话说了一遍。

二人越发没了主意，忙又来问宝岛子。宝岛子只知宝在此处，那取宝的方法，他却说不周全，当时嗫嚅着道："怎样取法，实在不知。昔年曾经听百川酋长说过，那物必待三更以后，月明人静，才能出现。至于出现之后，怎样取它，我真说不上来，你们几位看着办吧，三个人还对付不了两只龟吗？"

一句话说得三个大人脸上讪讪的，一点主意也想不出来。这也正应了一句迷信的话，便是此宝与裘、白无缘，所以怎样也是不得其法而取之。

其实这一对赑屃原是天地间生以为人所用的，不过缘至而事自集而已。如果有了缘法，自会有人来指点怎样取法。原来二物平时并不伏于池底，它们自有洞窟，不过与池相通。方才所说俞杰避尹师之剑时，藏身在池底一个穴内，那正是二物从洞窟到池内来的一条孔道，此穴正是孔道出入之口。黑暗间，俞杰只顾上面的剑，没注意穴内的孔道，所以不曾看出来。试问二物当时还远在王母池十里外的山窟内，裘潞等怎能找得到它？当时三人商议了一会儿，认为非到月上中天，此物不出，没法夺取，决定暂时守在池边，等月上中天后，二物露出水面，便用飞剑斩它，还怕它跑上天去不成？

再说第二批白了翁带着到天岩去的三个人，他们是各干各的，专向天岩访寻金银砂的矿苗。说起金银砂，似较元精易盗。因它毕竟是矿质之物，只要你找到苗穴，便跑不了。但就是苗穴难找，也因宝岛子并不深知底细，只约略听主人百川说过金银砂的苗穴，在岛上兜率崖附近，一种绿色沙泥之下。这句话他是记住了，怎样是绿沙泥？这却说不上来。因此白了翁等到了天岩，到处寻觅绿色的沙泥。试想世上的土质，只有赤黄黑三种，哪里会跑出绿色来？

所谓绿沙者，原是修道人一种谜语，乃是近乎黑黄间的一种沙土。那沙土就是金银砂的苗，只要认识那沙土，随地都可以得到金银砂；如果不认识那沙土，往往当面弃而不顾。白了翁等四人在天岩兜率崖左右，来回走了好几十遭，哪里找得到一些绿色的沙泥？其实他们每一人脚下所踹的便是沙矿苗，可惜不识货罢了。就中以卢铁生性最暴躁，早已寻得不耐烦起来，连连抱怨道："大力狮王这么高的年纪，也真是一点经验都没有，怎的不打探清楚了再来呢？"

白了翁是主人地位，不好说什么，只是站在旁边发呆，既不好进，又不好退，最后才决定了，先向裘潞问个明白再说。他便请卢铁生和胡曾等在此少待，自己驾剑光到王母池边来找裘潞。

此时已到子初，月色正到中天，照得全岛上山明水朗，清如白昼。白了翁还不曾到达王母池边，已见从南飞来几道剑光，认得这正是凌度等人到来。也无暇招呼，一直向池边飞来。离池尚有数十步之遥，忽听耳内一阵阵波涛澎湃之声，王母池上，剑光缭绕，带了些怒吼之音。白了翁近前一看，见裘潞和白良驹正在池边吐出剑光，向池中乱舞，却不见俞杰影踪，再一细看，见池中冒起一个人头来，正是俞杰。月光下，看他满脸狼狈之色，似正在水中挣扎，再看水中涌起黑黝黝的一个大物，正在兴风作浪。虽只里多大小的一个池子，也给它搅得波涛四激、腥沫横飞，连这明亮的月光都给搅得昏昏沉沉的。

白了翁一时不明白他们是跟谁恶斗，忙上前向裘潞问道："裘洲主，这是怎么一回事呀？"

哪知一句话未了，只见从斜刺里飞来一道又急又锐的剑光和一根烧红的火丝一般，直向自己和裘、白二人之间翻了进来。

白了翁认识这道剑光正是岛主平江艳绿，他心内一惊，慌忙放出剑光，敌住这道红光。同时裘潞也顾不得再向池中去寻畜生的事，立即收回剑光护住全身。唯有白良驹向不知平江的厉害，自以为剑术精深，毫不惧怯，而且白良驹性好美色，见不得年轻女人，上次捆住红姑，也就是他。此刻平江飞剑被裘、白二人敌住。因平江不认识他，所以还未及指剑向他。他看出便宜来了，心想："这个丫头比那晚庄蒙蒙家里偷跑的那个更美。"不由一时色心大动，竟想去撩虎须。

他趁平江不备，一指剑光，向平江下三路扫去。在白良驹的意思，最好将她捆住了押回洞去，做一个压寨夫人，那是最理想不过。没想到平江岂是红姑可比，一见第三道剑光近身，一面用剑裹住裘、白二剑，一面立将右手掌向白良驹一照。白良驹登时发见平江掌内发出一缕五色光华，向自己头顶上直罩下来。他真不识得这是一个什么玩意儿，忙飞剑护住头顶，打算用剑去削断那一缕五色彩丝，却不料剑与丝触，立刻暴雷似一声响亮，白良驹的剑光立时一黯，只听微微一声叮当，宝剑裂为两段，五色彩丝打到白良驹头上，可怜他只觉头脸上一阵剧烈的刺痛，不由"哎呀"一声，登时翻身倒地。

此时池内的清风剑俞杰，他是学道多年，比较见多识广。他虽不认识平江，一见她那道赤色剑光明亮耀目，与众不同，知道来者功力在自己一干人之上。他正伏在水中，静以看变，忽见五色彩丝将白良驹打倒，越发心中惊惧。原来他识得这彩丝的来历，乃是五行精气所炼而成，专打人的面貌，名为"五行宝光"，当年只有一位行脚僧金眼罗汉阿僧格隆多知道破克之法，常人任你剑术了得，也难以抵御。因此他竟伏在水中，一时不敢出来。

没想到水里一样有敌人！那一对赑屃这时越发抖擞威风，张牙舞爪，向俞杰直扑过来。俞杰暗叫不好，忙挥动剑光，护住全身，正想乘机逃出池去，不料略一疏神，竟被一只母赑屃抱住了自己一条腿。要知一个人的水性无论如何高明，总比不了终年在水里生活的龟鳖之类，何况赑屃力大通灵，远非龟鳖可比。它抱住俞杰一只腿，五只爪子，已经透入皮肉。俞杰疼痛难忍，一时逃命要紧，也顾不得被岸上人看出形迹，忙使足了剑光，一阵横冲直撞，才算杀出了二物的包围，此时哪敢怠慢，立即一个白鹤冲云，从池底直跳到半空中，驾着剑光，向东逃去。

凌度带了缪金蕊，马绳武带了江冲，先后飞进天岩。盗宝原不需多人，为的是防着平江如有准备，要来袭夺，那时人多手众，可以占得便宜，所以凌、马等到了天岩，一看静悄悄的，并无响动，以为平江并未发觉，也就放心大胆地落在天岩东边一个名叫狮子峪的地方，那里离卢铁生坐等之处不远。四人落到地上，静夜中忽闻有人谩骂、咆哮之声，仔细一听，缪金蕊竟听出是卢铁生的声口，大为诧异，忙与众循声而至，只见这位百二金鞭卢铁生和白、凌二洲主的两个高足呆立在树下，卢铁生却喃喃自语，骂不绝口，一见凌度等皆到，立时抢步走到面前，大声说道："这不是活见鬼吗？压根儿不知道哪儿藏着宝贝，偏让人来胡找，这不是玩笑吗？"

凌度等见他大声疾呼的，毫无顾忌，仿佛忘了自己是来做贼的，竟大模大样和在自己家里一样，不由替他担心，又不好说破他。凌度只得一面赔笑，低声说道："卢大哥别着急，我知道您是个爽快人，得办爽快事。"

他一句"爽快事"刚刚说完，只听唰唰两声，从上面林隙中飞下两道电光似的剑锋，直指向凌度与卢铁生，因说话的正是他二人哩。原来，来者正是汤尹师和庄蒙蒙。

尹师自向庄蒙蒙、平江两处报警以后，三人原是分别飞往天岩。平江到了王母池上空，发现了裘、白、俞等人，当即飞剑截住他们之后，尹师却在天岩一带寻找敌人之时，又与庄蒙蒙相遇。二人因一时找不到敌人处所，就同在上空放轻了剑光的流动，免得飞行时激荡发声。怎奈那一带林密山深，人在下面不易发现，心中十分烦躁。恰好这时这位百二金鞭卢老英雄发起脾气来，一顿叫骂，竟给了二人一个明白的指示，循声而视，居然站着一大堆人，其中庄蒙蒙却认识马、凌两个洲主。

尹师飞剑指处，正对凌度。庄蒙蒙飞剑却奔了卢铁生，但庄蒙蒙因与凌、马总算是同事，平时又无仇怨，当即一面运剑应付铁生，一面问道："二位洲主怎的也寅夜到此，敢是也为裘、白二奸所赚吗?"

马绳武人较正直，此来碍于同是洲主，又同是汉人，不便向着平江，不过对于盗宝，却非其志，当时被庄蒙蒙一口问住，竟有些答不上来。

独有凌度盗性未改，自恃本领高强，手段毒辣，每每眼高于顶，虽与庄蒙蒙素无冤仇，可是向来自命不凡，未免存着轻蔑之心。此刻主客异势，显处敌对，也竟恶声回答道："姓庄的少说废话，你们这种人，也配和我们比吗?"

一句话恼了庄蒙蒙，怒由心生，大吼一声，舍了卢铁生，也奔了凌度。

他这一来，形势立时混乱，也正提醒了旁立的白氏门徒和缪金蕊等人，大家齐发一声喊，七个人同时围攻起汤、庄二人来。汤、庄二人虽说剑术俱臻上乘，但是敌人这七柄剑中，也颇有几柄不可轻视的，那便是蛇影子江冲和玉带蛇王凌度。前者是矫疾，后者是狠毒。汤、庄二人一上手，早就分出七人中谁强谁弱来。

在围攻的局面中，第一要义便是先从最脆弱的敌人下手，将弱者削除了，专应付强者，便不至有寡不敌众的情形。此时汤、庄皆有此意，所以一上手没有多时，便将飞燕胡曾连人带剑一齐结果。要知胡曾本人的剑，早在双木岚被尹师削断，此夜是乃师白了翁另赐了一柄利剑，满想盗宝回去，也可以论功行赏，分些宝屑；没料到在这万里外的南海，冤家路窄，偏又遇见汤尹师。尹师月光下与多人交手，恐怕只是辨别剑的优劣，尚不及细看人的面貌，虽然一剑将胡曾结果了性命，真还没晓得此人便是双木岚断剑的那一位。

此时胡曾一倒，师兄江莲城怒眦皆裂，大吼一声，努力催动剑光，向尹师攻来。因他这一吼，却又让庄蒙蒙想起，那日在西蟾洲上空拦住自己去路的三个人之中，仿佛有一个是他。庄蒙蒙一经想到他们拦劫，也就联想到他们的夜袭，更想到自己一家老弱无辜被戮的惨境，心中立时又悲又愤，又怒又恨，当时也大吼一声，运足玄功，荡开面前马绳武的剑锋，如同电一般，倏地一指剑尖，直刺江莲城之心。江莲城功候虽比胡曾高明，毕竟难与老辈抗衡，况且庄蒙蒙这一剑，真可说是公仇家恨，泣血椎心，正是何等的气势，何等的力量！尤其剑术与武技不同，功夫中以气为第一，气盛，虽功浅亦有可为；气竭，虽力巨亦不足恃。庄蒙蒙此时的盛气凌人，真不是这一班人所能抵敌得住的，所以一会儿工夫，便倒下了两个。

在裘、白等一班剑客飞进了艳魔岛以后，如白了翁门人柳桑、裘潞门人蒋忠信等这些武术能手，也分向岛屿东南西北四面掩袭。他们仗了全身本领，或借轻功，或用武技，纷纷地围住了岛河内八个卡子。那些卡子口本有能人防守，无奈来者人多艺高，卡子上抵敌不住，就有两三处被他们突入。这些人或是明进，或是暗渡，一时也说他不尽。幸而岛屿地方广大，又兼山势曲折，房舍街道俱是随山建筑，许多的岭岩谷壑，便成了岛上的天然屏障，因此那些来攻的敌人，不但一时摸不着哪里是天岩，何处有宝藏，就连岛主的府第在什么地方，也一时找他不到。就在这样耽延的时间，岛方自然占了便宜，因为她那些意中的和意外的援助，也都能在这短短的时间内赶到。

裘潞、白了翁、白良驹和俞杰四个人共战平江。白良驹被平江用五行宝光击毙，俞杰在水中被赑屃抱住了一条腿，吓得他奋身挥剑，拼命逃去之后，王母池边却只剩了裘潞、白了翁二人和平江对敌。裘潞、白了翁学道数十年，剑术已臻上乘，本非凡手，争奈平江幼得异传，近乎神力，她那飞剑的力量绝非一般剑客所能比拟，裘潞等自非其敌。何况平江素知四洲所以屡与自己为难，全是裘、白二人主谋，此时仇人相见，自然分外眼红，莫说裘、白拼命地抵御，便是平江也是蓄怒在心，恨不能立即将他们一剑分为两截，看看时间一久，又当白死俞逃，眼见裘、白二剑有些不支起来。

裘潞一面支持，一面自念："我偌大年纪，不想今日竟要送在这贱婢剑尖之上。"越想越不甘心。他是个最狡猾的人，到此生死呼吸之时，更忘不了以诡计逃出这重网罗。

也真是裘、白等命不该绝，偏偏平江恨二人之心太甚，看他们意图抵御，又敌不过，又逃不脱，眼看两个老头子气喘汗流，面红颈赤，那一种狼狈的神情，看看心里非常痛快。平江心想："反正逃不出我的掌心，落得拿他们多开会子心，也稍杀心头恶气。"于是只管加紧催动剑光，真如万千金蛇赤练，环绕在裘、白二人身上，忙得他们手脚慌乱，越发情急，可是偏不伤他要害，仿佛逗着玩似的。

裘、白二人先还不解，以为平江有放他们生路之意，但又不许自己逃脱，后来才明白这是平江故意戏弄、作耍二人，越发羞恼成怒。裘潞更见力尽，暗想一世英名，反为贱婢戏耍，竟到求生不得，求死不能的地步，不由大叫一声："气死我也！"正要横剑自刎，忽听正南上空一声"阿弥陀佛"，三人间立现出一个高大僧人，月光下露着一张紫色面庞，阔口狮鼻，配上一双凶猛无比、威棱四射的眼睛，身着大红袈裟，内衬虎黄色直裰，僧鞋僧袜，颇与中国僧侣不同。

平江一见，心内暗惊，暗忖此人莫非就是所说的西藏番僧吗？

说时迟，那时快，僧人早已随手发出一柄长剑，其色青莹，绿阴阴的，颇有鬼气，令人见了胆怯气馁。裘潞此时却觉得有了生路，立时搭腔道："阿僧大师，快来替我杀了这个万恶刁泼的贱婢吧！"

裘潞一语未已，僧人剑已飞临平江头顶。

平江一听裘潞称他阿僧，知道真个来了金眼罗汉阿僧格隆多，又正是自己师父所说的克星西藏番僧，心理作用，竟至尚未交手，已存畏惧。

大凡争斗之事，大至两国交战，小至私人殴斗，最要紧的就是一鼓作气，又所谓先声可以夺人。如在争斗之始，其气已馁，结果必遭败北。此刻平江也正犯此忌，因为她老记着师父嘱咐的那四句偈言，认为这个西藏番僧便是她的克星，所以还未交手，早生畏心了，正因她生了畏心，所以急求避祸，于是不以飞剑抵敌，一上手便将五行宝光发了出来，希望将这番僧打倒，以免自身之祸。岂知这一招适得其反。因平江飞剑本是神物，又加平江本身功力深湛，如果以飞剑去敌番僧，一时正未见能分高下，偏偏舍此不用，一抬手就是一道五行宝光。

岂知这番僧得有独传，是一个专破五行宝光之人的朋友。他一见宝光照向自己头上，哈哈一笑，立即用左手对准宝光一托，那宝光立时停在空中，纹丝不动。

平江一见他破了五行宝光，越发心虚，也是她该当有这一些儿厄运，当时竟想借着剑光逃走。要知使剑者第一以气壮为主，上文亦已言过。平江要想弃敌逃避，自然气势已馁，剑力自也随之削弱，这一方愈弱，那一方愈强。

番僧高喝一声："哪里走！"立将向上托的左手一翻手腕，朝了平江全身虚比下压之势，掌心立发一声巨响，跟着就见一道带着青紫色的血光，向平江身上喷去。

平江心中一急，想用剑光护体，已来不及，忙即运用乾坤太乙罡气，展布全身，可惜迟了一瞬，罡气虽已布散，尚未凝固，已被那道血光击中，平江立刻觉得如冰水浇淋一般，浑身一阵寒战，当时支持不住，幸而尚未及飞起剑光，只跌倒在地上，如早飞一步，势必从半空中跌下，就是不死，也必跌伤。

裘潞一见平江被金眼罗汉打倒地上，他虽不会使这一手，却认识这一手名为"三尸贫光"，乃是利用生前凶横恶厉的人，死后三日内，摄取其魂，锻炼三次，然后将生魂厉魄炼成血光，再祭以七十二种毒禽猛兽的血液，经过四十九日的熬炼，方能成功。此光只要照到肉体上，立即生机断绝，异常恶毒。裘潞虽知炼法，却不会使，今见平江中此，认为必死无疑，心中大喜，一面忙向金眼罗汉招呼，一面正想踅向平江，给她两剑。金眼罗汉见平江倒地，也正想举剑结果她的性命，不料就在这时，西南方上空一声长啸，猛见飞来三道剑光，二金色，一银色，晃眼早到裘潞等三人面前，还没看清来者是什么样的人物，三柄飞剑早已齐往三人头上落下。

金眼罗汉大喝一声：“何方毛贼，敢在洒家面前撒野?”一面飞剑向来者中的一位白衣老者斩去，一面伸左手挥掌再发三尸贫光，向老人照去。

只见老人不慌不忙，一挥右手，发出鸡子大一粒赤色透明的东西，向三尸贫光迎头打来。二物尚未接触，那一粒赤色透明的东西早在空中爆发，震天价一声响过去，只见四面八方散开了无数青紫色的暗红血丝，一丝丝落在地上，变成无数的荧光，被风一吹，立皆消灭。原来三尸贫光已被老人的“潜火神珠”击碎。

说时迟，那时快，老人还等不到三尸贫光散尽，早已手起剑落，向金眼罗汉当顶压下。金眼罗汉以为是平常飞剑，立即奋剑起迎。哪知老人所发系上古玄女所炼“文魔剑”，一剑能化八八六十四剑，所以又名“八卦扫魔剑”，它的运用变化，全依易数易理发挥，真可谓变幻无穷，尤妙在它的本体并非一物，竟能循回生出六十四变相，所以同时一剑能敌数十人，也就是此理。金眼罗汉本系左道中的能手，凡左道中人，无论道行多高，他们所借以修为制炼的本质，总离不了“尸”“血”“污”“秽”四个字，任你修炼得再精到，一到本质击碎，必是邪秽所成，他的不值价也正在此。金眼罗汉挥动本身飞剑，打算迎击敌人。岂知二剑一触，文魔剑立即生出变化，金眼罗汉所用之剑也非凡品，不过为左道所炼制，炼时曾用产妇秽水渗透金银宝屑及其他必备诸品磨炼而成，平时运用起来，其性阴毒惨厉，非常厉害。此时一遇文魔剑，立即起了应变作用。因它是阴秽之质所凝，文魔剑先以坤卦精义应之，由坤卦转入乾卦，发出纯阳之气，然后催以五行丙火，一鼓而焚之。所以二剑相触，只一交刃之间，只听嗒的一声，一阵红火过处，转眼间金眼罗汉的飞剑早成灰烬。

金眼罗汉见来者如此高强，不由大惊，但是当了裘潞，脸上未免下不来，心里一急，早就想拼个你死我活，立刻从腰边解下一个葫芦，揭开葫芦盖，用右掌在口上盖住，口中念动急咒，一撒手间，葫芦口就向敌人摔去，其势甚猛，只听呼的一声，从葫芦中冒出一缕青烟，其细如指，其直如丝，真如一条铁线似的向敌人迎面射去。

谁知敌人竟不再用什么法物来抵挡，只用他那一只宽广的白色大袖，向射来的青烟一掸，说也奇怪，那股青烟竟自轻飘飘地向四面散了开去，一点作用也未发生。金眼罗汉一见，知道没法御敌了，暗思自己与裘道人本非深交，原是辗转介绍，何必为他出丑丢人，想罢立即一语不发，张开双手，立正步法，眼望着近身一棵大树，蝴蝶似的一阵旋转，随了这阵旋转，立时刮起一阵狂风。他正那样做作之时，和他对敌的那位白衣老人早就明白他要借木遁逃走，心里好笑，也就不去追迫他，任他逃去，果然狂风过处，金眼罗汉早已不见。

当平江栽倒地上时，从西南方飞来的三人究竟是谁？原来正是白衣秀士孔莲和峨眉幼师静修、鲍英珠师徒。白衣秀士一到，就与金眼罗汉交上了手。峨眉幼师却早将一粒宝丹交与英珠，一面向裘潞递剑，一面命英珠快将平江救走。英珠正在奉命行事，白了翁却又追了下去。

这里峨眉幼师一指剑光，直奔裘潞。裘潞方在心喜，一转眼见来了一俗一尼，还有一个少女，仿佛认得就是那夜在血龙堰将自己一干人杀败的那一少女，心内未免惊慌。他知道老尼必有来历，想拿礼貌拘住她，这正是裘潞的奸狡处。当时用了谦和之态，一面避过来剑，一面向静修问道："我们与平江婢子乃是岛内之争，大师素不相识，为何苦苦相逼？"他这几句话，原有求老尼撒手不管之意。

岂知老尼冷笑一声答道："我且问你，洲、堰各自为主，各不相犯，你为何倚仗多人，夜袭血龙堰，将我门徒姓庄全家杀害？冤有头，债有主，我要替我徒儿一家的屈死鬼报仇呢，你小心着吧！"说罢，连连催动剑光，只杀得裘潞手忙脚乱。

闻得她正是庄蒙蒙的师父，难怪有这般好身手，事到如今，也说不得了，只有以死相拼，他当时也不答言，拼命地施展开剑法，要想死里逃生。静修见他拼命，冷笑一声，更加紧了尺寸，将裘潞剑光团团围住，为的是不愿多开杀戒，要等他力竭自毙。

哪知正在此时，西方天空，倏来两条人影，一条带着赤色，一条带着黄色，飞到面前，正是金眼罗汉法破逃走之时。

这两条人影一经出现，裘潞早就看清二人正是飞云豹南虎和毒苗龙骨子，忙大叫："二位来得正好，快与我除了这两个老鬼!"

毒苗龙骨子性最暴烈恶毒，立即将右手一扬，向静修尼发出一把绣杵飞刀。

这绣杵飞刀原是苗洞中一种毒辣暗器，不过暗器只能打中武术朋友，却打不了剑客，因此龙骨子就专炼一种专打剑客的飞刀，也是用各种毒禽猛兽的血污和精液喂以毒药，熬炼成功，发时运用剑光之力，其效自大，此刀名为飞刀，实则细如绣针，故曰绣杵，因为如此细小，中者固难躲避，发者也非有绝大功力不可。龙骨子一手所发这一把飞刀，总有二三十柄，一经中在身上，遍体能有几十处伤痕，毒药发作，便自溃烂而死，非常惨毒。

静修尝游苗疆，知道此药极其不堪，此时一见，立即想到有铲除恶根的必要，就连这发刀之苗，也不容他再留世害人，眼望着绣杵刀临近自己之时，立将肩头一侧，左肩上斜插的一柄白玉如意钩上，立刻放出一道华彩，散入空中，变成一条条数千万缕五色光华，布成一个彩网。一柄飞刀碰上这种光华，当时发出霹雳般的细碎爆炸声，只听噼噼啪啪一阵喧声过处，那一把绣杵飞刀都纷纷散落尘埃，成了废物。

龙骨子大怒，立刻又高举双手，一齐发出，只听呼呼乱响，绣杵刀如飞蝗般一齐飞向静修尼左右而来，足有二三百柄之多。静修尼仍是行所无事似的，一面用剑光裹住裘潞飞剑，一面仍然放出玉钩上的彩华，破去那些漫天飞舞的绣杵刀。一会儿工夫，飞刀四散，老尼仍安然无恙。龙骨子一见飞刀破尽，不由又急又怒，立刻发作了他的毒性，竟用开了生平最拿手、最恶毒的独门看家本领。他从怀中取出一方五色斑斓、异常艳丽的手帕，口中念念有词，一抖手，将手帕向着静修和白衣秀士这面摔开，立时，空中泛出一层五色缤纷的烟雾，吸入鼻管，其香无比，这是一种百花瘴气，为苗族杀人最利之器，与毒蛊同称无敌。

静修见此苗抖动百花瘴气，自身固然不怕，但恐近则白衣秀士要中毒气，远则能吹散到十里之外，深恐汤尹师及同来那些武术名家受了暗算，心中也十分担惊，一时又想不起什么破他之法，只喊得一声“孔道友留心毒瘴”。哪知一语未毕，白衣秀士早从百宝囊中取出了一粒万年雄精制成的黄色丹丸，向上空抛起，用手一指，那粒丹丸竟会渐渐四散，化成一团黄色烟雾，霎时间氤氲满布，早笼罩住那一片美丽娇艳的毒瘴。

说也不信，毒瘴本似有向四野伸展之势，不料黄雾一现，迷漫空中，范围比毒瘴广大几倍，速度又加快几倍，自然便被黄雾包围。两种气体一经接触，毒瘴中立即起了一阵闪动，结成了一团黑青色的浓云，就从浓云内，纷纷降下极细微的雨丝，淅淅沥沥地尽落到地上。周围也就只有丈来方广，所以除了被细雨洒着的草木地皮上，立时现出枯黄干槁的形色而外，四围林木都无损伤，静修和白衣秀士自然仍是好端端地挺剑相敌。

这回龙骨子也真急了，当时下了一种拼死的决心，以做孤注一掷。忽然瞋目裂眦，猛将头上发须抖散，两肩满披黑发，双手捏诀，一声狂叫，咬破舌尖，立时巽血被面，狞恶如厉，从口中喷出一口血水，弥漫天空，霎时阴云密布，莫辨星月，就是正在交战的静修和裘潞，也几乎不能互辨剑光。阴云之间，露出一片血光，光内却如万马奔腾，尽是血丝血影，往来互相冲击。这东西只要一经冲着人体，任你道力如何高深，也当不起它的破坏力，非被冲击得血肉尽糜、皮骨成灰不可。

白衣秀士也深知苗人邪法厉害，但他胸有成竹，立刻运玄功，将太乙正气全部运入那柄纯阳剑上，正气至阴，剑气至阳，阴阳相济，发出一种精刚之气，然后他运开剑光，来了一个扫荡乾坤的招式，那柄剑光铓尾上就发出三丈多长的光辉，向血光中这一扫。只听噗噜噜一片血水激荡之声，血光立时消散。血光一散，那道长虹般的铓尾正如失缰烈马似的，就横冲直撞地扫过来，正对着方才发动血光的龙骨子拦腰一剑。龙骨子此时本想逃走，但已法尽神昏，哪里有剑光那么快疾，要想躲闪，既已不及；要想抵御，神气已残，竟连“哎呀”都不曾出口，早就横尸在地。

飞云豹南虎和龙骨子入王母池以后，见裘潞正与静修比剑，龙骨子去同白衣秀士交手，自己就腾起剑光，升入上空，看一看还有其他敌人没有。他这一看，就发现了汤尹师、庄蒙蒙和凌、马等数人正在相拼。飞云豹南虎性情凶恶诡诈，正是又残忍又阴险的人物，心想：“我且观战一会儿，可认准了敌人的弱点，然后下手，岂不是一蹴即成?”于是他便将剑光停住半空，看尹师和庄蒙蒙十分厉害，就下面诸人而论，白了翁年近百岁，功力俱臻上乘，但丝毫占不了汤、庄的半点便宜。马绳武本是马上人物，学剑尤晚，功力自浅。缪金蕊长于武技，剑术却不高明，二人此时仅能自保。凌度虽是一个辣手人物，怎奈敌人十分了得，不但丝毫占不了上风，眼看还有些力竭，还亏白了翁一柄宝剑，支持全局，免于危殆。南虎一见，觉得活该自己露脸，立即一声怪叫，宛如半天里下来一头怪鸟，呼的声便往尹师头上一剑砍去。

尹师眼看诸寇都将力尽，没料到忽然半空中又跑出一个劲敌来。他只闻到空中剑声，尚未看清来者是谁，便向斜刺里一纵，早飞跃了三四丈出去。南虎一剑砍空，当又施展开了剑光，仍向汤、庄二人卷去。

汤、庄也觉来势甚劲，不敢大意，一面对敌，一面打量敌人，见是一个身高八九尺，却骨瘦如柴的一个怪物。月光下恍惚看清此人面色青滞，又瘦又枯，仿佛害了大病未复元似的，瞪着一双三角眼，凶焰四射，却是精光甚足，一望便知是个内功绝顶的人，突颧鹰鼻，掀唇缩颔，嘴角两边挂下两绺二寸来长的赤须，唇上颏下却一根毛也没有，不但满脸奸狡凶恶之气，更是怪头怪脑，望之令人失笑，全身着一套深紫色夜行衣裤，绑手扎脚的，越显得身材长瘦，简直是一根槁木，不类人形。

尹师看了要笑，心想世间此种怪物，何其多也！正自一面对敌，一面思忖，未免稍分了些神，忽见此人陡地向自己迎面一挥左手，立觉一阵奇寒彻骨的冷风，如线一般，向自己口鼻之间直射过来，冷风一触口鼻，不但冷气直冒，而且奇腥奇臭，当时便有点头晕心呕，暗道不好，忙运用玄功，摄定正气，闭了呼吸，才算勉强忍住，心中十分奇怪，不知此人所施何种功夫。

不料那人见一击不中，立又挥动右臂，那股寒风臭味也就联翩而来，这次却是其势甚猛，连旁边的庄蒙蒙也觉得不好，忙关照尹师留神。

说时迟，那时快，那人忽然大吼了一声，仰着头将口一张，飞剑立刻在空中向汤、庄二剑横冲直撞，腾出两手，向汤、庄二人连连挥动双臂。汤、庄二人只觉随着那人的挥动，一股寒风其凉彻骨，令人难耐，接着腥秽触鼻，中人欲呕，知道不妙，苦在没法解救，只有尽力发挥本身精力，以图抵抗一时，但这不是长久之计，二人心中都有些着慌，幸而都是功深艺精之人，尚能支持。

哪知此人见二人仍不为动，又大叫一声，索性收回飞剑，两臂加紧挥动。这一来，汤、庄二人越觉寒风中体，浑身冷战，与平时气候的寒冷大是不同，知道此人定擅邪法，正自一面勉强对敌，一面暗思应付之策，可是寒风一阵紧一阵，到后来汤、庄无论如何运用玄功，都有些支持不住，大有手足僵冻，难以转动起来的感觉。试想，这还如何能够运剑御敌呢？眼看渐渐头晕目眩，遍体颤抖，就要栽倒的当儿，忽听半空中一个霹雳，跟着金光电火如雨一般落到汤、庄二人身上。二人在这一震一惊之际，立觉四肢和暖，恢复了常态，再看面前倒下一个全身乌黑的尸身，却并无两臂，光溜溜一条长而且瘦的骨干，连衣服皮肉全都不见，正像是被火烧枯了的一段焦木。

这究竟是怎么一回事呢？

原来，来者南虎素擅妖术，歹毒无比。此番他诚心要在裘、白等面前露个脸儿，一上来便使上了这一套“寒蜍焚骨”的法术。这是一种符咒杀人的妖法，任你一等有能为人，只要不明解破之术，就没一个不被害的。这“寒蜍焚骨”乃是由万古寒蜍体中吸出的精髓，佐以邪法，制炼成一种气体，由使用人到使用时凭借符咒，复使曾受炼魂之苦的那些残魂碎魄，激动这种气体，发挥出阴寒至极之力，循环不断地送入敌人全身血液以内。到最后，敌人由冷战而麻痹、而僵硬，以致百脉凝滞而死，死后全身僵硬，凝成石块一般，毫无解救之道。

此番汤、庄二人本早不支，就因二人功力深湛，强自挣扎，直到南虎催动阴寒至三次之多，才觉不支，眼看就要僵毙，恰好遇到这一个霹雳，才得解救。这个霹雳又是怎么来的呢？

这原是平江之师无为上人林剑仙，算定今日平江和汤、庄都有一场小劫数，平江另有高人解救，知道汤、庄这时正在危险，立即发了一个“精金真火雷”，一面将南虎击死，一面救了汤、庄，当时面也未露，仍就御剑行风而去。

鲍英珠奉了师命，挟起平江，正驾剑光向岛中央飞去，哪知白了翁早跟踪下来。鲍英珠一想，必须找个隐僻地方，将平江藏好，才能从容地用药解救，于是加紧剑力，正如电一般地向岛中央一带树林内落下。白了翁稍迟一步，竟已失了鲍英珠的下落。他就在那一带的林子上空，回旋寻找，因是夜间，任你月光明亮，仍是幽暗难寻，心想不如且到天岩看看凌、马等人的情形，他就又向天岩上空而去。这里，鲍英珠非常机灵，一经到了林内，悄悄地将平江隐藏在一座小石洞内，那位置从上面望下来，是看不见的。

她一看平江已是昏迷，便将她平放在洞内地上，从身边囊内取出一只水壶。揭开一看，尚有小半壶凉水，心中大喜，忙将静修交付的那粒宝丹取出，一看平江牙关紧闭，没法使她张口。英珠踌躇了一会儿，忽然想出一个主意，忙用自己的飞剑剑端，轻轻插入平江齿间，缓缓地将她牙关撬开一丝隙缝，将红丹塞进她口内之后，却又为上难了，原来平江知觉未复，不能下咽，想了半天，姑且将平江略略抱起上身，倚在自己怀中，一手撬着她的牙关，一手拿着水壶，送到唇边，慢慢向口内灌进去，恰好红丹入口，早已化开，顺了口津，先已向喉间润下不少，此时再用水一冲，可说全部冲下。一来宝丹灵妙非常，二来平江幸有乾坤太乙罡气护体，毒光未能伤及脏腑，所以不到一盏茶时，平江喉间已经咯咯作声。鲍英珠知是药力已到，便仍抱住了她，在她耳边低声唤着。

多时，果见平江睁目四顾，见自己躺在一个美貌少女怀中，心虽惊奇，但一转念间，知道是遇救醒转，忙回眸向鲍英珠做了一个会心的微笑，以表谢意。

鲍英珠也含笑问道："现在觉得怎么样？好些了吧？"

平江点点头，笑答道："此刻并无痛苦，只是体力疲倦而已。"说罢，慢慢伸手向身边百宝囊内取出一个小红瓶儿，揭开瓶盖，倒了十余粒和粟米大的金色丸子，托在手掌中，一仰脖子，将药丸送入口内，向鲍英珠要过水壶，喝了口水，将药丸送下，又略微闭上眼休息了一会儿，当即睁眼说道："好了，这就不妨事了。"说罢，立从英珠身上跃起，二人重又施礼。

平江问起姓名来历，才知是庄蒙蒙师父、师徒前来搭救，十分感谢。

鲍英珠便说道："师父命我待姊姊醒后，不必再到池边，即往天岩助战，少时还有许多要事待做，姊姊是否先回府去休息一下？"

平江笑道："哪有客人替我们来帮忙，主人反倒回家享福的道理？况且我的伤势先经令师灵丹治愈，后又用我们岛上世传的还元丹恢复神气，此时精力早已复元，绝无妨碍，仍可照样与他们拼一下了。"

鲍英珠笑道："毕竟姊姊本元强固，修为不同。"

平江听英珠赞她，究竟心直，十分高兴，忙拉了英珠的手笑道："哪里的话，若非你师徒，怕不要丧在番僧手下。等到事情完了，我非好好儿跟令师磕一百个响头不可。"说罢，二人一同笑着，走出林来一看，明月高洁，繁星疏朗，时光大约已有四更向尽，乍一听倒是万籁俱寂，再一细听，天岩东西两方，似乎都有隐隐喊杀之声。

二人一同驾起剑光，到了上空，向下面一望，见王母池边，仿佛白雾迷蒙蒙，一些也看不清晰，再看天岩左边，一片剑光纵横往来，和银蛇般在空中乱钻乱刺，也看不清到底有多少人。

平江便向英珠说道：“你且先到左边剑光聚处，看看都是什么人。池边白雾定有蹊跷，我想去看个明白，如没事我也就来。”说完，二人便分路而往。

鲍英珠到了天岩左上空，向下一看，正见汤、庄二人被裘、白、凌、马和卢铁生、江冲、缪金蕊等七柄剑困在垓心，也不知裘、白二人是怎样从王母池逃到这里来的，孔老前辈和师父为何不见，她心中虽是疑虑，但见汤、庄被困，自然一指剑光，早和飞鸟般地到了下边。汤、庄见来了一支生力军，也格外抖擞精神，十人十柄剑和穿梭似的，一时竟分不出高下来。

再说此时平江和尹师各人心中，都惦记着对方。因二人从奇春阁得讯分手后，这大半夜工夫，各被敌人缠住，互不知消息。平江受伤遇救等情，尹师全不知道，此时尹师见英珠急来，知她高出一干人之上，有她在此，庄蒙蒙绝吃不了亏，便对英珠说道：“鲍家师妹且在此陪着庄堰主与他们消遣些时，我要找一找平江岛主去。”

英珠闻言答道：“好，您去吧，她正往王母池去了。”

尹师一听，立即腾空跃出剑圈以外，飞一般向王母池而去。

在岩左这个战场中，九个人以二敌七，以人数论，显然是于庄、鲍不利，但是技在精而不在多，七个敌人中以裘、白、凌、江四剑为利，其余马本武将，卢本镖行，缪本飞贼，对于剑术，俱是后来改造，并无深功，更谈不到道力。以鲍英珠个人之力，即可了此三人，不过人多手众，一时不易找到这三人的空隙。至于裘潞力量，原非英珠之敌，在血龙堰早已分出高下，目前还仗着白、凌、江三剑十分矫健，鲍、庄二人也正以全力应付他三人。这种战局，无形中就成了均势，一时难分胜负。

平江飞到王母池上面，深恐中了下面伏击，便将剑光紧护全身，往下试探，及至一到离地丈余，才看出地上并无人影，先前在此恶战的裘、白和金眼罗汉等一个不在，只有从池中浮起一层层的浓雾。从雾影中，恍惚看见有两只黑巍巍的大物，正在池中掀风作浪，昂起了一个巨头，从口内吐出青气，便散到空中，结成重雾。平江忽然想到宝物，暗道："人人都想得宝，莫非宝物就出在这两具怪物身上吗?"

也是她命中该得宝，忽然福至心灵，正想用飞剑去斩此二物，忽听空中裂帛之声，晃眼尹师已到面前。

平江惊喜问道："你从哪里来？那些贼人都逃到哪里去了?"

尹师见问，将大略说了一遍，二人就商量乘此取宝之事。正在谈论，平江耳聪，听到荒草中有一阵簌簌之声，忙一拉尹师，目注荒草，果然不一会儿，草头乱动，似有人在内潜伏。平江一声娇叱，向草内急发一支袖箭，只听噗的一下响，便闻荒草内"哎哟"一声，喊了出来。

平江立即跃至草旁，喝道："什么人大胆潜伏在此？再不滚出来，立刻飞剑取你狗命!"平江话尚未毕，草里的人早已战兢兢地爬了出来。

平江从月光下一看，认出正是宝岛子，不由"哦"了一声道："原来是你呀!"宝岛子一见平江，早吓得浑身战抖，一句话都说不出。

原来宝岛子自从引了裘潞到得池边，便遇平江截杀，接着又是白衣秀士等多人到此恶战，好容易人都走了，池中又白雾漫天，波涛大作，吓得动弹不了，直到此时，正想逃走，又被平江捉住，怎的还说得出话来?

平江看他那种畏惧情形，灵机一动，忽然心中大悟，立即柳眉剑立，大声喝道："好奸细！原来是你丧了良心，引着贼人来此盗宝，还不快说实话?"

要知平江这一句话，原是一时试探，不料宝岛子做贼心虚，闻言立即跪下哭告道："不是小人愿意带他们来的，实是被迫无奈，才勉强告诉了他们。"

平江明知他饰词，当即冷笑一声道："我早闻得你因怀恨老主人将你撵出岛外，才甘心从贼。他们是意在盗宝，你是意在报仇，似你这等丧尽天良的老狗，要你何用?"说罢，立即举剑就砍。

忽然尹师从旁边伸过一只手来，将平江胳膊拦住，同时向她使了个眼色，立将宝岛子叫到面前，低声说道："岛主一怒，你的命就算完了。此刻你如能将这王母池盗宝的方法和宝物的所在，说得清清楚楚，我来替你讲情，保你无事。你如不说，立即将你一刀两断，真比宰只鸡还容易，你自己去想吧。"

宝岛子知道平江厉害，说得到，做得到，自己又与洲上做奸细，如何不怕？一闻尹师之言，他也不知尹师是谁，忙连声应道："只要我知道的，绝不敢少说一字。"

尹师知他所言不假，便笑道："好，你就对我说吧，王母池的宝物，究在何处？是不是在这两个畜生身上？"

宝岛子连连点头道："您老再圣明不过，正在这两个大王八身上。"

尹师听他将赑屃当作王八，不由好笑，忙问道："藏在身上哪一部？有些什么宝贝呢？"

宝岛子此时性命要紧，忙接口道："小人自己并未亲眼见过，也是听老主人说起，说这王八背壳内藏有无数的珍珠宝贝，这不足为奇，最贵重的，就是它头顶上那块肉包，名叫元精，那是吃了就能白日升天，变作仙人的。因此各洲洲主都想取到元精，好白日飞升呢。"

尹师闻言，才知是这个宝贝，向平江望了一眼，然后又问道："还有什么别的宝物吗？"

宝岛子道："除了这个，就是天岩的金银砂。那东西藏在何处，我委实不知，也不知怎样取法。"

尹师料他所言不假，便向平江使了个眼色，说道："话已道完，此等人杀之无益，让他去吧。"

平江当即喝道："如此忘恩负义之徒，本应杀掉，看在你的分上，叫他速离本岛，从此并不许在各洲逗留，留者立即追杀。"

宝岛子这才收拾起惊魂，谢了平江、尹师，踽踽踉踉地走去。

尹师一见宝岛子走去，回头望了望池中，此时烟雾虽无先前那样浓重，但二物似仍在水底翻腾，只见一阵阵的淤泥腐草，直向池面泛来，月光下隐约望见水中巨物偃仰，还不住地掀腾呢。尹师和平江一经商量，觉得本无盗宝之意，但因有此宝在，才有此祸，不如自己将它取了出来，免得再有外人来觊觎。于是二人一同放出剑光，向池中赑屃进攻。

哪知此物通灵，自知今晚正是历劫已满之日，所以出水等候得宝之主，否则便用飞剑也奈何不得，便是如此，平江等剑光入池之后，二物认识物主之剑，并非抵抗，只不过借此剑光，自动解脱皮囊，因而也就掀起了巨大波涛。平江等还当二物是与自己抵抗，尽力冲杀。二物一时情急，只听从水底一声怒吼，其声非禽非兽，入耳不但难听已极，且令闻之者心胆俱悸，吼声过处，连池边地面都摇摇震撼，远近山谷回响四和，在此残月将沉，林风四舞之际，越见得月暗星沉，悲风飒飒。

平江、尹师齐都吃了一惊，以为此物必有极大威力要施展出来，正在各自聚精会神，以备迎敌，哪知忽然月色一暗，四野狂风大作，各处栖鸟、宿兔纷纷惊飞乱蹿，正在纷乱的当儿，忽闻水中呼噜噜一声长鸣，立见一先一后，两团圆影从水光月色中直飞天空，转眼之间，浪花激起二丈来高。二人立觉腥风刺鼻，深怕中毒，忙运气闭住七窍，一面发动剑光，从水中飞跃而出，打算向空中追斩二物。

哪知二剑刚到半空，二物早已破空而去，二剑到了空中，听得叮当一声，似被什么利器撞回。平江、尹师连人都被震得倒退几步，连忙宁神摄气，稳住飞剑，忽见面前立定一位白眉长髯的僧人。

尹师方在惊顾，平江定睛之下，早已一声“哎呀，师父”，跪倒在老僧面前。

老僧一摆手道：“绿儿快起，还有话讲。”

平江一面立起，一面引见尹师。

老僧向尹师微笑道：“贫僧与令师百年交好，只是贤契最幼，不及知我就是了。”

尹师听说是师父之友，又是平江之师，忙恭恭敬敬见过大礼，站在一旁。

老僧说道："赑屃元神已去，躯壳仍留池内，等天明派人起到岸上，只须取下头上元精与背间正中一粒宝珠，余者皆富贵之物，非你等所应得，可散发与岛民分享。不过取元精时，须用竹刀一柄，切忌铜铁，否则便成废物，切记切记。"

平江等自是谨遵，老僧又说道："绿儿与汤贤契原是三世夙缘，今应配合，以尽尘缘，到时自有你师兄孔居士和峨眉幼师前来撮合。不过你二人婚后应虔诚向道，不可眷恋红尘，要知红尘光景有限，转眼消逝，千万不可自堕慧业。三十年后，我自来探看你们，言尽于此，我即去也。"

一句"去也"刚完，立见清风过处，老僧早已不见，只剩下平江、尹师二人。

尹师更不知方才击碎南虎的"寒蜍焚骨"，救了自己性命的，就是这位老僧，竟连谢也未谢。二人在月光下互相望着，出了一会儿神，回想方才情景，恍如梦寐。

鲍英珠与庄蒙蒙力战七寇，虽说不至败北，但时间一久，未免显着力绌。鲍英珠心中一时焦躁起来，一眼望见缪金蕊举动鬼祟，就在临阵交手之时，到处都显得诡谲刁狡，自知剑术不佳，专一缩在凌度背后，乘空儿捡便宜。鲍英珠有两三次都几乎上她的当，心说：这女人怎的如此可恶？倒不如先除了她。只因师父时常嘱咐，能不伤人就别伤人，除非深仇大恨，或是大奸巨恶，那是例外，寻思自己与此妇素不相识，连姓名都不知道，何必一时气愤，便要她的命呢？不如给她点苦子吃吧。想罢，正好凌度剑尖绞着自己的剑，意思想和自己拼一个两败俱伤，如果与他硬拼，他们人多，自己准得吃亏。

鲍英珠是个绝顶聪明的人，心思灵活，忙一闪剑光，避过来剑。那剑势本应向自己身边撤回来，但英珠却出人意外，虽是闪避来剑，却一直冒过来剑，直伸出老远，一直指到凌度剑尖之后，那正是缪金蕊站在他身后。她万想不到敌剑竟会从人身后来找人，英珠剑来得飞快，一下便触到缪金蕊的宝剑中腰，只听当的一声，缪剑早被削为两截，滴溜溜滚落在地。

缪金蕊吓得直跳出圈子，不敢再向前去。鲍英珠虽将她剑斩断，却也并不去理会她，但是怒恼了凌度，大喝一声：“贱婢休得逞能！”立刻一催剑光，横七竖八，左五右六，一阵猛进，十分厉害。

鲍、庄久战之下，未免力竭，旁边五柄剑见凌度得手，也一齐向二人并力攻击，看看要到危急，忽从西方呼呼两声急哨，便有两股劲风，立刻冲入六柄敌剑之内，内中一道赤色剑光最为猛烈，只一个回旋，便听得叮当几声，卢、马二剑又皆被绞断。

马绳武惊诧之下，定睛一看，来者不是别人，正是岛主平江艳绿。马绳武与平江之父素称老友，平江幼时，亦以尊长称之，向未有丝毫意见，此次勉从裘、白之请，全是看在中原人三个字上面，实无与平江为仇之意，此时一见平江自来，又将自己剑绞断，素知平江能为，众人均非其敌，此时对面，真感到又是羞愧，又是理屈。

正在怔怔地不知所为，反听平江说道：“真想不到马世伯也会和我家作对，大概是为了那些宝物，便将老朋友忘记了吧？”

马绳武一听，真比打他几下嘴巴还要难受，一时气短，“唉”了一声，一跺脚跳出圈子，头也不回地向南面跑去了，在场诸人莫不诧异。

平江明白此人系被胁而来，也就不去管他，一指裘、白二人喝道：“大胆的老狗！妄想谋人宝物，占人土地，万计陷害！庄蒙蒙堰主与你们有何深仇？两次夜袭，乘他本人不在家，杀了他全家妇孺。此种卑鄙无耻的行为，只有你们汉人才做得出来！你约来那些罗汉金刚，都被我这里的几位高明人打发走了，你还妄想些什么？眼看今晚你也难以逃出岛去，还不快快跪下受死？”

这一派话，边打边说，从容已极，白、裘听了，又是惊怒，又是难受，此时唯有拼命，舍此更无别法，于是一言不发地拼死力战。

此时敌人中卢、马丧剑，一退一去；缪金蕊也因无剑退到一旁，只剩了裘、白、江、凌四个人。岛方却是庄、鲍之外，又来了平江、尹师，正好半斤八两，人数相同。这一来可是胜负立见，只一个平江已足使裘、白二老败北，何况又加上汤、鲍、庄三人，任你凌度、江冲再强些，也显然不是对手。

好狠的凌度，毕竟是强盗出身，立时生出毒心。他一面比着剑，一面向缪金蕊暗暗递过眼色。缪金蕊和他本是多年连手，自能了解他的用意，当即暗暗准备好了，只看凌度眼色行事。

凌度见缪金蕊已经准备妥当，自己猛使一个鹞子翻身，假装倾跌，就在这一跌一翻之间，竟将他平生最得意的那条玉带钢鞭从腰间抖将出来，身法之快疾，出手之狠毒，真是又稳又准，不能不使人佩服。那条鞭就像一条蛇影似的，直奔了平江的脑门。

在同时，另一个方向的缪金蕊也正发出她生平最厉害的一十二支连环梭子，乃是接连不断地向平江全身上中下三部同时发去，任你多大本领，避过了十一支，也总有一支可以打中，何况迎面又正飞来一条鞭影，四面还有四柄宝剑呢！

这种局面，可说任何人也万难幸免。因为照武道规矩，在比剑中万不许同时再动武技的兵器，何况又是暗器，所以这一手确是出乎人人意料之外的，唯其出于意外，才会上当哩。却不想平江真是一个意想不到的人物！她生有异禀，便占了便宜，当时在千钧一发之际，知道要上当，立刻扇动肋下一双肉翅，呼的声从众人头上直飞上去。因为那时候剑在运用，急切间万难腾出空来，作为飞升之用，如无肉翅飞翔，这一下不是被玉带蛇王的钢鞭所中，定是被百花仙娘的连环梭子所伤，但经她向上一飞，不但各种明暗兵器均不会打着她，而且顿时失去了她的人影，等到敌人发现她在头上时，可笑凌度的头顶上早中了她一剑，登时剑破脑壳，深入寸余，栽倒地上，立时身死。

缪金蕊见了大惊，她的轻身术最好，早就飞燕般纵出三四丈远去，要想逃走，平江却嫌追她费事，立即左手一扬，从掌中放出五行宝光。众人只见一缕五色彩丝，追踪而去，缪金蕊还未跃出十丈以外，那一缕彩丝早已罩定她的头顶，只听惨叫一声，缪金蕊登时倒地，五色彩丝也就立时不见。

百二金鞭卢铁生一见多年老友凌度中剑而死，与自己同来的缪金蕊又被敌人用法术击毙，自己剑已被削，愧无能力为死友复仇，说不得长叹一声，只好独自走去。好在他剑断以后，已无能为力，平江等人也不去注意他了。

此时场上除了裘潞、白了翁二人是主，其余请来的人，只剩一个蛇影子江冲还能应付，但裘、白早为平江手下败军之将，此时觉得连宝物的面都不曾看见，来的人们已死伤殆尽，一会儿就要天亮，岛上人多帮众，更没法逃走了，想罢，二人互相暗暗知会，又向江冲打了个招呼。

三人正想滑脚，忽听半空中风声如裂帛一般，吹临头上，其风甚劲，心中不由着急，暗想就对付这四个人，已经支持不住，这回再加上一个扎手的，又将如何？看起来今晚怕要葬身岛上！裘、白一面恬掇，一面留神察看来者，哪知大出意外，来者是一个赤面髯须的道士，头戴黄金束发冠，身穿紫酱绣八卦纹的道袍，足蹬方头云履，面如重枣，长眉凤目，带出十分威棱，鼻直口方，颌下长须飘拂，看去相貌十分威武，器度尤为凝重。

白了翁早已惊呼起来，口称：“仇仁兄为何来迟？快快帮我一臂之力！”说罢仿佛自己勇气倍增，连向敌人挥剑猛进。

裘潞才知来者便是百手仙仇穹，心说：“我请来这么些能手，都败逃一空，靠他一人，有何用处？”

谁知裘潞一念未了，仇穹飞剑已如游龙矫矢般向敌人扫去，首先将庄蒙蒙逼得手忙脚乱。他这一来，平江等四人不由惊奇，因见这红脸道士剑法神奇，与众迥不相同，立刻加了戒备，此四人中，能与仇穹对抗的，也只有平江一人，余者只能抵御，于是这战场上，只见平江与仇穹两柄剑盘空激荡，十分活跃，一时成了久战的局面。

龙骨子被白衣秀士连破百花毒瘴和血光，当时身死后，这里只剩了裘潞一人。他一看形势不妙，也顾不得丢人，一剑挡住静修的宝剑，口内说道：“老师太，你我往日无怨，近日无仇，我战你不过，甘拜下风，让了你吧。”说罢，头也不回地一直向东面天岩飞去。

原来裘潞老奸巨猾，识透孔、静二人都是有道之人，绝不肯任意杀戮，只要自己不赶尽杀绝，他们绝不伤你。此时如自己服个软，也许她不会追来。

果然静修见裘潞逃走，只回头向白衣秀士一笑说道：“可笑这厮如此无耻，真把练剑人的脸都丢尽了。”

白衣秀士也笑道：“放他一条生路，随他吧。”

静修正色道：“此人本与你我无怨，但他不该擅杀庄氏全家。好在他也逃不出蒙蒙之手，不如留给他自己一报还一报吧。”说罢，二人略商量了一番。

静修说道：“平江之师无为上人今晚必来，池中之宝，到时他自会发落。你我此刻且到四周，看看飞天神龙等人如何情况，最后再到天岩会面吧。”

白衣秀士道了声：“好。”

二人一同向岛外四周飞去。

再说天岩东边战场里飞来了百手仙仇穹，形势顿然变成了敌强我弱。仇穹见平江剑法了得，旁边汤、庄、鲍诸人，也正不弱。他一面用剑镇住敌人，一面从百宝乾坤袋内取出他那不可一世的七煞飞剑，对着四个敌人一撒手，立见七道银光分向四个敌人头上砍来，各人头上飞着两柄短剑，只鲍英珠头上只有一柄。此物与飞剑不同，更与一般暗器中的飞刀不同，能专寻敌人之隙，使得敌人顾得了头上飞剑，便顾不了对面敌剑，几乎没一个不手忙脚乱。

只有平江尚未见竭蹶，尹师还能抵御防卫，其余英珠因只应付一柄，还不至吃亏，庄蒙蒙可就吃不住了。他久战多时，既要敌住裘、白的剑，又要防着仇穹的剑，还要照顾这两柄神出鬼没的飞剑，一个疏神，左肩上早中了一飞剑，咬着牙，一奋身跳出剑光圈外，正想去到场外，裹住剑创，不料两柄飞剑如影随形一般地追踪而至，眼看第二剑又要上身。庄蒙蒙虽然勇武，究竟力战一夜，已经力乏神懈，稍一迟慢，右腿上又被飞剑削中，这一下可就站不住了，“哎哟”一声，跌翻在地，两柄飞剑已临头顶，自己飞剑虽还在尽力挣扎，已是强弩之末。

眼看今番必死于仇穹剑下，正在闭目等死之时，忽听空中一声鹤啸，白衣秀士骑了那只冲霄白鹤，在庄蒙蒙身上一转，两柄飞剑早被白鹤双翅拂落，其时白衣秀士依然骑在鹤背，只在人群中飞翔了一周。尹师和英珠头上三柄飞剑，都被白鹤分别以鹤爪击落两柄，用长喙抢住了一柄，七柄剑立时破去五柄，只剩平江头上两柄犹自盘旋。

仇穹一见大惊，正要用剑去斩那白鹤，忽听鹤上人叫道：“仇道兄别来无恙？今夜为何替恶人助阵？”

仇穹一看，正是老友孔莲，忙收住剑光问道：“孔道兄何以到此？”

白衣秀士正要答话，见平江倏地一伸长剑，要向裘、白二人飞去，白衣秀士横身一拦道：“我等今日干预此事，原为辨明谁是谁非。裘、白虽不该寅夜至此寻衅，但宝物未失，也不必过使难堪。庄、裘二家之仇，日后自有了断，不在今日，岛主不必再和他们计较。”

众人听白衣秀士这等势派，又是这等言辞，自然大家住了手，暂且看个下文。

此时，白衣秀士又回脸向裘、白说道：“此时不走，还待何时？”

二人也不知白衣秀士是什么来历，见他此刻有放走自己之意，不如趁早见机吧，于是双双应了一句：“好，谨遵台命。”说罢，又向江冲说了声请，三个人飞起剑光，各向岛外飞去。

这里只剩仇穹一人，白衣秀士忙替平江和尹师等众介绍道：“这位便是威镇天山南路的百手仙大侠仇百城前辈。”同时又将众人分别向仇穹引见，才知仇穹与白了翁曾有数面之雅，此次闻说平江一伙恃强欺压汉族善良人民，请求助他一臂，一时不明真相，急于锄强扶弱，才贸然到此出手。及至白衣秀士将击落的五柄飞剑交回仇穹，这里仇穹才向白衣秀士告别而去。

大家又见从南面山道上奔来一伙人，月光下先未看清，及到近前，始知来者乃是静修带着飞天神龙师兄弟三人，还有静修幼徒阿巧和庄蒙蒙之女红姑一行六个人。红姑一见父亲，抱着大哭。庄蒙蒙以为红姑被害，甚为惊诧，问明被救情形，忙向师父静修叩谢。这些人平江都未会过，一齐请到府中大客厅上。

此时天色已明，平江立命设筵招待，并当席向众侠道谢。席间诸人谈起，才知一夜之间，除了剑客们在后山厮拼了大半夜外，其余裘、白手下的武术门徒如蒋忠信、唐姣娥、刘魁五、赵乙臣、赵冲、余化龙之流的十余人，各仗武艺，原已纷纷攻进卡子，幸而飞天神龙等随着白衣秀士到了岛府之外，静修也命阿巧、红姑二人帮着志、邱等，才将这一班人打发了回去。白衣秀士先行一步，众人也即随了静修，齐到天岩相见。

白衣秀士向平江说道："裘、白失败回洲，不久亦许还有别计，但早晚必获恶果，你们不必先去惹他，可以暂忍观变。"又对尹师笑道："昨晚无为上人到此，想师弟已拜见过，尽可照了他的吩咐做去，只别忘了虔诚向道四个字。"

尹师点头称是时，平江不由瞟了他一眼，双颊晕桃，未免羞赧。

白衣秀士又向飞天神龙等说道："贤契欲报家仇，尚须有待，倒是你叔侄相逢在即，这是件可喜之事。你侄儿女目前都在湖南临湘县城外西村钱姓家中，你正可前去一探。因为他们找你难，你找他们易。还有一桩喜讯，便是你侄女与一崔姓之子订了婚约，专待你去主持呢。"

飞天神龙谢过之后，才回忆到前月在双木岚时，白衣秀士曾为自己叔侄相逢事卜过一卦，说有喜讯，原来应在此事。此时庄蒙蒙父女含着泪眼，向师父静修叩请报仇之事，静修叹道："此事虽系裘潞忒毒，但实是前生夙孽。你们这笔账，总有清算的一日，目前尚非其时，到时我自会来指示你。事完之后，你还是带了红姑，好好回堰等待时机吧。"

诸侠将正事交代清楚，又谈了些闲话，平江又将晚间被杀伤各人的尸体掩埋完毕，天大一件事，暂算告一段落，诸人全都起身向平江告辞。

平江挽留不住，重向孔、静二前辈及飞天神龙等三人道谢后，一直送至岛外海边。孔、静二人及英珠、阿巧，带了飞天神龙等三人，驾起剑光，飞渡南海，重回中原。不言庄蒙蒙父女辞了平江回堰，与平江、尹师二人缔结百年仙侣之事，便是飞天神龙等三人回到中原，拜别孔、静后，邱、胜二人暂时各回原籍。

志道恒却独走临湘，他们叔侄会面，及志真真与崔仁虎成为夫妇等事，俱是本书尾声，也就毋庸赘叙。将来平江、尹师仙缘结合，尚有许多魔障。飞天神龙与大力黄能两派武术之仇，以及神槊女郎李三姑被拘受难，和李三姑的情痴固结、生死缠绵等委婉曲折之事，都是后来之文。读者如有兴及此，作者自将慢慢续成，以饷诸君。

注：本书 1949 年 3 月第一版，元昌印书馆出版发行。

附录:朱贞木小说年表

朱贞木小说年表

武侠小说			
书　名	出版商	单行本出版时间	备　注
铁板铜琵录	天津大昌书局	1940	后改名《虎啸龙吟》并沿用至今
龙冈豹隐记	天津合作出版社	1942.11—1943.10	
蛮窟风云	京华出版社	1946	又名《边塞风云》
龙冈女侠	上海平津书店	1947	又名《玉龙冈》
罗刹夫人	天津雕龙出版社	1948.05—1949.12	
飞天神龙	上海元昌印书馆	1949.03	
炼魂谷	上海元昌印书馆	1949.03	《飞天神龙》续集
艳魔岛	上海元昌印书馆	1949.03	《炼魂谷》续集
五狮一凤	上海育才书局	1949.12—1950.01	
塔儿冈	上海正华出版社	1950	
七杀碑	上海正气书局	1950.04—1951.03	未完
庶人剑	上海广艺书局	1950.08—1951.03	未完
玉龙冈	上海民生书店	1950.10	即《龙冈女侠》
苗疆风云	上海正华书店	1951.01—1951.03	
罗刹夫人续集	上海正华书店	1951.04	疑雕龙出版社版亦有
铁汉	上海利益书店	1951.06	题“通俗小说”，仍为武侠套路
谁是英雄	不详	不详	仅见于预告，或许从未出版
酒侠鲁颠	不详	不详	仅见于预告，或许从未出版
龙飞豹子	不详	不详	仅见于预告，或许从未出版
历史小说			
闯王外传	上海元昌印书馆	1948.12—1950.06	
翼王传	上海广艺书局	1949	借名之作，朱同意
杨幺传	不详	不详	仅见于预告，或许并未出版

续表

其他小说			
郁金香	上海元昌印书馆	1949.05	社会小说,抗日题材
红与黑	上海元昌印书馆	1950.11—1951.02	社会小说,煤矿题材
附　　注			
碧血青林	不详	不详	仅1944年《369画报》中提及,并未出版
千手观音	香港出版	1950—60年代	《虎啸龙吟》中部分内容
云中双凤	香港出版	1950—60年代	《虎啸龙吟》中部分内容

图书在版编目(CIP)数据

飞天神龙/朱贞木著. --北京:中国文史出版社,2021.2

(民国武侠小说典藏文库. 朱贞木卷)

ISBN 978-7-5205-2151-2

Ⅰ. ①飞… Ⅱ. ①朱… Ⅲ. ①侠义小说-小说集-中国-现代 Ⅳ. ①I246.5

中国版本图书馆CIP数据核字(2020)第142515号

整　　理:顾　臻
责任编辑:薛媛媛

出版发行:**中国文史出版社**
社　　址:北京市海淀区西八里庄路69号院　邮编:100142
电　　话:010-81136606　81136602　81136603(发行部)
传　　真:010-81136655
印　　装:北京新华印刷有限公司
经　　销:全国新华书店
开　　本:720×1020　1/16
印　　张:20　　　　字数:262千字
版　　次:2021年2月第1版
印　　次:2021年2月第1次印刷
定　　价:66.00元